Marianne Curley
Im Kreis des Feuers

Marianne Curley

Im Kreis
des Feuers

Aus dem Englischen
von Johanna Walser

Carl Hanser Verlag

Die Originalausgabe erschien 2000 unter dem Titel
Old Magic
bei Bloomsbury Publishing Plc. in Großbritannien.

Unser gesamtes lieferbares Programm und viele
andere Informationen finden Sie unter
www.hanser.de

Die Schreibweise in diesem Buch entspricht
den Regeln der neuen Rechtschreibung.

1 2 3 4 5   05 04 03 02 01

ISBN 3-446-20009-6
© Marianne Curley 2000
Alle Rechte der deutschen Ausgabe
© Carl Hanser Verlag München Wien 2001
Foto und Umschlaggestaltung:
Peter-Andreas Hassiepen mit einem herzlichen
Dank an Milena Hassiepen
Satz: Satz für Satz. Barbara Reischmann, Leutkirch
Druck und Bindung:
Franz Spiegel Buch GmbH, Ulm
Printed in Germany

Allen, die mir geholfen haben, besonders Amanda,
Danielle, Chris und John, der ewige Optimist

ERSTER TEIL
Der Wind

Kate

Sein Name ist Jarrod Thornton. Er hat schulterlanges rotblondes Haar, schöne reine Haut und grüne Augen wie feurige Smaragde. Aber das ist es nicht, warum ich meine Augen nicht von ihm losreißen kann. Es ist etwas anderes. Etwas beinahe Beunruhigendes. Da ist ein überirdisches Element, das mich in seinen Bann gezogen hat.

Er steht verlegen vor einer Klasse von siebenundzwanzig Zehntklässlern und sieht aus, als wisse er nicht genau, was er mit seinen Händen anfangen soll – oder mit seinen ungewöhnlichen Augen. Während seine Blicke nervös über die hintere Wand des Labors flattern, sehe ich erstaunlich blaue Kreise um seine tiefgrüne Iris. Er war mit seinen Augen überall, ohne auch nur einmal wirklich jemand anzublicken. Über der einen, leicht vorgebeugten Schulter hat er einen schwarzen Rucksack hängen, der aussieht, als habe er zwei Weltreisen hinter sich, und ständig verlagert er sein Gewicht von einem Fuß auf den anderen. Er trägt die Schuluniform, die übliche graue Hose, weißes Hemd, rot gestreifte Krawatte. Sie sieht nicht unbedingt neu aus.

Unser Chemielehrer Mr Garret erzählt uns ein bisschen über ihn. Seine Familie ist erst vor wenigen Tagen von Riverina hierher gezogen und er hat einen jüngeren Bruder, Casey, der noch in die Grundschule geht.

Offenbar interessiert das nicht nur mich. Auch Tasha Daniels Blick ruht auf Jarrod. Aber lüstern und starr. Ihr übertrieben geschminkter Mund ist leicht geöffnet. Sie ist die Verführung in Person. Gott, ist sie plump. Ich schaue kurz zu Pecs hinüber, dem Klassenschreihals und Tashas Freund, obwohl, neulich kursierten Gerüchte, zwischen den beiden stimme nicht mehr alles so richtig.

Pecs ist natürlich nicht sein richtiger Name. So heißt er seit der dritten Klasse. Sein Rugby-Trainer hat ihm den Spitznamen verpasst, weil ihn die kräftige Statur des Jungen und seine muskulösen Arme beeindruckt haben. Es hat sich herausgestellt, dass der Name zu seiner Persönlichkeit passte, die schon damals nicht besonders ausgeprägt war. Ich weiß es, ich war dabei. Trotzdem kann ich mir nicht vorstellen, dass ihn jemand Angus John nennt, wie er nach irgendeinem längst verstorbenen schottischen Verwandten wirklich heißt. Nicht einmal die Lehrer trauen sich das. Pecs ist einer dieser lauten, bescheuerten, unverschämten Idioten, die einem das Leben schwer machen können. Und das einfach so zum Spaß.

Er bemerkt Tashas Interesse an dem Neuen und erkennt sofort die Bedrohung. Es ist so offensichtlich, dass sogar er es in seiner Beschränktheit kapiert.

Ich beschließe, Pecs Bewusstsein zu erforschen. Das ist eine der Fähigkeiten, die ich mit Jillians Hilfe entwickelt habe. Sie sagt, ich sei mit dem Naturtalent auf die Welt gekommen, Gefühle zu erfassen, zu *spüren*. Über die Jahre habe ich diese Fähigkeit so weit verfeinert, dass ich mich jetzt nur wenige Augenblicke konzentrieren muss und ich bin drin. In seinem Innern.

Du lieber Himmel! Ich ziehe mich schnell wieder zurück, mir dreht sich alles. Mein Kopf steht in Flammen. Als ob ich zu nah an ein loderndes Feuer gekommen wäre. Jemine.

»Kate? Kate!«

Hannah, meine beste (und einzige) Freundin, starrt mich mit ihren großen braunen Augen an. »Ja?«

»Geht's dir gut? Du bist noch blasser als sonst, und das will was heißen, so blass, wie du eh schon immer bist.«

Ich lächle und überhöre ihren Kommentar. Vielleicht sehe ich blutarm aus, aber ich bin es nicht. Trotzdem bin ich vorsichtig und meide die Sonne, denn ich bekomme sehr schnell einen Sonnenbrand. Da passt es bestens, dass ich auf dem Ashpeak Mountain wohne. Im Winter schneit es hier sogar. Ich habe langes glattes schwarzes Haar, eine Hinterlassenschaft meines Vaters, dem ich nie begegnet bin. Von meiner Mutter habe ich nur die blasse Haut geerbt, sonst sehe ich ihr überhaupt nicht ähnlich.

Sie hat wunderschöne goldene Haare. Jedenfalls hatte sie die vor fünfzehn Jahren noch, als ich sie zuletzt gesehen habe. An mehr kann ich mich beim besten Willen nicht erinnern. Ich bin bei meiner Großmutter Jillian aufgewachsen. Die Leute sagen, ich sehe aus wie eine von den Inseln. Wegen meiner Augen, glaube ich, diesen graublauen Augen und den schräg nach oben gezogenen Augenbrauen. Ist es da nicht merkwürdig, dass manche Leute glauben, ich sei eine Hexe? Natürlich haben sie Recht, aber nicht im Sinn des üblichen Klischees.

Hannah ist die Einzige, die die Wahrheit weiß. Sicher, jeder tratscht, die Gemeinde hier oben ist kläglich klein. Und neugierig. Aber Hannah hat gesehen, was ich so kann und das ist wirklich nicht viel. Noch nicht jedenfalls.

Obwohl Jillian meine Großmutter ist, nenne ich sie nicht Oma oder so. Sie hat mich aufgezogen, denn meine Mutter hat mich verlassen, als ich noch ein Baby war. Sie konnte mich nicht dazu bringen, dass ich aufhörte zu schreien – eine Angewohnheit, die ich natürlich inzwischen abgelegt habe. Ich war damals ja auch erst acht Monate alt.

Sobald ich es verstehen konnte, erzählte mir Jillian von Mutters Problemen mit Babys und erklärte, ich solle mir deshalb keine Sorgen machen. Glücklicherweise liebte sie Kinder. Anfangs wusste sie nicht, wie ich sie nennen sollte. *Mama* stimmte einfach nicht. Außerdem wusste die ganze Gemeinde die Wahrheit – dass Karen Warren bereits mit fünfzehn Jahren und drei Monaten ein gesundes Mädchen zur Welt gebracht hatte.

Und weil Jillian das Wort »Oma« nicht mochte, jedenfalls nicht als Einunddreißigjährige, nannte ich sie von Anfang an bei ihrem Vornamen.

Ständig ermahnt mich Jillian, bestimmte Dinge für mich zu behalten. Wie zum Beispiel meine Fähigkeiten, Gegenstände in Bewegung zu setzen, mit Zaubersprüchen zu arbeiten, Stimmungen zu erfassen und, wirklich ... Dinge zu verändern. Das sind nur kleine Tricks, verglichen mit dem, was Jillian alles kann. Sie sagen es nie offen, aber fast jeder in dieser Gegend ist überzeugt, dass Jillian eine Hexe ist. Bei mir vermuten sie es bloß. Aber sie haben weder sie noch mich dabei beobachtet, denn Jillian ist vorsichtig. Sie vermuten es hauptsächlich, weil wir so abgeschieden wohnen und wegen Jillians New-Age-Laden und der Aufsätze, die sie freiberuflich für verschiedene Esoterikzeitschriften schreibt. Natürlich sagen sie ihr nie irgendetwas ins Gesicht. Sie haben Angst. Angst, dass Jillian etwas mit »schwarzer Magie« machen könnte. Richtig kennen tun sie sie natürlich nicht. Wenn sie aufhören würden, irgendwelche Aufsätze von ihr zu lesen, verstünden sie, was Jillian wirklich ist: eine Heilerin. Mit dem Laden verdient sie nicht viel, die Aufsätze halten uns finanziell über Wasser. Sicher, sie ist eine Hexe, aber die meisten Leute haben dumme vorgefasste Meinungen darüber, was eine Hexe ist. Jillian ist »untypisch« in jeder Hinsicht. Und ich bin noch in der Ausbildung.

Im vorderen Teil des Klassenzimmers scheppert es laut und ich sehe, wie Jarrod vom Stuhl fällt. Unglaublich. Er hat bloß nach einem Glas gegriffen und wumm! liegt er auch schon auf dem Boden, ein Knäuel aus langen Armen und Beinen. Die Klasse explodiert, alle lachen wie verrückt. Sie sind wirklich gemein. Ich sehe, wie Jarrod versucht, sich mit hochrotem Kopf aufzurappeln. Verlegen setzt er sich wieder auf den Stuhl und hält den Kopf tief gesenkt, sodass er mit niemandem Blickkontakt aufnehmen muss. Darin ist er Meister. Ein dickes, leuchtend blondes Haarbüschel fällt ihm über die Stirn und verbirgt sein Gesicht endgültig.

Ich spüre seine Aufregung und wundere mich. Gut, es ist sein erster Tag in einer neuen Schule und Pecs Abneigung ist offensichtlich. Aber da ist noch etwas anderes. Ich beschließe, mich in ihn hineinzuversetzen. Ich taste mich behutsam vor. Plötzlich hebt er den Kopf und sitzt völlig starr da, als ob ... Oh-oh, er kann mich unmöglich *spüren*. Keiner konnte das bisher. Ganz vorsichtig tauche ich ein bisschen tiefer ein, spüre seine Unsicherheit, seine Unbeholfenheit, seine Nervosität.

Ich spüre seine Sehnsucht, sein leidenschaftliches Bedürfnis dazuzugehören, als sei er noch ein kleiner Junge, der sich irgendwo mitten in einem großen Wald verirrt hat und nicht weiß, wohin.

Irgendetwas versetzt mir einen schweren Schlag. Ich brauche einen Moment, bis ich begreife, was es ist, weil es mir noch nie passiert ist. Eine Wand ist zwischen uns. Er sperrt mich aus. Ich starre auf seinen Hinterkopf und bemerke, wie er seine Schultern hochzieht. Er dreht den Kopf herum, langsam zuerst, als ob er etwas suche. Er sieht mich und hält inne. Unsere Blicke treffen sich, wir fixieren einander. Er runzelt die Stirn, glättet sie langsam wieder und sieht jetzt verwirrt aus. Es ist, als ob er etwas fragen will, aber nicht genau weiß, was, und doch spürt, dass es wichtig ist.

In diesem Moment wird mir klar, dass auch er anders ist. Er *hat* gespürt, wie ich mich in ihn hineinbegeben habe, auch wenn er nicht genau versteht, was passiert. Und das macht Jarrod Thornton für mich nur umso interessanter.

Mr Garret versucht, die Klasse wieder unter Kontrolle zu bringen, klopft immer wieder mit seinem blauen Filzschreiber an die Tafel. Jarrod wendet den Blick wieder nach vorn und gibt mich frei. Schließlich entspanne ich mich.

Ich wage nicht mehr, mich in ihn hineinzuversetzen. Immer noch habe ich Herzklopfen von dieser Drei-Sekunden-Verbindung mit Jarrods Bewusstsein. Ich versuche mich auf das zu konzentrieren, was Mr Garret uns gerade zu vermitteln versucht. Aber ich bin nicht richtig bei der Sache. Ich kann meine Gedanken einfach nicht von Jarrod losreißen. Es reizt mich wahnsinnig, mich wieder in ihn hineinzuversetzen.

Schließlich kommen wir zum praktischen Teil der Schulstunde und glücklicherweise geht es um ein wirklich grundlegendes Experiment: eine alkalische Substanz wird mit einer Säure vermischt, dann wird noch Lackmus hinzugefügt. Also nichts Explosives. Trotzdem erfordert es meine volle Konzentration, verdünnten Chlorwasserstoff Tropfen für Tropfen unter ständigem Rühren dazuzugeben und dann noch eine Natriummischung auf dieselbe Art hinzuzufügen. Ich beobachte die verschiedenen Farbveränderungen. Jarrod ist auf eine Brille mit Goldrand getreten und Pecs wälzt sich fast auf dem Boden vor hysterischen Lachanfällen. Er sollte wieder in den Kindergarten gehen, wo er unter seinesgleichen wäre.

Meine Mischung nimmt gerade eine purpurrote Farbe an. Ich sehe zu Jarrod hinüber, bemerke, wie er seine Schultern hochzieht und ziemlich lange so innehält, als ob er darum kämpft, seine Gefühle unter Kontrolle zu behalten. Irgendetwas in mir will Jarrod hart zuschlagen sehen, wie Pecs es verdienen würde, aber ich begreife, das ist nicht Jarrods Stil. Entweder fehlt ihm das nötige Selbstbewusstsein, einem grobschlächtigen Kerl wie Pecs entgegenzutreten, oder er hat die Geduld eines tibetischen Mönchs. Ich vermute, es ist der Mangel an Selbstbewusstsein. Er wirkt unnatürlich, irgendwie steif, ungeschickt, schwerfällig. Ich überlege, wie sein Leben bisher wohl ausgesehen hat. Er macht den Rücken weiterhin steif, während er versucht, sich zu beherrschen.

Ich halte Ausschau nach Mr Garret. Warum, weiß ich nicht so genau. Der Mann ist ein Schwächling, wenn er Pecs und den anderen gegenübersteht. Besonders seit er letztes Jahr seine Scheidung hinter sich gebracht hat.

Jeder weiß es. Er war monatelang *das* Gesprächsthema von Ashpeak. Eines Tages lud Rachel Garret, die neun Jahre mit ihm verheiratet war, ihre zwei Kinder vor Vorschule und Kindergarten ab, schnappte sich den Dorfapotheker und verschwand. Niemand hörte etwas von ihnen, kein Wort, ganze zwölf Monate. Schließlich kehrte sie zurück, aber nur, um das Sorgerecht für ihre Kinder zu verlangen, das sie nach einem peinlichen Streit vor Gericht auch bekam.

Aber nicht nur Mr Garrets Privatleben ging damals den Bach runter. Auch seine Begeisterungsfähigkeit verschwand genauso wie seine Autorität im Klassenzimmer.

Pecs sucht offenbar Ärger. Er hat es richtig darauf abgesehen. Wir sollen paarweise zusammenarbeiten, einer mischt die Chemikalien, der andere macht sich Notizen. Mr Garret steht, den Kopf gesenkt, mit dem Rücken zur Klasse und hilft Adam Rendal und Kyle Flint, alles richtig zu machen. Pecs verlässt seinen Platz, beugt sich zu Tasha hinab und flüstert ihr etwas ins Ohr. Sie kichert wie der hirnlose Ballon, den sie gerade zeichnet. In dem offensichtlichen Versuch, Ärger zu machen, streift er Jarrod, schlägt ihm mit einer Bewegung die Brille von der Nase. Jeder kann sehen, dass es volle Absicht war. Die Brille fällt mit einem metallischen Klang zu Boden.

»Na, so was! Tut mir Leid, Alter. War ich das?« Er täuscht vor, sie wieder aufzuheben und kickt dabei das goldene Brillengestell quer über den harten kalten Boden.

Die meisten lachen über Pecs gemeines Spielchen. Mr Garret ist weit entfernt, er hätte genauso gut ganz vom Unterricht wegbleiben können. Dennoch bringt er

Pecs dazu, die Brille aufzuheben. Pecs versäumt es natürlich nicht, die Gläser mit Spucke zu verschmieren. Sein Mund steht offen, die Zunge hängt schlaff über seine vorstehende Unterlippe. Die Schadenfreude steht ihm ins Gesicht geschrieben. Er findet sich wahnsinnig toll. Uhh! Er braucht einen Spiegel.

Innerlich gehe ich ein paar Zaubersprüche durch, die ich kürzlich zum ersten Mal halbwegs hingekriegt habe. Wie wär's mit lebenslanger Krätze? Wäre das nicht eine süße Rache? Wenn ich Pecs am ganzen Körper juckende Nesselausschläge verpasste? Natürlich würde Jillian mir das ausreden. Unermüdlich predigt sie, wie gefährlich es ist, in die Natur einzugreifen. In diesem Moment kann ich mich aber an keins ihrer Worte erinnern.

»So ein Armleuchter, was?« Ich lächle über Hannahs zutreffende Charakterisierung von Pecs. Doch nicht lange. Irgendetwas Scharfes trifft meine Sinne, ich kann es nicht einordnen. Irgendetwas Furchterregendes. Ich blicke zum Fenster hinaus, sehe aber nichts als blauen Himmel an einem frischen Herbstmorgen. Ich fange an, mich Jarrod zu nähern, vorsichtig, um nicht mehr als die äußere Hülle seines Bewusstseins zu erforschen. Doch das ist schon genug. Ich spüre seine Wut. Wie er darum kämpft, sich zu beherrschen. Ich wünschte, dass er sich gehen lassen könnte. Dann würden sich diese brabbelnden Idioten ganz schön wundern. Aber meine Vernunft sagt mir, er soll seinen Zorn besser verbergen, um nicht noch mehr Aufmerksamkeit zu erregen. So fühle ich mich auf unbeschreibliche Weise mit ihm verbunden. Denn genau so sieht mein Leben aus – immer außen vor.

Plötzlich geht alles ganz schnell. Jessica Palmer, Tashas

beste Freundin, eine der vielen Modepüppchen und wasserstoffgebleichten Blondinen mit schwarzbraunen Wimpern, fängt hysterisch an zu schreien, als ihr halb volles Glas explodiert. Das Glas zerspringt, die Chemikalien bilden auf der Bank eine zischende Pfütze, die schnell auf den Boden rinnt. Zum Glück entgehen Jessicas schlanke Finger der Brühe, weil sie wie verrückt mit den Händen seitlich am Kopf hin und her fuchtelt, während sie weiterschreit.

Mr Garret wird zum ersten Mal in diesem Jahr laut, brüllt Jessica an, sie soll sich beruhigen und das Zeug lieber aufwischen. Natürlich hat er alles missverstanden. Jessica hat gar nichts mit dem explodierenden Glas zu tun. Sie hat es nicht extra fallen lassen. Aber es wäre wohl besser, Mr Garret würde glauben, dass Jessica dafür verantwortlich ist. Ich bin zwar nicht nachtragend, denn Jessica Palmer geht mich nichts an. Mein Gott, sie hat in den letzten zwei Jahren kaum mehr als drei Worte mit mir gesprochen. Aber ich bin erregt, geradezu erschrocken. Etwas Merkwürdiges geht vor, etwas Unerklärliches.

Pecs beschuldigt Jarrod. Mr Garret tut es mit einem Achselzucken ab: »Gehen Sie wieder an Ihren Platz, Pecs, sonst lasse ich Sie in der Mittagspause nachsitzen, und wenn Sie schon mal da sind, helfen Sie Jessica, den Dreck wegzuputzen.«

Ich glaube, Pecs hat Recht, aber ich halte den Mund. Pecs kann auf sich selbst aufpassen. Insgeheim hoffe ich natürlich, dass er am Ende als Loser dasteht.

Aber wie immer kann der gemeine Kerl nicht aufhören, Streit zu suchen. »Er war es, Sir, ich hab es genau gesehen«, lügt er. »Er hat was geworfen, Sir. Ja... sein... sein...«

Er braucht einen Augenblick, um sich was auszudenken: »... sein Feuerzeug!«

Jarrod verlagert sein Gewicht, damit er Pecs besser sehen kann. Scheinbar aus dem Nichts holt Pecs ein kleines, neongelbes Feuerzeug hervor. Beweismaterial. Als er und sein Schulfreund, Ryan Bartland, sich heimlich zugrinsen, wird mir klar, wie er plötzlich zu dem Feuerzeug gekommen ist.

Unglücklicherweise bekommt Mr Garret dieses hinterhältige Lächeln nicht mit und fängt an, das Feuerzeug zu untersuchen, als ob es das zentrale Beweisstück in einem Mordprozess wäre.

»Warum sollte ich ein Feuerzeug haben, Mr Garret? Ich rauche nicht.«

Das sind die ersten Worte, die ich von Jarrod höre, und obwohl er sie sanft und ruhig sagt, weiß ich, dass diese scheinbare Gelassenheit nur eine Maske ist. Er dreht sich um und wirft Pecs einen feindseligen Blick zu. Ich sehe, wie sich seine Augen bedrohlich verdunkeln, die marineblauen Kreise fließen vollkommen mit dem lebhaft grünen Ton seiner Iris zusammen.

Die Intensität in diesen Augen fasziniert mich. Ich muss es tun. Nur noch einmal. Ich hole tief Luft und beginne, mich in ihn hineinzuversetzen, behutsam und gerade so tief, wie ich mich traue. Es dauert nur wenige Sekunden. Die Pausenklingel lässt mich aufschrecken. Die Luft um mich herum lädt sich plötzlich mit einer ganz eigenartigen Energie auf – unaufhaltsam und unkontrolliert wie ein Gewitter, kurz bevor es über eine ausgedörrte Ebene hereinbricht.

Aber das Alarmierendste ist das Wissen, dass diese Energie von Jarrod ausgeht.

Mr Garret schaut erst ungläubig, dann beschuldigend, seine Stimme klingt sehr ungehalten. Das kenne ich schon. So redet er auch, wenn chronische Schwätzer seinen Unterricht stören. »Kein guter Anfang, Herr Thornton. Ich hoffe nicht, dass das so weitergeht mit Ihnen.« Er versucht, seine Autorität zur Geltung zu bringen, aber wer nimmt ihm das schon ab?

Meine Sympathie für Mr Garret ist ziemlich auf dem Nullpunkt, seit er angefangen hat, so viel Selbstmitleid zu produzieren, dass er fast darin ertrinkt. Ich weiß, er musste mit einigen Dingen fertig werden in letzter Zeit, aber gleich beim Anblick eines einzigen lausigen, fragwürdigen Beweisstücks sofort ein Urteil zu fällen, ist wirklich armselig. Jarrod meint das offenbar auch. Er presst die Lippen zusammen, während er tief durch die plötzlich geweiteten Nasenlöcher einatmet und die Hände zu Fäusten ballt.

Er verliert die Beherrschung. Und dann passiert alles ganz schnell.

Zuerst gehen die Leuchtstoffröhren aus. Sie flackern unkontrolliert und erlöschen dann mit zischenden Blitzen, wie von einem plötzlichen heftigen Stromschlag getroffen. Bestimmt ist das auch so. Aber nicht wegen einer Stromstörung. Das Zimmer wird dunkel, obwohl es erst Morgen ist. Jemand schreit. Alle fangen an, durcheinander zu reden. Mr Garret hebt die Hände und vergisst den Vorfall mit dem zersprungenen Glas. »Beruhigen Sie sich. Bleiben Sie sitzen. Ich schaue nach, was mit dem Strom los ist.«

Natürlich beachtet ihn niemand. Sobald er weg ist, wird das Gemurmel panisch. Unglaublich, wie sich der wolkenlose Himmel dieses klaren Herbstmorgens von einer Minute auf die andere in ein unheimliches Halbdunkel verwandelt hat. Dunkle Gewitterwolken jagen auf uns zu wie ein großer hungriger Mund, der den sanftblauen Himmel und alles, was ihm in den Weg kommt, verschlingt.

»Seht euch den Himmel an!«, ruft Dia Petoria von einem der Fenster.

Ein paar rennen hin, aber Pecs zieht schnell wieder die Aufmerksamkeit auf sich. Kaum ist Mr Garret aus dem Zimmer, entschließt sich Pecs, es noch mal bei Jarrod zu versuchen. »So schönes Haar«, spottet er, greift in Jarrods Haar und zieht eine Strähne durch seine dicken Rugbyfinger. »Bist du schwul, Süßer?«

Jarrod zuckt zurück und bringt seinen Kopf aus der Reichweite von Pecs. Ich wundere mich, wie er es schafft, so viel einzustecken, ohne zurückzuschlagen. Mir wäre schon längst der Kragen geplatzt. Ich hätte den erstbesten Zauberspruch ausgesprochen, der mir in den Sinn gekommen wäre. Die Zaubersprüche, die die Gestalt verändern, habe ich noch nicht ganz drauf, aber ein behaartes Faultier, schwerfällig, mit einem Gewicht von 200 Kilo – das wäre jetzt genau richtig. Es würde gut zu Pecs passen. Sofort sehe ich Pecs als Faultier vor mir, wie er mit dem Kopf nach unten an einem Ast der riesigen hier üblichen Eukalyptusbäume hängt, und ich muss lächeln. Während ich daran denke, Pecs in ein Faultier zu verwandeln, bin ich abgelenkt von dem hereinbrechenden Sturm. Aber genauso schnell bin ich wieder hellwach, als die Fenster von der Gewalt des Sturms klirrend auffliegen. Papier, Stifte, Reagenzgläser, Bunsenbrenner, alles, was beweglich ist, wird von den Tischen gewirbelt, vom aufbrausenden Wind erfasst und gegen die Wände und Schränke geschleudert.

»Was zum Teufel ...!« Sogar Pecs ist vorübergehend

abgelenkt und will die Fenster schließen. Es überrascht mich, dass die Fenster sich keinen Zentimeter bewegen lassen, wenn ich bedenke, wie kräftig Pecs ist.

Mr Garret kommt zurück und schaut sich entsetzt um. »Was geht denn hier vor?« Er fasst sich wieder, erinnert sich, nehme ich an, dass er als Lehrer die Verantwortung trägt, und ruft uns Kommandos zu. »Schnell! Fenster zu! Das hier ist offensichtlich der einzige Raum, der von der Stromstörung betroffen ist. Und wo kommt plötzlich der Sturm her?« Er plappert einfach drauflos. Das alles kommt mir sehr merkwürdig vor. Ich blicke da auch nicht mehr durch. Es scheinen übernatürliche Kräfte im Spiel zu sein.

»Sie klemmen!«, schreit Pecs gegen den stärker werdenden Wind an. Plötzlich erinnere ich mich an dieses ungewöhnliche Gefühl von vorhin. Da ist es wieder — oder eher die Folge davon: Zorn, undefinierbar und heftig.

Ein paar Mädchen kauern schreiend zusammen in einer Ecke. Andere rennen herum und versuchen vergeblich, ihre Sachen einzusammeln, die durch das Zimmer fliegen. Ein Mädchen sitzt auf dem Boden, schlingt die Arme um die Knie und schreit wie ein Baby. Nur Jarrod wirkt ruhig. Er sitzt noch immer an seinem Tisch, mit einem unheimlichen Blick, als ob er einen Geist oder so was sehen würde. Der Wind zerrt an seinem Hemd, weht ihm das lange Haar ins Gesicht. Das muss er doch merken! Das Haar peitscht ihm über Nase und Augen, aber er bewegt sich nicht.

Es blitzt. Ich glaube, alle außer Jarrod schreien und ducken sich. Es ist, als ob der Blitz bei uns im Zimmer wäre. Bevor wir uns von dem ersten Schreck erholt haben, blitzt es noch einmal, diesmal so heftig, dass das Zimmer von flackerndem Licht und Furcht erregendem Zischen erfüllt wird. Alle schreien wie mit einer Stimme, klammern sich aneinander und stürzen auf den Boden. Hannah packt meinen Arm, als der Donner gerade so laut explodiert, dass wir fast taub werden. Sie bohrt ihre Finger derart tief in meinen Arm, dass ihre Fingernägel tiefe Spuren in meiner Haut zurücklassen. »Was ist das, verflucht?«

Ich befreie mich aus ihrem Griff. »Weiß nicht.«

»Heißt das, du machst das gar nicht?«

Ich starre sie kopfschüttelnd an. »So was kann ich nicht machen.« Ich muss gegen den Wind anschreien. »Das Wetter konnte ich noch nie beeinflussen, Han.« Was ich nicht dazusage, weil Hannah es längst weiß, ist, dass ich genau daran arbeite und übe, bis ich vor lauter Frust fast verrückt werde. Aber ich habe einfach nicht die Kraft. Mein Blick fällt auf Jarrod und verweilt. Vielleicht ist sich Jarrod Thornton gar nicht darüber bewusst, aber er hat diese Kraft.

Unglücklicherweise weiß er es nicht und hat keine Kontrolle über sie. Der Gedanke ist beängstigend.

Der Donner brüllt, Blitz und Donner werden zu einem einzigen anhaltenden Dröhnen. Mr Garret versucht, die Klasse zu beruhigen. Er möchte, dass wir nach Hause gehen, aber seine Worte gehen unter in dem Kampf, den die Natur in unserem Chemielabor eröffnet hat. Ohne zu wissen, wie das Ganze enden wird, halte ich Mr Garrets Idee für das Beste.

»Wir müssen hier raus!«

»Was?« Hannah bewegt den Mund, aber ihre Worte gehen im Sturm unter, der jetzt Zyklonstärke erreicht hat.

An der Tür sehe ich noch andere Schüler, aus der

zwölften Klasse. Sie werden gegen die hintere Wand gedrückt, schauen erschrocken, rennen weg, Hilfe holen.

Stühle werden plötzlich zu gefährlichen Geschossen. Ich weiche aus, auf dem Boden kauernd, und schaue zu Jarrod hinüber. Er sitzt immer noch auf seinem Stuhl und starrt in den Wind. Er scheint gelähmt, denn er weicht nicht aus. Ein Fenster zerbirst. Ich beobachte wie in Zeitlupe, dass sich alle zu Boden werfen. Alle außer Jarrod. Er bleibt starr auf seinem Stuhl sitzen, völlig hypnotisiert, die Augen weit offen und leer.

Es war vorauszusehen, dass irgendetwas ihn treffen würde. Eine Glasscherbe schneidet ihm in voller Länge den Unterarm auf, dann wird sie vom Wind durch den Klassenraum geschleudert. Merkwürdigerweise bricht das den Bann oder was immer es auch ist. Plötzlich legt sich der Wind, als ob er nie da gewesen wäre, verschwindet heimlich, still und leise, nachdem er seine Arbeit offenbar erledigt hat. Die noch heilen Fenster, die die ganze Zeit klemmten, schließen plötzlich wieder und die düsteren Wolken ziehen ruckzuck davon.

Für drei Sekunden ist es vollkommen still. Ich glaube, die ganze Klasse hat einen Schock. Mr Garret geht langsam umher und teilt uns für die verschiedenen Aufräumarbeiten in Gruppen ein. Jarrod hat sich noch immer nicht bewegt. Das beunruhigt mich. Er ist unglaublich blass, wie ein Toter. Die halbe Klasse sieht zwar nicht sehr viel anders aus, doch Jarrods Haut wirkt absolut blutleer. Aber das ist sie natürlich nicht. Da, wo das Glas in den Arm geschnitten hat, sind dicke rote Tropfen auf die Tischplatte gefallen.

Mr Garret scheint blind zu sein, offensichtlich bemerkt er Jarrods Wunde überhaupt nicht. Ich kämpfe mich durch das überall herumliegende Laborinventar, um zu ihm zu kommen. »Jarrod hat sich verletzt.« Unwillkürlich klinge ich, als wolle ich ihn verteidigen. Ich sehe mich nach etwas um, was ich auf den blutenden Arm legen könnte. Ich entdecke einen Karton mit alten Lumpen, zum größten Teil abgelegte Kleider, die zerschnitten wurden, um sie im Labor zum Aufwischen zu verwenden. Der Wind hat sie durcheinander gewirbelt. Nachdem ich schnell die wenigen noch vorhandenen Sachen durchgesucht habe, finde ich ein sauber aussehendes Stück Stoff.

Beim Anblick von Jarrods Blut kriegt Mr Garret ganz große Augen. »Ach, du meine Güte«, sagt er und klingt eher wie ein flennender Idiot als wie ein neununddreißigjähriger Mann. »Besser, Sie gehen gleich ins Krankenzimmer.«

Ich hab das Gefühl, je eher Jarrod aus seinem Klassenzimmer verschwindet, desto besser fühlt sich Mr Garret. Mieser Kerl. Als ich mich umsehe, wird mir klar, dass er ganz schön zu tun hat, das Labor wieder zusammenzubauen, aber der Zustand seiner Schüler sollte ihm trotzdem wichtiger sein. Er wirkt ganz und gar hilflos. Ich bin erleichtert, als einige andere Lehrer und Leute von der Schulverwaltung schockiert und ganz außer sich hereinkommen. Mr Garret ruft sie zu sich und versucht ihnen etwas zu erklären. Ich wickle das weiße Baumwolltuch fest um Jarrods Unterarm. Seine andere Hand lege ich obendrauf, damit der Notverband nicht wegrutscht und die Wunde aufhört zu bluten. »Lass die Hand drauf«, sage ich. Er sieht mich mit einem seltsamen Blick an, als wäre er meilenweit entfernt. Ich versuche, mich nicht in ihn hineinzuversetzen. Manchmal passiert es ganz von allein. Jillian warnt mich jedes Mal, vorsichtig zu sein. Mit Jarrod werde ich besonders aufpassen müssen.

Der Blick von Mr Garret wandert wieder zu dem einzigen Problem zurück, von dem er weiß, dass er es schnell loswerden kann – zu Jarrod. »Hinaus mit Ihnen, Junge. Zum Krankenzimmer. Da kümmert sich jemand um Sie.«

Jarrod erhebt sich langsam. »Ich weiß nicht, wo das ist«, murmelt er und hält immer noch seinen Verband fest. »Äh, hm, ach, du meine Güte«, stammelt Mr Garret, lässt den Blick im Raum herumflattern und sucht nach jemandem, der Jarrod zum Krankenzimmer bringt. Ich stehe genau vor ihm. »Ja, gut, in Ordnung, ich werde gleich jemanden finden.«

»Ich begleite ihn.«

Mr Garrets Blick schnellt zu mir zurück, als ob er mich zum ersten Mal sieht, was mich nicht sonderlich erstaunt. Lehrer sehen gewöhnlich durch mich hindurch. Ich mag das sogar irgendwie. Deshalb strenge ich mich nicht besonders an, aufzufallen. Aber Mr Garret ist letztes Jahr mein Klassenlehrer gewesen und sogar in Jillians Laden gekommen, um selbst nachzuprüfen, was an all den Gerüchten dran ist. Natürlich hat er nichts Verdächtiges oder auch nur im entferntesten Unheimliches entdeckt. Wie auch immer. Jillian wollte nicht, dass er irgendetwas missverstand. Sie hat ihm natürlich nicht ihre privaten Räume gezeigt. Niemand außer mir darf da rein. Nicht einmal Hannah.

»Wunderbar, Kate. Gute Idee.«

Mr Garret schaut auf den weißen Verband, als bemerke er ihn erst jetzt. Er wirkt erleichtert. »Haben Sie den gemacht?«

Ich nicke.

»Gut. Gehen Sie jetzt. Und passen Sie auf sich auf.«

Jarrod folgt mir zur Tür. Während wir hinausgehen, höre ich Pecs sarkastische Stimme noch hinter uns herrufen: »Vorsicht, Süßer. Nimm dich in Acht vor *Angstgesicht*. Geh nicht mit ihr in irgendwelche Besenkammern! *Oooh, ich habe Angst, ich habe solche Angst.*«

Haha. Klar, sehr witzig.

Typisch, die Klasse brüllt vor Lachen. Keiner von ihnen hat eine eigene Meinung. Er führt sie an wie einen Haufen willenloser Schafe. Ein befremdlicher Chor von Wolfsgeheul folgt uns den Gang hinunter.

Jarrod

Ich fühle mich, als hätte mich ein Schwerlaster überrollt. Es hämmert in meinem Kopf und ich spür einen stechenden Schmerz im Arm. Ich soll dem Mädchen zur Krankenstation folgen, aber sie bringt mich gar nicht dorthin.

Und was war das für eine komische Bemerkung von wegen Besenkammer, die Pecs gemacht hat? Ich tu es mit einem Achselzucken ab. Der Kerl ist ein Schwachkopf.

Ich will das Mädchen fragen, wohin wir gehen, aber ich kann mich nicht an ihren Namen erinnern. Mr Garret hat sie irgendwie genannt, aber da war ich gerade weggetreten. Wie in einem Traumland. Na ja, nicht wirklich, aber ungefähr, so, als ob ich alles von außen beobachten würde. Eigenartig, aber im Grunde nicht überraschend. Ich bin in gewisser Weise daran gewöhnt, dass mir solche unheimliche Dinge passieren. Genauso wie meiner Familie. Deshalb sind wir ja hier gelandet, in diesem absolut abgelegenen Kaff, mitten im Nirgendwo. Es heißt Ashpeak. Ich will gar nicht wissen, warum. Vielleicht hat irgendwann ein Feuer die Regenwälder verwüstet. Ich habe genug von Feuerkatastrophen und Überschwemmungen.

Ein Neubeginn, hat Papa gesagt. Das sagt er jedes Mal, wenn wir umziehen. Ich hasse dieses Leben. Ich will zur Abwechslung einmal an Ort und Stelle bleiben.

Neue Freunde zu finden ist mir noch nie leicht gefallen. Irgendwann hab ich mir gedacht, es lohnt sich ja doch nicht. Aber es ist ganz schön öde, immer allein rumzuhängen und als Loser abgestempelt zu werden. Wenn ich mich gerade in einer neuen Schule eingewöhnt habe, wenn ich es geschafft habe, ein paar Freunde zu finden, ziehen wir wieder um. Papa hat seit sechzehn Jahren keine feste Stelle mehr gehabt, alles immer nur Zeitjobs. Zwei Jahre waren die längste Zeit, die wir irgendwo geblieben sind. In der Zeit hab ich ausnahmsweise ein paar gute Freunde gefunden. Aber schließlich zogen wir wieder um. Das Haus, das wir gemietet hatten, wurde durch eine verheerende Überschwemmung zerstört. Und mit ihm das Geschäft, in dem all unsere Ersparnisse steckten. Ein Jahr später waren wir bankrott. Manchmal scheint es, als nähmen unsere Probleme nie ein Ende. Und jetzt, nach dem Unfall, als Papa sein Bein ruiniert hat, ist er für den Rest seines Lebens behindert. Wegen der Schmerzen nimmt er fast täglich Morphium. Zum Gehen braucht er Krücken. Und das Ende wird sein, dass er sein Bein verliert, sagen die Ärzte.

Jetzt hängt alles an Mama, aber was kann sie schon tun? In den ersten zehn Jahren ihrer Ehe war sie oft krank und hat nichts gelernt, womit man Geld verdienen kann. Sie sprechen zwar nie darüber, aber ich weiß, dass es zehn Jahre gedauert hat, bis ich geboren wurde. Sie hat geschickte Hände und eine künstlerische Begabung. Sie näht Kleider, Mädchensachen mit handbestickten Borten und bunten Edelsteinen. »Cowboykram« nenn ich das. Absolut unverkäuflich.

Als wir die Schule verlassen, wird mein Kopf wieder klarer. Ich folge immer noch dem Mädchen und nehme dabei unbewusst alle möglichen Details wahr. Zum Beispiel wie sie geht, schlaksig und doch selbstbewusst. Sie weiß genau, wohin die Reise geht. Sie hat einen grauen, mittellangen Schulrock an. Nicht kurz, aber kurz genug, dass man ihre wunderschönen Beine sieht. Ihre Haut ist blässlich weiß, als ob sie Anämie hat oder so was. Merkwürdig, denn ihr Haar ist ganz schwarz. Außerdem ist es lang, es reicht ihr bis zur Taille. Anziehend, aber auch ungewöhnlich. Ihre Augen sind mir schon vorher in der Klasse aufgefallen – blau, aber unglaublich hell, fast durchsichtig, so wie Kristall. Das war irgendwie eigenartig, erinnere ich mich jetzt. Meine Nackenhaare sträubten sich, als ich das unheimliche Gefühl hatte, jemand dringt plötzlich in meinen Kopf ein.

Kate. Endlich fällt es mir ein. »*Wunderbar, Kate. Gute Idee*«, hatte Mr Garret gesagt. Wir steuern auf dichtes Gestrüpp zu. Da durch und wir werden die Desinfektionsmittel der Krankenstation nicht mal zu riechen kriegen. »He«, rufe ich. Ein paar Schritte voraus hält sie an und dreht sich um. »Ja?«

Genau in dem Moment wird das Ganze noch unheimlicher. Ich ziehe ein bisschen die Schultern hoch und winkle den Arm mit den Blutflecken auf dem Notverband an. Ich deute mit dem Kopf auf ihn. »Du sollst mich zur Krankenstation bringen.«

Sie braust auf. »Warum? Die haben null Ahnung vom Heilen.«

Als ob das als Erklärung reichen würde, dreht sie sich wieder um und kehrt mir den Rücken zu.

Mit einem Satz bin ich bei ihr, pack mit meiner unverletzten Hand ihren Arm und verlier dabei den Notverband. Ihre Augen sehen in dem Moment wirklich seltsam aus, das Blaugrau verschwindet fast und wird schwarz, die ungewöhnliche Mandelform ist jetzt eiförmig. »Willst du mich kidnappen?«

Sie blickt mich durchdringend an. Ich glaube, sie nimmt mich ernst. Dann fällt ihr Blick auf den Notverband zu meinen Füßen. Sie hebt ihn auf, schüttelt ihn ein bisschen aus und wickelt ihn wieder um meinen Arm. Als sie das macht, fängt sie an zu lachen und ihr Gesicht verändert sich. Ich starre sie an, weil sie so schön ist. Ich schwör es, dieses Mädchen ist wirklich ungewöhnlich. Und ihr Lachen ist wie Musik, wie eine betörende Melodie. Sie hört auf zu lachen, ich schüttle den Kopf, verwirrt über meine eigenen Gedanken. Es muss der Stress sein. Entweder das oder ich werde gerade verrückt. Kein Mädchen hat mich bisher so angezogen.

»Ich geh mit dir zu meiner Großmutter«, sagt sie.

»Ist sie Krankenschwester?«

Ihr Mund zuckt ein bisschen, nur in einem Mundwinkel, als ob sie ein zynisches Lachen zurückhalten würde. Langsam formt sich ein breites Lächeln. »Nicht ganz, aber sie ist um vieles besser als die Leute, die im Krankenhaus erste Hilfe spielen.«

Aus irgendeinem Grund vertraue ich ihr plötzlich. Okay, vielleicht weiß ich den Grund ja sogar – es ist wegen ihres Lächelns. Ich stehe auf Lächeln. Da ich so viele Male die Schule gewechselt hab, war ein Lächeln oft mein Rettungsanker. Aber das hier ist etwas Besonderes. Es verändert ihr ganzes Gesicht. Lässt sie ... *vergeistigt* aussehen. Hoppla, woher habe ich denn das Wort?

Wir bahnen uns einen Weg durch das Gestrüpp zur Hauptstraße, dort laufen wir eine Weile entlang, bis wir zu einer Gabelung kommen. Einen Moment glaube ich, sie bringt mich zu mir nach Hause, da die Straße, die links abzweigt, zwei Kilometer weiter direkt zu dem Haus führt, das meine Eltern gemietet haben. Doch sie biegt rechts in den ungeteerten, schmalen Feldweg ein, der in den Regenwald führt. Von unten betrachtet scheint er sich ziemlich steil hinaufzuschlängeln. Nach der ersten Haarnadelkurve verlier ich die Hauptstraße aus den Augen. Jetzt begreife ich, woher Kate ihre fantastischen Beine hat. Jeden Tag diese Straße hinauflaufen, würde selbst einem Nashorn schöne Beine machen.

Aber je weiter wir kommen, desto drängender werden meine Zweifel. Sehr einsam und abgelegen sieht hier alles aus.

»Wo wohnt denn deine Großmutter? Weißt du, ich könnte verbluten, bevor wir es bis zu ihr geschafft haben.«

Sie dreht sich um und starrt mich auf eine so unglaubliche Art an, dass ich mir wie der letzte Idiot vorkomme. Mr Garret ist ja nicht der Einzige, der kein Blut sehen kann. Ich spür, wie mein Gesicht vor Verlegenheit feuerrot wird.

»Wenn du immer noch blutest, drück den Verband fester auf den Arm.« Sie schaut sich meine Wunde an, schreckt zurück, als sie sieht, dass sie tiefer ist, als sie zuerst geglaubt hat, dann legt sie den Verband wieder an, und zwar jetzt richtig stramm.

Ihre Finger, die meine Wunde behandeln, sind ruhig und warm. Ich schaue ihr ins Gesicht, als sie fertig ist. »Danke, Kate.«

Meine Worte verwirren sie aus irgendeinem Grund. Ihr Kopf schnellt hoch und wir fixieren einander. Ein intensiver Moment. Als wären wir zwei Liebende bei einem heimlichen Rendezvous. Das jedenfalls flüstert mir meine lebhafte Fantasie ...

Dann wird das Gefühl irgendwie stärker, als ob ihre Augen und ihre Sinne einen geheimen Weg ins Innere meines Kopfes gefunden hätten. Ich spüre wieder das Sirren. Im Klassenzimmer hatte ich dasselbe Gefühl, so als würde etwas in meinen Kopf einsteigen. Ich fluche laut und schüttle mich. »Zum Teufel, was war das?«

Sie wendet sich ab und steigt weiter den einsamen Weg hinauf, ohne mich zu beachten.

»He!« Ich hole sie ein, denn ich will eine Antwort. »Verstehst du, was da gerade eben passiert ist?«

Sie geht weiter, ohne anzuhalten, und sieht stur geradeaus. »Natürlich.« Ganz zwanglos, während sich bei mir immer noch alles dreht. »Und, was?«

»Weißt du es nicht?«

»Wenn ich's wüsste«, ich schreie fast, »würd ich dann fragen?«

Sie lächelt, als ob es ein Spiel sei. »Was glaubst du denn, was es war?«

Sie prüft mich. In ihrer Stimme liegt etwas Provozierendes. Ich mag Provokationen nicht. Ich hab ein goldenes Repertoire von Regeln, mit denen ich zu leben versuche. Provokationen zwingen mich manchmal, meine selbst gesetzten Grenzen zu überschreiten. »Keine Ahnung. Nur dass es keiner der Regeln entspricht.«

Sie wird ein bisschen langsamer, geht aber weiter. Ich bin dankbar für das reduziertere Tempo. Meine Beine sind müde vom Anstieg.

»Was für Regeln?«, fragt sie.

»Weiß nicht ... gewöhnliche Regeln für den Alltag.«

»Richtet sich in deinem Leben alles nach Regeln, Jarrod?«

Ich muss nicht lange drüber nachdenken. Natürlich nicht.

Vielleicht träume ich von einer geordneten Lebensweise, weil ich nie eine hatte. Als ich nicht antworte, sagt sie: »Das ist komisch, weißt du.«

Obwohl ich es versuche, komisch finde ich gar nichts. Dieses Gefühl des In-meinen-Kopf-Eindringens war unwirklich. Kate kann einem ganz schön auf die Nerven gehen. Und ein bisschen verrückt ist sie auch. »Was ist daran so komisch?«

»Du bist dir deiner so wenig bewusst.«

»Interessante Beobachtung. Sprich dich nur aus.«

Das Gegenteil passiert, zumindest was das Laufen betrifft. Sie schaut mir direkt ins Gesicht, unerschütterlich. Ich will wegschauen, kann aber nicht. Sie hebt ihre Hände mit den Handflächen nach oben. »Deine *Kraft.* Du hast so viel Kraft.«

Ich mache große Augen. Verstehe kein Wort von dem, was sie redet.

»In dir selbst.« Sie tippt mir mit ihrem langen Finger auf die Brust. »Ich spür es. Nein, ich *fühl* es. Und davon versteh ich was.«

»Du bist ein bisschen seltsam, was?« Ich zeige ihr den Vogel. Sie schnauft laut und stöhnt. Das Einzige, was sie bisher noch nicht getan hat, ist, mit den Füßen zu stampfen. Sie rast los. Ich versuche, sie einzuholen und das Pochen in meinem Arm zu vergessen. »Tut mir Leid«, murmle ich.

Sie zuckt mit den Achseln. »Schon gut. Du bist nicht der Erste, der das sagt.«

»Echt?«

Sie dreht lächelnd den Kopf zur Seite. »Du bist ein Knilch.«

»Weißt du, das ist nicht das erste Mal, dass jemand so was zu mir sagt.«

Ihr Lächeln wird breiter, erreicht ihre Augen und ich fühle mich gleich besser. Ich möchte, dass sie nicht aufhört zu reden. Ich mag den Klang ihrer Stimme, wie ihr Mund sich bewegt. Ich versuche, etwas zu finden, worüber wir uns länger unterhalten könnten. »Wovon lebt deine Großmutter denn?«

Auf ihre Antwort bin ich nicht gefasst. »Sie ist eine Hexe.«

Mein erster Gedanke ist, dass Kate einen Witz macht. Aber ich merke, irgendwas stimmt nicht. Sie lacht nicht, sie lächelt nicht mal, kein Fältchen um ihre ungewöhnlichen Augen. »Ich verstehe«, sage ich. In Wirklichkeit bin ich weit entfernt davon.

»Bitte sag niemandem, dass ich das gesagt habe. Ich hätte es dir nicht sagen sollen, aber... na ja, ich weiß, dass auch du anders bist.«

Ich beschließe, dass das Ganze wirklich ein Witz ist, und setz mich wieder in Bewegung. Ihr Sinn für Humor ist ein bisschen verschroben, aber gut, ich glaube, damit kann ich umgehen. »Ah, schwarze Magie und so'n Zeug.«

Ich hör sie mit einem tiefen, heftigen Atemzug Luft einsaugen. Großartig. Jetzt ist sie wütend auf mich. »Nicht schwarze, Jarrod«, sagt sie ernst. »Jedenfalls keine schwarze im herkömmlichen Sinn des Wortes, wenn es für Hexenverwünschungen und so was steht.«

Ich starre sie an und sie sagt: »Jillian würde nie etwas tun, was jemanden verletzt. In diesem Punkt ist sie unerbittlich. Ihre ganze Zauberei ist ungefährlich. Sie ist Heilerin.«

Jetzt wird mir klar, dass sie es hundert Prozent ernst

meint. Sie bemerkt meinen verstörten Blick und dreht sich schnell um. »Schau«, fängt sie an zu erklären, denn sie begreift sofort, dass sie mich gerade schon wieder verliert, »ich würde dir eigentlich nichts davon erzählen. Normalerweise schüre ich das Gerede der Leute nicht noch. Aber ich glaube, du hast diese Gabe, ich nehme an, du weißt es nicht und verstehen kannst du es genauso wenig«, fährt sie in einem einzigen, langen und schnellen Gefühlsausbruch fort. »Ich kann das verstehen und es tut mir Leid, wenn ich dich erschreckt habe oder so, aber du musst kapieren, wenn die Gabe so stark ist wie bei dir, kann sie gefährlich werden. Das Wetter zu beeinflussen ist etwas...« Sie zögert, sucht nach den richtigen Worten. Ich glaube, es ist nicht so sehr das Suchen nach einer Erklärung, sondern der Versuch, Wörter zu finden, die ihre geistige Verwirrung nicht noch zweifelhafter erscheinen lassen.

»Schau«, fängt sie noch einmal davon an. Ich bin erstaunt, dass sie rot wird. Ihre Wangen bekommen die Farbe von Tomatensoße. »Für gewöhnlich können solche Sachen nur Zauberer, auserwählte Zauberer, nicht Menschen wie du und ich. Weißt du, was ich meine?«

Ich mustere sie noch genauer, mit offenem Mund. Redet sie wirklich dieses Zeug? Ich muss herausfinden, was sie alles zugibt. »Also, ihr beide, du und deine Großmutter, ihr seid Hexen?«

Sie nimmt sich Zeit zu antworten, als ob sie ihre Worte besonders vorsichtig auswählt. »So könnte man sagen.«

»*Jillian* und *Kate*. Die Namen klingen nicht gerade nach Hexen.«

»Na und, was hast du erwartet?«

»Weiß nicht... Laetitia vielleicht.«

Sie sieht mich missbilligend an, verzieht aber den Mund zu einem Lächeln. »*Laetitia*? Wo hast du denn das ausgegraben? Auf dem Friedhof?«

»Das war der Name meiner Großmutter.«

»Oh.«

»Ja, und sie sah sogar aus wie eine Hexe.«

»Vielleicht war sie eine.«

»Meine Güte, nein. So ein Schwachsinn. Außerdem gibt es keine Zauberkräfte.«

Leise sagt sie: »Doch.«

»Vergiss es. Davon wirst du mich nie überzeugen. Es ist einfach ...«

»Entspricht es nicht den Regeln?«

»Meinen jedenfalls nicht, das steht fest.«

»Jarrod, ich hab gesehen, wie sich deine Gabe ausgewirkt hat. Und wenn du nicht gelernt hast, mit deinen Fähigkeiten umzugehen, kann das ganz schön ins Auge gehen. Es könnten Leute verletzt werden. Sieh dir doch bloß deinen Arm an. Was, wenn dir die Scherbe in den Hals geschnitten hätte?«

Ich starre meinen Arm an. Der weiße Verband ist wieder verrutscht, aber die Wunde hat jetzt aufgehört zu bluten. Ich nehme das als Zeichen, dass ich weder tot vor den Füßen dieses seltsamen Mädchens zusammenbrechen werde noch dringend eine Transfusion brauche. Wie auch immer, der Spaß, den sie mit mir treibt, geht jetzt zu weit. »Was sagst du da? Dass *ich* den Sturm heute verursacht habe?«

Sie nickt, lächelt und sieht wirklich erleichtert aus. Jetzt ist mir alles klar. Es versetzt mir einen Stich in den Bauch. Und das ist sehr schade, denn ich fühle mich ja eigentlich so zu ihr hingezogen, wie ich es noch nie zuvor bei einem Mädchen erlebt habe. Aber sie hat irgendwie einen Knall. Sie ist total verrückt. Es gibt keine andere Erklärung. Ich kehr um und geh den verlassenen Bergweg wieder hinab. Mit jedem Schritt werde ich schneller und rufe kurz zurück: »Ich glaube, ich versuch es lieber mit der Krankenstation.«

»Scheiße«, presst sie zwischen den Zähnen hervor. »Ich hab dir Angst eingejagt.«

Doch ich lasse mich nicht aufhalten, hör sie nur ganz leise irgendwas murmeln. Ich bin mir nicht sicher, aber ich glaube, sie hat gesagt: »*Das wär doch gelacht.*«

Sie holt mich ein, packt mich am Ellbogen, plappert munter drauflos und tätschelt meinen Arm. Ich fühle mich plötzlich wie ein verloren gegangener kleiner Hund, den sie am Wegrand gefunden hat. »Schon gut. Mach dir keine Sorgen«, sagt sie. »Ich hätte mich nicht so weit treiben lassen dürfen. Jillian ist besser mit Worten als ich. Komm schon, Jarrod, komm mit mir. Jetzt ist es nicht mehr weit.«

Zögernd lasse ich mich von ihr führen. Es ist einfacher, nachzugeben. Mein Motto war schon immer, Szenen zu vermeiden, wo es nur geht. Und außerdem vermute ich, meine Neugier hat auch noch ein bisschen nachgeholfen. Kate kann schließlich nicht wirklich einen Hau haben. Wenigstens nicht lebensbedrohend. Sie muss ungefähr sechzehn sein, so wie ich. Sie ist in meiner Klasse. Bestimmt lassen sie heutzutage keine Teenager mit Wahnvorstellungen auf die High School. Für solche Fälle gibt es besondere Heime. Oder?

Kate

Ich fand schnell eine Menge über Jarrod Thornton heraus. Das Erschreckendste ist die Tatsache, dass er sich seiner Gaben überhaupt nicht bewusst ist. Ich meine, seiner Fähigkeiten. Und es fehlt ihm ernsthaft an Selbstvertrauen. Ich frag mich, warum? Was kann sein Selbstvertrauen derart zerstört haben? Vor allem angesichts dieser Kraft, die er in sich trägt. Ich frage mich, was Jillian darüber denkt. Es gab immer nur Jillian und mich.

Wir bleiben meistens unter uns, außer wir treffen Hannah. Auch wenn Hannah selbst keine Gabe hat, interessiert sie sich trotzdem für die Kunst der Zauberei. Ich habe ein einziges Mal etwas von meiner Mutter gehört, ein kurzer Brief, in dem sie erklärte, sie habe endlich ihr Glück gefunden und lebe in Brisbane zusammen mit einem Mann und seinen drei erwachsenen Kindern. Das war vor einigen Jahren und der Brief war an Jillian gerichtet, so als ob sie immer noch nicht akzeptieren könne, dass ich geboren wurde. Ich nehme an, der Mann, mit dem sie zusammenlebt, hat keine Ahnung, dass ich überhaupt existiere. Ich sollte darüber eigentlich froh sein, weil ich von Jillian oder Ashpeak niemals weg möchte, aber manchmal kann ich einfach nicht aufhören mich zu fragen: Was zum Teufel ist los mit mir, dass meine eigene Mutter nichts von mir wissen will?

Jillian war auch allein stehende Mutter, aber darüber spricht sie selten. Alles, was ich weiß, ist, ihre entzückenden Verwandten haben sie rausgeschmissen, sobald sie erfuhren, dass sie schwanger war. Für eine Weile tat sie sich mit einem Künstler zusammen, aber der war so launisch, dass ihr nichts anderes übrig blieb als wieder auszuziehen. Danach zog sie mit ein paar Möchtegern-Hexen zusammen. Sie versuchten sich in Wahrsagerei, spirituellen Sitzungen, konkreten Bannflüchen und ähnlichem Kram gegen bare Münze. Keine war aber besonders gut. Eigentlich verdienten sie ihr Geld, indem sie sich die Leichtgläubigkeit der Leute zu Nutze machten. Einmal plagten sie eine ältere Witwe, indem sie Kontakt zu deren verstorbenem Ehemann aufzunehmen versuchten. Sie sagten ihr, sein Geist sei verloren und dass er sich ohne sie elend fühle und nicht zur Ruhe kommen könne. Ein paar Tage später fand Jillian heraus, dass die Frau eine ganze Packung Schlaftabletten geschluckt hatte und in ein Koma gefallen war, aus dem sie kein Arzt mehr zurückholen konnte. Diese Tragödie hatte Jillian dazu gebracht, auszuziehen und lieber allein zu wohnen. Am Ende war es das Beste, was sie tun konnte. Sie fing ihr eigenes Geschäft an und bot ihre Fähigkeiten, ihre Kräuter, ihr Parfüm, ihre Kristalle und all solche Sachen auf einem Markt im Ort an. Sie arbeitete hart, sparte so viel sie konnte und inzwischen hat sie ihren eigenen Laden – den Kristallwald.

Ich dränge Jillian nie, mir mehr zu erzählen als das, was sie erzählen will. Ich respektiere ihre Privatsphäre. Das gilt umgekehrt genauso.

Ich führe Jarrod um die letzte der drei Haarnadelkurven, wo der Weg als Sackgasse endet. Unser Haus ist jetzt das einzige Gebäude weit und breit. Unten am Berg gibt es zwar noch andere Häuser, aber die meiste Zeit bleiben Jillian und ich hier oben ungestört. Jillian gefällt es so, na ja, und zu mir passt es auch.

Das Haus ist klein. Es hat ein spitzes Dach und ist hauptsächlich aus Holz gebaut. Nur das Fundament ist aus Ziegelsteinen gemauert. Im vorderen Teil des Hauses befindet sich der Laden. In allen Fenstern liegen Jillians Schmucksachen aus, die jetzt in der Vormittagssonne glitzern. Auf der Rückseite des Hauses sind Jillians Räume, eine Küche, das Wohnzimmer und ein Bad. Der ganze oberste Stock ist mein Reich. Alles ist sehr klein, aber ich bin glücklich, auch wenn ich nur in der Mitte, wo das spitzwinklige Dach am höchsten ist, ganz aufrecht stehen kann. Hier bin ich wenigstens ganz für mich. Nachts hört man nur die tröstlichen Laute des Waldes. Ich frage mich plötzlich, was Jarrod von meinem Zuhause denkt.

Eigenwillig, vermute ich. Ich werde nicht noch einmal versuchen, in sein Inneres zu dringen. Es macht ihn nur noch abweisender. Er ist nicht sehr empfänglich für Unbekanntes. Was er nicht sofort und unmittelbar versteht, was sich nicht nach seinen »Lebensregeln« richtet, erschreckt ihn höllisch. Ich muss Jillian warnen, sie soll nichts überstürzen.

Die Türglocke bimmelt, als ich mit Jarrod durch die gläserne Haustür trete. Jillian ist draußen hinter dem Haus. Als sie die Glocke hört, die normalerweise Kunden ankündigt, kommt sie durch die hölzerne Pforte herein. Ich lächle sie an. Auch wenn es ungewöhnlich ist, dass sie mich zu dieser Tageszeit zu Gesicht bekommt, wenn ich eigentlich in der Schule sein sollte, kann ich mich drauf verlassen, dass sie deswegen nicht wütend wird. So ist sie – sie verurteilt nicht gleich.

Das Lächeln vergeht mir aber sofort. In dem Moment, als Jillian Jarrod sieht, bleibt ihr der Mund offen stehen und sie kneift die Augen zusammen, als ob sie versucht, etwas Genaueres herauszufinden. Wir gehen auf sie zu. Ihre Augen öffnen sich plötzlich weit vor Staunen und Erregung. Sie sieht komisch aus, aber mir ist nicht nach Lachen zu Mute. Irgendetwas stimmt nicht. Panisch kramt sie in ihrer Jeans nach der Brille. Sie setzt sie auf und fängt an zu schreien.

Ihre ängstlichen Schreie werden immer schriller. Ich hab das Gefühl, mitten im Urwald zu stehen. Ich komme nicht ganz mit. Sie murmelt seltsames Zeug von üblen und bösen Geistern oder so was, aber es ist schwer, konkrete Worte herauszuhören.

Schließlich schweigt sie, doch sie atmet noch immer schwer, eine Hand liegt gespreizt über der sich hebenden und senkenden Brust.

Irgendwie ist heute der richtige Tag, dass sämtliche unerwartete Dinge auf einmal geschehen. Zuerst dieser seltsame Sturm im Labor und jetzt Jillian, die die Fassung verliert. Das passt eigentlich so wenig zu ihr, dass ich völlig verdutzt dastehe. Vorsichtig werfe ich einen Seitenblick auf Jarrod. Das hat ihm sicher gerade noch gefehlt. Jetzt wird er erst recht denken, Jillian und ich sind verrückt. Misstrauen, der Schreck und die Angst, in Gefahr zu sein, stehen ihm förmlich ins Gesicht geschrieben. Dieser leidende Ausdruck macht mich wahnsinnig. Warum reißt er sich nicht zusammen? Kapiert er nicht, dass Jillian außer sich ist?

»Was ist los, Jillian?«

Sie zeigt mit zitternder Hand auf Jarrod. »Schlangen. Ich habe Schlangen gesehen.«

Jarrod hebt die Augenbrauen.

»Auf *ihm*?«, frage ich.

Sie nickt und holt tief Luft. »Eine Vision. Es muss eine Vision gewesen sein. Jetzt sind sie weg.« Zögernd wendet sie ihren Blick von Jarrod ab und sieht mich mit ihren blauen Augen an. »Da waren mindestens zwanzig, Kate. Sie schlängelten sich um seinen Oberkörper. Grüne, schleimige Dinger, die sich ganz um ihn herumwanden, über seine Schultern, seinen Kopf, in seine Haare hinein.«

Ich zweifle keine Sekunde an dem, was sie sagt. »Was hat das zu bedeuten?«

Sie schaudert und lässt die Brille wieder in ihre Hosentasche gleiten. »Ich weiß nicht, Liebling. Schlangen sind abscheuliche Kreaturen und ein Zeichen für die Gegenwart des Bösen.«

»Wir haben uns gerade erst kennen gelernt, aber ich spüre nichts Böses an ihm.« Ich denke darüber nach und schüttle den Kopf. »Nein, nichts Böses, Jillian. Das nicht. Er ist eher…« Ich zucke mit den Achseln. Vor meinem inneren Auge formen sich verschiedene Bilder. »… ein bisschen wie ein junger Hund.«

»Wenn du mich bitte entschuldigen würdest«, Jarrods sanfte Stimme drängt sich zwischen uns. »Das alles ist sehr unterhaltend. Wenn ich je meinen Sinn für Humor wieder zurückgewinne, werde ich sicher drüber lachen – ungefähr in zwanzig Jahren. Jetzt muss ich aber gehen, um einen neuen Verband zu kriegen, du erinnerst dich?«

Großartig. Natürlich weiß ich, was er vorhat. Ich ignoriere seinen Wunsch, so schnell wie möglich hier rauszukommen und versuche, ihm über sein Misstrauen und seine aufsteigende Angst hinwegzuhelfen. »Warte, Jarrod. Lass es mich erklären.«

Er rückt seine Brille zurecht, dann hebt er den Zeigefinger und schüttelt verneinend den Kopf. »Ich glaube nicht, dass ich es hören will. Sei mir nicht böse, aber ... das hier ist nicht meine Welt. Willst du die Wahrheit wissen? Ich hasse Schlangen. Ich hatte mal ein Erlebnis mit Schlangen, in meinem Bett.« Er zittert am ganzen Körper. »Nie wieder.« Er wendet sich zum Gehen, aber ich hole ihn vor der Tür ein. »Wenn du schon da bist, lass uns deinen Arm versorgen. Wenigstens das können wir tun, wirklich.«

»Ich glaube, das Mindeste, was du tun kannst, ist schon geschehen – für meine Gesundheit. Jetzt versperr mir nicht den Weg oder ich muss dich leider nach draußen schubsen, Kate.«

Es geht ein seltsamer Wind. Die Schmucksachen und Glockenspiele fangen an, hin und her zu tanzen. Der Wind bläst mir ins Gesicht und wirbelt mein Haar durcheinander. Ein unglaubliches Gefühl. Der Wind ist nicht so zerstörerisch wie vorhin im Labor. Dieser Wind ist mystisch, aber zahm – und er singt für mich. Ich wünschte, ich könnte das Gefühl mit Jarrod teilen, denn er hat den Wind verursacht. Da bin ich mir sicher. Und es ist ein so schöner Wind, der um meine Füße wirbelt und sich sanft nach oben dreht. Ich werde von ihm so erfüllt, dass ich beginne, mich im Wind zu bewegen, durch ihn hindurch, in ihn hinein.

Ich vergesse Jarrod fast dabei und sein Bedürfnis zu fliehen. Aber er hat den Wind auch bemerkt. Er sieht mich verwirrt an, mit gesenktem Kopf, als sei er gegen seinen Willen fasziniert.

»Ooh, wie angenehm.« Jillian kommt wieder herein, die Hände voll mit Verbandszeug und antiseptischen Heilkräutern. »Wenn du dich für eine Minute hinsetzt ... Jarrod, nicht wahr?«

Er nickt, denkt einen Moment nicht ans Wegrennen und setzt sich auf den Stuhl, auf den Jillian zeigt. Ich sehe, wie er durch die Fenster hinausschaut und die unbewegten Bäume draußen betrachtet. Er fragt sich bestimmt, wie hier drinnen ein solcher Wind wehen kann, während es draußen ruhig und windstill ist. Es ist gut, dass er sich wundert. Ich lasse ihn gewähren, ohne mich in seine Gedanken einzuschleichen. Ich habe gerade gelernt, mich zurückzuhalten.

Der Wind legt sich in dem Augenblick, als der erste Tropfen des Desinfektionsmittels in Jarrods offener Wunde zu brennen beginnt. »Hey! Was ist denn das für ein Zeug?«

»Eine Tinktur aus Johanniskraut. Ein sehr gutes Desinfektionsmittel. Wirkt entzündungshemmend und beruhigend«, erklärt Jillian. Sie scheint wieder ganz gelassen, nachdem die beängstigende Vision offensichtlich verschwunden ist.

»Können Sie nicht was Normales nehmen?«, fragt Jarrod sarkastisch. »Keins von den üblichen Mitteln brennt halb so sehr wie das.«

Jillian macht behutsam weiter. Ich merke, dass ihre Hände immer noch etwas zittern. Eine Nachwirkung der Vision. »Na gut, ist nicht sehr tief.« Sie drückt, wo die Wunde am tiefsten ist, die Haut zusammen und klebt drei Heftpflaster drüber. »Jedenfalls glaube ich nicht, dass es genäht werden muss«, sagt sie ganz sanft. Sie hat sich jetzt wieder vollkommen im Griff. »Bist du gegen Tetanus geimpft?«

Er nickt. »Hm, ja, ich denke ... ich geh regelmäßig ...« Er blickt schnell auf, das Blut schießt ihm ins Gesicht. »Kein Problem«, murmelt er.

»Gut«, antwortet Jillian zerstreut, nachdem sie einen sterilen Verband angelegt hat. »So müsste es gehen. Aber wenn es sich entzündet, musst du zum Arzt.«

»Sich entzündet?«, fragt Jarrod verwirrt.

Jillian beginnt die Verbände, die Pinzetten und die Pflasterrollen wegzuräumen.

»Wenn es heiß wird. Oder rot. Oder anschwillt«, erkläre ich. Ich hab schon hundertmal dabei zugesehen. Die Nachbarn kennen Jillians Geschick bei kleineren Verletzungen. Und da es mit dem Auto gute zwanzig Minuten bis zum örtlichen Krankenhaus sind und es manchmal Tage dauert, bis man dort einen Termin kriegt, kommen sie bei kleineren Unfällen meist zu ihr. Aber Jillian behandelt nicht nur Menschen. Sie versorgt auch verletzte Waldtiere, pflegt sie gesund und lässt sie dann wieder frei. Es ist keine Seltenheit, dass jemand nachts mit einem Opossum oder Koalabär vorbeikommt, den er verletzt unten an der Straße gefunden hat.

Sichtlich zufrieden mit meiner Erklärung und der ersten Hilfe für seinen Arm, siegt bei Jarrod die Neugier über seine Angst. Er fängt an, in all den kuriosen Sachen, die Jillian in ihrem Laden hat, herumzustöbern. Es sind hauptsächlich Sachen für Touristen – Glaswaren, Öle, Amulette, Esoterikbücher. Jillian nimmt mich zur Seite und ich schildere ihr kurz, was an diesem Vormittag im Labor passiert ist. Sie hört aufmerksam zu und nickt manchmal.

»Er wirkt so sanftmütig«, flüstert Jillian. Sie ist kaum zu verstehen. »Aber ich spüre mehr. Er hat eine wirklich ungewöhnliche Aura.«

»Er ist voll Energie, Jillian. Ich hab's gesehen. Ich hab's gespürt.«

»Seltsam, dass er sich darüber so wenig bewusst ist, Kate. Die, die mit übernatürlichen Fähigkeiten geboren werden, erkennen es entweder schon früh oder überhaupt nicht. So können die Fähigkeiten gedeihen – wie in deinem Fall – oder sie liegen brach. Die Unglücklichen, die es nicht erkennen, merken es normalerweise ihr ganzes Leben nicht. Ich habe das schon oft erlebt. Vor Jahren hat Denise Hillers Baby jedes Mal den Telefonhörer abgenommen, sobald jemand anfing ihre Nummer zu wählen. Denise ärgerte sich, wenn sich die Leute beklagten, dass ständig bei ihr besetzt sei. Immer wieder schimpfte sie mit ihrer Tochter, bis diese endlich begriff. Jetzt ist sie erwachsen und wird nie wieder ihre Kraft einsetzen können. Sie wird zwar mit ihrem bemerkenswerten sechsten Sinn ein paar Kleinigkeiten bewirken können. Aber das ist auch schon alles. Wir haben versucht, wieder ein bisschen was zurückzuholen, aber das meiste ist verloren.«

»Jarrods Kraft ist immens, doch er ist sich überhaupt nicht darüber bewusst.«

»Wirklich merkwürdig. Als ob die Kraft durch etwas Bestimmtes ausgelöst worden wäre.«

Ich versuche, ihren Gedanken zu folgen. »Glaubst du, es gibt einen Grund, dass seine Kraft sich gerade jetzt bemerkbar macht?«

Sie zuckt mit den Achseln. »Ich weiß nicht, Kate. Ich kann es nur vermuten.«

Ich denke kurz nach. Da ist noch was, was mir komisch vorkommt. »Wenn Jarrods Kraft so groß ist, dass er das Wetter beeinflussen kann, und er nicht lernt, wie er sie kontrollieren kann, könnte *alles* passieren. Das

Chemielabor ist heute fast vollständig zerstört worden. Reines Glück, dass nicht noch jemand verletzt wurde.«

»Du musst in seiner Vergangenheit nachforschen und sehen, was dort verborgen liegt. Unkontrollierte Kräfte können verheerende Folgen haben, Kate. Aber lass dir Zeit. Er wirkt irgendwie sensibel.«

Das ist noch harmlos ausgedrückt. Er macht einen ganz und gar zerbrechlichen Eindruck.

Als Jarrod zurückkommt, hören wir auf zu flüstern. Er bedankt sich bei Jillian und wir gehen nach draußen. Aber auch das Leuchten des strahlend blauen Himmels bringt Jillians Warnung in meinen Ohren nicht zum Verstummen.

Jarrod

»Hat jetzt wohl keinen Sinn mehr, noch zurück in die Schule zu gehen.«

Ich schaue sie an. Soll das ein Witz sein? Wir stehen in der einsamen Sackgasse vor dem verrückten Laden ihrer Großmutter. Ich schau auf die Uhr. Es ist elf. »Das mag für dich okay sein, aber ich will nicht schon am ersten Tag einen Rausschmiss riskieren.«

»Ich möchte dir was zeigen.«

»Tut mir Leid, lieber nicht.« Ich gehe den Weg hinunter und kann gar nicht schnell genug wegkommen. Kate ist wirklich verrückt, ihre Großmutter auch. Jetzt weiß ich, woher Kate das hat. Die Arme hat keine Chance. Liegt eben an ihren Genen. »Ein anderes Mal vielleicht.« *Heißt so viel wie nie!*

»Ist nicht weit.« Ihre Beharrlichkeit kann einem das Leben schwer machen. »Komm schon, Jarrod. Gib mir 'ne Chance. Ich möchte wieder gutmachen, was vorhin mit Jillian und den ... na, du weißt schon«, sie zuckt mit den Schultern, »mit den *Schlangen* gewesen ist.«

Der Vorfall mit ihrer Großmutter hat mich mehr aufgewühlt als der seltsame Sturm im Labor. Der ist nichts weiter als eine nebulöse Erinnerung. Ich versuche, so unbeteiligt wie möglich auszusehen.

»Vergiss es.«

»Du wirst den Ort lieben. Er ist verzaubert!«

Verzaubert! Das war's dann also. »Aha.«

Sofort erkennt sie, dass sie einen Fehler gemacht hat, und zieht die Nase hoch. »Nein, so mein ich es nicht. Verstehst du, nicht in einem magischen Sinn«, berichtigt sie schnell. »Es ist einfach ein angenehmer, ein besonders schöner Ort.«

»Hmm.« Ich bin hartnäckig, denn ich hab wirklich genug von diesem magischen Quark.

»Hör zu«, beharrt sie, »dieser Ort ist wirklich etwas Besonderes für mich. Und ich wette, du hast noch nicht viel von der Gegend hier gesehen.«

Das stimmt natürlich, da wir erst vor ein paar Tagen angekommen sind. Seitdem habe ich die meiste Zeit das alte Haus repariert und es für Papa so hergerichtet, dass er sich überall mit den Krücken bewegen kann.

»Also?«

Sie nimmt meinen Arm. Ihre Finger sind fest und warm. Ich schaue ihr ins Gesicht. Sie ist ein ganz schönes Stück kleiner als ich, mindestens einen Kopf. In ihren blaugrauen Augen spiegelt sich die Sonne, als ihr Gesicht wieder zu diesem Lächeln aufblüht. Sie zieht an meinem Arm und ohne weiter darüber nachzudenken, folge ich ihr in den Wald. »Du bist gefährlich.«

Sie lacht, aber sie antwortet nicht. In den nächsten zwanzig Minuten sagt keiner von uns was, denn wir kämpfen uns durch ein Labyrinth aus dicken, herabhängenden Kletterpflanzen und halb verfaulten umgefallenen Bäumen, die jetzt wahrscheinlich Gott weiß was für Tieren als Behausungen dienen. Mein Hirn arbeitet sich blitzschnell durch die Liste der Lebewesen, die sich vielleicht jetzt gerade an meine Schuhe hängen und nach oben kriechen, bis sie das erste ungeschützte Stück Haut erreicht haben – Zecken, Blutsauger, *Schlangen*!

Endlich sind wir da und ich muss zugeben, die Schönheit des Ortes ist wirklich atemberaubend. Ein kleiner Fluss sprudelt über einer Ansammlung von liegenden Steinen. Das Wasser ist so klar, dass ich jeden glatt geschliffenen Kiesel unter der Wasseroberfläche sehen kann. Auf der anderen Seite des Flusses erstreckt sich ein Feld mit unzähligen tiefgrünen Farnen, die etwa kniehoch sind und sich in der leichten Brise hin und her wiegen.

»Na, was sagst du?« Sie steht neben mir, blickt stolz über den kristallenen Fluss, als ob dieses Schauspiel allein ihr Werk sei. Ich hebe einen kleinen Kiesel auf und versuche, ihn auf dem Wasser springen zu lassen. Er geht unter, sobald er das Wasser auch nur einmal berührt. »Schön.«

Sie runzelt enttäuscht die Stirn. Aber ich habe es satt, gefällig zu sein. »Ist das alles, was du dazu zu sagen hast, einfach nur *schön*?«

Ich sitze auf einem umgefallenen Baumstamm und fange an, meine Füße nach Blutegeln abzusuchen. »Also gut, sehr schön.« Sie sitzt neben mir und seufzt. Offensichtlich sieht sie ein, dass sie nicht mehr von mir zu hören bekommt. »Tut mir Leid, dass Jillian plötzlich so ausgeflippt ist. Wahrscheinlich wirst du es mir nicht glauben, aber sie ist hier bekannt für ihre extreme Toleranz und Ruhe, gerade unter Stress. Manchmal wirkt sie höchstens ein bisschen unaufmerksam, aber das ist so ihre Art. Sie ist intelligent, liebt die Natur und sie ist eine wunderbare Zaub...«

Klugerweise beendet sie den Satz nicht.

»Sie hat mich schon als Baby zu sich genommen, nachdem meine Mutter sich auf und davon gemacht hat.«

Sie zuckt mit den Achseln, als wäre es ihr egal, dass ihre Mutter sie verlassen hat. Man muss kein Psychologe sein, um zu sehen, dass es ihr natürlich nicht egal ist. Allmählich verblasst die Erinnerung an Jillians hysterischen Anfall.

»Ach, vergiss es. Nur keine Aufregung.«

Wir sind einen Moment still und nehmen die angenehme Umgebung in uns auf – Wasser, das sich über Felsen herabstürzt, eine sanfte Brise, die mit Farnen und Kletterpflanzen und mit Millionen von Eukalyptusblättern spielt, den Geruch von feuchter Erde und Moos. Kate sitzt neben mir. Ihr Kopf ist zur Seite geneigt, ihre Augen hat sie geschlossen. Sie sitzt ganz still da und ist mit sich selbst beschäftigt. Plötzlich beneide ich sie. Dieser Berg ist ihr Zuhause, vielleicht war er es schon ihr ganzes Leben lang. Hier hat sie ihre Wurzeln. Und es ist offensichtlich, dass sie diese Gegend liebt. Dieses Gefühl kenne ich nicht – einen Ort Zuhause nennen zu können oder mich in einer Clique von Freunden aufgehoben zu fühlen. »Lebt ihr allein, nur du und deine Großmutter?« Beiläufig frage ich mich, ob sie findet, dass ich mich aufdränge.

Sie zuckt bloß mit den Achseln. »Ja, ich weiß nicht, wer mein Vater ist. Ich kenne nicht mal seinen Namen.«

»Das ist hart. Dann könnte es ja jeder sein. Weißt du wenigstens irgendetwas über ihn, womit du was anfangen kannst?«

Sie geht in die Defensive. »Wer sagt, dass ich das überhaupt will?« Sie schaut weg, aber ich sehe ihr an, dass sie unruhig ist. Als sie schließlich wieder zu sprechen anfängt, ist ihre Stimme sanft. »Ich weiß, dass er hier im Wald gezeltet hat. So ist er meiner Mutter begegnet. Sie ist immer hierher gekommen, um am Fluss zu sitzen und davon zu träumen, eines Tages in einer großen Stadt zu leben. Sie mochte den Berg nie.«

»Was ist passiert?«

»Er hatte gerade erst die Schule hinter sich gebracht und war auf den Berg gestiegen, um sich ein bisschen zu erholen. Er war in ein paar giftige Nesseln geraten und meine Mutter hat ihn versorgt. Offenbar nicht nur den Fuß.«

»Glaubst du, sie haben sich geliebt?«

Ihre Augen verändern sich, als ob sie in die Vergangenheit abtaucht und sich ihre Eltern bildhaft vorstellt, wie sie vor so langer Zeit waren, junge Liebende, die sich im Wald treffen.

»Woher soll ich das wissen? Können zwei Menschen sich so schnell ineinander verlieben? Sie hatten nur ein paar Tage zusammen.«

Das schlägt ein wie eine Bombe. Das ist der Grund, warum Kate diesen Ort als etwas Besonderes empfindet. »Es war hier, oder?«

Sie zieht ihre Schultern ein bisschen hoch.

»Hier hat dein Vater gezeltet, haben deine Eltern ...«

Sie geht wieder in die Defensive. »Ja, und?«

»Nichts. Ich wollte nicht ...« Sie schaut mich groß und durchdringend an. Mir bleiben die Worte im Hals stecken.

»Warum ist denn deine Familie hierher gezogen?«, wechselt sie das Thema. »Auch wenn *ich* dieses Nest liebe, ist es doch manchmal nicht gerade angenehm. Besonders im Winter. Es schneit sehr viel, weißt du, und an manchen Tagen ist der Wind eisig. Er dringt schneidend kalt durch alles hindurch, was du anhast. Morgens ist es jetzt schon sehr kalt. Der Winter kommt früh dieses Jahr.«

Ich finde, sie hat ein Recht auf ihre Privatsphäre – die Vergangenheit schmerzt sie offenbar. Das geht mir genauso. Das zumindest haben wir gemeinsam. »Papa hatte einen Unfall, bei dem er sich ein Bein ziemlich übel verletzt hat. Er war so am Ende, da hat Mama gedacht, er braucht die Ruhe, die ein Ort wie dieser bietet.«

Sie nickt zustimmend. »Wie ist es passiert? Der Unfall?«

»Er hat sich die Hände in der Garage gewaschen, wo er an einem alten Traktor arbeitete, dann ließ er die Seife fallen. Ein paar Minuten später ist er auf der Seife ausgerutscht und fiel gegen die Eisenregale, die ihn unter sich begruben.«

»Echt?«

»Ja, sie zerschmetterten ihm das Bein und zerstören einige Sehnen und Muskeln für immer.«

Ihre mandelförmigen Augen werden rund, ihr Mund öffnet sich nur ein klein wenig. »Das ist ja grotesk.«

»Genau das haben alle gesagt – ein grotesker Unfall.«

Sie erinnert sich jetzt vielleicht, wie ich am Morgen im Chemielabor vom Stuhl gefallen bin. »Du brauchst nichts zu sagen. Ich weiß, Ungeschicklichkeit ist erblich.«

»Das wollte ich gar nicht sagen.«

»Ja, sicher«, sage ich sanft.

»Dann kommt es wohl oft vor.«

»Was?«

»Unfälle in deiner Familie.«

Das Pech klebt an uns wie Schwefel. Natürlich sage ich das nicht. Stattdessen zucke ich mit den Achseln. »Es gab schon ein paar Knochenbrüche.«

Sie schaut erstaunt. »Ja? Wie viele?«

»Oh, ich weiß nicht. Jedenfalls mehr als genug.«

»Ehrlich?«

»Zuerst war da der Autounfall, bei dem sich Mama zwei Rippen und einen Arm brach und sich das Schlüsselbein prellte. Casey, mein kleiner Bruder, brach sich den Ellbogen, als er vor ein paar Jahren von der Schaukel fiel. Als ich vier war, fiel ich aus meiner Schlafkoje und das Bein war zweifach gebrochen. Als ich sieben war, brach ich mir beim Sprung über eine Bank im Stadtpark die Hüfte. Und dann kam die Sache mit Papas Bein, obwohl er es genau genommen natürlich nicht gebrochen hat.«

Sie starrt mich zweifelnd an. »Ich hab mir noch nie was gebrochen.«

»Du hast eben Glück.«

»Irgendwelche andere berichtenswerte Vorfälle?«

Ich fahre mir mit den Fingern durchs Haar. So eine Angewohnheit. Ich mach es hauptsächlich, wenn ich in die Enge getrieben werde. Ich hab keine Lust, Kate zu erzählen, dass das Geschäft meiner Familie Pleite gegangen ist oder dass an der Schule, in die ich zuletzt ging, ein Feuer die ganze Kunstabteilung verwüstet hat. Ich hatte nichts damit zu tun – ich war nur zufällig gerade der einzige Schüler dort und arbeitete an einem Referat, als eine Gasleitung explodierte und drei Klassenzimmer in die Luft sprengte. Ich hatte Glück, dass ich gerade ein paar Sekunden vorher raus aufs Klo gegangen war.

Sie beobachtet mich genau. Ich glaube, sie kann geradewegs in mich hineinsehen. »Komm schon, raus damit.« Sie klopft mir mit der Hand auf die Schulter.

»Schon gut, schon gut.« Ich packe ihr Handgelenk, damit sie es nicht noch mal macht, und halte ihre Hand weiter fest. Ein schönes Gefühl. »Das Haus, das wir gemietet hatten, wurde durch eine Hochwasserkatastrophe zerstört.«

»Oje, wurde jemand verletzt?«

»Nein, aber fast. Der staatliche Rettungsdienst half, uns zu evakuieren. Aber meine Mutter bestand dickköpfig darauf, eine Fotoschachtel zu retten, und wäre fast ertrunken.«

»Eine Menge Leute sagen, dass sie das tun würden – Fotos retten. Ich nicht. Ich würde sofort ...« Ihr Blick flattert kurz zu mir, dann zurück zum Fluss. »Nicht so wichtig. Habt ihr an einem Fluss gewohnt?«

»Eigentlich war es nur ein Bach. Er war vorher noch nie über die Ufer getreten. Hat die ganze Stadt überrascht.«

Sie schüttelt teilnahmsvoll den Kopf. Ich bin erstaunt über die Ruhe, mit der ich ihr mein Herz ausgeschüttet habe. Ich habe noch nie jemandem so offen von der chronischen Pechsträhne meiner Familie erzählt. Aber bei Kate rutscht es einfach so aus mir raus. Nein, es sprudelt geradezu.

»Dann habt ihr also alles verloren?«, fragt sie. »Außer den Fotos?«

»Und Papas kostbarem Familienbuch«, erkläre ich. »Er hütet es wie seinen Augapfel. Es war das Erste, was er in Sicherheit brachte. Er hat daran mehr als zwanzig Jahre gearbeitet. Die Thornton-Linie reicht bis ins Mittelalter zurück. Bis ins 12. Jahrhundert, glaub ich, ins Grenzgebiet zwischen England und Schottland – umkämpftes Land. Die Thorntons besaßen eine der frühesten Burgen aus Stein. Die Burg gibt es offenbar immer noch, auch wenn sie nicht mehr den Thorntons gehört. Irgendwann im Lauf der Geschichte haben sie die Burg verloren. Aber sie sieht heute nicht mehr so aus wie früher. Sie wurde wieder neu aufgebaut mit Ziegelsteinen und richtigen Zimmern und allem.«

Kate schaut tief beeindruckt und macht große Augen. »Machst du Witze? Hast du die Burg gesehen?«

»Nein, aber Bilder.«

»Gott, Jarrod, das ist ja fantastisch. Ich würde nur zu gern mal das Buch deines Vaters sehen. Meine Familie ist so klein. Alles, was ich weiß, ist, dass Mama nach Brisbane abgehauen ist und Jillian auch allein erziehend war. Ende der Geschichte.«

Das haut mich um. Ich spüre, wie sie ihre Hand aus meiner windet. Ich lass es nur ungern zu. Ich habe gedacht, sie wäre glücklich mit einem sicheren Zuhause und der Tatsache, ihr ganzes Leben in nur einer Stadt gewohnt zu haben. Dabei ist ihre Situation gar nicht so anders als meine. Ich hab zwar nicht meine Wurzeln auf diesem Berg, aber dafür kennt sie ihre Vorfahren nicht. Sie kennt nicht mal ihre Eltern. Ich hab den plötzlichen Drang, meine Familiengeschichte mit ihr zu teilen. »Wenn du willst, kann ich das Buch ja mal mitbringen.«

»Das wär toll.«

Unfassbar, wie anders – wie normal – sie ist, wenn sie nicht über Zauberei und solches Zeug redet. Irgendwie ahne ich, dass es zu schön ist, um von Dauer zu sein. Ich stehe auf. Zum Nachmittagsunterricht könnte ich es vielleicht noch schaffen. Genau in diesem Moment fängt sie wieder damit an. »Ich glaube, deine Familie könnte geächtet sein, verflucht, verstehst du?«

Ich rolle die Augen bei dem absurden Gedanken. »Glaub ich nicht.«

Ihre Begeisterung beflügelt ihre Fantasie. Sie klettert auf den umgefallenen Baumstamm, als ob ihre verrückte Theorie dadurch irgendwie glaubwürdiger werden könnte, nur weil sie höher steht. Ihre Hände malen ein unsichtbares Muster in die Luft, während sie versucht, auf den Punkt zu kommen. »Denk mal darüber nach. All diese Unfälle. Und ... und deine *Kräfte* ... der Fluch muss etwas damit zu tun haben.« Sie schnippt mit den Fingern, als ihr plötzlich eine Idee kommt. »Der Fluch könnte deine Kräfte freigesetzt haben.«

Ich gebe auf und gehe los in die Richtung, aus der wir gekommen sind. »Fang nicht wieder damit an, Kate. Du verdirbst mir den ganzen Tag.«

Sie springt von dem Baumstamm und holt mich ein, völlig besessen von ihren wahnwitzigen Theorien. »Ich glaube, dass deine Kräfte aus irgendeinem Grund zunehmen. Vielleicht verstärkt sich der Fluch noch.«

»Ich kann mich nicht erinnern, deiner Theorie über einen Fluch zugestimmt zu haben.«

»Schau«, fährt sie fort, »der Zustand deines Vaters ist ernst. Es ist kein gebrochener Knochen, der wieder heilt.« Sie packt meinen unverletzten Arm und zieht mich mit aller Kraft zurück. Ihre Stärke überrascht mich. »Willst du das nicht begreifen?«

Stark oder nicht, ich hab genug von diesem Quatsch. »Kannst du bitte mit diesem Mist aufhören. Pech ist einfach Pech. Es hat nichts zu bedeuten. Ich habe keine so genannten *Kräfte*. Das ist absurd. Lass mich in Ruhe. Ich will normal sein wie jeder andere auf dieser Welt auch.«

Sie steht ganz ruhig da. »Glaubst du, ich will nicht so normal sein wie jeder andere? Glaubst du, mir gefällt es, damit zu leben?«

Ich sehe sie an. Was sagt sie da gerade? »Du?«

»Ich habe auch diese Fähigkeiten«, antwortet sie so

leise, dass ich es kaum hören kann. »Keine großen, wirklich. Nicht so große, wie ich gern hätte. Aber ich kann ein paar Zaubersprüche anwenden. Weißt du, das Radio in einem andern Zimmer anschalten, die Zeiger einer Uhr schneller wandern lassen und ähnliche Tricks. Aber meine wichtigste Gabe ist es, mich in das Bewusstsein anderer Leute hineinzuversetzen.«

Der letzte Teil ist zu viel für mich. »Willst du behaupten, du kannst Gedanken lesen?«

»Nein, so was Großartiges leider nicht. Obwohl ich das mit Jillian und Hannah ausprobiert habe. Aber ich kann Gefühle spüren. Ich kann sagen, ob eine Person wütend ist oder traurig oder verängstigt, auch wenn man ihr äußerlich überhaupt nichts anmerkt.«

»Sehr interessant«, antworte ich ironisch, während in mir der Drang hochsteigt, wegzurennen. Ich muss einfach hier weg. Raus aus dem Wald, weg von Kate und allem, was sie sagt. Ich fange an zu laufen und zu springen, schlage Äste und Blätter aus dem Weg und hoffe, dass ich ungefähr in Richtung Straße renne.

»Ich war heute Morgen in deinem Kopf, Jarrod Thornton!«

Ich halte mein Tempo, bis ich mich endlich zum Weg durchgekämpft habe. Ich komme nicht an derselben Stelle raus, wo wir in den Wald gegangen sind, aber was macht das schon. Hauptsache, ich bin erst mal draußen. Unglücklicherweise ist Kate direkt hinter mir. Ich drehe mich um. Ich bin entschlossen, sie endlich loszuwerden.

»Du bist ein albernes Huhn, Kate ... was immer du für einen Nachnamen hast.«

»Mein Name ist Warren. Und verdammt, du hast es gespürt!«

Immer noch schwer pustend, versuche ich wieder zu Atem zu kommen. Sie weiß nicht, wovon sie redet. Sie macht mich wahnsinnig. Ich weiß, dass das, was ich sagen will, sie verletzen wird, aber ich muss es sagen. »Hör zu, Kate Warren, du bist verrückt. Du bist wahnsinnig. Sie müssen dich einsperren, bevor du jemanden verletzt.«

Ich fange wieder an zu rennen, den gewundenen Weg bis zur ersten Haarnadelkurve. Das Laufen fällt mir jetzt viel leichter, denn es geht nur noch bergab. Wenn ich doch meine Beine dazu bringen könnte, schneller zu laufen. Weg von Kate, weg von ihren Psycho-Beschuldigungen. Ihre sanft gesprochenen Worte hallen in meinem Kopf wider, als ob sie direkt neben mir stünde und mir ins Ohr flüstert. *»Wenn deine Kräfte nicht kontrolliert werden, bist du es, der jemanden verletzen könnte.«*

Ich schüttle den Kopf und schaue mich um. Niemand da. Trotzdem, ich schwöre, es war Kates Stimme. Ich bekomme Gänsehaut. Das muss ich mir eingebildet haben. Das kann unmöglich Kate gewesen sein, sondern nur mein Unterbewusstsein. Das ist alles.

»Alles könnte passieren!«

Ihre Verrücktheit ergreift Besitz von mir. Ich gelobe mir, dass ich alles, absolut alles tun werde, um mich von ihr fern zu halten. Ich werde herausfinden, mit wem sie in der Schule befreundet ist, und dafür sorgen, dass ich mich einer anderen Clique anschließe. Sogar wenn es die Clique von Pecs ist. Immer noch besser, als Kate ertragen zu müssen.

Kate

Am Freitagmorgen stehen wir vor Schulbeginn alle in Gruppen auf dem Hof vor der Kantine. Hannah und ich treiben uns für gewöhnlich nicht hier herum. Es gibt zwar nirgends ein Schild, auf dem steht: *Nur für Trendies*. Trotzdem weiß jeder, dass die Tische der Treffpunkt der Obercoolen sind. Aber heute regnet es. Ein kalter Wind pfeift durch die Schuluniform. Hätte ich bloß meinen Blazer und darunter den kastanienbraunen Wollpullover angezogen. Der Hof ist der einzige Teil der Schule, der einigermaßen Schutz vor diesem rauen Wetter bietet. Eigentlich sollen alle unter dem Hofdach Platz haben, aber dann sind wir eingepfercht wie die Schafe.

Ich hab fast eine Woche Zeit gehabt, über Jarrod nachzudenken. Mein Kopf weigert sich einfach, irgendwas anderes zu denken. Ich hab seit dem ersten Tag nichts mehr mit ihm zu tun gehabt, oder besser, er hatte nichts mehr mit mir zu tun. Er hält Distanz und ich muss es akzeptieren. Er will es offenbar so. Ich weiß genau, was los ist. Er hängt mit der anderen Clique herum. Nicht nur, dass er glaubt, dass ich verrückt bin, er ist auch verängstigt. Verängstigt wegen meiner Theorien über das Pech.

»Sieht aus, als ob er sich gut etabliert hätte«, sagt Hannah, während sie immer wieder einen Schluck von ihrer heißen Schokolade trinkt. »Warum auch nicht«, fährt sie fort. »Offenbar gilt er was bei denen. Ist ja auch ein cooler Typ, oder? Was meinst du?«

Ich habe Jarrod genau im Blick, wie er locker den Arm um Jessica Palmers Rücken gelegt hat. Ich versuche, meinen Blick von seinen Fingern abzuwenden, die an ihrem linken Arm auf und ab wandern. Unglücklicherweise lässt sich ihr Gezwitscher nicht überhören. Immer wieder klagt sie, dass ihr so kalt ist. Und das, obwohl sie einen Pullover, einen Blazer und eine lange Hose anhat. Ich versuche mich auf das zu konzentrieren, was Hannah sagt. *Jarrod cool?* Ja, ich glaube, dem stimme ich zu, aber das würde ich doch nie laut sagen? Nie im Leben. Wenn Hannah dahinter kommt und kapiert, wie es um meine Gefühle für Jarrod steht, habe ich in den nächsten tausend Jahren keine Ruhe mehr.

Er blickt in meine Richtung, unsere Blicke begegnen sich und verfangen sich einen Augenblick ineinander. Ich schlucke schwer, die Schulglocke läutet und wir bewegen uns allmählich Richtung Klassenzimmer. Ich habe Hannah nicht geantwortet, aber anscheinend hat sie mein Schweigen auch so als Zustimmung gedeutet. »Ich meine«, redet sie weiter drauflos, »er ist zwar ungeschickt und so. Er kann es offenbar nicht verhindern, dass er ständig etwas fallen lässt – das ist so wie bei der Sache mit den rohen Eiern. Die Küken entkamen, als er in Biologie vergessen hatte, die Käfige abzuschließen. Aber irgendwie macht es ihn nur noch anziehender, wenn das überhaupt geht. Sogar die Brille steht ihm super.«

Sie geht mir auf die Nerven. »Ach, halt doch mal den Rand, Han.«

Sie wirft ihren leeren Becher in einen Abfalleimer. »Was ist denn los mit dir?«

Ich werfe ihr einen Blick zu, der eine gewaltige Akne mit hässlichen Pusteln zum Ausbruch bringen müsste, besonders wenn ich noch den passenden Spruch hinzufüge. Genau das ist ein Fehler. Es wirkt nämlich sofort. »Gottchen«, seufzt sie, halb lachend. »Dich hat's ganz schön erwischt, stimmt's?«

»Ich weiß nicht, wovon du redest«, lüge ich. Mir geht es nicht gerade gut. Ich bin total besessen. Und ich will mich nicht so fühlen – nicht so verletzbar. Herrjemine, ich weiß alles über ihn: Wo er sich aufhält in jeder Minute des Tages, was er gerade macht, mit wem er gerade redet, was er möglicherweise gerade denkt. Es macht mich verrückt.

Mittlerweile haben sich einige Grüppchen langsam ins Innere des Schulgebäudes bewegt und stehen jetzt in den Gängen herum. Wenigstens wird es heute im Klassenzimmer wärmer sein. Das einzig Reizvolle.

Hannah lacht laut auf, amüsiert über den Gedanken, dass ich nach Jarrod verrückt bin. Wenn ich ehrlich bin, kann ich sie verstehen. Dieser Typ ist ganz und gar unerreichbar für mich. Offensichtlich ist er bei der Eliteclique akzeptiert. Was soll er da mit mir? Sie würden ihn meiden, wenn er erwischt würde, wie er sich mit *dubiosen Personen* abgibt. Wenn sie nicht unbedingt müssen, sprechen sie alle nicht mit Hannah und mir. Wir sind anders, passen uns nicht strengen gesellschaftlichen Regeln an. Hannah ist einfach zu arm, die Löcher in ihren Schuhen und ihrem schäbigen Rucksack, ihre gebrauchte Uniform und die Kleider aus dem Secondhandladen zeugen davon. Sie hat nie mit der neuesten Mode mithalten können. Und außerdem hängt sie mit mir herum – dem *Angstgesicht*, wie Pecs mich gern nennt. Hannah ist seit der Grundschule meine

Freundin. Damals war ich die Einzige, die nicht über ihre geliehenen und altmodischen Kleider lachte oder böse, verächtliche Bemerkungen machte über die ärmlichen Verhältnissen in ihrer Familie. Jeder weiß, dass die Brelsfords von Almosen leben. Fünf Kinder, ein Vater, der sie verließ, als das Jüngste gerade drei Wochen alt war, so was muss schwer sein.

»Ertappt!«, ruft Hannah immer noch lachend.

In meiner gegenwärtigen Stimmung kann ich das am allerwenigsten gebrauchen.

»Ich muss was tun, um dich aufzuheitern«, sagt sie, dreht sich im Kreis und verursacht so ein Gedränge. Die andern müssen um sie herumgehen, alle beeilen sich, aus der Kälte zu kommen.»Lass uns heute ins Kino gehen. Es ist Freitag.«

Das Kino hier, eine renovierte alte anglikanische Kirche, zeigt nur an drei Tagen in der Woche Filme – am Freitagabend, am Samstag und am Sonntagnachmittag.

Wir unterhalten uns über die Filme, die dort gerade laufen. Einer handelt von einer Hexe vor Gericht im sechzehnten Jahrhundert. Wir müssen beide lachen.

»Vergiss es«, sagen wir beide gleichzeitig und kichern weiter. Wir beschließen stattdessen, ins Icehouse zu gehen. Das Café im Ort. Wenigstens wird meine Stimmung allmählich besser. Das wird mir helfen, den Tag zu überstehen. Ashpeak High ist eine kleine Schule, der ganze zehnte Jahrgang – siebenundzwanzig Schüler – passt in eine Klasse. Wenn wir uns mal aufteilen, dann wegen der Wahlfächer. Beim Ausgehen ist es so ähnlich. Der einzige Ort in der Stadt, wo was los ist, ist das Icehouse. Es wird von einer italienischen Familie betrieben, die schon länger hier lebt, als ich auf der

Welt bin. Die Atmosphäre ist typisch italienisch, der Cappuccino super. Ashpeaks einziger Beitrag zur Lebenskultur.

Wir verabreden, uns um acht zu treffen. Ich verbringe den Rest des Tages damit zu überlegen, ob Jarrod dort sein wird und wenn, ob er Jessica Palmer mitbringen wird? Der Gedanke zehrt an meinen Nerven – Jarrod und Jessica. Ich kann mich nicht konzentrieren, allmählich sinkt meine Stimmung wieder. Natürlich wird er dort sein und natürlich wird er Jessica mitbringen. Die Clique treibt sich immer im Icehouse herum. Wo denn sonst?

Bis zum Abend habe ich mich selbst davon überzeugt, dass ich an Jarrod nur interessiert bin, weil ich mich um sein Wohl sorge. Außer seinen Ungeschicklichkeiten ist ja nichts Außergewöhnliches oder Merkwürdiges mehr passiert. Entweder er hat seine Gefühle unter Kontrolle oder ich habe letzten Montag einen riesengroßen Fehler gemacht und er hat den Sturm im Chemielabor gar nicht verursacht. Alles scheint jetzt wie ein Traum, auch wenn in der Nähe des Verwaltungsgebäudes ein provisorisches Labor aufgebaut wurde für die Zeit, bis die Reparaturen abgeschlossen sind. Aber was war das dann für ein wundervoller Wind in Jillians Laden? War das auch nur Einbildung?

Wenn Jarrod keine besonderen Fähigkeiten hat, habe ich mich selbst zum Narren gemacht und einem völlig Fremden genug Stoff geliefert, um die ganze Stadt dazu zu bringen, mir offen ins Gesicht zu lachen und noch mehr hinter meinem Rücken zu kichern. Das ist ziemlich beunruhigend. Mein Gesicht wird heiß, als ob ich es ins Innere von Jillians Backofen gehalten hätte.

Ich bin erleichtert, als die Schule endlich für diesen Tag aus ist. Der kühle Wind ist wirklich eine Befreiung. Ich fange an, die Sachen, die ich Jarrod erzählt habe, noch mal durchzugehen – jedes einzelne blöde Wort. Auf dem Heimweg wird mir klar, dass ich es vermasselt habe.

Kate

Im Icehouse herrscht Hochbetrieb. Alle sind da, offenbar alle außer Jarrod. Aber Jessica Palmer ist da und gibt sich die meiste Zeit mit einer lärmenden Gruppe von Jungen ab – Pecs, Ryan, Pete O'Donnell –, ihre Clique, wie immer. Ich frage mich, was mit Tasha passiert ist. Pecs hat einen Arm um die Rückenlehne von Jessicas Stuhl gelegt, gelegentlich gleitet seine Hand hinab, über Jessicas Rücken und befummelt sie widerlich.

Hannah bemerkt das kleine Spiel auch. »Sieh dir das an.« Mit Abscheu in der Stimme zeigt sie durch eine schnelle Kopfbewegung auf Pecs und seine Freunde. Sie haben die zwei mittleren Tische zusammengerückt, sodass man kaum an ihnen vorbeikommt. Genau das beabsichtigen sie. »Hast du schon gehört? Tasha hat Pecs den Laufpass gegeben.«

Ich starre sie an. Das ist mal eine echte Neuigkeit. Sie ist völlig aufgedreht und hat meine volle Aufmerksamkeit. »Sie hat ihm offenbar ein Ultimatum gestellt: Entweder er nimmt Jarrod in ihre Clique auf oder er kann ihr gestohlen bleiben. Ist doch unglaublich, oder hinter der Fassade des harten, starken Machos ist Pecs ein Baby, das die Füße Ihrer Hoheit leckt. Und«, fährt sie fort, ohne nur einmal Luft zu holen, »es geht das Gerücht, Tasha hat Jarrod an ihrer königlichen Angel.«

Ich versuche, das Atmen nicht zu vergessen.

»Natürlich hatte Jessica Palmer in der ganzen Sache nichts zu melden. Sie kennt ihre Rolle.«

Ich versuche, das alles aufzunehmen. Die Vorstellung von Pecs in Gestalt eines Pelztiers, auf allen vieren zu Tashas Füßen, bringt mich beinahe zum Lachen. Es geht darum, zu demonstrieren, wer das Sagen hat. Die Feministinnen wären erfreut. Ich vermute, Jarrod ist es auch. Die Sache mit ihm und Tasha schmettert mich nieder, obwohl es mich natürlich nicht überrascht. Das ist genau das, wonach er sich gesehnt hat – akzeptiert zu werden. Ich hab dieses tief in ihm brennende Bedürfnis, zu einer Clique zu gehören, schon am ersten Tag gespürt. Mit dieser Clique hat er natürlich den Vogel abgeschossen, sie ist *die* Clique der Schule. Jetzt hat er es wirklich geschafft. Wir sitzen in der hinteren Ecke, so weit wie möglich von der Tür entfernt. Wir kommen nicht häufig hierher, aber wenn wir da sind, ist mir dieser Platz am liebsten, halb verborgen hinter der vorstehenden Ecke der Kasse des Cafés, nahe der Küche – außer Sichtweite, es sei denn, jemand schaut gezielt hin.

Ich glaube zu wissen, wo Jarrod jetzt ist – er hat ein Date mit Tasha Daniels. Vielleicht sehen sie sich zuerst einen Film an. Ich zucke zusammen bei dem Gedanken, dass er sich den Quatsch über die Hexenverbrennung anschaut, der an diesem Wochenende läuft.

Ungefähr eine halbe Stunde später kommen sie rein, Tasha mit schwingenden, mageren Hüften, die Tische umtanzend. Sie sieht total gestylt aus und stellt freizügig ihre Beine zur Schau, ihr langes blondes Haar wippt um die schmalen Schultern, wenn sie hin und wieder einen Blick zurückwirft, um sich zu versichern, dass Jarrod direkt hinter ihr ist. Vielleicht hat er sogar schon ein Halsband um. Ich versuche, nicht auf Tashas kurzen, engen, leuchtend roten Rock zu starren. Darunter trägt sie schwarze Strumpfhosen, in denen ihre Beine unendlich lang wirken. Ihr eisblaues, bauchfreies Top enthüllt einen vollkommenen runden Nabel, der mit einem kostbaren Goldring gepierct ist. Sie muss frieren in diesem Aufzug. Ich schniefe laut, krank vor Eifersucht. Während ich in die Hosentasche meiner Jeans fasse, um ein Taschentuch herauszuziehen, kommt mir ein bösartiger Gedanke: Jarrod ist ja da, um sie warm zu halten. Verdammt, das ist so unfair!

»Wer hätte das gedacht«, bemerkt Hannah kopfschüttelnd. »Du hast mir noch nicht gesagt, wie du das eigentlich findest?«

Dass Pecs für Jarrod fallen gelassen wurde, meint sie. Ich kann mich im Moment nur an den Morgen erinnern, als es so schien, dass Jessica Palmer mit Jarrod zusammen sei. Ich wette, sie ist nicht begeistert über den Sinneswandel. Aber natürlich, was Tasha will, bekommt Tasha auch. Das liegt an ihrer Herkunft. Sehr reich. Unglaublich verzogen. Ihren Eltern gehört ein Hereford-Gestüt, aber sie betreiben es natürlich nicht selbst. Ihre Eltern sind Ashpeaks prominenteste Intellektuelle, Dr. Daniels und seine Frau, die Rechtsanwältin und Präsidentin des örtlichen Landfrauen-Clubs.

Ich schnäuze mich — diese ständig laufende Nase im Winter hasse ich wirklich — und denke über all das nach. Eigentlich war das Ganze ja längst klar. Tasha war verrückt nach Jarrod, seit diesem ersten denkwürdigen Morgen im Chemielabor. Sogar Pecs hat gesehen, wie interessiert sie war. Aber Tasha ist nichts weiter als eine eiskalt berechnende Zicke. Du lieber Gott, was denke ich da? Sie hat mehr Bekanntschaften an dieser Schule, als sogar Pecs in seinem ganzen Leben je haben wird. Er ist nichts weiter als ein ungehobelter Holzklotz. Tasha hingegen hat eben das gewisse Etwas. Sie ist die, mit der jeder gesehen werden will. Pecs verehrt sie. Pecs sieht sie verliebt an. Tasha ist die Königin von Ashpeak High. Niemand hier oben kann ihr in Aussehen, Arroganz und Beliebtheit das Wasser reichen.

Es wird mir klar, dass jetzt, da Jarrod offensichtlich ein akzeptiertes Mitglied der Clique ist, Pecs eine andere finden muss, der er nicht von der Seite weicht. Pecs ist so, er braucht ein permanentes Spielzeug.

Hannah sieht mich sonderbar an, als ob sie auf eine Antwort von jemandem warte, der gerade zu einem anderen Planeten reist. Ich versuche, mich daran zu erinnern, was sie gesagt hat. Irgendwas, dass Tasha mit Jarrod geht und nicht mehr mit Pecs. »Wen, zum Teufel, interessiert das?«

»Oh, dich natürlich nicht«, antwortet sie sarkastisch und zugleich wohlwollend. Ich rolle mit den Augen und beschließe, mir noch einen Cappucino zu holen. Es ist unmöglich, die Bedienung in dieser Menschenmenge auf sich aufmerksam zu machen, deshalb gehe ich selbst zum Tresen. Das war keine gute Idee. Zwei Leute beobachten mich dabei. Einer davon ist Jarrod mit einem seltsamen Ausdruck im Gesicht, als hätte ich ihn gerade dabei erwischt, dass er mal wieder nicht aufgepasst hat. Ich bezahle meinen Kaffee, halte weiterhin meinen Blick gesenkt, spüre aber, dass er mich noch immer anstarrt. Ich kann es nicht lassen, ich wage einen kurzen verstohlenen Blick. Aber als meine Augen seinen Blick einfangen, ist er leer. Mein Mund wird trocken. Pecs blickt auf, um zu erforschen, wo Jarrod hinschaut, und als er mich sieht, spottet er laut:

»Kann ich dir nicht mal vorwerfen, dass du sie anstarrst, Kumpel.« Er klopft Jarrod mit einer männlichen Gut-Freund-bester-Kumpel-Geste auf den Rücken. »Mach dir keine Sorgen, du wirst dich an sie gewöhnen. Wir nennen sie die *Monster-Show*.« Seine Hände fliegen nach oben, auf jeder Seite seines feisten Gesichts eine, die Finger gespreizt und übertrieben zitternd.

Während ich zu meinem Platz zurückeile, verschütte ich ein bisschen Kaffee. Es ist nicht Pecs üble Bemerkung, die mich aufgewühlt hat. Davon kann ich eine Menge vertragen. Es ist Jarrods Gesichtsausdruck – als sei er von einer plötzlichen Starre befallen. Ich habe ihn so schon einmal gesehen – im Chemielabor, wenige Augenblicke vor dem Sturm. Mit seinen grünen Augen starrt er Pecs an. Der merkt natürlich überhaupt nichts und lacht dümmlich in sich hinein.

»Kümmer dich nicht um sie.« Das kommt von Tasha, ihre Hände sind jetzt mit Jarrod beschäftigt, sie zieht ihn wieder an sich und beansprucht seine ganze Aufmerksamkeit. Sie sitzt so nahe bei ihm, dass sie auf seinem Schoß landen würde, wenn sie sich noch einen Zentimeter weiter bewegt. »Na ja, einen gewissen Unterhaltungswert hat sie ja, aber der eigentliche Hit ist ihre Großmutter. Ihr Laden ist ja ganz interessant. Ich geh auch manchmal hin. Aber das, worauf es ankommt, ist in den hinteren Zimmern versteckt. Jillian macht Sitzungen mit Lebend-Opfern, weißt du. Sie trinken Blut und feiern schwarze Messen.«

Er starrt sie ungläubig an, mit hochgezogenen Augenbrauen. Sie schmollt sofort. »Es ist die Wahrheit, Jarrod. Jedes Wort ist wahr.« Ihre Augen weiten sich, während ihr leuchtend rosa Mund wirkungsvoll zittert.

»Ich hab die Blutstropfen auf der Tapete mit eigenen Augen gesehen.« Ganz schnell wendet sie sich ab. »Auf jeden Fall war da was Rotes. Und«, fügt sie hastig, ganz nah an seinem Ohr flüsternd hinzu, »sie wurden gesehen, wie sie nackt im Regenwald getanzt haben. Widerlich – die reine Teufelsanbeterei.«

Sie dreht schnell den Kopf von seinem Ohr weg, sodass die andern an ihrem Tisch (und an den sechs Tischen um sie herum) sie gut hören. »Sie haben eben nur einander, wer will es ihnen verübeln?«

Das Glas zerbricht, gerade als die Bedienung Pete O'Donnells Getränk auf den Tisch stellen will. »Kannst du nicht aufpassen!«

»Entschuldigung, o mein Gott. Entschuldigung, Pete.« Die Bedienung ist Dia Petoria, das Mädchen aus meinem Chemiekurs. Sie ist nett, paukt sehr viel, auch wenn sich das nicht in ihren Noten niederschlägt. Aber zum Glück gibt sie nicht so schnell auf. Sofort tut sie mir Leid. An diesem Vorfall ist sie nicht schuld. Sie ist schon durcheinander genug, da kann sie gut auf Pete O'Donnells Wut verzichten.

»Ich weiß nicht, wie das passiert ist. Es ist einfach so explodiert!«

Bella Spagnolo, eine der Besitzerinnen des Cafés, kommt herüber. Sie flitzt an uns vorbei, als Hannah und ich uns gerade entschließen aufzubrechen. Sie sieht sehr wütend aus. So, als würde sie Dia am liebsten zur Schnecke machen. Sie muss einen schlechten Tag haben, denn sonst ist sie eigentlich nicht so. Manchmal kommt sie in Jillians Laden und sucht nach dekorativen Sachen, um ihr Café damit auszustatten. Sie versucht, es für jüngere Leute attraktiver zu machen. Ich hab sie einige Male getroffen. Sie hat mich sogar mal gefragt, worauf junge Menschen meiner Meinung nach stehen. Sie machte immer einen netten Eindruck.

Ich beobachte das Ganze aus den Augenwinkeln, während ich auf Hannah warte, die sich fertig macht. Ihre Jacke ist auf den Boden gefallen, sodass sie zwischen Bank und Tisch klettern muss, um sie wieder aufzuheben. Bella hört den Erklärungen Dias aufmerksam zu. Zum Glück merkt sie, dass Dia unschuldig ist – eine so gute Schauspielerin ist niemand. Bella hilft ihr, die Scherben aufzusammeln, und verspricht dem ganzen Tisch einen Cappuccino oder sonst ein Getränk gratis.

In diesem Stadium ist es für uns das Beste zu gehen. Ich meine, ich bin kein Feigling. Ich könnte ihnen richtig Ärger machen, wenn ich wollte. Aber was hätte das für einen Sinn? Wenn ich sie angreifen würde, täte es mir hinterher bloß Leid – nicht ihretwegen, aber wegen Jillian. Ihr Laden ist ihr Lebensinhalt. Auch wenn sie damit nicht viel Geld verdient, genießt sie es, Dinge zu sammeln, auszuprobieren, was sich verkauft und was nicht, und besonders, mit den vielen Touristen zu reden, die durchreisen.

Wenn ich ehrlich bin, muss ich zugeben, ich habe Angst, dass auch mir selbst was passieren könnte. Sie halten mich jetzt schon für sonderbar und sie wissen noch lange nicht alles. Wenn sie die Wahrheit entdecken würden, wäre mein Leben die Hölle in dieser kleinen Gemeinde. Und es gefällt mir hier zu gut, um es wirklich ernstlich aufs Spiel zu setzen. Man ist für sich und die meisten Leute lassen mich in Ruhe.

Ein Blick auf Jarrod und nichts ist dringlicher, als sofort hier rauszukommen. Er sieht wütend aus. Wenn er wirklich eine Gabe hat und die Geduld verliert, könnte es brenzlig werden.

Ich schaffe es fast bis zur Tür, aber Pecs hat mal wieder Spaß an seinen tollen Einfällen. Und ich komme ihm gerade recht als sein aktuelles Lieblingsspielzeug. Einige böse Flüche schießen mir durch den Kopf wie ein Stromstoß. Ein innerer Kampf tobt in mir, mich zu zügeln, dass ich nicht ausraste.

»Hey, du, *Angstgesicht*«, brüllt Pecs und seine Finger umklammern meinen Ellbogen so fest, dass es wirklich wehtut. »Gehst du schon? Jetzt fängt der Spaß doch erst an.«

»Hau ab, Pecs. Dein Atem riecht wie Froschscheiße.«

Das verblüfft ihn, aber nur für einen Augenblick. Nicht lange genug, um ihn abzuschütteln. Ich bitte Jarrod wortlos, ruhig zu bleiben. Aber er merkt es nicht. Jetzt zerspringt überall Glas. Kein Tisch, kein Regal, kein Fenster bleibt verschont. Die Getränke ergießen sich über die Tische, den Boden, die Gäste. Die Leute schreien. Bella blickt überhaupt nicht mehr durch und fängt wieder an, knappe Anweisungen auf Italienisch zu brüllen. Die Küchenangestellten kommen mit wehenden weißen Schürzen ins Café gerannt.

Einen Augenblick glaube ich, Pecs lässt meinen Arm los, denn durch das Chaos um uns herum ist er von mir abgelenkt. Ich dreh mich ein bisschen und versuche, meinen Arm mit einem Ruck aus seiner Umklammerung zu befreien, aber er bohrt seine Finger nur noch tiefer hinein. Das gibt todsicher blaue Flecken. »Nicht so hastig, Hexenbalg.« Er bewegt den Kopf schnell hin und her. »Das ist dein Werk, stimmt's?« Spöttisch sage ich: »Ich hab gar nicht gewusst, dass du gemein *und* dumm bist.«

Das kommt überhaupt nicht gut bei ihm an. Er schnauft laut und grunzt wie ein Schwein, das zu lange eingesperrt war. »Ich weiß, was du brauchst, damit du lernst, wie man mit Leuten umgeht.«

Bevor ich auch nur den Versuch machen kann, mich wegzudrehen, presst er seinen Mund auf meinen Hals. Ich spüre seine heißen, feuchten Lippen über meine Schultern gleiten. Ich könnte kotzen und setze mich mit aller Kraft zur Wehr. Als er hochkommt, um Luft zu schnappen, ziele ich mit der Faust direkt in sein widerliches Gesicht, treffe ihn aber nicht. Das muss ich ihm lassen: Für so einen sabbernden Idioten hat er eine ziemlich gute Reaktion. Er packt meine Faust und umschließt sie blitzschnell mit seinen fetten Fingern. »Lecker«, sagt er affektiert und leckt sich mit seiner dicken Zunge die Lippen. »Und unberechenbar. Gefällt mir. Nimm mich mit auf deinem Besenstiel.«

Bei dieser Bemerkung knirscht Hannah mit den Zähnen. Sie versucht, Pecs Hand von meinem Arm wegzureißen, und wirft ihm ein paar besonders nette Schimpfwörter an den Kopf. Aber er schubst sie zur Seite und sie findet sich nach einem kräftigen Stoß lang ausgestreckt auf dem Boden des Cafés wieder.

Dann passieren zwei Dinge auf einmal. Jarrod springt auf und stößt vor Wut seinen Stuhl um. Ein donnerndes Beben vibriert unter unseren Füßen.

Dadurch verwandelt sich das heillose Durcheinander in plötzliche Stille. Alle lauschen, sehen sich an, stellen einander mit den Augen Fragen. Das Beben breitet sich aus. Es geht auf Wände, Tische, Vorhänge, Lampen über. Plötzlich bewegt sich alles. Panik kommt auf, Pecs lässt endlich meinen Arm los. Das donnernde Gepolter wird lauter. Die Leute flippen aus, fangen an zu schreien und glauben, es sei ein Erdbeben. Alle rennen zur Tür, wo ein wahnsinniges Gedränge entsteht. Hannah packt meinen Arm und fängt an, mich hinter sich herzuziehen. Ich kann aber nicht weg hier. Ich muss zuerst Jarrod finden. »Geh schon, ich komm nach. Ich muss erst nachschauen, ob Jarrod okay ist.«

»Er kann auf sich selbst aufpassen, Kate. Wir müssen hier raus, bevor das ganze Haus zusammenkracht. Das ist ein Erdbeben!« Ihre großen braunen Augen sind weit aufgerissen.

In ihrer Panik, zur Tür zu kommen, schiebt uns die Menschenmasse beiseite, drängt uns in eine Ecke. Das Rumpeln wird immer stärker und macht es schwer, aufrecht stehen zu bleiben. Alles scheint zu wackeln. Vor allem der Boden hebt und senkt sich wie in Wellen. Und mit dem Boden heben sich Tische und Stühle und noch mehr Geschirr poltert herunter.

»Gott sei Dank, endlich. Da ist er!«, schreit Hannah die zunehmende Hysterie nieder und zeigt in die Raummitte. Jarrod steht bewegungslos da, mit leerem Gesichtsausdruck und glasigen Augen. »Beeil dich, Kate. Hol ihn!«

»Mach ich, Han. Aber du gehst nach Hause, ich ruf dich später an.« Ich setze mich in Bewegung und lasse sie los, bevor sie die Chance hat, mir zu folgen. Aus irgendeinem Grund will ich nicht, dass Hannah Jarrod verdächtigt, er sei irgendwie anomal. Sie kann natürlich damit umgehen, sie ist mich und Jillian gewöhnt. Es ist nur so, dass Jarrod sich seiner selbst nicht bewusst ist. Diese ganze Situation erfordert eine vorsichtige Herangehensweise.

Als ich ihn erreiche, ist er allein, seine Freunde haben ihn längst im Stich gelassen. Aber was hat er auch von denen zu erwarten? Alles Idioten.

Er ist wie in Trance. Er reagiert nicht mal, als ich ihn

anspreche. Nichts, was ich sage, hat auf ihn eine Wirkung. Einen Moment weiß ich nicht, was ich tun soll. Ein großer massiver kristallener Kronleuchter kracht herunter, weil sich in der Decke ein breiter Spalt geöffnet hat. Ich schubse Jarrod mit aller Kraft weg von der Stelle, wo der Kronleuchter gerade runterkommt, und werfe mich über ihn. Selbst das trägt kaum dazu bei, ihn aus seiner Trance zu reißen. Aber wenigstens bewegt er sich jetzt und rappelt sich langsam hoch, bis er aufrecht steht.

Ich führe ihn vor mir her und bahne mir einen Weg durch die Küche zum Hinterausgang.

Schließlich sind wir im Hinterhof, der erstaunlich still und ruhig ist. Als ich mich umschaue, bemerke ich in keinem der anderen Gebäude etwas Ungewöhnliches, kein Beben, keine rissig werdenden Mauern, keine Leute, die hysterisch schreien. Ich schüttle den Kopf und nehme mir vor, über all das später nachzudenken. Zuerst muss ich Jarrod in Sicherheit bringen. Wenn die andern ihn in diesem Zustand sehen, könnte sich jemand erinnern, wie es ihm im Chemielabor während des Sturms gegangen ist und anfangen, Fragen zu stellen. Und Fragen kann Jarrod ganz sicher nicht beantworten.

Vielleicht ist es die Wirkung der kühlen Luft – was auch immer, Jarrod kommt jedenfalls allmählich wieder zu sich. Er hat aber noch immer diesen entrückten Gesichtsausdruck und ist erschöpft. Er kann kaum gehen. Wir müssen immer wieder stehen bleiben, damit er sich fassen und Atem holen kann. Ich stütze ihn die meiste Zeit mit meiner Schulter, besonders auf dem letzten halben Kilometer bergauf. Endlich sind wir am Ziel, atemlos, aber unversehrt. Jillian hilft mir, Jarrod auf mein Bett im oberen Stockwerk zu legen. Sie hat natürlich viele Fragen, aber sie hält sich zurück, bis wir ihn versorgt haben. Ich bin froh darüber, weil ich zu müde zum Denken bin. Er wirkt, als sei er überhaupt nicht mehr da, seine Augen, wie von Magneten bewegt, schließen sich sofort. Sein Atem ist ungewöhnlich langsam. Ich blicke Jillian besorgt an und lass mich auf den Stuhl vor meiner Kommode plumpsen.

»Ich werde etwas zubereiten, was ihn wieder belebt. Und während es wirkt, kannst du mir erklären, was passiert ist.«

Nach ungefähr zehn Minuten kommt Jillian mit einem dampfenden, stark riechenden Getränk zurück. Es ist eine Mischung aus Kräutern: Basilikum gegen geistige Ermüdung, Bergamotte gegen Stress, Muskatellersalbei für die Muskeln, Lavendel gegen Angst und Kopfweh. Noch etwas anderes ist drin, aber ich kann das Aroma nicht bestimmen. Wir nehmen Jarrod zwischen uns und schütten fast das ganze Zeug in ihn hinein. Er fällt ins Bett zurück und während er sich ausruht, erzähle ich vom Icehouse, von Pecs bösartigem Auftritt, von Jarrods Trance und von dem heftigen Erdbeben.

Jillian hört gespannt zu und schüttelt manchmal den Kopf, als ob sie es nicht glauben könne. »Er weiß nicht, wie er mit seiner Gabe umgehen soll. Wie ein Mechanismus löst sein Gehirn die Trance aus, damit er damit fertig werden kann. Er muss eine Menge lernen, bis er das unter Kontrolle hat.«

»Das ist das Problem, Jillian. Er wird es nicht lernen, solange er es leugnet. Und dann ist da noch etwas. Ich glaube, er ist *verflucht* – oder zumindest seine Familie.«

Ich schildere ihr die Unfälle und das Pech von Jarrods

Familie über all die Jahre bis hin zu Jarrods Ungeschicklichkeiten, die er offenbar nicht verhindern kann.

Jillian sieht nachdenklich aus. »Das könnte erklären, warum seine Gabe aktiviert wurde. Vielleicht ist es der unbewusste Versuch, den Fluch abzuwehren, das heißt, um überhaupt damit umgehen zu können. Aber natürlich ist das ohne Jarrods Hilfe nicht rauszubekommen. Seine Einsicht ist entscheidend. So wie sich das Ganze anhört, ist es höchste Zeit. Im selben Maße, wie Jarrods Kräfte zunehmen, verstärkt sich vielleicht auch der Fluch. Da gibt es vermutlich eine direkte Verbindung.«

Jarrod

Mir ist so eigenartig zu Mute. In meinem Innern brennt es. Ich kann fast jeden Muskel spüren, jede Sehne, jede Nervenzelle.

»Er wacht auf.«

Kate! Bitte, lass sie nicht wieder in meinem Kopf sein. Ich öffne die Augen, sie steht, die Schultern leicht gebeugt, vor mir. Ich liege auf einem harten, aber bequemen Bett. Ich schaue mich um, kann aber zunächst nichts erkennen außer Kate und ihre Großmutter. Nur langsam zeichnet sich alles andere ab. Neben dem Bett leuchtet ein warmes, bernsteinfarbenes Licht. Es gibt eine antik aussehende Kommode, einen Stuhl und Glockenspiele aus Kristall hängen vor einem geschlossenen Fenster. Auf der Kommode steht eine Holzschale, an deren innerem Rand Kate mit dem Finger entlangfährt. Es sieht so aus, als sei Wasser drin mit frischen Blumenblättern. Daneben steht ein Stövchen aus Keramik, das gerade nicht benutzt wird. Das Zimmer duftet sauber und nach Holz, wie der Wald.

»Wie fühlst du dich, Jarrod?«

Ich richte mich auf, stütze mich auf einen Ellbogen, um Kates Großmutter zu antworten, und frage mich, wie ich sie ansprechen soll. »Besser, danke ...?«

»Nenn mich einfach Jillian«, schlägt sie vor. Ihr Lächeln ist herzlich. Wenigstens schreit sie nicht und faselt irgendwas von irgendwelchen Schlangen.

»Ist das dein Zimmer?«, frage ich Kate. Sie nickt und hilft mir, mich aufzusetzen. Ich schwinge meine Beine auf den Boden und stütze meine Ellbogen auf die Knie. Das Brennen und diese seltsame Wahrnehmung meines Innern lassen langsam nach. Mein Kopf wird allmählich wieder klar. »Was ist passiert? Wie bin ich hierher gekommen?«

»Woran erinnerst du dich?«

Ich muss nachdenken. »Ich war im Icehouse. Du warst auch da mit Hannah. Die Bedienung hat ein Glas zerbrochen und Pete war ganz nass. Ich erinnere mich auch noch an Pecs gemeine Sprüche.« Ich schaue Kate an, um zu ergründen, ob sie sich auch erinnert. Aber ihre und Jillians Augen sind auf etwas anderes konzentriert. Die kristallenen Glockenspiele haben angefangen herumzuwirbeln, erfüllen das Zimmer mit flackernden Pastellfarben und leise klingenden Tönen. Als sie aufhören sich zu bewegen, blickt Kate Jillian an. Sie tauschen einen wissenden Blick aus. »Ist das alles?«

Was will sie noch hören? Eine komplette Wiedergabe, jetzt sofort? Ich gehe in Gedanken zurück zu den Ereignissen. Als Pecs Kates Ellbogen packte und anfing ihren Hals zu malträtieren, wollte ich etwas zerstören. Dabei bin ich gar kein gewalttätiger Mensch. Wenn ich überhaupt irgendwas tue, dann mich aus dem Staub machen, sobald es brenzlig wird. Ich kann kein Blut sehen, geschweige denn frisches und meins schon gar nicht. Aber Kate wartet auf eine Antwort, als ob sie all die blutigen Einzelheiten hören wollte. »Pecs hat seinen üblichen Mist über dich abgelassen und dann hat er an deinem Hals rumgesabbert.«

Eine peinliche Stille tritt ein. Vielleicht habe ich ihre Gefühle verletzt. Was auch immer Kate sein mag – außergewöhnlich, merkwürdig, durchgedreht, sogar paranoid – in diesem Moment ist mir das alles egal. Ihre ungewöhnlichen blaugrauen Augen und meine Augen fixieren einander und ich kann nicht mehr wegschauen. Ich sauge alles von ihr auf. Ihr langes, seidiges, schwarzes Haar, ihre blasse, fast durchscheinende Haut, die exotische Form ihrer Augen. Kein anderes Mädchen könnte ... ich weiß nicht ... eindrucksvoller aussehen.

»Danke, Jarrod«, sagt sie sanft und ich wundere mich.

»Warum dankst du mir?«

»Für das, was du heute Abend getan hast. Auf deine Art hast du es, auch wenn es katastrophal geendet hat, getan, weil ... Na ja, wenigstens in dem Moment hat es dir was ausgemacht. Pecs hat mich beleidigt und du bist wütend geworden.«

Ich bemühe mich, ihr zu folgen. Sicher, ich erinnere mich, dass ich wütend wurde. »Was hab ich denn gemacht?«

»Du hast ein Erdbeben verursacht.«

Okay, ich höre, was sie sagt. *Du hast ein Erdbeben verursacht.* Ich starre sie an. »Ich habe ein Erdbeben verursacht!«

Sie lächelt zwar, aber ihre Stimme klingt nicht fröhlich. »Ich weiß nicht genau, was es war. Lass es mich so ausdrücken, vom Icehouse ist nicht viel übrig geblieben.«

»Jetzt erinnere ich mich an etwas. An zerspringendes Glas, Schreie.«

Ich schüttle den Kopf und versuche, den Nebel zu lichten. Da ist noch mehr, ich bin sicher, aber die Erinnerung liegt im Dunkeln. »Vielleicht hat mich etwas am Kopf getroffen. Wenn es so schlimm ist, wie du sagst, muss etwas für meine verschwommene Erinnerung verantwortlich sein. Ich erinnere mich nicht an ein Erdbeben.«

Kate schüttelt enttäuscht den Kopf. »Beinahe hätte dich tatsächlich etwas am Kopf getroffen, weil die Decke einen Riss bekam und ein Kronleuchter runterkrachte. Aber ich hab dich gerade noch rechtzeitig weggeschubst.«

»Willst du damit sagen, du hast mir das Leben gerettet?«

Plötzlich verwandelt sich der enttäuschte Blick in einen eindeutig feindseligen. »Meine Güte, Jarrod, du hast es immer noch nicht begriffen.«

Jillian berührt ihren Arm. Ich denke, sie versucht, Kate zu beruhigen. »Geh es ein wenig langsamer an, Liebes.«

Kate wirft ihren Kopf angriffslustig nach hinten, wirbelt herum und murmelt leise etwas vor sich hin. Sie geht bis zur Zimmermitte, wo sie stehen kann, ohne sich bücken zu müssen. Ihre Hände hat sie in die Hüften gestemmt.

Jillian steht immer noch neben der Tür. Es wird mir klar, dass dies die zwei einzigen Stellen sind, an denen man aufrecht stehen kann, ohne mit dem Kopf an die Decke zu stoßen. »Ich habe heute Nachmittag deine Mutter getroffen und deinen kleinen Bruder, Casey heißt er, stimmt's?«

»Ja«, antworte ich. Jillian versucht, die Stimmung ein bisschen aufzulockern. Ich bin froh über die Atempause. Irgendwie wird es sehr schnell unheimlich mit Kate.

»Sie haben sich in meinem Laden umgesehen.«

Ich wende meine Augen von Kates starrem Rücken

ab. »Ja? Das macht Mama gern. Sie hat's mit all diesem komischen Zeug.«

Jillian zieht die Augenbrauen hoch. Gott, jetzt habe ich sie vielleicht auch noch gekränkt. »Ich wollte nicht...« Ich versuche stammelnd die richtigen Worte zu finden. Wie gewöhnlich fallen sie mir nicht ein, wenn ich sie brauche.

Sie lächelt beruhigend und ich bemerke eine Ähnlichkeit mit Kate. Nicht im Aussehen, da sind sie verschieden. Jillians Haar ist gewellt, kurz geschnitten und hellbraun. Kate sieht nicht im Geringsten aus wie Jillian, aber die Augen der beiden ähneln sich. Ich überlege, woher Kates Vater wohl stammt – vermutlich aus Asien oder vielleicht von irgendeiner exotischen Insel. Ich wette, sie fragt sich das auch.

»Sie hat mir von den Kleidern und dem Schmuck erzählt, den sie macht«, sagt Jillian. »Klingt interessant. Sie kommt nächste Woche mit einer Auswahl vorbei. Wir werden sie im Laden auslegen und sehen, ob wir irgendwas verkaufen. Touristen mögen solche Sachen. Du weißt schon, dieses *komische Zeug*.«

Ich muss lachen. Jillian ist echt in Ordnung. Sie hat Sinn für Humor. Ich wünschte, sie hätte etwas davon an Kate vererbt.

»Ich werde euch beiden mal ein paar belegte Brote machen.« Und zu Kate sagt sie noch: »Denk dran, Kate, du hattest sechzehn Jahre lang Zeit, dich an deine Gaben zu gewöhnen. Aber kannst du mir nach all der langen Zeit wirklich versichern, dass du dich ganz und gar wohl fühlst in deiner Haut?« Kate nickt und sagt nichts. Offenbar wartet Jillian auch gar nicht auf irgendeine weitere Bestätigung. Wenn ich mir vorstelle, wie die beiden über Kräfte und Gaben und Fähigkeiten reden, läuft es mir kalt den Rücken runter. Jillian geht raus und ich beschließe, die Diskussion zu beenden, bevor sie richtig angefangen hat. »Hör mal«, beginne ich und Kate dreht sich mit einem patzigen Ausdruck im Gesicht um. »Ich weiß, du kennst dich mit Magie und diesem Zeug aus.« Sie schaut mich durchdringend an. Ihre ungewöhnlichen mandelförmigen Augen verengen sich abwehrend. Ich hebe meine Hand, um sie daran zu hindern, irgendwas zu sagen.

»Das geht in Ordnung. Ich glaube, ich kann damit umgehen. Wenigstens will ich es versuchen, solange du mich nicht in diese Sachen reinziehst. Ich meine, du kannst mir zwar davon erzählen, aber du kannst mich nicht einbeziehen. Was ich hier so pathetisch zu erklären versuche, ist, dass ich keine Zauberkräfte habe oder geheimnisvolle Gaben oder sonst irgendwas, es sei denn, du zählst Ungeschicklichkeit mit in deiner Liste außergewöhnlicher anomaler Qualitäten.«

Sie lächelt, dann lässt sie sich auf den Boden nieder, sodass sie mit dem Rücken an der Bettkante lehnt. Meine Knie sind auf der Höhe ihrer Schultern. Meine Hand ist ganz nah an ihrem Kopf. Ich habe den plötzlichen Wunsch, sie zu berühren, zu fühlen, ob ihr Haar tatsächlich so weich und seidig ist, wie es aussieht. Aber ich berühre sie nicht. Sosehr ein Teil von mir das auch will, ich bin mir nicht sicher. Sie ist schön. Auf eine exotische Weise. Aber es ist nicht nur das Aussehen. Kate ist anders als die andern Mädchen. Vielleicht ist das das Anziehende. Die andern Mädchen in der Schule, Jessica Palmer, Tasha Daniels, sind oberflächlich. Ich vermute, ihr einziger Reiz, den sie Kate voraushaben, ist, dass sie »normal« sind. Sie machen mir keine Angst so wie Kate. Und deshalb fühle ich mich in ihrer Gesellschaft wohl.

»Schlangen sind ein altes Symbol des Bösen.«
Ich stütze meinen Kopf in die Hände. »O Gott.«
»Ich hab's nachgelesen. Warte, ich zeig's dir.« Sie rappelt sich hoch, nimmt vorsichtig ein dickes, alt aussehendes Buch von der Kommode und hält es sehr behutsam, als ob sie Angst hat, dass ihre Fingerabdrücke dem weichen Ledereinband etwas anhaben könnten. Sie setzt sich wieder im Schneidersitz auf den Boden und nimmt das Buch auf den Schoß. Es muss tausend Jahre alt sein, mit tausend Jahre alten vergilbten und eingerissenen Seiten. Auf dem weichen schwarzen Einband ist nur ein sich verflechtendes Muster von goldenen Weinreben als Randverzierung zu sehen.

»Das ist das älteste Buch, das Jillian hat. Es ist das einzige Exemplar, verstehst du. Von Hand geschrieben und voller Magie aus vergangenen Zeiten.«

»Aha«, murmle ich und weiß nicht, was sie von mir erwartet. Sie hält ihren Kopf gesenkt, als sie die von ihr angestrichene Seite findet und anfängt zu lesen. *»Schlangen sind ein antikes Symbol des Bösen. Viele Schlangen, besonders um den Kopf herum, sind ein Zeichen dafür, dass die Person vom Bösen umgeben ist und wie sie auch all diejenigen, die mit ihr zusammen sind.«*

Ich setze meine Brille auf und sehe das Buch genau an. Es ist tatsächlich handgeschrieben, akkurat mit schwarzer Tinte, aber die Buchstaben sind nicht zu entziffern. Ich frage mich, welche Sprache das ist. »Und das kannst du lesen?«

Ihr Kopf wirbelt herum und sie sieht hoch. »Es ist eine Frühform des Englischen, fast tausend Jahre alt. Jillian hat mir beigebracht, die alte Sprache zu sprechen und zu lesen.«

Ich weiß, dass es falsch ist, aber ich muss sie einfach fragen. »Warum? Ein solcher Aufwand für etwas, was du nie brauchen wirst. Ich meine, wenn du Französisch oder Japanisch gelernt hättest, könntest du eines Tages dorthin reisen.«

Kates Augen weiten sich, als könne sie nicht glauben, dass jemand so dumm ist. »So kann ich die alten Handschriften lesen. Ich bin fasziniert von dieser Epoche, Jarrod. Damals war die Zauberei lebendig. Damals gab es richtig mächtige Zauberer.«

Ich entschließe mich, ihr zu folgen. Auch wenn ich an dieses Zeug nicht glaube, merke ich doch, dass es ihr viel bedeutet. Sie verbringt ihr halbes Leben mit diesen Dingen. Das ist es, worüber sie nachdenkt. Wahrscheinlich hat sie nicht oft Gelegenheit, mit Freunden über dieses übernatürliche Zeug zu reden, außer vielleicht mit Hannah. Die meisten Leute glauben doch längst, dass Jillian eine Hexe ist. Wie würden sie erst Kate behandeln, wenn sie wüssten, wie sehr auch sie sich mit diesen Sachen beschäftigt. »Und du glaubst«, beginne ich, mich nach vorn beugend, mit einem hoffentlich interessierten freundlichen Klang in der Stimme, »das ist mit einem Fluch oder so etwas verbunden?« Ihr Gesichtsausdruck wirkt durch ihr Lächeln erleichtert und entspannt. Das haut mich fast um. Sofort packt mich Reue. Ich will sie doch nicht täuschen, sondern nur ein bisschen aufheitern. Ihre Augen funkeln. »Schau hier.« Sie hält mir das schwere Buch hin. Warum?, frage ich mich. Ich kann die alte Handschrift sowieso nicht lesen. Deshalb konzentriere ich mich auf die bildliche Darstellung, die skizzenhaft, aber doch klar ist, ein bisschen wie eine 3-D-Zeichnung. Ich sehe genauer hin und bemerke, dass sie ein merkwürdiges Detail enthält – ein

Lebewesen, halb Mensch, halb Vogel. Es sieht aus wie eine Krähe. Die menschliche Hälfte umfasst einen glatt polierten, hölzernen Stab mit einem Schlangenkopf. Die Augen sind unheimlich, krähenartig und stehen schräg nach oben. Dennoch erscheinen sie seltsam menschlich. Kein Zweifel, das Lebewesen schaut mich direkt an.

»Einer, der seine Gestalt verändern kann«, erklärt Kate mit zittriger Stimme. »Nur die mächtigsten Zauberer können das. Es gibt nur ganz wenige von ihnen. Ich brauch bloß etwas über sie zu lesen, schon läuft es mir kalt den Rücken runter.«

Dieses Eingeständnis tut mir gut. Irgendwas macht ihr Angst. Mir reicht es völlig, die Figur auf dem Papier nur anzuschauen. Ich nehme das Buch, das sie mir nahezu ins Gesicht hält, und bemerke, dass meine Hände zittern. Kein Wunder, ich hasse alles Unbekannte, das, was sich meiner Kontrolle oder meinem Verständnis entzieht. Und das gilt besonders für solche übernatürlichen Dinge. Ich mag das Eindeutige, das Regeln folgt, wie die Sonne, die jeden Morgen im Osten aufgeht, oder diese lästige Familie von Kookaburras, die jeden Abend in der Dämmerung vor meinem Fenster ihre Späße treibt, oder die Art, wie ich in den Spiegel schaue und weiß, dass mein eigenes Spiegelbild zurückschauen wird, ob ich es mag oder nicht.

Mein Leben ist kompliziert genug. Dieses Buch hat mir gerade noch gefehlt. Es hat einen besonderen Geruch an sich, verstaubt, alt, erstaunlich echt. Ich würde es Kate am liebsten vor die Füße werfen und, Hölle noch mal, aus ihrem Zimmer abhauen. Plötzlich habe ich den dringenden Wunsch zu fliehen. Es zieht und zwickt im Magen und mein Adrenalinspiegel steigt.

Kate lächelt, während sie aufgeregt auf die unentzifferbaren Wörter zeigt und zitiert:

»*Wenn ein Fluch erst einmal in die Welt gesetzt worden ist, kann er verschiedene Formen annehmen. Die Mächtigsten können sich über Generationen bis in die Ewigkeit erstrecken...*« Ihre Finger folgen den Wörtern auf der Seite. Mein Kopf neigt sich im selben leichten Winkel, in dem sie das Buch hält, und ich kann meinen Blick nicht davon abhalten, ebenfalls den Zeilen zu folgen. Die Wörter sind unverständlich. Ich versuche, mich zu entspannen, versuche, mein Bewusstsein mitwandern zu lassen, aber es gelingt mir nicht.

Plötzlich merke ich, dass ich nach Luft schnappen muss. Ich fühl mich entsetzlich und brauch unbedingt Sauerstoff. Bin ich gerade dabei, umzukippen?

Alles wird undeutlich. Ich habe ein ungutes Gefühl im Magen, so als gehe es abwärts. Mein Blick ist immer noch auf die Seite geheftet, auf der Kates Finger über die unbekannten Wörter fahren. Als die alte Handschrift vor meinen Augen verschwimmt, richte ich mich jäh auf. Aber nur einen Augenblick, dann seh ich wieder klarer und entspanne mich ein bisschen. Die reich verzierte Schrift wird wieder deutlich. Doch ich spüre, dass es jetzt anders ist. Ich rücke meine Brille gerade, eher aus Gewohnheit, als dass es nötig wäre. Wirklich merkwürdig, aber plötzlich merke ich, dass ich die alte Handschrift auch lesen kann, als ob die Worte in heutigem Englisch geschrieben wären.

»*... die Legende berichtet, dass die mächtigsten Zauberer einen Fluch aussprechen können, der sich von selbst fortsetzt bei den zukünftigen nachgeborenen Erben... magische Zahl sieben... Jeder siebtgeborene Sohn der nachfolgenden Generationen soll den Fluch in seiner*

Gänze tragen, und in dem Ausmaß, wie er weiterwirkt und Ungeborenes zerfrisst, soll er an Kraft und Gewalt zunehmen, bis der auferlegte Bann sich löst ...«

Ein plötzlicher Krach stört meine Konzentration und die Worte verschwimmen wieder. Jillian steht in der Tür. Ich sehe sie an. Sie hat ein Tablett mit Orangensaft und belegten Broten fallen gelassen. Vollkornbrot, Tomaten, Salat und Saft breiten sich auf dem glänzenden Parkett aus.

»Jillian!«, ruft Kate aus, schiebt mir das geschlossene Buch in den Schoß und hilft Jillian, alles aufzusammeln.

»Tut mir Leid«, entschuldigt sich Jillian, während ihre Augen groß und aufmerksam auf mich gerichtet sind. »Ich habe noch nie gehört, wie jemand so vollkommen aus der Handschrift vorgetragen hat«, sagt sie sanft.

Mein Blick fällt auf das Buch in meinen Händen, das plötzlich in meinen Fingern zu brennen scheint. Hab ich den Text tatsächlich gelesen? Ich muss völlig verwirrt aussehen. Jillian überlässt es Kate, den Boden zu putzen, ihre Stimme ist freundlich und ernst. »Wer hat dir das Lesen der alten Sprache beigebracht, Jarrod?«

Ich schüttle den Kopf. Ich kann nicht glauben, dass ich gerade aus dem Buch vorgelesen habe. »Ich weiß nicht, wovon du sprichst. Das ist doch ganz normales Englisch.«

Kate nimmt das Tablett und trägt es mit dem zerbrochenen Porzellan und Stücken aufgeweichten Brots rüber zur Kommode. »Altenglisch ist heute so gut wie unentzifferbar.«

»Stimmt nicht«, kontere ich, obwohl ich das vorhin fast selbst gesagt habe. Ich rufe mir etwas aus dem

Geschichtsunterricht vom letzten Jahr ins Gedächtnis. »Das heutige Englisch hat viele der alten Worte beibehalten. Es ist bloß eine erweiterte und überarbeitete Form des alten.«

Das kann Kate nicht akzeptieren. »Wach auf, Jarrod. Du hast selbst gesagt, das sei *kein* Englisch.«

Ich stehe ein bisschen unsicher herum. Ich muss einfach so schnell wie möglich hier raus. »Ich weiß nicht, was gerade eben passiert ist, meine Fantasie ist mit mir durchgegangen, das ist alles.«

Kate seufzt. »Setz dich, Jarrod, und hör zu. Es gibt nur eine einzige Möglichkeit, dich dazu zu bringen, dass du an dieses Zeug glaubst.«

Ich starre sie an und frage mich, was sie vorhat. Mir sträuben sich die Nackenhaare. Sie zieht eine Augenbraue hoch und fordert mich auf, mich zu setzen, zuzusehen und zuzuhören. Ich öffne den Mund, um zu sagen, dass ich gerade beschlossen habe, aufzustehen und zu gehen, aber sie hat ihre Hände auf meine Schultern gelegt und drückt mich energisch aufs Bett runter, bis ich wieder sitze.

Kate wechselt einen flüchtigen Blick mit Jillian, die auf die Kommode zugeht und das Tablett wegnimmt. »Nichts allzu Erschreckendes jetzt, Kate. Ich bin unten, falls ihr mich braucht.«

Ich habe den plötzlichen Wunsch, Jillian festzuhalten und sie, auch wenn sie schreien würde, zurück ins Zimmer zu ziehen. Ich will nicht mit Kate allein sein, solange sie in dieser Stimmung ist. Es könnte sonst was passieren. Mein Herz beginnt so schnell zu klopfen, dass ich meine, es würde mir aus dem Hals springen. Kates Stimme ist sanft. Sie drängt mich, ruhig zu bleiben. Ich hab das Gefühl, das alles ist ein Scherz oder ein Traum.

Ich bin völlig verwirrt und kämpfe gegen das Bedürfnis an, wegzurennen. Sie setzt sich wieder auf den Boden neben meine Füße. Ich bin gefangen. Kate lehnt mit dem Rücken am Bett und dreht sich dabei so, dass sie zu mir hochschauen kann. »Ich werde dir nicht wehtun, Jarrod. Ich will dir bloß eine kleine Zauberei vorführen.«

Ich nicke. Mein Mund ist total trocken und ich bringe kein Wort über die Lippen.

»Entspann dich«, murmelt sie besänftigend. Ihre Finger fangen an, sich um eine Kugel oder irgendetwas zu drehen, das sie in ihren Händen hält.

Ich habe nicht mitbekommen, woher sie es genommen hat, aber ich habe auch nicht darauf geachtet. Es ist tatsächlich eine Glaskugel, das sehe ich, als sie kurz zwischen Kates Fingern sichtbar wird. Kate bemerkt meinen Blick. »Es ist ein klarer Kristall, den mir Jillian geschenkt hat, als ich drei war. Ein Trainingsgerät. Ich brauche ihn eigentlich nicht mehr, aber manchmal, besonders wenn es spät ist und ich nicht schlafen kann, spiele ich mit ihm. Mache simple Kunststückchen. So wie das hier.«

Sie hält mir den Kristall vors Gesicht. Ich sehe nichts Ungewöhnliches, bin mir aber auch nicht sicher, worauf ich achten soll. Wie auch immer, vielleicht sind meine angespannten Nerven schuld, aber ich kann meinen Blick einfach nicht von der Kugel losreißen. Der Kristall scheint näher zu kommen und immer größer zu werden. Ist das vielleicht nur Einbildung? Ich bin jetzt voll konzentriert. Lebendige, sich verändernde Farben, wie feinste Seidenschals, bewegen sich für einen Augenblick im Innern des Kristalls, dann sieht man nichts mehr. Ich frage mich, ob es das schon war. Irgendwie bin ich erleichtert, dass nichts allzu Überraschendes oder Unheimliches passiert ist. Ich meine, mehr als ein paar changierende Rot-, Orange- und Blautöne. Netter Trick, wirklich. Wie sie das wohl gemacht hat? Gerade als ich sie fragen will, passiert etwas, was meinen Blick erneut ins Innere der Kugel zieht. Irgendetwas bewegt sich da drin, etwas anderes als Farben. Es sind Formen. Merkwürdige graue Formen, die sich verlagern und verändern. Ich rücke meine Brille gerade. Ohne sie wirkt alles leicht verschwommen. Ich brauche sie hauptsächlich zum Lesen. Jetzt sehe ich Personen. Drei. Die erste, die ich erkennen kann, ist ein Mann mit einem schmerzverzerrten Gesicht. Dann eine Frau mit braunem Haar und grauen Augen, die müde aussieht. Als Letztes sehe ich ein Kind, ungefähr acht oder neun. Es hat Haare wie ich. Es dauert eine ganze Weile, bis ich begreife. Ich schaue auf eine visuelle Miniaturdarstellung meiner Eltern und meines kleinen Bruders Casey. Ich bin perplex. Nicht nur, weil Kate, soviel ich weiß, meine Familie noch nie gesehen hat. Woher kann sie wissen, wie sie aussehen? Ich ringe nach Luft; das alles ist zu unwirklich. Ich wende mich ab und lege meine Brille weg.

Kate lässt die Kugel behutsam unter ihr Bett gleiten. »Was hast du gesehen?«

Ich starre sie an, die Worte bleiben mir im Hals stecken.

»Was hast du gesehen?«, wiederholt sie beharrlich.

»Weißt du das denn nicht?«

»Ich hab nur die Farben gesehen«, sagt sie und das erschreckt mich noch mehr.

»Aber du hast noch mehr gesehen.«

»Meine Familie.«

»Oh«, seufzt sie leise, als ob das alles erklären würde. Ich wünschte, sie würde auch mich aufklären. »Jetzt ist mir alles klar.«

Ich möchte am liebsten laut schreien. »Was meinst du denn damit?«

»Ich habe dem Kristall eingeflüstert, er soll dir deine beunruhigendsten Gedanken enthüllen.«

Mir bleibt der Mund offen stehen. Ich atme einige Male tief ein und aus. Was war denn das jetzt? Habe ich wirklich meine Familie in der Glaskugel gesehen? Hat Kate meine Gedanken irgendwie so beeinflusst, dass ich glaube, meine Familie gesehen zu haben? Sie sagt, sie sei gut im Erspüren von Stimmungen und so was. Ich vermute, sie hat verschiedene Begabungen. Es gibt Leute, die etwas spüren können, bevor es passiert. Das ist nichts Außergewöhnliches. Was also, wenn Kate zu einer kleinen Gedankenprojektion fähig ist? Möglicherweise war sie vor kurzem wirklich in meinem Kopf. Damit könnte ich zur Not noch umgehen. Dieser Gedanke beruhigt mich ein bisschen.

»Sehr interessant.«

»Das ist alles?« Zweifel.

Ich zucke mit den Schultern. »Was hast du erwartet?«

Sie schüttelt den Kopf und stützt ihn auf ihre Hände. Sie klingt enttäuscht. »Ich dachte, ich könnte dich dazu bringen, an die Welt der Magie und der Zauberei zu glauben. Dass du endlich einsehen würdest, dass du eine besondere Gabe hast, wenn ich dir zeige, dass es diese Welt gibt.«

Ich stöhne laut auf. Sie lugt zwischen ihren Händen hervor. »Es war eine großartige Vorstellung, Kate. Ich bin richtig beeindruckt. Glaub mir, das war wirklich toll. Aber wie kann eine kleine Gedankenprojektion mich dazu bringen zu glauben, *ich* könne zaubern? Wir sprechen hier über mich. Verstehst du, allein schon die Vorstellung ist absurd. Kriegst du denn gar nichts mit in der Schule? Mir passiert jeden Tag irgendwas Dummes. Ich bin ungeschickt, okay? Ich bin ein Niemand. Ich gehöre nirgendwo hin.«

Sie schlägt die Hände über dem Kopf zusammen. »Meine Güte, Jarrod, du schätzt dich selbst so falsch ein. Das macht mich rasend.«

»Es tut mir Leid, dass ich dir das antue.«

»Idiot.« Sie schlägt mir aufs Knie. Ich nehme ihre Hand, um sie davon abzuhalten, lasse sie aber nicht gleich wieder los.

»Ich meine«, beginnt sie und ich schwöre, ihre Stimme klingt ein bisschen unsicher, »du sagst, du gehörst nirgendwo hin, aber du hast mir doch erzählt, dass dein Vater eure Vorfahren beinahe tausend Jahre zurückverfolgt hat. Also das bedeutet doch wirklich *etwas*.«

Ich denke darüber nach. Sie hat natürlich Recht. Mir geht es gleich besser. Vielleicht gehöre ich doch irgendwo hin. Das Gespräch mit Kate ist mir jetzt jedenfalls weniger unangenehm. Es gefällt mir sogar. Ich möchte, dass wir so weiterreden und das übernatürliche Zeug vergessen. »Ich könnte das Buch von meinem Vater morgen vorbeibringen, wenn du möchtest.«

Ihre Augen funkeln vor Aufregung. »Ja? Das wär klasse.«

Die Zeit scheint stillzustehen. Ich verflechte meine Finger mit ihren und fühle, wie mein Puls auf Hochtouren läuft. »Danke, dass du mich heute Abend aus dem Café rausgeholt hast und dafür, dass du mir das Leben gerettet hast.«

»Ich glaube nicht, dass der alte Kronleuchter dich umgebracht hätte, aber trotzdem, ist schon okay.«

»Ja, äh, ich sollte jetzt wohl wirklich gehen. Meine Mutter macht sich sicher Sorgen.«

»Hmm, wenn du gehen musst.«

Sie spricht so leise, dass ich mich vorbeugen muss, um sie zu hören. Jedenfalls ist das meine Ausrede. Im Zimmer ist es totenstill bis auf das Hämmern in meiner Brust. Ich beuge mich sogar noch weiter hinunter. Unsere Gesichter sind nur noch Zentimeter voneinander entfernt. Ich sehe ihren Mund. Das Timing ist perfekt. Wenn ich es jetzt nicht tue, glaube ich nicht, dass ich je wieder den Mut dazu haben werde. Wenn ich noch was anderes bin außer ein ungeschickter Tölpel, dann ganz sicher ein Feigling. Ich weiß nicht, was über mich gekommen ist. Ich weiß nur eins: jetzt oder nie!

Also nähere ich mich ihrem Gesicht, bevor mich mein Mut ganz verlässt. Ich kann ihre Lippen fast schmecken, so nah sind sie. Möglicherweise bin ich wirklich verflucht. Ich merke, wie ich das Gleichgewicht verliere und statt des sinnlichen Kusses, den ich mir vorgestellt habe, lande ich mit meinem ganzen Gewicht genau in ihrem Schoß! »Meine Güte, Kate«, murmle ich, während mein Gesicht so heiß wird wie ein Bunsenbrenner auf voller Flamme. »Entschuldigung. Mist! Ich hoffe, ich habe dir nicht wehgetan.« Ich passe auf, wo ich meine Hände aufstütze, rapple mich ungeschickt hoch, bleibe mit einem Fuß an der Kante des Teppichs hängen, den ich vorher nicht mal bemerkt habe, und knalle schließlich irgendwo in der Nähe der Tür hin. »Verdammt.«

»Ist alles in Ordnung mit dir?«

Noch lacht sie nicht, aber lange kann es nicht mehr

dauern. Besser, ich bin dann nicht mehr da. Also nicke ich, da ich sicher nichts Intelligentes mehr rausbringe, und murmle: »Ja ... wirklich ... ich muss gehen ... Ich finde schon allein raus ...«

Trotzdem begleitet sie mich bis zur Haustür, wahrscheinlich nur, um sicherzugehen, dass ich auf dem Weg durch den Laden nicht noch mal irgendwo anstoße. Aber es passiert nichts mehr. Ich gehe schnell die Straße hinunter, als ob ich wirklich verflucht wäre. Vom Teufel persönlich.

Ein Schauer läuft mir über den Rücken. Jedes Härchen stellt sich einzeln auf. Klar, es ist dunkel und kalt und unheimlich, es ist spät und eine einsame Gegend hier oben. Aber irgendwie weiß ich, dass das mit all dem nichts zu tun hat. Es hat mit Kate zu tun. Keine Ahnung, warum ich mir da so sicher bin. Aber es ist so.

Kate

Wir sind der Aufmacher in allen Zeitungen und Regionalnachrichten. Unglaublich. Das Erdbeben im Icehouse konnte auf keiner Richterskala registriert werden, was eine Riesenverwirrung auslöst. Die Zerstörung ist real, genauso wie die vielen Augenzeugen. Die ganze Stadt wimmelt von wichtigen Leuten und Nachrichtenteams. Es ist Samstagmorgen. Die ganze Nacht hindurch wurden Suchhunde aus dem ganzen Land hergebracht. Fachleute stellen ihre Theorien auf, aber die Zeugen bestätigen keine. Es war keine Bombe oder ein außergewöhnlicher Sturm, wie der, der eine Woche früher die örtliche High School schwer getroffen hat. Die meisten schwören, dass es ein Erdbeben war.

Erst am Sonntag kommen zwei Untersuchungsbeamte der Polizei zu uns in den Kristallwald. Sie stellen sich vor und zücken kurz ihre Ausweise. Alles nur Routine. Ich bin wahrscheinlich die letzte auf ihrer Befragungsliste. In ihren Gesichtern lese ich, dass sie von mir nicht irgendetwas Neues erwarten. Ich enttäusche sie nicht, beschreibe das Beben, das das Café erfasste, mit genau der richtigen Mischung aus Angst und Aufregung. Wie Jarrod sich wohl bei der Befragung verhalten hat? Seine undeutlichen Erinnerungen reichen wahrscheinlich aus, um die Fragen zu befriedigen. Die Erinnerungslücken könnten ohne weiteres mit einem

Trauma entschuldigt werden, ohne einen Verdacht zu erregen. Die Polizisten ziehen wieder ab, sichtbar zufrieden, wenn sie auch kein bisschen weitergekommen sind. Ich entschließe mich, noch ein paar Hausaufgaben zu machen. Aber ich kann mich nicht konzentrieren. Ich warte ständig auf Jarrod, der nicht kommt. Er wollte das Familienbuch seines Vaters vorbeibringen, aber ich vermute, er hat es sich anders überlegt. Wahrscheinlich hat er beschlossen, sich möglichst fern zu halten von den herumschnüffelnden Beamten, Polizisten und Wissenschaftlern.

Ich sehe ihn erst am Montag in der Schule wieder, aber er beachtet mich nicht. Er sitzt am Tisch im Hof vor der Kantine mit der üblichen Clique — Pecs und Jessica und natürlich Ihre Hoheit, Tasha Daniels. Es tut weh, aber ich denke nicht daran, ihn das merken zu lassen. In Wirklichkeit trifft es mich sehr. Jarrod mag unglaublich begabt sein, aber in seinem Innern, das, worauf es wirklich ankommt, ist er nichts weiter als ein Feigling — bemitleidenswert und schwach. Er würde sich eher verstecken, als sich mit etwas auseinander zu setzen, was ihm unangenehm ist oder was nicht seinen dummen Regeln entspricht.

Die ganze Woche über meidet er mich. Wenigstens passiert nicht noch etwas Verrücktes. Von Pecs schnappe ich einige der üblichen niveaulosen Bemerkungen auf. Er behauptet, dass Zauberkraft die Zerstörung im Café verursacht hat. Doch nach wenigen Tagen langweilt diese Vorstellung die meisten Leute und sie lassen mich wieder in Ruhe.

Deshalb bin ich überrascht, Jarrod am folgenden Samstag im Kristallwald zu begegnen. Wie gewöhnlich helfe ich Jillian am Wochenende, damit sie Zeit für andere Dinge hat. Jarrod kommt mit seiner Mutter. Ich fülle gerade das unterste Regal wieder auf und beobachte von dort aus mit aller Ruhe, wie sie einen Haufen voll reichlich mit Perlen bestickter und verzierter Röcke und Jacken auf den Ladentisch legt. Es ist auch Schmuck dabei – lange Ohrringe, farbige, dazu passende Halsketten und Armbänder. Jillian prüft sie interessiert. Einige Kleider sind aus grober Baumwolle, einige aus Leinen oder aus Seide. Alle sind mit Perlen, Glitzersteinen oder einfach mit farbigen Edelsteinen und Fransen verziert. Wenn man auf Country-und-Westernsachen steht oder einfach etwas Ausgefallenes sucht, ist das nicht schlecht. Sie sind geschmackvoll, aber ich glaube nicht, dass sie zu Jillians New-Age-Sortiment passen. Sie kommt den Touristen mit überwiegend modischen Sachen entgegen. Aber sie will dem Schmuck und den Kleidern in ihrem Geschäft eine Chance geben und sagt, dass sie einiges davon im Schaufenster auslegen will.

Jarrod ist mit seinen Gedanken woanders, also beobachte ich ihn ein bisschen, bevor er mich bemerkt. Er scheint besonders fasziniert zu sein von den Zaubererfiguren aus Zinn. Seine Finger betasten eine Figur, als er plötzlich merkt, dass ich ihm zuschaue. Seine Hand hält inne. Er lächelt wie ein kleiner Junge und zeigt auf das Buch, das er im Arm hält. Es ist das Familienbuch. Ich muss mich zwingen, dass ich nicht zu interessiert aussehe. Natürlich will ich das Buch sehen, es könnte helfen, viele Wissenslücken über Jarrod zu füllen, aber das ist es natürlich nicht nur.

Ich versuche, mir nicht anmerken zu lassen, wie verrückt ich nach ihm bin. Schließlich hat er mich die ganze Woche über nicht beachtet.

Ich versuche so auszusehen wie immer, stehe auf und schlendere zu ihm hinüber. »Du hast also das Buch mitgebracht.«

Er deutet auf den Ladentisch, wo seine Mutter und Jillian versuchen herauszufinden, wo genau sie die Kleider und den Schmuck am besten hinhängen. »Ja, und Mama.«

Ich sehe Mrs Thornton an und versuche, mich nicht in sie hineinzuversetzen. Sie wäre ein leichtes Opfer. Sie hat ein wundervolles Gesicht und wirkt vertrauensselig. Sie trägt eine dunkelblaue Hose, die ihre Beine wirklich dünn aussehen lässt, und darüber einen blassgelben Kittel, der den kleinen runden Bauch noch deutlicher betont.

»Deinen kleinen Bruder hast du nicht mitgebracht?«

»Nein, Papa wollte ihn zum Fliegenfischen am Bach hinter der Farm mitnehmen.«

Nachdem sie das Geschäftliche erledigt haben, kommen Mrs Thornton und Jillian zu uns rüber. Jillian macht uns miteinander bekannt, als seien sie und Frau Thornton alte Freundinnen. Ich lächle und gebe ihr die Hand. Ihre Hand ist klein und kalt und doch überraschend fest. Sie sagt mir, ich solle sie Ellen nennen, was nett und ungezwungen ist und viel über sie verrät. Ich mag sie sofort, sogar als sie einen unsicheren Blick auf Jarrod wirft. Das heißt also, sie haben über mich geredet. Der Gedanke verwirrt mich. Deshalb muss ich es einfach tun. Ein einziges Mal. Ein kleiner Versuch, mich in sie hineinzuversetzen.

Sie ist vorsichtig, ein bisschen ängstlich sogar, ihre Sinne sind wach, auf der Hut, das bedeutet, Jarrod hat ihr erzählt, ich sei seltsam oder verrückt oder etwas Ähnliches. Das enttäuscht mich, ändert aber meine

Meinung über sie nicht. Schließlich gründet sich ihre Vorsicht auf das, was ihr Sohn ihr erzählt hat. Wenn, dann ist es Jarrods Meinung, die mich enttäuscht. Wie soll ich ihm das alles jemals verständlich machen, wenn er denkt, ich sei ein Fall für den Psychiater?

Jillian lädt Ellen zu einer Tasse Tee ein, aber die lehnt ab. »Vielleicht ein anderes Mal«, erklärt sie. »Ich muss mich um Ian, meinen Mann, und unseren anderen Sohn, Casey, kümmern. Ich habe sie heute Morgen am Fluss hinter unserer Farm abgesetzt. Ians Bein geht es nicht so gut. Seine Medikamente machen ihn oft müde.«

Sie macht sich auf den Weg und Jarrod folgt mir die Treppe rauf in mein Zimmer. Wir sitzen zusammen auf dem Boden, essen Sojahappen zum morgendlichen Tee, das Buch aufgeschlagen zwischen uns. Es ist dick und randvoll mit Geschichte. Es beginnt bei der jüngsten Familie. Jarrods Vater, Ian Thornton, ist ein Einzelkind, dessen Vater vor einigen Jahren im Alter von sechsundsechzig an einem Schlaganfall gestorben ist. Seine Mutter, die immer noch lebt, wohnt mit einer älteren Schwester in einem Privatsanatorium in der Vorstadt von Sydney.

Wie schnell die Zeit verfliegt, wenn man sich in die Vergangenheit vertieft! Wir machen eine Mittagspause, gehen hinunter und ich wärme einige vegetarische Pasteten auf. Nach dem Essen reden wir noch eine Weile und halten uns an *unverfängliche* Themen wie Lehrer und Hausaufgaben und die lustigen Geschichten von Jarrods kleinem Bruder. Wir nehmen unsere Getränke mit in mein Zimmer, vergessen sie aber bald, weil wir uns wieder in das Familienbuch vertiefen. Es stellt sich heraus, dass unser beider Lieblingsfach Geschichte ist. Wir lachen und das Zimmer ist erfüllt von einer warmen Atmosphäre.

Ich bin nicht sicher, wonach ich eigentlich suche. Ich vermute, nach einem Hinweis, der beweist, dass ein Fluch auf Jarrods Familie lastet. Das Buch ist wirklich informativ mit vielen interessanten Anekdoten über all die Familien aus der Vergangenheit. Es gibt die üblichen Leichen im Keller, mal mehr, mal weniger düster. Allmählich zeichnet sich ein Trend ab. Unfälle und Tragödien tauchen in gewissen Familien gehäuft auf, stelle ich fest. Vor allem in den großen Familien mit vielen Kindern. Das fesselt mich besonders.

Jarrods Vorfahren lassen sich bis weit ins britische Mittelalter zurückverfolgen, bis zu einer Zeit, als es noch keine offizielle Registrierung gab. Deshalb sind die früheren Informationen wahrscheinlich mündlich von den Eltern an ihre Kinder weitergegeben worden. Vor diesem Hintergrund ist es schwer zu unterscheiden, was Tatsachen sind und was zur besseren Unterhaltung beim Nacherzählen an einem kümmerlichen Feuer in einer kalten Winternacht dazuerfunden wurde.

Ich versuche, das im Hinterkopf zu behalten. Besonders bei der Lektüre über die älteste Familie am Ende des Buches, die von einem Streit gekennzeichnet war. Es gab die Entführung einer frisch verheirateten Braut durch den unehelichen Halbbruder des Bräutigams in ihrer Hochzeitsnacht. Kurze Zeit später verschwand das gerade getraute Paar. Es wurde gemunkelt, dass die junge Braut ein Kind von dem unehelichen Halbbruder erwartete, einen Sohn, und dass er sie auf irgendeine Weise verzaubert hatte. Da jedoch das frisch verheiratete Paar nie wieder auftauchte, konnte das niemals bewiesen werden. Trotzdem setzte sich der Streit fort, als das älteste Kind des Paars, ein Sohn, an seinem achtundzwanzigsten Geburtstag zum Familiensitz zurückkehrte, um sein Erbe einzufordern. Seine Identität wurde bestritten und ein blutiger Kampf begann. Ich frage mich, wie viel davon wahr ist. Egal, was ich danach noch lese, meine Gedanken kehren immer wieder zu dieser denkwürdigen Familie zurück.

Und obwohl das alles faszinierend ist, besonders die Erwähnung von Zauberei, zwinge ich mich, mich nicht zu lange an einer Stelle aufzuhalten. Am späten Nachmittag erkenne ich ein bestimmtes Muster wieder, das die Geschichte der ältesten registrierten Familien glaubwürdig erscheinen lässt. »Das muss es sein«, verkünde ich, während ich mich zufrieden zurücklehne und die Arme verschränke. »Ich glaube, ich weiß, wer der Zauberer ist.«

Jarrods Kopf schnellt hoch. »Was hast du gesagt?«

Ich blättere bis zur ersten Familie vor. »Der uneheliche Halbbruder hat Zauberei angewendet. Es muss etwas Ungewöhnliches sein, was all diese früheren Generationen miteinander verbunden hat. Ich vermute ...«

»Ja, klar«, unterbricht mich Jarrod ironisch.

»Es steht doch alles da, Jarrod. Alles, du musst nur hinschauen.«

»Klingt, als wär's Interpretationssache. Hast du nicht selbst gesagt, dass die Informationen in diesen frühen Zeugnissen zweifelhaft sein könnten?«

Ich seufze. Er ist unglaublich. Immer ablehnend. »Ich gebe zu, die Information ist ein bisschen unsicher und natürlich mag manches davon übertrieben sein, aber du musst das Buch als Ganzes betrachten. Es gibt jedenfalls eine Tendenz zu Pech, Katastrophen und Todesfällen in kinderreichen Familien. Das ist eindeutig, Jarrod. Es steht für sich. Es betrifft hauptsächlich Familien, in denen mindestens sieben Jungen geboren wurden. Und die erste Familie hatte etwas mit Zauberei zu tun. Begreifst du das denn nicht? Damals muss es angefangen haben.«

»Sie hatten eine Menge Pech«, gesteht Jarrod ein. »Aber Zauberei? Du machst Witze, oder?« Er kann der Wahrheit immer noch nicht ins Auge sehen und fügt hinzu: »Die Tatsache, dass all diese Familien Unglück hatten, hat nichts damit zu tun, wie viele Kinder sie hatten und bedeutet erst recht nicht, dass sie verflucht waren.« Er versucht, meine Theorie rational zu erklären. Eigentlich versucht er, alles rational zu erklären. Eine nervige Angewohnheit.

»Wie kannst du so was sagen?«, frage ich ihn. »Jede Familie mit sieben oder mehr Söhnen war verflucht.«

»Das ist lächerlich. Außerdem kommen die meisten Leute irgendwann einmal in Schwierigkeiten. Und das gilt besonders fürs Mittelalter, könnte ich mir vorstellen. Und erst recht bei kinderreichen Familien. Deine Familie ist so klein, dass du einfach nicht weißt, was das bedeutet.«

Ich starre ihn an, seine letzte Bemerkung verletzt mich, aber ich versuche, sie zu ignorieren. Meine größte Sorge ist Jarrods Mangel an Vertrauen. Warum kann er nicht einfach daran glauben? Warum weigert er sich, das Offensichtliche zu akzeptieren? »Was ist denn für dich Unglück, Jarrod? Bankraub? Amputierte Körperteile? Unerklärliche Todesfälle? Entführung? Mord? Das gibt's in jeder Großfamilie.«

Stirnrunzelnd schaut er über meinen Kopf hinweg zum Fenster. Als sein Blick wieder zurückschweift, sieht er verunsichert aus. Ich muss dagegen ankämpfen, mich in ihn hineinzuversetzen. Schließlich zuckt er mit den Schultern und steht auf. Offensichtlich hat er beschlossen, dass es Zeit ist zu gehen. »Also gut«, beginnt er, »das ist eine interessante Theorie, aber mit mir hat sie nichts zu tun. Mein einziger Bruder ist Casey. Ich bin der Erstgeborene, nicht der siebte. Jetzt versuch mal, mir das zu erklären.«

Natürlich hat er Recht. Plötzlich komme ich mir sehr dumm vor. Dieses ganze Gerede von alten, bösen Flüchen und Zauberei. Lächerlich. Wenigstens muss Jarrod das so sehen. Er muss *mich* so sehen. Ich schüttle den Kopf, stehe auf und drücke ihm das Familienbuch in die Hand. Ansehen kann ich ihn nicht.

»Behalt das Buch erst mal, wenn du willst, mein Vater wird es so schnell nicht vermissen. Ich geh jetzt. Meine Mutter hätte schon seit Stunden hier sein sollen. Sie muss vergessen haben, dass sie mich abholen wollte. Ich werd schon mal zu Fuß losgehen.«

»Jillian könnte dich heimfahren«, murmle ich.

»Nein!« Seine Antwort kommt blitzschnell. Er hat offenbar genug von diesem Schwachsinn und kann nicht schnell genug wegkommen. »Ich meine«, murmelt er, »es macht mir nichts aus, zu Fuß zu gehen. Es ist nicht so weit. Es geht ja die ganze Zeit bergab.«

Im Laden klingelt das Telefon. Ich bin so durcheinander, dass ich es Jillian überlasse, abzunehmen. Wir sind einen Augenblick still, sehen einander an und keiner von uns weiß, was er sagen soll. Ich höre Jillian unten sprechen, aber ich kann ihre Worte nicht richtig verstehen. Schließlich sage ich: »Dann bring ich dich noch raus.«

»Nein, ist nicht nötig.« Er geht schnell zur Tür und stößt mit Jillian zusammen.

»Das war dein Vater, Jarrod«, sagt sie sanft und augenblicklich weiß ich, dass irgendwas nicht stimmt.

»Es gab einen Unfall…« Jarrod fährt mit dem Kopf herum und knallt gegen die Decke. Er reibt gedankenverloren die Stelle. »Was ist passiert?« Seine Stimme klingt beunruhigt. »Ist mein Vater noch am Telefon?«

»Leider nicht«, antwortet Jillian. »Er war in Eile und lässt dir ausrichten, du sollst ins Krankenhaus kommen. Dort wird er dir alles erklären. Ich hol das Auto und fahr dich hin.«

»O Gott, was ist nur passiert?«, murmelt er vor sich hin. Dann sagt er zu Jillian. »Wie klang er? Hat er gesagt, wer verletzt wurde?« Wir sind schon fast unten.

»Ich will dich nicht beunruhigen, Jarrod, aber er klang furchtbar erregt.«

Bis zum Krankenhaus sind es etwa zwanzig Minuten. Jarrod sitzt vorn neben Jillian. Keiner von uns kann etwas sagen. Wir wissen zu wenig, um zu spekulieren, außer dass es Jarrods Vater ist, der angerufen hat, also kann ihm nichts passiert sein. Es bleiben Ellen, Jarrods Mutter, oder sein neunjähriger Bruder Casey.

Das Ashpeak-Mountain-Krankenhaus sieht eher aus wie ein Altersheim. Aber es gibt dort eine Notaufnahme, die rund um die Uhr Bereitschaft hat. Hier oben werden, wenn nötig, verletzte Touristen behandelt. Viele Wanderer unternehmen Touren in den Wäldern und weil sie sich nicht gut genug mit dem Terrain vertraut machen, kommen sie oft in Schwierigkeiten. Und dann gibt es noch die Autounfälle. Es ist eine kurvige Bergstraße, die vom Tal herauf führt.

Natürlich darf ich die Einheimischen nicht vergessen, meistens Farmer. Heute ist ein unzufrieden wirkendes Baby mit rosigen Wangen da, das von seiner

Mutter gestillt wird, während der Vater zuschaut. Der Mann blickt auf, als wir vorübereilen. Wahrscheinlich fragt er sich, warum wir an einem friedlichen Samstagabend so eine Hektik verbreiten.

Eine Krankenschwester an der Anmeldung führt uns in ein kleines Zimmer. Dort sitzt Ellen, in sich zusammengesunken, ihre Hände liegen auf ihrem Schoß und umklammern ein weißes Leinentaschentuch. Sie sieht unglaublich klein aus und blickt auf, als wir eintreten. Sie ist völlig durcheinander. Ihre Augen sind rot gerändert und geschwollen vom vielen Weinen, und sie ist nicht nur blass, sondern aschfahl. »Meine Albträume sind wieder da«, murmelt sie.

Ich schaue kurz zu Jillian, deren Augenbrauen und Schultern sich ganz leicht heben. Sie geht zu Ellen, um sich neben sie zu setzen. Ein Mann umarmt Jarrod. Das muss sein Vater sein. Die Ähnlichkeit ist auffallend, außer dass der Mann die Schultern nach vorne gebeugt hat und sich auf ein Paar Krücken stützt. Sein Haar ist heller als das von Jarrod, dünner und grau meliert. Seine Augen sind strahlend grün, sehen jedoch müde aus, und sein Gesicht ist verhärmt durch zu viel Sonne oder durch harte Schicksalsschläge, was ihn viel älter aussehen lässt.

Jarrod stellt uns einander vor. »Jillian, Kate, das ist mein Vater.«

Er vergisst, uns seinen Namen zu nennen, aber ich erinnere mich noch daran, dass Ellen ihn heute Morgen in Jillians Laden erwähnt hatte – Ian.

Jillian und ich sollen bleiben. Darüber bin ich froh, denn ich könnte jetzt nicht gehen. Es ist offenbar Casey, der verunglückt ist. Und obwohl ich ihm noch nie begegnet bin, habe ich das Gefühl, als ob ich ihn schon kenne. Jarrod hat ihn heute so oft erwähnt und immer voller Zuneigung. Was ungewöhnlich ist für Geschwister. Sie sind sehr oft umgezogen und ich glaube, darum kommt Jarrod so gut mit seinem Bruder aus. In jedem Fall sorgt er sich sehr um ihn.

»Was ist passiert?«, fragt Jarrod seinen Vater und wirft seiner Mutter einen kurzen Blick zu.

»Wir haben den ganzen Tag gefischt«, beginnt Ian. »Es hat ihm wirklich Spaß gemacht. Endlich wieder ein bisschen Spaß.« Er verstummt und ringt nach Worten. Er schluckt, schließt lange die Augen, dann spricht er weiter. »Mama schaute ihm eine Zeit lang zu, während ich im Auto ein Nickerchen machte. Dann ging sie nach Hause, um das Abendessen vorzubereiten, und sagte, dass sie in einer Stunde wiederkomme, um uns abzuholen. Du weißt, was für ein Energiebündel dein Bruder ist, er will alles bis zur letzten Minute auskosten.« Er macht wieder eine Pause und seine Augen werden glasig.

Einen Augenblick später kann er wieder weitersprechen. »Er entdeckte eine Riesenforelle, versuchte seine Fliege genau dorthin zu werfen, aber sein Angelhaken verfing sich in einem dahintreibenden Baumstamm. Ich watete ein Stück hinein, um ihm zu helfen, die Angel wieder freizukriegen. Verdammtes Bein«, flucht er. »Aber der Baumstamm wurde von der Strömung mitgerissen. Da war's dann auch schon passiert.«

»Was geschah dann, Papa?«

»Casey hielt die Rute mit aller Kraft, aus lauter Angst, sie zu verlieren und von mir ausgeschimpft zu werden.« Fast weint er, seine Augen füllen sich mit Tränen, aber er schnieft und redet weiter. »Er fiel in den Fluss, der vom letzten Regen noch Hochwasser führte.

Ich konnte ihn nicht halten. Verdammtes Bein! Ich rief ihm zu, er solle loslassen. Das tat er schließlich, aber da war er schon abgetrieben und die Strömung riss ihn mit. Er trieb über einen kleinen Wasserfall in noch reißenderes Wasser. Ich konnte nichts machen. Verdammtes Bein!« Er schlägt mit der Hand auf das Bein und wimmert in plötzlichem Schmerz. »Ich sah ihn forttreiben und dachte, ich würde ihn nie mehr wieder sehen.«

Jarrod legt seine Hand auf die gekrümmte Schulter seines Vaters, sie umarmen einander. »Ist schon gut, Papa. Ich weiß, du hast getan, was du konntest.«

»Deine Mutter, Gott beschütze sie, war zu dieser Zeit schon auf dem Weg zurück, um uns abzuholen. Wir fuhren mit dem Auto am Fluss entlang. Aber es war sinnlos. Wir hatten ihn verloren und konnten ihn nirgendwo entdecken. Leute vom anderen Ufer hörten uns rufen und schreien und fragten, was los sei. Gott sei Dank hatten sie ein Handy. Sie riefen einen Krankenwagen und halfen uns suchen.«

»Und wie habt ihr ihn gefunden?«, Jarrods Stimme verengt sich zu einem Flüstern, er ist leichenblass.

Ian Thornton versucht seinen Sohn zu beruhigen. »Ungefähr einen Kilometer südlich von der Stelle, wo er hineingefallen ist, trieb er in seichteres Wasser. Doch er atmete nicht mehr. Inzwischen waren Polizei und Krankenwagen eingetroffen. Sie haben ihn wieder belebt, aber es hat lange gedauert, mein Sohn. Furchtbar lange. Wir wissen nicht ... mit welchem Ergebnis. Verstehst du?«

»Ja, ich verstehe, Papa. Was sagen die Ärzte?«

Diesmal ist es Ellen, die antwortet, ihre Stimme ist hoch und schrill. »Sie können nichts sagen, bevor sie nicht noch ein paar Tests gemacht haben. Er atmete zwar, als sie ihn einlieferten, aber er war ohne Bewusstsein. Vielleicht liegt er im Koma, Jarrod.« Und dann fügt sie in plötzlicher Panik hinzu: »Ich darf ihn nicht verlieren.«

Sie beginnt am ganzen Körper zu zittern. Jillian legt den Arm um ihre Schultern und Ellen verliert nun völlig die Fassung. Ich fühle mich entsetzlich hilflos. »Er schafft es schon«, sagt Jillian besänftigend. »Er ist jetzt in den besten Händen.«

»Sie verstehen nicht«, stammelt Ellen fassungslos. Sie schüttelt den Kopf hin und her, ihre Augen sind nur noch riesige bebende Kugeln. Sie sieht verstört aus. »Ich kann nicht noch einen Sohn verlieren!«

Diese verzweifelte Aussage lässt sofort alle verstummen. Beide Eltern schauen Jarrod an, schuldbewusst. Jarrods Stimme ist belegt, seine Augen verengen sich und werden starr. »Mama?« Er sagt nur dieses eine Wort, aber der Ton verlangt eine Erklärung.

Sein Vater antwortet. »Es tut mir Leid, mein Sohn. Darüber reden wir schon lange nicht mehr.«

Jarrod schluckt. »Worüber redet ihr nicht mehr, Papa?«

Ian seufzt laut. »Über die anderen. Die Kinder. Gott allein weiß, was deine Mutter mitgemacht hat. Als du zur Welt kamst, gesund und stark, wollten wir neu anfangen und die Leiden der Vergangenheit hinter uns lassen.«

»Du musst es mir sagen.«

Sie schauen einander an, als gelte es herauszufinden, wer es länger aushält. Ian sieht als Erster weg. »Wir waren beide so jung, als das Erste zu früh geboren wurde. Er war zehn Wochen zu früh dran und lebte nur zwanzig Minuten. Die Ärzte sagten, es sei das Beste. Wir hofften, dass wir bald ein weiteres Kind bekommen würden. Genau ein Jahr später wurden die Zwillinge geboren. Auch sie waren Frühgeburten, ihre zarten Lungen schafften es nicht. Beide zogen sich Infektionen zu und starben innerhalb einer Woche.«

Er unterbricht sich. Seine Augen flehen seinen Sohn an, ihm den Rest zu ersparen. Aber Jarrods Wissensdurst ist größer. »Weiter«, presst er hervor.

»Wir warteten drei Jahre, damit deine Mutter wieder zu Kräften kam, und hofften, dass es diesmal anders verlaufen würde. Wir tauften ihn Alex. Er war wunderschön, aber er hatte eine Missbildung. Er hatte nur ein halbes Herz. Er lebte nur drei Wochen, aber jeder Tag war wie ein Wunder.«

Ellen wimmert in ihr Taschentuch. Sie ist völlig außer sich und kann diese schmerzvolle Vergangenheit kaum noch einmal durchleben. Aber Jarrod ist wie besessen. »Und das war's dann?«

»Nein«, antwortet sein Vater flüsternd. »Jetzt kannst du ruhig die ganze Wahrheit erfahren. Deine Mutter wurde an der Gebärmutter operiert. Nach dem letzten Mal hatten wir schon beschlossen, es sein zu lassen, aber die Ärzte sagten, diesmal könnte es gut gehen ... Rein körperlich sprach nichts dagegen.« Er hält inne, die Vergangenheit holt ihn ein. Er wusste, dass das eines Tages passieren würde. »Wieder zwei, beides Jungen, beides Totgeburten.«

Mir kommen die Tränen und ich sehe, dass auch Jillian weint. Der Raum ist voller Emotionen. Es ist buchstäblich eine Energie, die pulsiert wie ein selbstständig schlagendes Herz. Ich bin verwirrt, als ich merke, dass die Kraft von Jarrod nachlässt. Es ist kein Zorn, aber eine ungewöhnliche Mischung aus Verwunderung, Schock, Schreck und Angst.

»Dann kamst du«, fährt Ian etwas lebhafter fort. »Du warst so gesund und stark – ein wahres Wunder. Deine Mutter und ich schworen uns, die Vergangenheit hinter uns zu lassen. Um nach vorne blicken zu können, mussten wir das Leid vergessen. Verstehst du, sonst hätten wir dich doch erzogen, als ob du aus Glas wärst. Wir hätten dich mit unseren Ängsten erstickt.«

»Also habt ihr es mir nie erzählt«, sagt Jarrod sanft.

»Als du fünf warst und immer noch gesund und stark, wenn auch ein bisschen ungeschickt, hast du uns dazu ermuntert, es noch einmal zu versuchen.«

»Casey.«

»Dein kleiner Br-Bruder.« Ian versucht zu lächeln, aber beim letzten Wort bricht seine Stimme.

Ich beobachte, wie Jarrod all das aufnimmt. Ich möchte mich in ihn hineinfühlen, aber ich traue mich nicht, solange seine Gefühle so sichtbar intensiv sind. Es wäre beleidigend und anmaßend. Aber seine Empfindungen liegen ohnehin ganz offen dar. Sie pendeln hin und her zwischen Schock und einer verblüfften Erkenntnis. Nach einiger Zeit kneift Jarrod seine tiefgrünen Augen zusammen, schaut zur Seite und sucht meinen Blick. Und obwohl seine Worte an seinen Vater gerichtet sind, schaut er mich an. »Was bin ich dann also?«

»Du?«, antwortet Ian. »Du bist unser siebter Sohn. Unser glücklicher Siebter.«

Jarrod

Papas Enthüllung schockt mich. In diesem Moment beginne ich, an den Fluch zu glauben. Tatsächlich ist dieser Augenblick in vielerlei Hinsicht erhellend. Ich habe den Kampf meiner Eltern leibhaftig vor Augen, den sie in den Jahren vor meiner Geburt durchgemacht haben. Was sie erlitten haben, trifft mich tief wie ein Dolch, der sich in mein Herz bohrt. Wie viel Leid kann eine Familie ertragen? Plötzlich bin ich sehr stolz auf meine Eltern. Sie sind so stark. Stärker, als ich es je sein könnte.

Auf einmal ist alles ganz anders. Meine Welt hat sich vollkommen gedreht. Meine Familie ist mit einem Fluch belastet. Ob ich es zugeben will oder nicht, der Beweis ist eindeutig. Welche Eltern haben heutzutage sechs Geburten und sechs Todesfälle und bemühen sich trotzdem immer weiter, Kinder zu bekommen? Es ist, als ob ich geboren werden *musste* – damit der Fluch lebendig sein konnte. Sind meine Eltern durch irgendeine höhere Macht beeinflusst worden?

Gott, was denke ich da? Könnte ich mich nur selbst hören! Verflucht, wie Geächtete? Verflucht, durch die mächtige Zauberei aus einer vergangenen Zeit? Ich glaube nicht an dieses Zeug. Das ist unmöglich. Es ist reine Fantasie! Es muss für alles eine Erklärung geben. Schließlich ist das die Regel, nach der ich lebe.

Was geschieht mit mir?

Ich versuche, mich zusammenzureißen und diesem plötzlichen Wahnsinn mit dem Verstand Einhalt zu gebieten. Ich bin einfach sehr erregt, das ist alles. Ich stehe unter Schock durch Caseys Unfall. Mein kleiner Bruder könnte sterben oder für den Rest seines Lebens behindert sein. Außerdem habe ich gerade herausgefunden, dass ich noch andere Brüder hatte – alle sechs bereits tot, bevor ich überhaupt geboren wurde. Ich frage mich, wo sie begraben sind. Auf diesen Gedanken war ich nicht vorbereitet. Meine Augen füllen sich mit Tränen.

Kate starrt mich an und fragt sich vermutlich, was ich denke. Es ist ein Wunder, dass sie sich nicht in meinen Kopf hineinversetzt hat, um meine Gedanken zu ergründen. Irgendwie wünsche ich, sie hätte es getan, dann könnte sie mir vielleicht sagen, was da drinnen los ist. Ich muss mich setzen, mich festhalten. Ich lasse meinen Kopf in meine Hände fallen. So fühlt er sich schon besser an, nicht mehr so schwer.

Eine warme, sanfte Hand berührt meine Schulter und ich schaue auf. Es ist Kate. »Geht's dir gut?«

Ich nicke, ich traue mich nicht zu reden. Es könnte irgendetwas herauskommen, das wie ein Geständnis klingt, und ich bin nicht bereit, meine Zweifel in Worte zu fassen. Dadurch würden sie zu real.

Die Ärztin kommt. Ich bemerke es daran, dass Papas Krücken hastig auf dem gekachelten Boden klappern. Wir alle stehen in einem Halbkreis um sie herum, voller Anspannung, was es für Neuigkeiten über Casey gibt. »Er ist ein zäher kleiner Bursche«, beginnt sie und lässt uns damit sofort wissen, dass es ihm den Umständen entsprechend gut geht. »Wir mussten eine Menge Wasser aus seinen Lungen pumpen, aber glücklicherweise sind die Flüsse und Bäche hier ziemlich sauber. Sie wissen ja, dass das Wasser sogar in Flaschen abgefüllt wird. Deshalb erwarte ich auch keine Komplikationen durch eine Infektion. Trotzdem will ich ihn über Nacht lieber hier behalten, um sicherzugehen.«

Wir haben alle Fragen, aber Mama ist die Erste, die ihre Frage ausspricht. »Wissen Sie, ob er irgendeinen ...?« Sie kann den Satz nicht ganz zu Ende bringen.

Gehirnschaden.

Die Ärztin lächelt beruhigend. »Er hat keinen bleibenden Schaden davongetragen, Mrs Thornton. Er ist ganz offensichtlich schnell genug wieder zu Bewusstsein gekommen. Er hat wirklich viel Glück gehabt. Es hätte viel schlimmer ausgehen können.«

Wir seufzen alle zugleich und es fließen viele Tränen, diesmal vor Erleichterung.

»Wollen Sie ihn sehen?« Die Ärztin fragt mit einem leisen Lachen, als hätte sie einen Witz gemacht. »Er hält unsere Krankenschwestern ganz schön auf Trab. Er ist hellwach, hungrig und voller Energie, was erstaunlich ist, wenn man die Strapazen bedenkt, die er gerade durchgemacht hat.«

Wir lachen alle. Nicht weil es besonders lustig ist, aber es hilft einfach, etwas von der angestauten Spannung abzubauen. Casey ist klein, aber unglaublich aktiv. Er kann futtern wie ein Scheunendrescher. Für ihn wäre es undenkbar, den ganzen Tag ohne etwas zu essen auszukommen. Andauernd ist er in Bewegung und rennt aufgeregt hin und her. Und wenn er endlich mal Ruhe gibt, muss er erkennen, dass alles Essbare zusammen nicht ausreicht, seinen Hunger zu stillen.

Jillian umarmt meine Mutter herzlich, dann meinen

Vater und mich. Kate steht herum und hält sich im Hintergrund, ihre Augen sind feucht und voller Verständnis. Ich bin froh über ihr Schweigen, denn im Augenblick ist in meinem Kopf für nichts anderes Platz als für die Erleichterung über die guten Nachrichten von Casey. Es ist klar, dass wir bald miteinander reden müssen. Über den Fluch. Ich kann mir wirklich was Angenehmeres vorstellen. Vielleicht, nur vielleicht, hat sie Recht.

Kate und Jillian gehen und wir besuchen Casey. Er hat ein Zimmer für sich und sitzt aufrecht in seinem Bett. Kein Wunder, dass er den Schwestern keine Ruhe lässt. Er hasst es, allein zu sein. Man sieht ihm nicht an, was er gerade durchgemacht hat. Er isst Vanilleeis. Als er uns sieht, legt er den Löffel hin und grinst übers ganze Gesicht. Mama und Papa fangen wieder an zu weinen und als sie schließlich aufgehört haben, ihn mit Umarmungen und Küssen fast zu ersticken, bin ich an der Reihe. Ich umarme ihn und halte ihn fest. Es ist ein merkwürdiges Gefühl. Nicht dass es merkwürdig wäre Casey zu umarmen. Ich habe Mama immer geholfen, auf ihn aufzupassen. Ich hab seinen Kinderwagen geschoben, seine Wiege geschaukelt, ihm hochgeholfen, wenn er hingefallen war. Manchmal saß ich bloß da und beobachtete, wie er schlief, irgendwie konnte ich nicht glauben, dass so ein Energiebündel so friedlich daliegen konnte. Es machte Mama immer glücklich, wenn ich das tat, so als ob ihm vielleicht nichts passieren könne, solange jemand über ihn wacht. Und als er älter war, hatte ich in der Schule auch immer ein Auge auf ihn. Aber das Gefühl, das mich jetzt aufwühlt, ist mehr als das übliche, was man als beschützender älterer Bruder empfindet. Ungern lasse ich ihn los. Um meine

Gefühle zu verbergen, lächle ich ihn an und verstrubble sein Haar. Ein deutliches, unerschütterliches Gefühl trifft mich hart in der Magengrube – irgendwie ist es meine Schuld, dass Casey fast gestorben wäre.

Kate

Die ganze Stadt redet von Caseys Unfall und bei Sonnenaufgang am Sonntagmorgen schwärmen alle wie hilfsbereite Bienen aus. Hannah kommt zum Frühstück und bringt Jillian und mich auf den neuesten Stand. Sobald es Probleme gibt oder jemand verletzt wird, sind die Leute da. Frau Daniels und die Mitglieder des Landfrauenvereins haben seit dem frühen Morgen am Herd gestanden, damit den Thorntons um acht Uhr drei heiße Mahlzeiten gebracht werden konnten. Kan Derby, dem der Eisenwarenladen im Ort gehört, spendete eine neue Angelrute für Casey, als Ersatz für die, die er verloren hat.

»Sie wollten den Thorntons auch das Haus putzen und den Garten machen«, erzählt Hannah. »Und jemand hat sogar angeboten, einen Damm an der Rückseite des Hauses zu errichten.«

Wir sitzen um den Küchentisch, während Jillian uns Pfannkuchen auf die Teller lädt. Hannah nimmt sich Butter und Puderzucker und schüttet zum Schluss auch noch Ahornsirup drüber.

Ich muss grinsen, weil ich mich frage, wo sie das alles immer hinsteckt, so dünn, wie sie ist. Ich denke über all die Leute nach, die sich so hilfsbereit gezeigt haben. Das ist einer der Gründe, warum ich gerne hier lebe, obwohl ich mir nicht sicher bin, ob sie auch zu Jillian und mir so freundlich wären. Die meisten Leute denken nicht daran, uns gelegentlich einzuladen, selbst die nicht, die oft in den Kristallwald kommen. Aber für Jarrod freut es mich. Es wird ihm das Gefühl geben, akzeptiert zu sein. Und das wünscht er sich so sehr, dass er dafür sogar seinen gesunden Menschenverstand opfert. Die Ladenglocke bimmelt und Jillian flucht leise. In der Küche diese Unordnung und jetzt auch noch Kunden nebenan. »Ich geh schon«, sage ich. Sie dreht sich mit einem dankbaren Lächeln zu mir um. Hannah wird gerade mit einer zweiten und dritten Portion Pfannkuchen fertig und leckt sich den Ahornsirup von ihren triefenden Fingern. Lächelnd schüttle ich den Kopf. Ich weiß, dass sie zu Hause nie mit solchen Köstlichkeiten wie Pfannkuchen und Sirup verwöhnt wird. Das Essen ist knapp und muss für viele Münder reichen, auch für den Großvater, der erst kürzlich zu ihnen gezogen ist. Und sie nimmt wirklich nicht zu. Hannah ist so dünn wie ein Hering.

Am Sonntag öffnet Jillian um neun Uhr den Laden. Ich sage ihr immer, sie soll eine Stunde später aufmachen, aber an diesem Tag ist am meisten los. Viele Leute kommen über das Wochenende aus den Städten herauf und fast jedes Wochenende ist die Gegend hier oben voller Touristen, außer natürlich im Winter. Also versucht sie das Beste herauszuholen, solange das Wetter gut ist.

Aber es ist kein Kunde. Es ist Jarrod. Ich sehe sein Rad draußen stehen. Ich warte hinter dem Ladentisch und er kommt auf mich zu.

»Können wir reden?«

Sein Ton ist sehr ernst, die Augen sind blutunterlaufen, ich kann mir denken, warum. Er hat offenbar nicht lange geschlafen, aber ich spüre, dass es nicht nur Caseys Unfall ist, der ihm den Schlaf geraubt hat.«Aber ja, komm mit nach oben.«

Wir sind fast oben, als die Glocke wieder geht. Diesmal sind es wirklich Kunden. Wir machen kehrt, um zu sehen, wer es ist, und erstarren beide, aus unterschiedlichen Gründen.

»Jarrod!« Tasha Daniels grinst. Hinter ihr folgt ihr Schoßhündchen Jessica Palmer.»Das ist ja cool, dich hier zu treffen. Ich hab von deinem Bruder gehört. Ich hoffe, es geht ihm besser. Meine Mutter steht seit heute Morgen am Herd. Habt ihr das Essen bekommen?«

Er reagiert kaum auf diesen verbalen Überfall und nickt nur leicht mit dem Kopf. Er dreht sich so, dass ich sein Profil sehe und Tasha seine volle Aufmerksamkeit genießt.

Jessica Palmer kommt näher, schiebt sich sogar ein bisschen vor ihre »beste« Freundin. Ganz schön mutig. Normalerweise kennt sie doch ihren Platz − still und unauffällig in Tashas Schatten. Offenbar hat sie entschieden, dass man es Jarrod zuliebe riskieren kann, Ihre Hoheit zu ärgern. »Ryan gibt am Samstagabend eine Kostümparty zum Winteranfang. Hast du Lust zu kommen?«

Sie sind also beide hinter Jarrod her. Das kann ja heiter werden, denke ich, und beiße die Zähne zusammen. Ihre Eifersucht könnte schnell zum Kampf des Jahrhunderts werden. Hoffentlich kriege ich alles mit.

Tasha macht einen Schmollmund. Mir kommt ein gemeiner Gedanke. Was mich an Tasha wirklich ärgert, ist, dass sie das blonde Dummchen spielt. Denn sie ist ganz und gar nicht blöd. In Wirklichkeit ist sie das intelligenteste Mädchen der ganzen Klasse. Aber sie verhält sich wie ein Dummerchen. Sie pumpt eimerweise weiblichen Charme aus sich heraus und genau das mögen die Jungs. Ich suche nach einem Zauberspruch, der ihren Körper in einen Testosteronvulkan verwandelt. Ich male mir in allen Einzelheiten aus, wie ihre zarten makellosen Wangen von borstigen, schwarzen Haaren bedeckt werden. Bei dem Gedanken wird mir ganz schwindlig.

Ich konzentriere mich wieder auf das, was Jessica sagt, und verschiebe meine Idee auf später. »Ryan gibt seit eh und je zum Winteranfang Kostümpartys.« Was sie nicht sagt, ist, dass Ryans alljährliche Kostümparty das Ereignis geworden ist, nach dem ganz Ashpeak lechzt. Sein älterer Bruder hat damit vor Jahren angefangen, bevor er zur Uni ging. Ryan lädt fast jeden ein, auch welche aus den höheren Klassen. Niemand sagt ab. Ich werde nie eingeladen, auch nicht von jemandem, der eingeladen ist. Also alles wie immer. Sie schließen mich immer aus bei ihren Partys. Was soll's? Sie sind nicht mehr als eine armselige Bande Snobs. Trotzdem würde ich gerne hingehen, wenigstens ein einziges Mal. Vor allem wenn Jarrod mich fragen würde.

»Äh, ja, darüber hab ich noch nicht nachgedacht«, sagt er.

Tasha, total überrumpelt, dass Jessica ihre Einladung zuerst angebracht hat, macht wieder einen Schmollmund. Diesmal ist es die verführerische Variante. Sie schafft es irgendwie, an ihrem Schoßhündchen vorbeizukommen und dabei doch graziös zu wirken. Jetzt ist praktisch keine Luft mehr zwischen ihr und Jarrod. Jarrod weicht zurück, als Tasha vorwärts drängt, und stößt an den Ladentisch. »Ich wollte eigentlich etwas ganz anderes«, erklärt sie und begründet damit, warum sie beide ins »Hexenhäuschen«, wie der Kristallwald bei ihnen heißt, gekommen sind.

»Okay«, sagt Jarrod, »ich will dich nicht aufhalten.« Er ist wirklich ein Schwächling. Natürlich sieht er gut aus, aber das ist schließlich nicht alles. Er hat eine Gabe, die seinen Charakter festigen könnte, aber da er sie nicht erkennen will, liegt sie brach und nützt ihm nichts. Nur bei starken Gefühlskrisen macht sich diese Begabung bemerkbar, und nach allem, was ich gesehen habe, mit katastrophalen Folgen. Er ist ein Phänomen für sich – eine Mischung aus Feigling und tickender Zeitbombe.

»Und du?«, flüstert Tasha hastig und spreizt ihre leuchtend rot lackierten Krallen. »Was machst du eigentlich hier?«

Jetzt kommt der Moment der Wahrheit. Sein Blick flattert zu mir und ganz schnell wieder zurück. Ich kann seinen inneren Kampf förmlich *fühlen*. Tasha die ganze Wahrheit zu sagen ist unmöglich, aber ich hoffe, dass er ihr wenigstens erzählt, er besuche eine Freundin – mich. Natürlich ist das nur eine vage Hoffnung. Warum sollte Jarrod anders sein als alle anderen? Gesehen werden mit *Angstgesicht*? Dazu gehört Mut.

Trotzdem wünscht sich ein Teil von mir, ein *riesiger* Teil, dass er sich zu mir als seine Freundin bekennt. Dass diese Freundschaft es ihm wert ist.

»Äh, hm, na ja«, weicht er aus, »meine Mutter hat ein paar Kleider und ein bisschen Schmuck hier im Schaufenster hängen. Ich, äh, ich hab gedacht, ich schau mir mal an, wie das aussieht«, lügt er.

Mit geschlossenen Augen kämpfe ich dagegen an, mir meine Enttäuschung anmerken zu lassen. Dieser

Schwachkopf. Tränen kriechen in mir hoch, aber ich dränge sie zurück. Ich werde nicht heulen, nicht vor denen. Ich öffne wieder die Augen. Jarrod schaut mich direkt an, in seinen aufgerissenen Augen steht: Verzeih! Netter Versuch. Das hat er gründlich vermasselt.

»Kann ich euch helfen, Mädels?« Plötzlich ist Jillian da. Sie hat sich zurechtgemacht. »Sucht ihr was Bestimmtes?« Tashas Augen ruhen noch auf Jarrods errötetem Gesicht. Langsam geht sie auf Jillian zu und schenkt ihr ihre ganze Aufmerksamkeit. »Ich möchte am liebsten ein weißes langes Feenkostüm. Ich habe diese tollen silbernen Schuhe und suche noch einen Zauberstab und eine silberne Maske, die dazu passt, am besten schmetterlingsförmig. Und ich brauche natürlich jede Menge Glitzerzeug. Aber das ist kein Problem, das kann ich woanders besorgen...« Sie blubbert immer weiter, doch ich habe bereits abgeschaltet.

Ich drehe mich um und renne raus. Es ist mir egal, was Jarrod denkt. Vor Erniedrigung steigen wieder Tränen in mir hoch, aber ich halte sie mit aller Macht zurück. Ich haste an Hannah vorbei, die in der Küche Orangensaft in sich hineinschüttet und renne geradewegs in mein Zimmer. Sie folgt mir, wahrscheinlich verwundert darüber, dass ich es so eilig habe. Als sie in mein Zimmer kommt, schüttelt sie ihre gerade gewaschenen Hände aus. Ich brauche dringend eine gute Freundin. Wenn ich mich niemandem anvertrauen kann, explodiere ich wahrscheinlich oder, noch schlimmer, verfluche jemanden. Etwas was ich noch nie ausprobiert habe – zum Beispiel die Verwandlung der Hautfarbe in fluoreszierendes Grün.

Ich erzähle Hannah alles über Jarrod: über den Fluch, über die Begabung, die er hat, und all die Kraft

und über meine bescheuerte, aber jetzt der Vergangenheit angehörende Verliebtheit.
»Verstehe«, murmelt sie, als ich fertig bin.
»Was verstehst du?« Sie liegt quer über meinem Bett, den Kopf in die Hände gestützt, ihre nackten Füße auf meinem Kissen, während ich im Schneidersitz auf dem Boden sitze.
»Sicher bist du drüber hinweg«, antwortet sie sarkastisch. Dickköpfig beharre ich: »Worauf du dich verlassen kannst!«
»Du hilfst ihm also nicht, den Fluch loszuwerden?«
Ich muss mir klarmachen, dass es nur eine einzige Möglichkeit gibt, mit diesem unerfüllbaren Verlangen nach diesem Typ fertig zu werden. »Von mir aus kann der Teufel persönlich seinen Fluch zusammengebraut haben«, töne ich dramatisch. »Jarrod kann bitten und betteln, vor mir winseln, meine Füße ablecken und die Dreckkrusten von meinen Stiefeln kratzen oder den Vogeldreck von meinem Fensterbrett schaben. Ich werde trotzdem keinen Finger rühren, um ihm zu helfen.«
Dummerweise bemerke ich nicht, dass Hannah die Tür offen gelassen hat. Jarrods Stimme lässt mich zusammenzucken. »Und was ist, wenn ich sage, dass es mir Leid tut?«
Mein Kopf fährt herum und ich werde auf der Stelle knallrot.
Wie lange hat er schon da gestanden?
Hannah bricht sichtlich amüsiert in lautes Gelächter aus. Das hat gerade noch gefehlt.
»Sei still, Hannah.« Meine Stimmung ist auf dem Nullpunkt.
Sie hört auf zu lachen. »Entschuldigung«, murmelt

sie, doch sie meint es nicht wirklich. Aber sie richtet sich immerhin auf und Jarrod setzt sich neben sie auf mein Bett.

»Du hast Hannah alles erzählt«, sagt er traurig. Das ist die Antwort auf meine Frage — er stand offenbar schon die ganze Zeit da.

»Horchst du immer an anderer Leute Schlafzimmertüren?«

»Wenn es etwas Interessantes zu hören gibt.«

Hannah amüsiert sich immer noch köstlich und versucht hin und wieder ein Gackern zu unterdrücken. Und das, obwohl die Atmosphäre im Zimmer so angespannt ist, dass man glaubt, man könnte mit den Händen danach greifen. »Sie hat Recht, weißt du.«

Jarrod schaut Hannah an. »Womit?«

»Mit allem«, antwortet sie ungezwungen. »Du kennst sie nicht, *ich* schon. Glaub es einfach, wenn Kate sagt, dass du verflucht bist. Sie weiß über diese Sachen Bescheid. Wenn sie sagt, du hast eine Gabe, dann musst du das auch glauben. Akzeptier es und spiel es nicht runter. Mensch, was würde ich alles dafür tun, eine solche Gabe zu besitzen.«

»Ich hab nicht so viel Vertrauen wie du, Hannah.«

»Schade«, murmelt sie, während sie sich ihren nicht vorhandenen Bauch reibt. »Ich muss jedenfalls gehen, jetzt, wo ich satt bin und so viel gelacht habe.« An der Tür dreht sie sich um. »Da du ja einen Gast hast, finde ich schon allein raus. Ich muss mich sowieso noch bei Jillian für die Pfannkuchen bedanken. Macht's gut.«

Jarrod schüttelt den Kopf, als wir sie leise die Treppe hinuntergehen hören. »Warum hast du Hannah alles erzählt?«

Ich hab keine Lust mehr, nett zu sein. »Warum hast

du Tasha und Jessica nicht gesagt, dass du gekommen bist, um *mich* zu besuchen?«

Er kann die Kritik besser vertragen als ich. »Das Ganze tut mir Leid. Das ist mir so rausgerutscht.«

»Du bist vielleicht ein Blödmann.«

»Ich werde es wieder gutmachen.«

Seine Augen flehen mich an. Das gefällt mir so sehr, dass ich fast schon wieder lächle.

»Ja? Wie?«

»Ich mache alles, was du sagst, versprochen.«

Ohne nachzudenken – denn sonst würde ich mich das nie trauen – sage ich: »Nimm mich mit zu Ryans Party.«

Er sagt nichts, schaut mich nur erstaunt mit seinen großen leuchtenden grünen Augen an.

Die Stille wird unerträglich. Einen Augenblick lang tut er mir fast Leid. Ich weiß, dass ich viel verlange. Aber ich habe es jetzt gesagt und werde es nicht wieder zurücknehmen. Eigentlich will ich ja gar nicht, dass er es wirklich tut. Ich glaube, ich muss einfach nur seine Freundschaft auf die Probe stellen. Alles, was ich will, ist, ihn so etwas sagen zu hören wie: »Ja, natürlich, kein Problem.« Und dass er es auch wirklich so meint.

Stattdessen sagt er: »Du willst doch eigentlich gar nicht hingehen, oder?«

Es ist schwer festzustellen, ob er mich bloß nicht mitnehmen will oder auf eine absurde Art versucht, mich zu schützen. Ich vermute, er weiß, dass ich die Aufmerksamkeit aller auf mich ziehen würde, und zwar die Art von Aufmerksamkeit, auf die keiner scharf ist. Außerdem wird Pecs auch da sein. Ich zucke die Schultern und sehe weg. Zumindest kann mich niemand Feigling nennen.

»Wenn du wirklich willst, verspreche ich dir, dich mitzunehmen.«

Ich starre ihn an. Er hat offenbar das Gefühl, in meiner Schuld zu stehen. Tja, reingefallen. Vielleicht sollte ich es wirklich durchziehen. Das würde ihm eine Lektion in Sachen Freundschaft erteilen. Stattdessen murmle ich: »War nur Spaß.«

Er lehnt sich nach vorn, seine Stimme droht mir sanft. »Ich mag es nicht, wenn man mich testet, Kate.«

Die Glockenspiele fangen an, sich zu bewegen. Pastellfarben flattern über meine Schlafzimmerwände, sobald die Sonne hereinscheint. Er kocht vor Wut und ich habe das Gefühl, als spiele ich mit dem Feuer. Aber andererseits kann man mich auch nicht so schnell abschrecken. »Du bist bloß froh, dass du noch einmal davongekommen bist. Ich würde es natürlich nie wagen, dir deine Chancen bei Tasha oder Jessica zu verderben. Mein Gott, die wären ja so enttäuscht, dass sie dich am Ende noch aus ihrer Superclique ausstoßen.«

»Die sind mir doch egal.« Seine Aussage verblüfft mich.

»Du bist ein schlechter Lügner.«

Er zuckt die Achseln, als ob das Thema ihn langsam langweilt. So schnell, wie die Glockenspiele angefangen haben zu klingen, hören sie auch wieder auf. Wenigstens ist das Haus jetzt wieder vor ihm sicher. »Ich habe gedacht, das Wichtigste in deinem Leben wäre es, akzeptiert zu sein.«

Seine Stirn legt sich in Falten. »Meine Prioritäten haben sich eben geändert.«

Sein ernster Tonfall macht mir Angst. Ist vielleicht noch etwas vorgefallen? Wann hat das endlich ein Ende? Ich forsche in seinem Gesicht und sage schnell:

»Ist noch etwas Schreckliches in deiner Familie passiert?«

Er denkt einen Augenblick nach, mein Puls rast. Als er hochschaut, sehe ich nur noch Erschöpfung und Traurigkeit. »Genau das ist es, Kate. Ich habe Angst vor dem, was als Nächstes passieren könnte. Meine Eltern mussten schon so viel durchmachen. Wie viel halten sie noch aus, bevor sie zerbrechen?« Dann sieht er mich an mit einem Blick, der einen Schwerverbrecher ängstigen würde. »Ich hätte nie gedacht, dass ich an Flüche glauben würde, aber in meinen Kopf dreht sich alles. Mittlerweile könnte ich fast alles glauben.«

Dass er das eingesteht, überrascht mich so sehr, dass ich augenblicklich Ryans Party vergesse. Ich zieh die Knie an und schlinge meine Arme darum. »Willst du mir damit sagen, dass du es jetzt tatsächlich glaubst?«

Er atmet schwer und seufzt laut. »Ich weiß nicht, was ich glauben soll. Es fällt mir schwer, Kate. Ich bin nicht so aufgewachsen wie du – Magie, Zauberei, Hexerei, das waren nie unsere Gesprächsthemen beim Essen.«

Ich nicke verständnisvoll. »Aber du gibst zu, dass an dem Fluch etwas Wahres dran sein könnte?«

»Zumindest wäre es eine Möglichkeit. Es wäre eine Erklärung für die Missgeschicke in all den Jahren. Doch das Merkwürdigste ist gestern Nacht passiert, als ich Casey umarmt habe.« Er wirft den Kopf nach hinten und seine Augen prüfen für Sekunden die Decke. Diese Geste ist mir schon früher an ihm aufgefallen. Immer wenn er versucht hat, etwas Schwieriges auszusprechen oder tief besorgt war. Es lässt ihn verletzlich aussehen.

Endlich senkt sich sein Kopf und er schaut mich an. »Mein Güte, Kate, ich fühle mich für das verantwortlich, was Casey passiert ist. Alles, was meiner Familie passiert ist, könnte *meine* Schuld sein.«

Ich denke einen Moment nach. »Dass du dich verantwortlich fühlst, könnte bedeuten, dass du die Wahrheit akzeptierst und dir ihrer bewusst wirst. Aber sei nicht so hart zu dir selbst. Du hast den Fluch nicht verhängt.«

»Wenn aber dieses ganze Zeug mit dem Fluch wahr ist, Kate, was kann ich dann unternehmen?«

»Ich habe mit Jillian gesprochen. Sie sagt, in den alten Texten werden zwei Möglichkeiten genannt, den Fluch eines Zauberers aufzuheben.«

Er lehnt sich voll konzentriert nach vorn und wartet.

»Tod«, erkläre ich.

»Was? Wessen? *Meiner?*«

»Mein Gott, nein. Offensichtlich endet der Fluch, wenn der Verursacher durch den Leidtragenden getötet wird.«

Er starrt mich ungläubig an. »Ich muss den Zauberer töten?«

Ich nicke.

Stille. Jarrods Gedanken kreisen. »Du glaubst, der besagte Zauberer ist ein unehelicher Thornton, der vor ungefähr achthundert Jahren gelebt hat«, sagt er ernst. »Das bedeutet doch, dass er schon längst tot ist. Möglicherweise endet der Fluch, wenn *ich* sterbe.«

Die Richtung, in die das Gespräch jetzt geht, gefällt mir ganz und gar nicht. Ich versuche, das Ganze genauer zu erklären, und fange an, aus Jillians altem Hexerei-Handbuch vorzulesen. »*Um den Fluch aufzuheben, müsste der Betroffene oder einer seiner Nachkommen*«, dabei blicke ich Jarrod an, »*den Zauberer vernichten, wenn nicht mit seinen eigenen Händen, dann durch andere Mittel, die gefunden werden müssen.*«

Seine Stirn legt sich noch mehr in Falten. »Das ist unmöglich, Kate. Der Mann ist schon tot.«

Ich seufze. Das führt irgendwie zu nichts.

»Ja, ich weiß.«

»Außerdem könnte ich das auf keinen Fall tun. Verstehst du ... jemanden umbringen. Tut mir Leid, das kann ich einfach nicht. Einen Mord begehen.« Dann fügt er sehr leise hinzu: »Es wäre einfacher, mich selbst umzubringen.«

Ich schaue ihm ins Gesicht, um mich zu vergewissern, dass er einen Scherz gemacht hat. Aber er ist so ernst, dass ich mir da nicht sicher sein kann. »Daran solltest du nicht einmal denken.« Ich versuche unbeschwert zu klingen. »Dein Tod würde den Fluch ja nicht aufheben, weil er wieder bei deinen Nachkommen auftreten würde.«

»Wenn ich aber sterbe, bevor ich Nachkommen in die Welt setze ...«

Ich falle ihm schnell ins Wort: »Der Fluch würde einen Weg finden.«

Er nickt und murrt resignierend. »So wie er es bei mir getan hat. Meine Eltern hätten niemals sieben Babys gehabt, wenn alle überlebt hätten. Erst durch ihren Tod haben sie weiter versucht, Kinder zu bekommen.«

Er hat es erfasst. Seine Eltern hätten nach dem dritten oder vierten Baby aufgehört und sich vielleicht dazu entschlossen, noch ein Kind zu adoptieren. Aber sieben oder acht? Niemals. So fand der Fluch immer wieder einen Weg, weiterzuwirken. Er hat tatsächlich den Tod aller Babys verursacht. Mein ganzer Körper kribbelt. Wer immer diesen Fluch in die Welt gesetzt hat, es muss ein höllisch mächtiger Zauberer gewesen sein. Ein wahrhaftiger Hexenmeister und ein bösartiger noch dazu. In meinem Kopf setzt es aus. Es muss doch etwas geben, was wir tun können. Bald habe ich meinen Entschluss über Bord geworfen, nicht zu helfen.

»Wir könnten es mit einem Zauberspruch versuchen.«

Jarrod hört mir aufmerksam zu und ich bin froh darüber. Wenigstens beschäftigt er sich jetzt nicht weiter mit diesen düsteren Gedanken. »Ja? Meinst du?«

»Zauberei hat dich in diese Situation gebracht, vielleicht brauchen wir bloß wieder ein bisschen Zauberei, um dich zu erlösen. Außerdem hast du nichts zu verlieren.«

»Was für ein Zauberspruch?«

Ich muss nachdenken. Ein Zauberspruch, der wirkungsvoll genug ist, diese mächtige Magie außer Kraft zu setzen. Das ist wahrlich keine einfache Aufgabe, wenn man bedenkt, dass der Fluch vor Jahrhunderten in die Welt gesetzt wurde. »Wir müssten um Mitternacht bei Vollmond zu dem kleinen Fluss runtergehen. Glücklicherweise haben wir heute Vollmond. Ach ja, wir brauchen etwas Ziegenblut. Kannst du das besorgen? Ich bringe das Fischherz mit. Ich glaube, Jillian hat noch frische Kröten.«

Er sieht aus, als wäre ihm das Wort *Zweifel* in großen, fetten Buchstaben quer übers Gesicht geschrieben.

»Vertrau mir einfach«, bitte ich leise mit einem Lächeln. »Alles, was du tun musst, ist, dich mit mir am Fluss im Wald zu treffen. Den Platz kennst du ja. Ich habe dich schon einmal mitgenommen. Kurz vor Mitternacht. Und, zieh dir was Schwarzes an.«

»Ich traue mich kaum zu fragen, warum.«

Ich lächle. »Damit du mit der Dunkelheit verschmilzt und keine Tiere aufschreckst. Der Wald muss unangetastet bleiben, in Harmonie mit dem Mond. Und mit den vier Elementen. Wir werden sie brauchen.«

Eins seiner Augen verengt sich noch mehr als das andere und er neigt den Kopf mit einem Bist-du-noch-ganz-dicht?-Ausdruck im Gesicht zur Seite. »Was war noch mal die andere Möglichkeit?«

»Was?«

»Du hast gesagt, Jillian hat zwei Möglichkeiten herausgefunden, den Fluch aufzuheben. Die eine ist also der Tod des Zauberers. Und die andere? Vielleicht könnten wir es damit versuchen?«

Ich beiße mir auf die Unterlippe. Eine kindische, nervöse Angewohnheit. Wie soll ich es ihm erklären? Jarrod würde so weit wie möglich wegrennen, wenn ich es ihm sage, und sich nur noch totlachen. »Hm, also«, setze ich an und bemühe mich, die richtigen Worte zu finden. Dann entschließe ich mich doch dagegen. Es gibt sowieso keine Möglichkeit, dass wir das durchziehen. »Es ist eine dumme Idee. Es würde nie funktionieren.«

Seine Schultern heben sich, er zieht die Mundwinkel nach unten und scheint meine Erklärung zu akzeptieren.

»Wir werden es mit dem Zauberspruch versuchen, Jarrod.«

»Ich weiß nicht so recht, Kate. Es erscheint mir so lächerlich.«

»Nein, es ist nur eine Frage des Muts.« Ich könnte mir die Zeit damit vertreiben, ihn immer wieder herauszufordern. Man kann ihn bis aufs Blut reizen. »Also, hast du den nötigen Mut?«

»Ich weiß, was du gerade vorhast, Kate.« Er klingt sauer, aber ich sehe, dass seine Neugier geweckt ist.

»Bist du einverstanden?« Ich sporne ihn weiter an.

»Sag mir nur, woher ich das Ziegenblut bekomme, ohne eine Ziege töten zu müssen.«

Jarrod

Ich kann nicht fassen, dass ich damit einverstanden war. Ziegenblut, um Himmels willen. Was in aller Welt ist los mit mir? Ich hab keinen Durchblick mehr. Nicht den blassesten Schimmer.

Allerdings, wenn ich sowieso schon nicht mehr durchblicke, habe ich schließlich auch nichts mehr zu verlieren. Außer vielleicht den letzten Rest meiner Zurechnungsfähigkeit.

Im Haus ist alles ruhig. Es ist schon fast Zeit aufzubrechen. Es ist so still, dass ich zum Fenster hinausklettern muss, damit ich mich davonschleichen kann, ohne Mama und Papa zu wecken. Mit etwas Glück schlafen sie gerade tief. Sie hatten nicht besonders viel Schlaf in den letzten Tagen. Ich steige mit dem Hintern zuerst aus dem Fenster, schramme mir den Arm am rissigen Holzrahmen auf und lande mit einem dumpfen Geräusch in einem Haufen mit getrocknetem, knisterndem Laub. Ich reibe mir den wunden Ellbogen. Keiner macht Licht, also habe ich wenigstens niemanden aufgeweckt.

Draußen ist es eiskalt, dabei ist es erst ungefähr zwanzig nach elf. Gerade noch Zeit genug, um zu Kates Haus zu radeln und durch das Gebüsch zu der Stelle an dem kleinen Bach zu gehen, wo wir uns verabredet haben. Sie bat mich, keine Taschenlampe zu benutzen, solange es nicht unbedingt notwendig ist. Der Vollmond heute Nacht müsste ausreichen. Und meine angespannten Sinne. Verlass dich einfach auf deine Sinne, hat sie gesagt.

Soll wohl ein Witz sein. Meine Sinne sind im absoluten Alarmzustand. Ich bestehe nur aus Angst und Adrenalin. Und der angekündigte Vollmond hat leider beschlossen, nicht herauszukommen. Wer will es ihm verdenken? Er ist ja nicht blöd.

Ich sollte das Ganze lieber lassen.

Ich taste nach dem Fläschchen mit dem Ziegenblut, das ich sorgfältig in meiner Hemdtasche unter dem schwarzen Pullover verstaut habe. Ich seufze, aber diesmal vor Erleichterung, denn das Fläschchen ist noch heil. Das wäre ja wirklich noch schöner. Schließlich habe ich den ganzen Nachmittag gebraucht, um an dieses dämliche Blut zu kommen. Der Tierarzt der Stadt gab mir eine Liste von Ziegenfarmen. Er versicherte mir aber, dass Milch leichter zu bekommen wäre als Blut. Dann sah er mich an, als ob ich nicht ganz dicht wäre. Und damit hatte er ja beinahe Recht. Nachdem ich alle Farmen abgeklappert hatte, deren Besitzer sich immerhin wegen meines Anliegens köstlich amüsierten, ging ich schließlich zum Schlachthof. Da musste ich mich dann ziemlich anstrengen, den Verwalter davon zu überzeugen, dass ich für eine Schulaufgabe in Biologie Ziegenblut bräuchte und nicht die üblichen Organe wie Schweinehirn, Leber oder Augen. Er versicherte mir, dass ich einen Fehler machen und meine Aufgabenstellung durcheinander bringen würde. Aber weil er wusste, dass mein kleiner Bruder fast gestorben wäre, machte er eine Ausnahme, damit ich Ruhe gebe.

Bei dem Gedanken daran fahre ich schneller. Wenigstens das kann ich, ohne umzukippen. Außerdem muss ich Schwung holen, um die Hügel auf dem Weg zu Kate in Angriff zu nehmen. Auf den Straßen ist nichts los. Nicht ein Auto. Das kommt mir sehr gelegen. So sieht mich keiner in diesem lächerlichen Aufzug — schwarz von Kopf bis Fuß, so wie Kate es befohlen hat, außer dem kleinen roten Emblem der NBA Chicago Bulls auf Caseys Kappe. Aber die Luft ist derart eisig, dass ich mir diese kleine Missachtung von Kates Anweisungen erlaubt habe.

Ich bin erschöpft, als ich Jillians Laden erreiche, nachdem ich das Rad den letzten steilen Hang hinaufgeschoben habe. Ich lasse es vor dem Haus stehen und steuere den Weg durch den Regenwald an, den Kate mir mal gezeigt hat. Natürlich kann ich ihn im Dunkeln nicht so leicht ausmachen und muss doch die Taschenlampe benutzen. Eigentlich ist es kein richtiger Weg und nach wenigen Augenblicken klopft mir das Herz schon bis zum Hals. Wenn nicht der Lärm meiner Schritte auf dem knackenden Waldboden die Tiere im Wald aufschreckt, dann wird sicher mein gewaltiger Herzschlag die Harmonie zwischen Wald und Mond stören. Oder was immer das auch war, wovon Kate gesprochen hat.

Am meisten muss ich mit großen Spinnweben kämpfen, in denen fette Spinnen sitzen, die nur auf leichte Beute wie mich warten. Ich halte meinen Kopf geduckt, die Hände weit nach vorne gestreckt, während ich eine Spinnwebe nach der andern herunterreiße. Mit jedem Schritt steigt mein Adrenalinspiegel weiter und lässt meinen Puls allmählich rasen. Überall auf meiner Haut bilden sich Schweißtropfen, obwohl die Temperatur stetig fällt. Ich frage mich plötzlich, ob ich überhaupt in die richtige Richtung gehe. Nicht mal ein erfahrener Buschmann würde bei diesen Bedingungen im Wald herumwandern. Mitten in der Nacht und dann auch noch ohne Kompass.

Diese Gedanken steigern meine Aufregung nur noch mehr. Ich atme stoßweise und blase dabei Wölkchen in die kalte Luft. Was, wenn ich immer mehr vom Weg abkomme und den kleinen Fluss verfehle? Was, wenn ich stattdessen in ein Wasserloch falle oder eine Schlucht? Ich würde mir eine Unterkühlung holen und innerhalb kurzer Zeit erfrieren, bevor mich jemand findet.

Ich gerate in Panik. Sie zerrt an meinen Nerven. Ich muss einen Entschluss fassen. So kann ich jedenfalls nicht weitergehen. Ich drehe mich unkontrolliert um die eigene Achse: Welcher Weg ist welcher? Ich verliere die Orientierung. Genau in dem Moment sehe ich in der Ferne einen schwachen Lichtschimmer. Zuerst denke ich, es sei ein Feuer, aber es fehlt der übliche orangefarbene Schein. Was immer es ist, mein Atem verlangsamt sich sofort. Das *muss* Kate sein. Es ist kein Mensch sonst hier draußen mitten in der Nacht, außer vielleicht ein die Axt schwingender Mörder. Ich taste mich vor, dem Licht entgegen. Mit jedem Schritt werde ich ruhiger, sodass ich den Anschein erwecke, alles unter Kontrolle zu haben, als ich ankomme.

»Du hast es geschafft«, sagt sie, als ob sie ernsthafte Zweifel gehabt hätte.

Ich zucke mit den Schultern und versuche so zu tun, als jucke mich das nicht im Geringsten. Wenn es etwas gibt, was mich wirklich trifft, dann ist es Kates fehlendes Vertrauen in mich. Sie denkt, ich bin ein Schwächling. Ich meine damit nicht meine Missgeschicke. Sie ist nicht so oberflächlich, sie blickt tiefer – direkt in meine Seele.

»Klar. Was hast du denn gedacht? Ich hab doch gesagt, dass ich komme.«

Sie hat einen Zauberstab in der Hand, mit dem sie auf einen großen Kreis zeigt. »Ich hab schon den Kreis gezogen. Die Kerzen sind die Begrenzung. Du musst direkt hinter mir in den Kreis gehen.«

Ich tappe hinter ihr her und mache genau das, was sie sagt, auch wenn ihre Worte mir einen eisigen Schauer den Rücken runterlaufen lassen. Schließlich sitze ich ihr im Schneidersitz gegenüber. Dann beginne ich, alles um mich herum wahrzunehmen. Da ist der kleine Fluss, vertraut und sehr nahe. Ich kann das kristallklare Wasser berühren, wenn ich meine Finger weit genug nach rechts ausstrecke. Dampfender Nebel liegt über der Oberfläche. Es sieht gespenstisch und unwirklich aus, wie in einem Fantasy-Film. Dann sind da viele winzige Flammen von weißen Kerzen, die einen Kreis bilden und rauchlos flackern. Merkwürdigerweise scheinen sie nicht abzubrennen. Rechts von Kate steht eine goldene Schachtel, die die Form einer Schatztruhe hat. Der Deckel ist geöffnet und ich sehe darin einen glatten rosafarbenen Kristall, einen silbernen Becher, eine Schere, eine lange, blaue Schnur und noch ein paar andere Kleinigkeiten. Meine Augen brennen und ich beschließe, nichts mehr zu fragen. Von irgendwoher kommt ein scheußlicher Geruch. Ich will gar nicht wissen, was es ist. Das Merkwürdigste aber ist das Licht. Außer den kleinen, rund um uns brennenden Flammen scheint es keine andere Lichtquelle zu geben und trotzdem wirkt die ganze Umgebung wie eine hell erleuchtete Halle mit seltsamem, weißem Licht. So, als ob die Luft leuchten würde.

Sie bemerkt meine Verwunderung. »Das ist nur ein

bisschen Magie, die Jillian mir beigebracht hat«, sagt sie leise, mit weicher melodiöser Stimme. Ich beneide sie um ihre Ruhe, durch die ich mich mutloser fühle als je zuvor.

»Gefällt es dir?«

Was will sie von mir hören? »Äh, ja«, stammle ich. »Wie ...?«

Sie lächelt nur. »Es ist ziemlich kompliziert und ich bin mir nicht sicher, ob du es hören willst. Einstein wäre sicher begeistert gewesen.«

Damit muss ich mich zufrieden geben, auch wenn ich noch mehr Fragen habe. Langsam entspanne ich mich im Vertrauen auf ihre Magie und fange wieder an zu hoffen. Wenn Kate das mit dem Licht machen kann und wenn wirklich ein Fluch auf meiner Familie lastet, vielleicht kann sie ja doch meine Probleme lösen.

»Bist du bereit, Jarrod? Es ist gleich Mitternacht.«

Ich nicke leicht. »Ja, ich glaube schon.«

Sie lächelt wieder. Ich fühle mich etwas besser. Mein Puls verlangsamt sich, bis er fast wieder normal ist. Sie ist in ihrem Element und hat sich voll unter Kontrolle. Etwas von ihrer Ruhe überträgt sich auf mich. »Du wirst deine Kappe abnehmen und dich bis auf die Jeans ausziehen müssen.«

Mein Kopf schnellt nach vorne, meine Augen sind weit aufgerissen. »*Ausziehen?*«

»Nicht alles!« Sie lacht. »Nur obenrum.«

Ich grinse verlegen. »Das hab ich nicht gemeint. Es ist bloß, na ja ... es sind vielleicht zwei Grad hier draußen.«

Sie runzelt die Stirn und sieht verdutzt aus. »Ist dir denn kalt?«

Ihre Frage, die mich natürlich provozieren soll, bringt

mich dazu, die äußeren Bedingungen schnell noch einmal zu prüfen. Unser Atem ist nicht mehr sichtbar und meine Finger nicht mehr steif. Sogar meine Zehen fühlen sich jetzt angenehm warm an. Ich berühre mein Gesicht. Erstaunlicherweise ist meine Haut nicht mehr eiskalt, wie noch vor wenigen Augenblicken, sondern warm. Ich sehe sie neugierig an. »Wie hast du das gemacht?«
»Eigentlich war ich das gar nicht. Das Wetter kann ich nicht beeinflussen, obwohl ich es oft genug versucht habe. Es ist das Licht, das ein bisschen Wärme erzeugt, wenigstens genug, um die Kälte zu vertreiben.«
»Ach«, sage ich. Mehr fällt mir nicht ein. Mein Mund ist völlig ausgetrocknet.
»Hast du das Blut mitgebracht?«
Sofort bin ich wieder voll konzentriert. Ich greife in meine Hemdtasche und muss ein bisschen grinsen, wenn ich an die peinliche Hetzjagd am Nachmittag denke. Ich ziehe das halb volle Fläschchen heraus, denn das war alles, was der Verwalter mir geben wollte. Ich hoffe, es reicht.
»Ausgezeichnet«, sagt sie zu meiner Erleichterung.
»Was machst du damit?«
Sie tastet hinter sich herum und fördert die Quelle des schrecklichen Geruchs zu Tage – eine kleine Schale mit etwas Schlammigem, Braunem und Schleimigem. Vorsichtig gießt sie das Ziegenblut über die übel riechende Mischung und rührt mit einem Stab darin herum. »Jillians Vision von den Schlangen, die deinen Körper umkreisen, bedeutet, dass dich böse Geister umgeben. Weißt du«, sagt sie beiläufig, »du trägst diese Geister vielleicht schon die ganze Zeit mit dir herum. Schlangen sind nur die sterbliche Hülle.«

Das ist genau das, was ich hören will.

»Der Geruch, der durch das Ziegenblut, vermischt mit Fischherz, Leber und Kröteninnereien, entsteht«, fügt sie leise hinzu, während sie sich nach vorne beugt, »wird *hoffentlich* bewirken, dass du sie loswirst. Wenigstens so lange, bis unser Zauber wirkt. Die Methode hilft nur vorübergehend. Aber wenn der Zauberspruch heute Nacht wirkt, könnte das dazu beitragen, die Schlangen für immer loszuwerden.«

»Wirklich?«, ist alles, was ich herausbringe. Leibhaftige Bilder von Schlangen, die sich um meinen Körper winden, lassen meine Haut plötzlich kribbeln, als ob die Schlangen real wären. Vor ungefähr sechs Jahren habe ich auf einer Farm gelebt, die früher ein Gestüt war, bevor sich mein Vater dazu entschlossen hat, es mit dem Rennsport zu versuchen. Es waren zweiundzwanzig Hektar fruchtbares Weideland am Fluss. Die erste Schlange haben wir an dem Tag gesehen, an dem wir eingezogen sind. Am Ende der Woche waren wir so weit, dass wir wieder ausziehen wollten. Die Schlangen kamen vom Fluss herauf, als ob sie magisch von uns angezogen würden. Wahrscheinlich ist es die anhaltende Trockenheit, die die Schlangen ins Haus lockt, meinten unsere Nachbarn. Wir verloren mit dem Haus eine Menge Geld. Am Ende konnten wie es nicht schnell genug wieder loswerden, besonders nachdem ich mit drei Schlangen in meinem Bett aufgewacht bin und gedroht hatte, nie wieder ins Bett zu gehen. Die Erinnerung daran jagt mir einen Heidenschreck ein. Der Impuls, wegzurennen, kriecht wieder in mir hoch.

Kate hört auf zu rühren und legt den Stab neben die Schale. Sie schiebt sie zwar ein bisschen weg, lässt sie aber immer noch innerhalb des Flammenkreises stehen. Wenigstens fällt es mir jetzt etwas leichter, das alles zu verfolgen. »Entspann dich«, sagt sie sanft, »ich werde dir nicht wehtun, Jarrod.« Ihre Augen leuchten jetzt wie Saphire. In ihrem Blick liegt ein Versprechen. »Niemals.«

Ich bin erleichtert, das zu hören. »Was jetzt?«

Ihre Worte verblüffen mich. »Ich werde dich reinwaschen.«

Sie kneift ein Auge zusammen, während ich mich bemühe, diese Information aufzunehmen und mich an ihre Bitte zu erinnern, mich bis auf die Jeans auszuziehen. »Wovon?«

»Von allem Bösen.«

Der Fluch, natürlich. Habe ich wirklich gedacht, sie meint ein richtiges Bad? So erfreulich das auch in einer gemütlichen Umgebung wäre, hier draußen, mitten in der Nacht ist die Vorstellung ganz und gar nicht prickelnd. »Wie willst du das machen?«, frage ich schnell, um meine Verlegenheit zu verbergen.

»Mithilfe der vier Elemente – Erde, Luft, Wasser und Feuer.«

Meint sie das ernst? Ihre Worte klingen wie aus einem schlechten Horrorfilm. »Du hast zu viel Fernsehen geguckt.«

»Wir haben keinen Fernseher«, antwortet sie nüchtern.

»Gut, dann sag mir noch eins. Wie bringst du die vier Elemente dazu, dir zu helfen? Indem du sie freundlich darum bittest?«

Sie starrt mich mit ihren Schlitzaugen an. Sie ist höllisch wütend und ich kann ihrem Blick nicht standhalten. »Tut mir Leid«, murmle ich.

»Das hier funktioniert nicht ohne ein bisschen Unterstützung von deiner Seite, Jarrod. Sarkasmus bringt uns auch nicht weiter. Ein Zauberspruch, der reinwaschen soll, ist alles andere als einfach.«

»Ich hab doch gesagt, es tut mir Leid.«

»Also gut.« Sie ist immer noch wütend und es tut mir jetzt wirklich Leid. Mir wird bewusst, dass sie das alles nur für mich tut. »Versuch nicht alles in Frage zu stellen, lass dich einfach mitreißen. Okay?«

Ich nicke reumütig.

Dann sagt sie: »Und jetzt zieh deine Kappe, deine Jacke und alles, was du darunter anhast, aus.«

Meine Nerven sind gespannt, aber ich tue, was sie mir gesagt hat, indem ich die Kleider neben mich lege. Mein Gesicht wird ganz heiß, als ich ihren Blick spüre. Obwohl ich weit davon entfernt bin, wirklich nackt zu sein, kommt es mir trotzdem so vor. Ich fühle mich wie ein dürres Klappergestell. Ich versuche sonstwo hinzuschauen, nur nicht zu Kate. Sie macht irgendwas mit ihren Händen und ich erkenne verwundert, dass sie sie zum Beten erhoben hat. Jetzt spricht sie auch, aber nicht zu mir. Ihr Kopf ist zurückgelehnt und ich kann sie nicht verstehen. Nach einem kurzen Augenblick in dieser Haltung kniet sie nieder, greift nach ihrer Schere und nähert sich damit meinem Kopf.

»He, wart einen Augenblick. Was hast du vor?«

Ihre Stimme ist erstaunlich ruhig. Sie klingt so tonlos, als befinde sie sich gerade in einer Art Trance. »Ich brauche dein Haar.«

»Mein Haar!« Ich setze mich auf, bereit, zu flüchten, egal wohin, und zwar schnell. Dieses Spielchen geht jetzt wirklich zu weit.

Doch sie lächelt mich sanft an. »Nicht dein ganzes Haar, bloß ein paar Strähnen, das ist alles.«

Sie handelt schnell, für den Fall, dass ich es mir anders überlege, und wickelt dann eine lange blaue Schnur um das kleine Haarbüschel. »Das wird jetzt ein bisschen stinken.« Sie hält das Büschel über eine Kerze links neben ihr und fängt wieder an, etwas zu rezitieren. Diesmal klingt es wie ein rhythmischer einlullender Gesang.

Ich kann mir nicht vorstellen, dass etwas schlimmer stinken kann als die Ziegenblutmischung. Das umwickelte Haar zischt, während es sich aufrollt und in der gelben Flamme aufgeht. Als es sich ganz aufgelöst hat, schaue ich zu Kate. Sie erscheint mir irgendwie entrückt. Ihre immer noch funkelnden Augen spiegeln den Schein der Kerzen wider, während der Wind mit einigen Strähnen ihres langen schwarzen Haars spielt. Jetzt sieht Kate tatsächlich wie eine Hexe aus, mit diesen hellen, ungewöhnlich geformten Augen. Jetzt fehlt nur noch der legendäre Besenstiel.

Sie schaut auf, mir direkt in die Augen. »Das, was jetzt kommt, wird dir nicht gefallen«, sagt sie leise.

Mein Herz schlägt schneller.

Mit dem Becher nimmt sie ein bisschen feuchte Erde auf. »Atme langsam und tief ein und aus.« Ihre Hand berührt meinen Bauch, genau über meinem Nabel. Die Hand ist fest und trotzdem weich und angenehm warm. Es erfordert meine ganze Konzentration, genau das zu tun, worum sie mich bittet. Ihre Hand, ihre unheimliche, klanglose Stimme und ihre glasigen Augen haben einen seltsamen Effekt auf mich. Ich versuche angestrengt, meine Gefühle zu verbergen, denn Kate kann Stimmungen und Gefühle viel zu gut erspüren. Allmählich habe ich den Dreh raus, tief aus dem Bauch heraus zu atmen. Sie bewegt ihre Hand mit meinen

Atemzügen ein paar Mal auf und ab, bevor sie die Hand wieder wegnimmt und langsam die Tasse mit der feuchten Erde über meinem Kopf ausleert. Mit einer kreisenden Bewegung fängt sie an, meinen Kopf, meine Stirn und meine Brust damit einzureiben. Währenddessen wiederholt sie immer wieder denselben rhythmischen Gesang.

Ich schließe die Augen in dem zaghaften Versuch mich zu schützen, während mir Erde und vermodertes Laub fast in Mund und Augen dringen. Hätte ich nur an meine Brille gedacht. Als ich die Augen wieder öffne, lächelt Kate. »Du machst das richtig gut.«

Ich nicke. Dadurch fällt mir noch mehr Dreck und Sand aus dem Haar. »Du genießt das wohl, stimmt's?«

Sie lacht ein bisschen und ich bin froh, dass das Glasige, das vor wenigen Minuten noch ihre Augen verschleiert hat, verschwunden ist. Sie sieht wieder normal aus. Na ja, so normal, wie Kate eben aussehen kann. »Jetzt fehlt bloß noch eins«, sagt sie, langt zum Wasser und wäscht schnell ihre Finger. Dann schöpft sie eine Hand voll Wasser und hält es mir entgegen, während das Wasser heruntertröpfelt. Sie muss nichts sagen. Ich weiß, sie möchte, dass ich trinke, aber allein der Gedanke, aus ihren zu einer Schale gewölbten Händen zu trinken, hat eine merkwürdige Wirkung auf mich. Die Geste vermittelt eine Art unsichtbare Übereinstimmung. Eine Art Vertrautheit.

Sie deutet auf das Wasser in ihren Händen. »Komm schon, worauf wartest du?«

Ich beobachte, wie durch winzige Lücken zwischen ihren Fingern Tropfen hindurchsickern. Ich gebe mir Mühe, meine Gefühle zu verbergen, beuge mich vor und fange an zu trinken. Ich wage nicht, sie anzuschauen, denn dann wüsste sie augenblicklich Bescheid. Als ich ausgetrunken habe, atme ich tief und fest ein. Ich schaue auf und sehe, wie sich Kates Mund bewegt. Leise flüstert sie etwas. Ihr Körper schwingt sanft vor und zurück. Schauer laufen mir über den Rücken, während mir am ganzen Körper merkwürdig heiß wird. Und im selben Moment ist das Ganze auch schon vorbei. Kate seufzt leise, dann lächelt sie. »Alles in Ordnung mit dir?«

»Mir ist ein bisschen seltsam zu Mute, aber es geht schon.«

»Gut. Das war's.« Sie räumt schnell alles zusammen, verstaut die Schere und die anderen Kleinigkeiten wieder in ihrer Schatztruhe. »Wir müssen den Kreis so verlassen, wie wir reingekommen sind«, sagt sie. Kate löscht die Kerzen. Mit der Plastiktasse macht sie eine flache Mulde und vergräbt die stinkende Mischung aus Ziegenblut, Fischherz, Leber und Kröteninnereien. »Du kannst dich jetzt anziehen, dir wird sicher gleich wieder kalt.«

Während sie das sagt, wird der Schein, der uns umgibt, schwächer und schwächer, bis er schließlich völlig verschwindet. Der ängstliche Mond kommt jetzt, wo alles vorbei ist, heraus. Ich erhasche nur einen flüchtigen Blick auf ihn durch das Blätterdach des Waldes. Die Luft wird augenblicklich wieder kälter. Nachdem ich schnell meinen Kopf ausgeschüttelt und mir den Dreck von Gesicht und Brust geklopft habe, ziehe ich wieder meine Sachen an und setze die Kappe auf. »Also, das war's jetzt?«, frage ich, stehe auf und wische mir die restliche Erde von der Stirn.

»Das war's«, sagt sie noch mal.

Ich suche in meiner Jeans nach der Taschenlampe.

Ich bin erleichtert, als ich sie finde, und knipse sie an.

»Und was machen wir jetzt?«

Wir gehen los Richtung Straße. Zumindest nehme ich an, dass wir in diese Richtung gehen. Ich habe natürlich keine Ahnung, aber Kate scheint sich sicher zu sein, deshalb folge ich dicht hinter ihr.

»Du solltest erst mal abwarten, denke ich«, sagt sie.

Sie klingt nicht sehr zuversichtlich.

»Wie lange, schätzt du, wird es dauern?«

»*Wenn* der Zauberspruch gewirkt hat, müsste sich der Fluch schnell auflösen.«

»Prima!« Ob ich will oder nicht, ich bin freudig erregt. Vielleicht war diese verrückte Nacht nicht nur den Adrenalinrausch wert. »Aber wie weiß ich, ob der Fluch aufgehoben worden ist?«

»Das ist ziemlich klar«, antwortet sie. »Du wirst nicht mehr überall gegenrennen und die endlose Serie von Katastrophen, die deine Familie heimgesucht hat, wird ein Ende haben.«

Wir erreichen die Straße und Kate begleitet mich bis zu meinem Rad. Es ist jetzt sehr viel heller, weil die Wolken aufgerissen sind und einem leuchtenden Vollmond Platz gemacht haben. Ich knipse die Taschenlampe aus. Die Miniaturschatztruhe unter Kates Arm erinnert mich daran, was wir gerade erlebt haben. Plötzlich fühle ich mich unwohl. Wie dankt man einer Hexe für einen Zauberspruch, der einen lebenslangen Familienfluch aufheben soll? »Also«, versuche ich es, »was heute Nacht passiert ist, ich, äh, also ... danke für deine Hilfe.«

Sie lächelt und sieht wunderschön aus. »Es könnte sein, dass es nicht funktioniert hat, weißt du. Ich bin nur eine Anfängerin und der Zauberer, der diesen Fluch verhängt hat, muss ein mächtiger Magier gewesen sein.« Sie schaut kurz weg. Dann fügt sie leise hinzu: »Eins muss dir klar sein. Ich habe keinen Zauber aus vergangenen Zeiten angewandt, Jarrod.«

»So?«

»Wir haben es mit einem Fluch zu tun, der durch einen Zauber hervorgebracht wurde, der vor beinahe tausend Jahren lebendig war. Damals hatte man mehr Sinn für diese Dinge, ein stärkeres Bewusstsein dafür. Heute ist das anders, viel nüchterner. Das hat eine ... nun, eine Art Schwäche zur Folge. Jillian kann mit dieser alten Form der Magie umgehen, aber das können nicht viele. Es sind ein paar wenige, die damit arbeiten können.«

»Nun ja, du hast es jedenfalls versucht und bist meinetwegen ganz schön in Schwierigkeiten geraten.«

Sie zuckt mit den Schultern. »Ist schon okay. Ich hab nicht oft Gelegenheit, mächtige Zaubersprüche anzuwenden. Es gibt nicht genug Freiwillige hier. Außer Hannah, aber ehrlich gesagt sind einige Zaubersprüche auch zu gefährlich, um sie an der besten Freundin auszuprobieren.« Sie scherzt. Das sehe ich ihren lachenden Augen an. Aber es macht mir auch wieder bewusst, wie tief Kate in diesen Dingen verwurzelt ist. Magie, Zauberei, Hexerei. Ich habe immer noch meine Zweifel, muss aber zugeben, dass Kate zweifellos einige ungewöhnliche Fähigkeiten hat, wie etwa die, Dunkelheit in Licht zu verwandeln und Kerzen anzuzünden, ohne dass sie herunterbrennen. Jetzt, wo mein Kopf wieder klar ist, frage ich mich, wie sie das gemacht hat.

Ich leuchte mit der Taschenlampe auf meine Uhr, kann aber die Ziffern nicht erkennen.

»Es ist vier Uhr morgens«, sagt sie.

Ich bin überrascht. Waren wir wirklich vier Stunden im Wald? »Ich muss los«, sage ich. »Es ist spät.«

»Ja, ich glaube, es ist besser, du gehst.« Es klingt bedauernd und damit spricht sie mir aus dem Herzen. Obwohl die Temperatur hier draußen inzwischen sicherlich auf fünf Grad unter null gefallen sein muss, habe ich es nicht eilig, wegzukommen. Ich könnte hier für den Rest der Nacht stehen bleiben, solange ich nur mit Kate zusammen bin. Diese Erkenntnis trifft mich wie der Blitz. Ich setze mich in Bewegung und steige auf mein Rad, bevor ich mich selbst zum Narren machen kann. »Bis bald, und noch mal danke.«

Sie nickt und lächelt schwach. Ihr Gesicht ist momentan wie ein offenes Buch. Sie fragt sich, ob ich am Montag in der Klasse so tun werde, als sei sie Luft. Ich winke schnell noch einmal und fahre los, während ich Tasha und Jessica, Pecs, Ryan und Pete vor mir sehe. Es tröstet mich, dass sie mich in ihre Clique aufgenommen haben. Die Verlockung ist einfach groß. Ich wünschte, ich wäre nicht so ein Feigling. Ich hasse mich selbst. Kate hat etwas Besseres verdient. Sie ist stark, viel stärker als ich. Sie ist auf eine einzigartige Weise begabt und schön. Das macht sie zu etwas Besonderem und dafür wird sie erbarmungslos aus der In-Clique ausgeschlossen und von den anderen nicht beachtet. Und ich? Nun ... ich bin keinen Deut besser.

Kate

Er hat nicht funktioniert. Der Zauberspruch, der den verdammten Fluch aufheben sollte. Das wird mir am Montagmorgen sofort klar, als Jarrod zu spät in der Schule auftaucht und Herrn Dyson erklärt, er sei über eine leere Bierflasche gefahren und der Reifen an seinem Rad sei geplatzt. Er ist den ganzen Weg wieder zu Fuß nach Hause zurückgegangen, damit seine Mutter ihn herfahren konnte, aber das Auto sprang ohne ersichtlichen Grund nicht an.

»Heute Morgen hatten wir den schlimmsten Frost in diesem Jahr«, erklärt Herr Dyson. Er ist überhaupt nicht verärgert, was dem aufgelösten Jarrod gut tut. »Sag deinen Eltern, sie sollen ein Gefrierschutzmittel ins Kühlwasser schütten. Es war wahrscheinlich nur zu kalt. Alles deutet in diesem Jahr auf einen Rekordwinter hin.«

Auch Jarrod erkennt wenig später in der Sportstunde, dass der Zauberspruch nicht gewirkt hat. Wir machen Gymnastik und die Jungen sollen gemeinsam eine Pyramide bilden. Jarrod, der nicht so groß ist wie Pecs oder einige andere, passt nicht in die unterste Reihe. Nach dem üblichen Aufstand lässt sich Pecs auf dem Boden nieder. Damit ist die untere Reihe vollständig. Callum und Todd steigen als Nächste drauf und lassen den mittleren Platz für Jarrod frei. Als er hinaufklettert, höre ich Gekicher. Es ist nicht böse gemeint, aber

Jarrods Ruf eilt ihm voraus. Jeder weiß, dass er ungeschickt ist. Er verlegt andauernd irgendwas und stolpert über seine eigenen Füße. Seine Brille hat er nicht auf, aber das würde auch keinen Unterschied machen. Er ist auf Pecs und Ryans Rücken und bis jetzt sieht alles gut aus. Die Klasse fängt an, ihm zuzujubeln und zu pfeifen. Er senkt seinen Kopf mit einem verlegenen Lächeln. Frau Milan ermahnt die Klasse, sich wieder zu beruhigen, aber sie muss selbst ein bisschen lachen. Es ist wohlwollend gemeint und die Stimmung in der Halle ist entspannt.

Ben Moffat ist der kleinste sechzehnjährige Junge, den ich kenne. Er hatte als Kind Leukämie und die Chemotherapie hat sein Wachstum verlangsamt. Aber so klein er ist, so fit ist er auch, und es macht ihm keine Mühe, in die oberste Reihe hochzuklettern. Nur als er jetzt versucht, auf Jarrod und Todd die Balance zu halten, verliert Jarrod irgendwie das Gleichgewicht. Ein Knie knickt ein, sodass er schräg zur Seite umkippt. Ben Moffat stürzt nach hinten, die Pyramide fällt im Domino-Effekt in sich zusammen und Ben wird beinahe unter den anderen begraben. Frau Milan wühlt sich durch die Schüler hindurch, bis sie bei ihm ist. Sie ist ziemlich sicher, dass er sich den Fuß nur verstaucht hat, aber sie will es röntgen lassen, um sicherzugehen. Ihre Hauptsorge ist, dass er sich vielleicht eine Rippe gebrochen haben könnte.

Sie gibt niemand die Schuld, aber Jarrod entschuldigt sich trotzdem. Frau Milan schickt jemand ins Sekretariat, um Hilfe zu holen, und den Rest von uns in die Umkleideräume.

Jarrod liegt immer noch ausgestreckt auf den dicken Gymnastikmatten und vergräbt den Kopf in den Händen. Er schaut langsam auf und begegnet meinem Blick. Die Erkenntnis und bittere Enttäuschung stehen ihm ins Gesicht geschrieben. Wir haben es wenigstens versucht. Ich lächle ihn an und zucke mit den Schultern. Er sieht so traurig aus, dass ich gern etwas Tröstendes sagen würde. Natürlich tu ich das nicht. Kein Mensch weiß, wie er reagiert, wenn die anderen uns dabei zuschauen. Bis eben hat er mich überhaupt nicht wahrgenommen.

Tasha zögert jedoch nicht. Sie rennt zu ihm hin und hilft ihm auf die Beine. Jarrod lächelt und dankt ihr. Ich beiße die Zähne zusammen. Eklig. Die Szene gibt mir den Rest.

Später holt Jarrod mich ein, als ich gerade das Schulgebäude verlasse. Wir gehen nach Hause. Eine Zeit lang sagen wir nichts, aber ich lasse ihn keine Sekunde aus den Augen. Er macht mich nervös und auch wenn ich mir gelobt habe, dass ich es nie wieder tun würde, muss ich einfach wissen, wie es in seinem Innern aussieht. Deshalb versetze ich mich sehr vorsichtig in ihn hinein.

Überraschenderweise stoße ich diesmal auf keinen Widerstand, aber noch merkwürdiger ist, dass ich keinen Widerstand spüre, weil er es so will. Ich fühle Enttäuschung, tiefe Betroffenheit und auch Verwirrung. Er ist voller Zweifel und ich schließe daraus, dass er jetzt noch weniger an Zauberei glaubt als vorher. Der Zauberspruch hat die Sache nur verschlimmert.

Er weiß, dass ich in seinem Bewusstsein bin, doch er lässt es zu. Es ist, als wollte er, dass ich seine Stimmung spüre und verstehe, was er fühlt. So hat er es leichter, als wenn er es in Worte fassen müsste. Das macht mich wütend. Ich kann nicht glauben, dass ihm der Mut fehlt, seine eigenen Gefühle mitzuteilen. Was ist nur los mit ihm?

Die Spannung steigt so sehr, dass ich einfach etwas sagen muss, sonst explodiere ich. »Die Sache mit dem Fluch und dem Zauberspruch, der nicht wirkt«, murmle ich gereizt, »tut mir Leid.« Er zuckt die Schultern, als wäre es ihm egal. Damit will er natürlich nur seine wirklichen Gefühle verbergen und das macht mich noch zorniger. »Deshalb geht die Welt nicht unter, um Himmels willen!«

Er greift nach seinem Rucksack und holt eine Flasche Wasser heraus. »Was schlägst du jetzt vor?« Er nimmt einen großen Schluck. »Sollen wir jetzt eine Jungfrau opfern? Wie wär's, wenn du mich dazu bringst, im Fluss ein Bad zu nehmen und den Schlamm zu schlucken? Oder sollen wir mir lieber die Haare abrasieren und an eine Ziege verfüttern?«

»Sei kein Vollidiot.«

Er stöhnt laut auf vor Widerwillen gegen sich selbst, während er sich mit der anderen Hand die Flasche schnappt. »Ich weiß, Kate. Es tut mir Leid. Es ist nicht deine Schuld.«

Wie er auf Selbstmitleid schaltet, ist wirklich abscheulich. Das hasse ich an ihm. Irgendwie muss ich ihn dazu bringen, dass er damit aufhört. »Wach auf, Jarrod, es ist auch nicht deine Schuld!«

Er glaubt mir nicht. Seit er die Möglichkeit in Betracht zieht, dass der Fluch existiert, hat er sämtliche Sorgen seiner Familie auf sich genommen und fühlt sich persönlich für alles verantwortlich, was sie durchgemacht haben und noch durchmachen werden.

»Jarrod, hör mir zu.« Wir kommen zu der Stelle, wo sich die Straße gabelt. Von hier aus nimmt Jarrod den geteerten Weg. Er wohnt etwa zwei Kilometer westlich von hier. Ich weiß genau, wo er wohnt – auf dem alten Gehöft der Wilsons. Vic Wilson ist vor ungefähr fünf Monaten gestorben und hinterließ das Haus seinem Sohn Stephen, der in Sydney eine Kanzlei betreibt. Stephen wollte nie nach Ashpeak zurückkehren, daher entschloss er sich, das Gehöft zu vermieten. Es ist heruntergekommen, aber nicht unbewohnbar. »Es gibt noch andere Sachen, die wir ausprobieren können.«

»Noch ein Zauberspruch, Kate?«

Ich wünschte, er ließe sich aus seiner düsteren missmutigen Stimmung herausreißen. »Nein, du Depp. Jillian hat eine Idee, aber die ist selbst in meinen Augen ein bisschen weit hergeholt. Deshalb können wir im Augenblick nichts damit anfangen.« Mit ein bisschen Glück werden wir sie hoffentlich *nie* in Erwägung ziehen müssen.

»Also, was ist das für eine Idee?«

»Du selbst.«

Er wirft mir wieder diesen zweifelnden Blick zu. An den werde ich mich nie gewöhnen. Warum kann er die Dinge nicht einfach nur nehmen, wie sie sind? »Wie meinst du das?«

»Ich meine natürlich deine *Gabe*. Wann wirst du endlich einsehen, dass ich damit vielleicht Recht habe?«

Er stöhnt und wendet sich in Richtung der Straße, die zu ihm nach Hause führt. »Kate, um Gottes willen, hör doch auf damit.«

Ich packe seinen Arm, und zwar mit aller Kraft. »Nein, das werde ich nicht. Schau, es passt nun mal nicht alles in dein simples Regelbuch. Es gibt Dinge im Leben, die nicht erklärbar sind. Das Übernatürliche ist nur ein Beispiel. Mithilfe deiner Gabe, Jarrod, könnte wir einen Weg finden.«

»Du bist völlig verrückt, Kate. Ich habe keine *Gabe*. Die Sachen, die mir passieren, werden, wenn überhaupt, durch irgendwas – und ich kann kaum glauben, dass ich das tatsächlich sage – durch diesen dummen Fluch verursacht und kommen nicht von irgendwelchen unentdeckten übernatürlichen Kräften.«

»Nein, Jarrod, du irrst dich. Sicher, die Unfälle und das Pech, die Knochenbrüche, die Ungeschicklichkeit, das wird durch den Fluch verursacht, da bin ich sicher. Aber die Stürme, die plötzlich aufbrausenden Winde, das *Erdbeben*! Das verursachst *du*.«

Er schweigt und denkt hoffentlich über das nach, was ich ihm gesagt habe. Seine Kräfte zu nutzen, ist wirklich die einzige Möglichkeit, die wir haben. Jillians Idee wird nicht funktionieren. Sie *kann* nicht funktionieren. Außerdem ist schon die Idee absurd und würde Jarrod endgültig davon überzeugen, dass wir beide reif sind für die Klapsmühle.

Aber er zuckt nur mit den Schultern und steckt die leere Flasche in die Seitentasche seines Rucksacks. »Was ist die andere Möglichkeit? Jillians Idee? Die sie in dem alten Handbuch gefunden hat.«

Ich starre ihn an, finde aber einfach nicht die richtigen Worte.

»Was ist es, Kate?«

Ich bin völlig niedergeschlagen. Ich drehe mich schnell um. »Vergiss es. Du willst es ja gar nicht wissen.«

»Ich hab gefragt, oder nicht?«, sagt er, indem er versucht, die Distanz, die zwischen uns entstanden ist, zu überbrücken.

Ich winke ab. »Geh lieber nach Hause, Jarrod.«
Aber das tut er nicht. Stattdessen läuft er hinter mir her und holt mich ein. Ich sehe ihn groß an. »Was hast du vor?«
»Nun, wenn *du* mir nichts sagen willst, frage ich eben Jillian.«
Ich seufze und bereue sofort, dass ich meinen Mund aufgemacht habe. Seit Jillian in den alten Texten liest, bastelt sie daran herum, ihre Idee in die Tat umzusetzen. Sie tut nur noch das Allernötigste, rennt völlig aufgeregt herum, stürzt sich in die Vorbereitungen und lässt dabei nichts aus. Von der selbst genähten Kleidung bis zu den echten Lederstiefeln.
Allein der Gedanke lässt mich erschaudern. Wenn Jarrod von Jillians Plan erfährt, wird er einfach nur lachen. Ich bin nicht sicher, ob er es für sich behalten würde. Ich kann ihm nicht vertrauen. So schnell, wie der Klatsch sich hier oben verbreitet, lacht dann bereits bis Mitternacht die ganze Stadt. Wenn er Jillian jedoch fragt, wird sie es ihm sagen. So einfach ist das.
Ich vertraue Jillian. Ich weiß, was sie alles bewirken kann. Als Heilerin, besonders von Tieren, ist sie hervorragend. Sie kennt sich aus mit Kräutern, aber es ist viel mehr als das. In ihr, ihrem Körper und Geist, steckt eine magische Kraft. Sie ist tief mit dem verbunden, was ihre Vorfahren ihr mitgegeben haben. Sie kann sich in höhere Sphären versetzen und eine überirdische Zauberkraft entfalten.
Aber das, was sie sich jetzt ausgedacht hat, ist etwas anderes. Es ist nicht recht einzuordnen.
»Hör zu«, beginne ich. »Jillians Idee ist ganz schön, na ja, überzogen.«
»Das ist ja etwas ganz Neues!«

Ich sehe ihn an, lange und fest, ärgerlich. Ich muss mich zwingen, keinen bösen Fluch loszulassen. Wenn ich mich an seine unbehaarte Brust erinnere, gefällt mir die Idee einer sprießenden dichten Körperbehaarung nicht schlecht. Ich beherrsche mich natürlich. »Hör zu«, versuche ich es noch mal zähneknirschend. »Du weißt, was die Leute hier denken. Wie kann ich sicher sein, dass du es nicht überall rumposaunst, wenn ich dir von Jillians Plan erzähle?«

Er sieht wirklich gekränkt aus und bleibt stehen. »Was glaubst du eigentlich, wen du vor dir hast? Mein Gott, Kate, das würde ich nie machen. Ich mag Jillian. Ich würde nie was tun, was sie verletzt.«

Während wir weitergehen, murmle ich halb zu mir selbst: »Ich nehm dich beim Wort.«

»Was hast du gesagt?«

Ich beiße mir wieder auf die Unterlippe. »Schau, ich will nicht, dass irgendwer Jillian wehtut. Sie bedeutet mir alles. Verstehst du, Jarrod?«

Er nickt, sagt aber nichts.

Ich starre auf unsere staubigen Schuhe. »Sie ist mehr als nur meine Großmutter. Sie ... sie liebt mich.«

»Das weiß ich«, sagt er leise.

Ich will noch mehr sagen, aber ich weiß nicht wie. »Sie hat nicht ...«

»Was, Kate?«

»Sie hat mich nicht verlassen, okay?« Ich hoffe, das reicht als Erklärung aus. Wir gehen den restlichen Weg schweigend nebeneinander her.

Jillian ist nicht zu Hause. Sie hat das Schild an die Tür gehängt, dass der Kristallwald vorübergehend geschlossen ist. Ich gehe mit Jarrod durch den Kräutergarten nach hinten, unter den Glyzinien hindurch, die sich um die Veranda ranken. Ich suche den Schlüssel. Er muss hier irgendwo sein. Jillian ist meistens zu Hause. Dass sie jetzt weg ist, hat vermutlich wieder mit ihrem Plan zu tun. Sie schließt nur wegen der Wertsachen ab, wegen der Kristalle, der unersetzbaren alten Bücher und wegen der Gerätschaften in ihrem Zimmer, aber nicht wegen der Sachen, die sie im Laden hat.

Schließlich finde ich den Schlüssel. Jarrod sitzt auf einem Steinsockel auf der Veranda, die an den Regenwald grenzt und beobachtet die Currawongs und die Bürstentruthähne, die gekommen sind, um den Abfall zu fressen, den Jillian rausgestellt hat. Jillian liebt den Wald. Die Veranda hinter dem Haus ist ein Ort, von dem die Vögel wissen, dass sie immer Futter, Wasser und Unterschlupf finden.

Jarrod sieht so zufrieden aus, als sei er zur Abwechslung mal im Reinen mit sich selbst. Ich will diesen Moment nicht mit Jillians weit hergeholtem Plan verderben. Ich ziehe einen Gartenstuhl heran, setze mich ihm gegenüber und beobachte das Spiel der Nachmittagssonne in den riesigen Bäumen, Palmen, Farnen und Eukalyptusbüschen, die für den Wald hier oben typisch sind.

»Du hast großes Glück, so etwas zu haben«, sagt er leise.

»Ich weiß.«

Er reißt seinen Blick los von der Vielfalt der Natur, die sich vor ihm ausbreitet, und sieht mir in die Augen.

»Dein Selbstbewusstsein macht mir Angst.«

»Das liegt nur daran, dass du keins hast.«

»Ich gebe ja zu, ich bin ein gottverdammter Feigling. Du verdienst etwas viel Besseres.«

Die letzte Aussage überrascht mich. Das klingt, als ob

er sich Gedanken darüber gemacht hat, ob ich als seine Freundin in Frage kommen könnte, oder sogar, als würde er es sich wünschen. Ich fühle mich ihm nah, aber sein Selbstmitleid schreckt mich ab. »Wenn du deine Gabe akzeptieren würdest, würdest du ein riesiges Selbstbewusstsein bekommen, Jarrod.«

Sein Ausdruck verwandelt sich von Furcht in Verbitterung. »Du fängst nicht schon wieder damit an, oder?«

Ich stampfe beinahe mit dem Fuß auf, denn ich bin sehr enttäuscht. »Wenn es nur eine Möglichkeit gäbe, es dir zu beweisen. Ich könnte dich so zur Weißglut bringen, dass du nur so sprühst mit deinen Kräften, aber weil du nicht weißt, wie du damit umgehen sollst, löst dein Unterbewusstsein eine Art hypnotische Trance aus. Und dann erinnerst du dich an vieles nicht mehr. Deshalb hat es keinen Zweck, mein Zuhause und Jillians Existenz zu gefährden, nur um etwas zu beweisen, was du gleich mit einer deiner lächerlichen Erklärungen abtust.«

»Wir wissen doch beide, dass das hier ein aussichtsloses Gespräch ist, Kate, also rück schon raus mit der Sprache.«

»Es ist wirklich sehr verrückt.« Ich will ganz ehrlich sein.

»Okay, also was ist es?«

Ich kann ihn nicht anschauen. Ich will dieses unvermeidliche Grinsen nicht sehen, deshalb tue ich so, als lauschte ich gebannt dem Gekreische der Currawongs, die um ein paar Futterreste streiten. »Die Idee ist, den Fluch, der auf deiner Familie lastet, in der ersten Generation aufzuheben.« Ich schaue ihn kurz von unten an. Er stützt die Ellbogen auf die Knie und kneift seine Augen zusammen. Er beugt sich vor und hört mir genau zu.

»Jillian glaubt, dass der Fluch eine so starke Verbindung geschaffen hat, dass sie stärker ist als Zeit, Raum und Materie. Sie glaubt, sie kann einen Zauberspruch formulieren, der dich in die Zeit und an den Ort zurückversetzt, in der der Fluch ausgesprochen wurde. Oder zumindest nahe genug dorthin.« Ich benutze möglichst einfache Worte, damit er das Ganze schnell begreift und ich mich nicht in langen Erklärungen wiederholen muss. Außerdem will ich es schnell hinter mich bringen, bevor ich die Nerven verliere. »Im Klartext: Jillian glaubt, sie kann dich auf eine Zeitreise schicken. Zurück ins Mittelalter, nach Britannien. Zurück in die Zeit der ersten Generation eurer Familie.«

Er starrt mich mit einem schiefen Lächeln an, so als wolle er etwas fragen, aber als befürchte er zugleich, das könnte diesen Wahnsinn nur noch verschlimmern. Er verdreht die Augen. »Sag das bitte noch mal.«

Er glaubt mir nicht. Natürlich nicht. Nicht einmal ich halte es für möglich – und ich habe Jillian schon Erstaunliches vollbringen sehen. Ich seufze. »Die erste Generation deiner Ahnen hatte mit verschiedenen unangenehmen Dingen zu kämpfen: Betrug, Entführung, uneheliche Kinder. Sogar Hexerei. Der Fluch muss zu ihrer Zeit in eure Familie gekommen sein. Davon ist Jillian überzeugt. Sie hat dein Familienbuch Tag und Nacht studiert.«

Jarrod wedelt mit seiner Hand hin und her. »Nicht das.« Es klingt, als würde er mit einem törichten Kind sprechen. »Das andere. Den irrwitzigen Teil über die Zeitreise.«

Ich denke gar nicht daran, etwas zu wiederholen, was er offensichtlich sowieso für verrückt hält. Obwohl ich selbst nicht an Jillians Theorie glaube, verteidige ich

161

sie unwillkürlich. »Woher willst du wissen, dass es Unsinn ist? Ist dir vielleicht etwas Besseres eingefallen als Selbstmord? Bist du immer so undankbar, wenn dir jemand helfen will?«

»Sei nicht so hart zu mir, Kate. Weißt du eigentlich, wie lächerlich das alles klingt? Kein Wunder, dass du vor dem Gerede der Leute Angst hast. Du brauchst dir keine Sorgen zu machen, dass ich es irgendjemandem erzähle, denn wenn doch, würde man Jillian und dich auf der Stelle in die nächste Anstalt einliefern.«

Was er sagt, ist so gemein, dass ich ihm am liebsten ins Gesicht schlagen würde. »Du bist echt fies.«

»Na, dann erklär mir eben, wie Jillian diese fabelhafte Tat vollbringen will? Ist in ihrem Plan auch eine Rückreise vorgesehen oder nicht? Oder worauf läuft es hinaus?«

»Es ist schade um jedes weitere Wort.«

Er zuckt mit den Schultern. »Wie du willst.«

»Du raffst es einfach nicht. Auch Jillian hat die Gabe. Sie stammt aus einer alteingesessenen Familie mit einem langen Stammbaum. Es geht um den Zauber aus vergangenen Zeiten, Jarrod. Das ist was anderes. Das sind mächtige Kräfte.«

»Erzähl mir einfach nur von dem Plan, Kate. Meine Meinung bilde ich mir dann schon selbst.«

Gegen besseres Wissen entschließe ich mich das Risiko einzugehen. Was kann denn schon passieren? Schlimmer kann es doch gar nicht mehr werden. Er hält Jillian und mich doch schon längst für verrückt, was kann ich da noch kaputtmachen? Es sei denn, und an diese Hoffnung klammere ich mich, er könnte durch eine genauere Erklärung doch noch anfangen, daran zu glauben.

»Es hat mit dem Wald zu tun.«
»Inwiefern?«
»Verbindungen.«
»Das verstehe ich nicht.«
»Jillian glaubt, dass du durch den Fluch mit der Vergangenheit verbunden bist, und weil der Fluch immer noch wirksam ist, immer noch durch dich wirkt, wäre es möglich, dich in die Vergangenheit zurückzuschicken. Die Schwierigkeit ist, dich wieder zurückzuholen.«

Er nickt und ich erkläre weiter. »Sie arbeitet an einem Amulett mit Bestandteilen, die dich mit dem Wald verbinden sollen. Ihr Zauber, so alt wie die Zeit selbst, wird dich zurückbringen. Das Amulett soll dich mit seiner starken Verbindung zu diesem Wald wieder zurückholen.«

»Was ist in diesem Amulett?«

»Es hat mit den Bäumen zu tun, den ältesten und den jüngsten.« Er schaltet wieder ab, das sehe ich an seinem zweifelnden Gesichtsausdruck. Also beeile ich mich, fertig zu werden. »Es ist egal, wie sie es macht, du musst nur daran glauben.«

»Nicht mal *du* glaubst daran, warum sollte ich es dann tun?«, sagt er höhnisch.

Erwischt. Ich beiße mir wieder auf die Lippe und suche nach überzeugenden Argumenten.

Er winkt ab: »Bemüh dich nicht. Ich will es gar nicht wissen. Eigentlich will ich kein einziges verrücktes Wort mehr hören.«

Ich bekomme keine Chance mehr zu antworten, weil ich Jillian höre, die gerade das Auto in die Garage fährt. Wir sagen beide nichts, während Jillian durch den Laden geht. Sie singt irgendein schottisches Lied. Ich möchte wissen, wo sie das wieder aufgeschnappt hat. »Jillian ist da«, murmle ich, obwohl ich weiß, dass er es natürlich auch bemerkt hat. Plötzlich möchte ich überall sein, nur nicht hier. Sogar Pecs Schlafzimmer würde ich in diesem Augenblick vorziehen. »Ich hoffe, du schaffst es wenigstens, freundlich zu sein«, presse ich zwischen den Zähnen hervor. Jillian stürmt geradezu durch die hintere Tür hinaus, die Hände voller Brotkrumen und Samen für die Vögel. Wir ducken uns, als das Vogelfutter in unsere Richtung fliegt. Sie sieht uns zu spät. »Hoppala, was macht ihr denn hier?« Vor lauter Überraschung verschätzt sie sich und die Körner und Krumen regnen auf uns herab, anstatt dahin zu fliegen, wo sie hin sollten. »Tut mir Leid. Seht nur, was ich angerichtet habe. Das müsst ihr abklopfen, bevor wir reingehen, sonst kommen die Vögel hinter uns her.«

Das glaube ich ihr sofort. Ich habe schon einige Vögel gesehen, die zur Tür reinwollten.

Wir stehen auf und klopfen uns Körner und Krumen vom Kopf und den Kleidern. »Schon gut, Jillian«, sagt Jarrod leise. »Nichts passiert.«

Ich schaue schnell zu ihm hin und bin beeindruckt. Er muss Jillian wirklich mögen, denn er hat sich voll im Griff.

»Herein mit euch, damit ich euch wenigstens etwas zu trinken machen kann.«

Wir folgen ihr in die Küche und setzen uns an den Tisch, während Jillian drei Gläser mit kaltem Wasser füllt, eine Zitrone aufschneidet und ein bisschen Saft in jedes Glas presst. Ein unangenehmes Schweigen steht im Raum. Dann fragt Jillian Jarrod nach Casey und wann er wieder in die Schule gehen darf.

Jarrod antwortet höflich, aber ich sehe ihm an, dass

er sich unwohl fühlt. Er wäre jetzt lieber sonstwo, anstatt hier zu sitzen und Smalltalk zu machen.

Jillian begreift schnell. Mit ihren Fingern fährt sie am Rand des Glases entlang, während sie Jarrod, der die Stirn runzelt, gelassen anblickt. »Kate hat dir von meiner Theorie erzählt.«

Er schluckt schwer. Ich sehe, wie sein Adamsapfel sich heftig auf und ab bewegt. Ich bin gespannt, wie lange er die ruhige, höfliche Fassade aufrechterhält.

»Ich glaube nicht, dass es möglich ist, Jillian«, sagt er.

Wenigstens hat er sie nicht als Bekloppte beschimpft. Sie lächelt und nickt verständnisvoll. »Du glaubst nicht an sehr viele Dinge, stimmt's, Jarrod?«

Er verteidigt sich. »Ich glaube, dass Kate besondere Fähigkeiten hat. Das kann ich nicht leugnen. Ich spüre sie manchmal in meinem Kopf—«

Jillian wirft mir einen strafenden Blick zu. »Kate, das sollst du doch nicht. Ich dachte, das hätte ich dir besser beigebracht.«

»Tut mir Leid, Jillian«, murmle ich.

»Das ist aufdringlich, mein Schatz.«

»Ich weiß. Ich mach es nicht oft. Wirklich nicht«, füge ich angesichts ihres zweifelnden Blicks hinzu.

»Ist schon gut, Jillian«, sagt Jarrod ruhig. »Meistens habe ich nichts dagegen. Ich fühle mich nicht verletzt oder so. Außerdem kann ich sie abblocken, wenn ich will.«

»Wirklich?«, fragt Jillian. »Das beeindruckt mich, Jarrod. Die meisten Leute bekommen nicht mal mit, dass sie überhaupt da ist, geschweige denn, dass sie sich dagegen wehren könnten.«

Jarrods Lippen werden ganz schmal. Offenbar ärgert er sich. Wahrscheinlich glaubt er, er hat sich zu irgendeinem Zugeständnis hinreißen lassen. Das Wasser in unseren Gläsern fängt wie wild an zu zischen. Jillian bemerkt es und wirft mir einen aufmerksamen Blick zu.

»Jetzt fang du nicht auch noch so an, Jillian. Ich habe Kate erklärt, dass sie auf der falschen Fährte ist mit diesem Begabungsquatsch.«

»Du musst nicht gleich wieder ausrasten, Jarrod«, fahre ich ihn an.

Er steht auf, sein Stuhl fällt nach hinten und knallt aufs Parkett. »Mir reicht's, okay. Vergesst eure verrückten Pläne. Ich hau ab.« Er dreht sich um, stellt den Stuhl wieder hin und sucht dann meinen Blick. Als wir uns ansehen, sagt er ganz langsam, um sicherzugehen, dass ich ihn auch wirklich verstehe: »Ich hab versucht, deinen Theorien zu folgen, Kate. Ehrlich, ich hab sogar angefangen, sie zu glauben. Und jetzt ist in meinem Kopf ein einziges Chaos.« Er fährt sich flüchtig durchs Haar. »Aber dieses Zeitreisenzeug geht mir zu weit. Ich will nichts damit zu tun haben. Ich geh jetzt und komme nicht mehr wieder, Kate. *Niemals!*«

Seine Worte verletzen. Der Gedanke, dass Jarrod nie wieder mit mir sprechen, mich nie wieder besuchen oder irgendwas mit mir machen wird, zerreißt mich innerlich. Er muss nicht weiter ins Detail gehen, damit ich verstehe, was er mir in aller Deutlichkeit sagen will: Wenn ich mich ihm nähere, wird er mich nicht beachten, sondern so tun, als würden wir uns gar nicht kennen. Am liebsten möchte ich ihn hassen. Und weinen. Aber Jillian schaut zu und ich spüre ihr Mitgefühl – und das ist das Allerschlimmste. Also sage ich ganz ruhig, solange ich meine Stimme noch unter Kontrolle habe: »Einverstanden. Du kennst ja den Weg.«

Er dreht sich um und geht.

In dem Augenblick, als die Vordertür mit einem Klirren ins Schloss fällt, schwappt das Wasser in allen drei Gläsern über die Ränder.

Kate

Am nächsten Tag fehlt Jarrod in der Schule. Ich weiß nicht, was ich davon halten soll. Ich kann nur hoffen, dass nicht schon wieder etwas passiert ist. Zuerst versuche ich mir zu sagen, es sei mir egal, aber im Lauf des Tages steigt in mir eine dunkle Vorahnung hoch, die ich nicht mehr loswerde. Gegen Abend ist die Ahnung eines drohenden Unheils so gegenwärtig, dass ich mich überhaupt nicht mehr konzentrieren kann. Ich fühle mich so hilflos. Sogar Hannah hält sich von mir fern.

Auf dem Heimweg komme ich an der Abzweigung vorbei und kämpfe gegen die Versuchung an, den Weg zu Jarrods Haus einzuschlagen. Schließlich könnte ich mich total irren und Jarrod ist wegen einer Reihe anderer wichtiger Gründe nicht in die Schule gekommen. Vielleicht hat er eine Erkältung oder Kopfweh oder Gott weiß was. Wenn ich vor seiner Tür auftauche und es ist nichts Tragisches passiert, stehe ich da wie ein Vollidiot. Er würde glauben, ich sei total besessen. Seine Botschaft gestern war eindeutig – *misch dich nicht in mein Leben*!

Also schlurfe ich nach Hause und beschließe, Jillian zu fragen, ob sie irgendwas gehört hat.

Das hat sie nicht, aber auch sie hat den ganzen Tag an Jarrod und seine Familie gedacht und ein ungutes Gefühl gehabt. Sie versucht es auf die unangenehme

Szene gestern in der Küche zurückzuführen, gibt aber zu, dass sie nicht oft in solche Stimmungen verfällt.

Da wir nichts unternehmen können, arbeitet Jillian an den mittelalterlichen Trachten weiter und beschließt, sie im Schaufenster auszulegen. »Vielleicht kann sie jemand für die demnächst stattfindende Kostümparty brauchen.«

»Gute Idee«, murmle ich, kann aber in meinem Zustand keine rechte Begeisterung aufbringen.

Während Jillian noch an den Kleidern näht, koche ich zum Abendessen Nudeln mit Gemüse. Jillian und ich sind beide Vegetarier. Eigentlich essen wir viel Salat, aber heute ist der bisher kälteste Tag des Jahres und die Zubereitung des Gemüses lenkt mich von Jarrod ab.

Ein paar Mal bin ich drauf und dran, ihn anzurufen, kann mich aber letztlich doch nicht dazu durchringen. Er will mich nicht in seinem Leben haben. Das muss ich akzeptieren. Kurz nach neun überrede ich Jillian, anzurufen. Bei ihr geht das. Sie muss sich bloß erkundigen, wie es Casey geht.

Es nimmt niemand ab.

»Bitte, Jillian, lass es diesmal länger klingeln.«

»Ich habe es lange klingeln lassen, Kate. Es ist niemand zu Hause.«

Sie schaut auf die weiße Digitaluhr an der Wand. »Es ist erst zwanzig nach neun, mein Schatz. Vielleicht sind sie ins Kino gegangen.«

»Heute ist nicht Freitag.«

Sie tätschelt mir tröstend die Schulter und fängt an, das Geschirr abzuräumen.

»Das mach ich schon«, sage ich nervös. Ich brauch unbedingt Ablenkung.

Das Geschirrspülen dehne ich auf zwölf Minuten aus

und schrubbe dann noch dreimal die Arbeitsplatte. Jetzt kann ich nur noch ins Bett gehen. Hausaufgaben kommen nicht in Frage, denn ich könnte mich sowieso nicht konzentrieren. Ich sage Jillian Gute Nacht und gehe in mein Zimmer.

Gerade als ich oben angekommen bin, höre ich das Klopfen an der Ladentür. Ich renne wieder runter und rufe Jillian zu: »Ich geh schon.«

Dass muss Jarrod sein, ich weiß es einfach. Ich reiße die Tür auf, mein Herz schlägt schnell und laut, bis in meinen Hals hinauf. Er sieht so aufgewühlt aus, dass ich nur noch einen erstickten Laut rausbringe. Er wirkt, als käme er direkt aus der Hölle, und zwar durch den Abwasserkanal. »Jarrod! Was ist denn passiert?«

Er kann kaum sprechen, seine Augen sind eingesunken, mit furchtbaren dunklen Ringen, seine Haut ist aschfahl. »Mein Vater hat versucht sich umzubringen«, murmelt er.

»O, ist er ... ?«

»Er ist im Krankenhaus.«

Ich ziehe ihn aus der beißenden Kälte ins Haus. Er zittert und ist ganz steif gefroren. Er hat nicht einmal eine Jacke angezogen. Bei diesem Wetter unverantwortlich. »Wie?«

»Mit einer Überdosis Schlaftabletten.«

Ich erinnere mich, dass Jarrod mir mal erzählt hat, wie depressiv sein Vater besonders nach dem Unfall gewesen ist und dass das auch der eigentliche Grund dafür war, dass sie nach Ashpeak gezogen sind – eben ein Versuch, ihn da rauszuholen und aufzumuntern. »Es tut mir so Leid. Was sagen die Ärzte?«

Seine Brust hebt und senkt sich. »Er kommt schon

wieder auf die Beine. Aber er braucht eine Therapie. Sie fürchten, er könnte es noch einmal versuchen. Sie überlegen, ihn in eine Anstalt einzuliefern.«

Unwillkürlich bleibt mir der Mund offen stehen. Wenn das passiert, wird es sehr hart für sie alle. Sie sind eine Familie mit einem sehr engen Zusammenhalt. Sie haben schon so viel gemeinsam durchgemacht. Ich traue mich nicht daran zu denken, was dieses neue Problem für sie bedeutet. »Wie wird deine Mutter damit fertig?«

»Sie hält durch. Wie immer. Das ist nicht gerecht, Kate. Warum?«

Ich glaube nicht, dass das der richtige Zeitpunkt für weitere gute Ratschläge ist, also zucke ich bloß mit den Schultern und lächle schwach. »Komm, setz dich an den Ofen.«

Wir haben im Wohnzimmer einen dieser Öfen mit einer Glasplatte. Sie eignen sich hervorragend für unsere Wohnung, denn die Wärme verbreitet sich im ganzen Haus, sogar bis in mein Schlafzimmer, selbst in wirklich kalten Nächten wie dieser.

Aber Jarrod bewegt sich nicht. Sein Kopf fällt nach hinten, er schließt die Augen und schnappt schnell und heftig nach Luft. Ich warte schweigend, während er um seine Fassung ringt. Als er sich wieder einigermaßen im Griff hat, schaut er mich mit leicht geneigtem Kopf an und sagt: »Ich will es mit Jillians Plan versuchen.«

Ich spüre einen Stich in der Magengrube. »Gut«, stimme ich zögerlich zu. Plötzlich bin ich sehr nervös. Jarrod sieht verzweifelt aus. Was, wenn Jillians Plan nicht funktioniert? Das kann gut passieren. Rein logisch kann es einfach nicht gehen. *Ich* glaube nicht, dass es möglich ist, in die Vergangenheit zurückzugehen. Wie enttäuscht wird Jarrod dann sein?

»Gut«, sage ich noch einmal und versuche, Zeit zu gewinnen.

Plötzlich sehe ich Jillian, die still in der Tür gewartet hat. Jetzt kommt sie auf uns zu. »Das mit deinem Vater tut mir Leid, Jarrod.«

Er nickt ihr kurz zu. Dann sagt er: »Wann können wir es versuchen?«

Er meint Jillians Plan, aber wenn ich sehe, wie verzweifelt Jarrod ist, werde ich noch unruhiger. Wenn es tatsächlich funktioniert, könnte es sich als sehr schwierig entpuppen. Wir haben noch über keine Einzelheiten gesprochen, was schief gehen kann zum Beispiel, was wir tun müssen, wenn wir dort sind. Wenn wir überhaupt dorthin kommen.

»Geht es heute Nacht?«, fragt Jarrod.

Ich sehe Jillian an. »Schau ihn dir an, Jillian. Bräuchte er nicht seine ganze Kraft für so eine Sache?«

Jillian denkt kurz darüber nach. »Kraft ist sicher wichtig, Kate, aber Gefühle auch. Und Jarrod ist gerade jetzt hoch erregt. In diesem Zustand ist er psychologisch gesehen viel empfänglicher.«

»Was meinst du? Dass wir es jetzt machen sollen?«

»Ja, ich habe alles vorbereitet.«

Ich starre von einem zum anderen. Das geht mir alles zu schnell. Wir müssen alles genauer durchdenken.

»Ich bin bereit, Jillian«, sagt Jarrod leise. Seine tiefgrünen Augen treffen meine, er sieht mich ruhig, entschlossen und herausfordernd an, so als wollte er damit meine Einschätzung von ihm als Schwächling zunichte machen.

»Ich werde deiner Mutter sagen, dass du über Nacht bleibst.«

Jillian geht, um Mrs Thornton anzurufen, und ich nutze die Gelegenheit ihm zu erklären, dass er meiner Meinung nach lieber noch ein paar Tage warten sollte, wenigstens noch einen. Doch Jarrod weist alle meine Argumente zurück. Auch als ich ihm vor Augen führe, dass seine Mutter ihn zu Hause braucht, während sein Vater im Krankenhaus liegt, ändert das nichts an seiner Meinung.

»Es könnte wieder irgendwas passieren, Kate«, erklärt er. »Wenn es etwas gibt, was ich heute Nacht schon tun kann, um diesen Wahnsinn zu stoppen, dann muss ich es versuchen. Ganz gleich, mit welchen Folgen.«

Er spielt auf seinen eigenen Tod an. Ich weiß, was er denkt. Wenn er den Fluch nicht aufheben kann und bei dem Versuch umkommt, wäre wenigstens seine Familie erlöst. Natürlich denkt er nicht daran, wie verheerend es für seine Familie wäre, ihn zu verlieren. Also erinnere ich ihn daran, wie sehr sie ihn brauchen, wie viel sie schon durchgemacht haben. Aber er sieht nur den Vorteil für seine Familie, falls er scheitern sollte.

Jarrod ist so unnachgiebig, dass mir schließlich nichts anderes übrig bleibt, als ihm zuzustimmen und seine Entscheidung zu unterstützen. Ich reiche ihm die mittelalterliche Kleidung, die Jillian vorbereitet hat, und erkläre ihm, wie man sie anzieht. Es ist nicht besonders schwer. Eine lange, eng anliegende Wollhose, ein fein geripptes Leinenhemd, ein langes, faltenreiches Überkleid mit gepolsterten Schultern, ein Gürtel mit einer Spange und weiche braune Lederstiefel. Er nickt und ich gehe hinaus, während er sich umzieht. Ich gehe in mein Zimmer, um mich ebenfalls umzuziehen. Jarrod weiß noch nicht, dass ich in Jillians Plan auch eine wesentliche Rolle spiele. Nur so können wir sicher sein, dass Jarrod wieder heil in die Gegenwart zurückkehrt. Er könnte es auch allein schaffen, wenn er einsehen würde, dass er eine Gabe hat, aber bisher hat er das nicht und wird es vielleicht auch nie. Also können wir nicht riskieren, ihn allein gehen zu lassen.

Ich schlüpfe in die Wollstrümpfe und schrecke zurück, weil sie sich so rau anfühlen. Ich habe auf der Stelle das Bedürfnis, mich überall zu kratzen. Ob es auch ohne geht? Nein, um sicherzugehen, muss alles bis aufs Kleinste stimmen. Die Unterkleider kommen als Nächstes. Sie sind weich und reichen bis zum Boden. Außerdem haben sie lange Ärmel mit Knöpfen vom Ellbogen bis zu den Handgelenken. Darüber ziehe ich ein ebenso langes Kleid an, das sich meiner Brust und meiner Taille genau anpasst. An den Hüften hat es senkrechte Schlitze, durch die ich mit den Händen das lange Unterkleid anheben kann. Auf dem Rücken sind ärgerlicherweise sechsunddreißig Knöpfe und entlang der Ellbogen reichen die Ärmel ebenfalls fast bis zum Boden. Meine Stiefel sind auch aus Leder, aber unter all diesem Stoff sieht man sie überhaupt nicht. Ich kämme meine langen Haare und flechte sie jeweils über dem Ohr zu einem Kranz. Als ich die Treppe hinuntergehe, hebe ich mein Unterkleid durch die Schlitze an. Ich muss mich so konzentrieren, um nicht auf den langen Saum zu treten, dass ich ohne aufzuschauen bis in die Küche gehe, von wo ich geistesabwesend die Stimmen von Jarrod und Jillian gehört habe. Plötzlich herrscht Totenstille. Jarrod und Jillian starren mich an. Jillian schnauft schnell und heftig, Jarrod schaut einfach nur völlig verwirrt, sein Mund steht halb offen, seine Augen mustern mich, von der mittelalterlich anmutenden Frisur bis zu dem auf den Boden reichenden, hellbeigen Kleid. »Du siehst wunderbar aus«, sagt er leise, dann fügt er hinzu: »Aber warum bist *du* so angezogen?«

Es wird Zeit, ihn aufzuklären. Jillian hat das offenbar noch nicht getan, wofür ich ihr dankbar bin. Ich mache vorsichtig zwei kleine Schritte nach vorn, ganz konzentriert auf die überlangen Röcke, die bei jedem Schritt hin und her schwingen. »Hab ich dir das nicht erzählt? Ich bin nie aus meinen Kinderkleidern herausgewachsen«, scherze ich in dem Versuch, das Ganze etwas aufzulockern. Er sagt nichts und starrt mich einfach nur an. »Ich gehe natürlich mit dir.«

Er beugt sich vor und umfasst fest mein Handgelenk. »Nein.«

Ich werfe Jillian einen flehenden Blick zu.

»Sie muss dich begleiten, Jarrod.«

Er dreht sich hastig zu ihr um. »Ihr glaubt, ich schaff das nicht ohne Kate?«

Ich stöhne laut und winde mein Handgelenk aus seiner Umklammerung. Typisch Mann! »Das geht nicht gegen dein Ego.«

Er schaut ganz schnell wieder zu mir. Ich sehe ganz deutlich, wie beleidigt er ist. »Das weiß ich. Ich denke dabei vielmehr an dich. An die Gefahren.«

Das Licht über uns fängt an zu flackern. »Beruhige dich«, sage ich streng.

Das scheint ihn zufrieden zu stellen, denn seine Augen werden wieder weicher.

»Glaubst du, ich *will* Kate auf diese Reise schicken?«, fragt Jillian.

Er runzelt die Stirn, und ich glaube, er begreift allmählich, mit wem er es bei Jillian zu tun hat.

»Sie ist nicht bloß meine Enkelin, Jarrod. Kate ist meine *Tochter* in jeder Hinsicht. Ihre Mutter hat uns beide vor Jahren verlassen und Kate bedeutet mir alles. Aber dich habe ich auch gern. Vielleicht fällt es dir schwer, das zu verstehen, aber ich spüre, dass da irgendwas Besonderes an dir ist. Ich will dir helfen, den Fluch loszuwerden, damit du der sein kannst, der du wirklich sein willst.«

Sie seufzt, legt eine Hand auf Jarrods Schulter und fixiert ihn. Das kenne ich. Es ist wie Hypnose. Dieser Anziehungskraft wird er nicht widerstehen können.

»Jarrod, Kate wird dir bei deiner Suche helfen und vielleicht brauchst du ihre Fähigkeiten, um wieder zurückzukommen. Vergiss nicht, es ist eine schwere Aufgabe, sich mit dem Zauber eines mächtigen Magiers auseinander zu setzen. Wenn du deine eigenen Kräfte nicht einzuschätzen weißt, bleibt dir gar nichts anderes übrig, als Kates großzügiges Angebot anzunehmen.«

Er gibt sich geschlagen. »Sorry. Ich möchte einfach nicht, dass noch jemand durch meine Angelegenheiten in Gefahr gerät.«

»Kate kann auf sich selbst aufpassen. Da vertraue ich ihr vollkommen.«

Bei Jillians Worten wird mir ganz anders. Ich umarme sie, spüre ihre Wärme. »Danke, Jillian.« Ich löse mich von ihr und sehe Jarrod an. »Vielleicht müssen wir wirklich unsere Kräfte zusammentun, um diese Sache durchzustehen. Übrigens«, sage ich unbekümmert, mit einer ausladenden Geste, die meinen Gewändern angemessen ist, »wie könnte ich eine solche Gelegenheit ungenutzt verstreichen lassen? Wenn Jillians Zauber funktioniert, erlebe ich hautnah das Leben im Mittelalter. Diese Vorstellung finde ich ebenso erschreckend wie aufregend. Du nicht? Diese Epoche hat mich schon immer fasziniert.«

»Deine Begeisterung kann ich nicht ganz teilen«, antwortet Jarrod zynisch. »Für mich gibt es nichts Schlimmeres. Ich mag Geschichte auch. Es ist sogar mein Lieblingsfach. Aber sie zu *leben*? Ich bin froh, wenn wir heil zurückkommen.«

Ich versuche ihn aufzuheitern. »Sei nicht so niedergeschlagen, Jarrod. Vergiss nicht, wir gehen dorthin, um etwas zu erledigen, nicht um in eine Armee einzutreten und ein Land zu überfallen. Vielleicht wird es ja eine wirklich tolle Erfahrung... wenn der Zauber funktioniert, natürlich«, füge ich zweifelnd hinzu.

»Also dann«, sagt Jillian und öffnet die hintere Tür. Sofort bläst eisiger Wind herein. »Schaun wir mal, nicht wahr?«

Wir folgen Jillian in den Wald. Sie geht Richtung Bach. Die Stelle kenne ich genau. Es ist mein Lieblingsplatz, wo ich den Lösungszauber an Jarrod ausprobiert habe. Es ist auch der Platz, an dem ich vor so vielen Jahren gezeugt worden bin, deshalb bin ich diesem Teil des Waldes besonders verbunden. Jillian weiß das. Darum hat sie diesen Platz gewählt.

Wir haben so gut wie nichts dabei. Außer den mittelalterlichen Kleidern, die wir tragen, und einem kleinen Kasten mit Jillians Ausrüstung. Ich bin gespannt, wie viel und welche Art Zauberkraft es erfordert.

Ich muss meine Röcke ziemlich raffen, damit ich nicht an umgestürzten Baumstämmen, wuchernden Pflanzen und knorrigen Wurzeln hängen bleibe. Schließlich sind wir da und Jillian bittet uns, auf einem umgestürzten Baumstamm Platz zu nehmen, während sie alles vorbereitet. Es ist dunkel und wir benutzen kurz eine Taschenlampe. Jillian bildet aus zirka einhundert kleinen, weißen Kerzen einen Kreis, in den wir beide hineinpassen. Sobald sie den Kreis vollendet hat, tritt sie zurück, schließt ihre Augen und konzentriert sich. Sie streckt ihre Hände aus und ich höre ein tiefes Summen. Verstohlen beobachte ich Jarrod. Ich habe hundertmal zugeschaut, wie Jillian das gemacht hat, doch es ist immer wieder aufregend. Jarrod beobachtet Jillian ebenso fasziniert. Man sieht ihm an, dass gleich etwas ganz Besonderes passieren wird. Die Luft ist zum Zerreißen gespannt.

Jillian fängt an, etwas auf Lateinisch zu singen. Obwohl es sehr dunkel ist, sehen wir sie ganz deutlich vor uns. Sie leuchtet ein bisschen, auf ihrer Haut liegt ein goldner Schimmer, der von innen zu kommen scheint, so als ob sie eine eigene Energie hervorbringt. Plötzlich hört sie auf zu singen, ihre Augen öffnen sich jäh und Jarrod schnappt nach Luft. Ihre Augen leuchten hellrot.

»Kate?« Sein Flüstern ist panisch.

»Entspann dich einfach«, flüstere ich zurück.

Und dann passiert es. Alle hundert Kerzen fangen gleichzeitig an zu brennen. Es gibt keinen Rauch, nur blaue Stichflammen, die sich in kleine goldene verwandeln. Die Luft scheint unter Strom zu stehen.

Sobald der erste Zauber vollendet, der Kreis gebildet und geschützt ist, nehmen Jillians Augen wieder ihre normale blaue Farbe an und sie wendet sich uns zu, um fortzufahren. »Es gibt ein paar entscheidende Dinge, die ihr euch merken müsst.« Sie nimmt aus dem Kästchen zwei Halsketten und legt jedem von uns eine an. »Die müsst ihr unter allen Umständen verteidigen. Ihre vereinte Kraft bringt euch augenblicklich zurück.«

Jarrod nickt und schaut mich an. Er erinnert sich an meine kürzlich gegebene Erklärung, aber er will es genauer wissen. »Was bedeuten die Ketten?«

»Die Amulette vereinigen die Elemente des Waldes. Zum Glück habe ich die ungeborenen Zwillingsföten einer Beutelratte beschaffen können. Das Muttertier wurde in der letzten Nacht von einem Camper überfahren. Sie brachten sie zu mir, aber sie war schon tot. Also gab es keine Möglichkeit, die beiden unterentwickelten Föten zu retten. So bin ich auf die Idee gekommen. Sie wurden im Wald gezeugt und dann der Chance beraubt, dort zu leben. Aber ihr Tod war nicht sinnlos. Den einen habe ich mit dem Saft eines alten Baums getränkt, den anderen mit dem Saft eines jungen Triebes. Jetzt sind also beide für immer in Bernstein aufbewahrt. Zweifelt nicht an ihren Kräften – zusammen bilden sie ein starkes Band.«

Meine Finger schließen sich eine Weile andächtig um das Amulett. Jarrod starrt seins an, als wolle er versuchen, die Gestalt im Innern des Bernsteins zu erkennen. Das ist jedoch unmöglich, denn die Föten sind viel zu klein. Dann verstauen wir die Ketten unter unseren vielen Kleidern.

»Nehmt nur das Allernötigste aus unserer Welt mit in die Vergangenheit«, warnt Jillian. Sie deutet auf Jarrods Uhr und sagt: »Damit meine ich vor allem solche Dinge.« Er löst das schwarze Lederband seiner Uhr und setzt dann seine Brille ab.

»Die wird mir fehlen«, bemerkt er.

Ich frage mich aufgrund seines unsicheren Gesichtsausdrucks, wie sehr er auf die Brille angewiesen ist. Ich weiß, dass er sie zum Lesen braucht, aber ich glaube nicht, dass das in der Vergangenheit ein großes Problem darstellen wird. Und obwohl er die Brille sehr oft trägt, habe ich ihn auch schon häufig ohne rumlaufen sehen.

Jarrod fährt mit seiner Hand an seinem Überkleid entlang. »Was ist mit den Kleidern? Sie sehen echt aus, aber –«

»Das ist schon alles in Ordnung«, sagt Jillian zuversichtlich. »Sie sind von Hand genäht, von Hand gefärbt und aus demselben Stoff gemacht, den es damals gegeben hat.« Ihre Stimme klingt plötzlich strenger. »Aber vergesst nicht: Wenn ihr irgendein Zubehör als Hilfe verwendet, dann zerstört es, bevor ihr geht. Wenn ihr in der Vergangenheit seid, dann dürft ihr nur das Wissen und die Kenntnisse anwenden, die in jene Zeit gehören. Kate, ich verlasse mich auf dich, du hast das Mittelalter gründlich studiert, also weißt du, was man damals schon kannte und was nicht. Habt ihr die Warnung beide verstanden?«

Wir nicken, wir haben eine Aufgabe zu erfüllen und keine Zukunftstechnologien in die Vergangenheit zu bringen. Wir müssen sehr vorsichtig sein.

Jillian kramt in ihrem Kästchen herum und gibt uns schließlich noch jedem einen Ring. Den einen streift sie mir über den Ringfinger. Es ist ein Rubin mit einer Altgoldfassung. Jarrods Ring ist ähnlich, außer dass er statt eines Steins drei zusammenhängende Goldstege hat. »Die sind beide eine Menge wert, aber bitte scheut euch nicht, sie zu benutzen, wenn ihr Geld braucht.«

Ich starre auf unsere Hände: Die von Jarrod sind seltsamerweise ruhig, meine zittern. Er scheint völlig ungerührt von dem, was wir hier tun. Und das ist bei Jarrod wirklich ungewöhnlich. Die Sorge um seine Familie hat seinen natürlichen Widerstand, an all das hier zu glauben, verdrängt. Deshalb hat Jillian gedacht, dass der Zeitpunkt günstig sei. Morgen könnte er wieder der gewohnte Skeptiker sein.

»Nun«, fährt Jillian ernst fort, »nach allem, was wir wissen, Jarrod, kommst du aus einer wohlhabenden Familie, zumindest aus der eines königlichen Ritters. Die Kleider, die ihr beide tragt, entsprechen diesem Adelsrang. Aber ich kann nicht sagen, wo ihr zwei landen werdet, wie weit entfernt vom Familiensitz. Die Kleider verleihen euch zwar einen gesellschaftlichen Rang, aber die Bauern könnten euch trotzdem feindselig gegenüberstehen. Wenn ihr in einem Dorf landet, gar in einem ärmlichen, dann seid bitte sehr vorsichtig und verschafft euch geeignete Kleidung, damit ihr nicht auffallt.«

Wir müssen uns eine Menge merken. Hoffentlich vergessen wir nichts davon während der Zeitreise.

»Und unsere Sprache, wie verständigen wir uns?«, fragt Jarrod.

Jetzt lächelt Jillian. Ich weiß, sie erinnert sich an Jarrods perfekte Aussprache, als er die alte Handschrift vorlas. Jetzt, da alles plötzlich so erschreckend real wird, bin ich froh, dass ich so viel Zeit und Mühe darauf verwendet habe, die alte Sprache zu lernen. »Mach dir deswegen keine Sorgen. Heute Nacht ist genug Zauber im Spiel, um deine Sprachkenntnisse aufzufrischen.«

Aber Jarrod bleibt skeptisch. »Ich weiß nicht, Jillian. Wie willst du das schaffen, dass ich plötzlich eine alte Sprache verstehe und spreche?«

»Wenn ich einen Zauber hervorbringen kann, der stark genug ist, euch in die Vergangenheit zu schicken, ist er sicherlich auch stark genug, deine bereits vorhandene Fähigkeit, die alte Sprache zu sprechen, wieder aufzufrischen, das kannst du mir glauben. Dieser Zauber, Jarrod, wird deine Bindung zur Vergangenheit stärken und damit auch die Fähigkeiten, die in dir angelegt sind. Vertraue mir und vertraue dir selbst, dann wird sich alles fügen.«

Sie umarmt uns beide. Tränen glänzen in ihren Augen, die sie schnell wegzwinkert. Schließlich tritt sie zurück und zeigt auf den goldenen Flammenkreis. Wir treten wegen unserer Kleidung vorsichtig nach ihren Anweisungen in den Kreis. Wir wenden uns Jillian zu. Jarrod hat immer noch Fragen. »Wie funktioniert der Zauber? Spüren wir was?«

»Ich werde die Elemente der Erde und der Natur zu Hilfe nehmen, um die Verbindung, die durch den Fluch schon vorhanden ist, mit neuer Kraft zu erfüllen.«

»Ich krieg also keine Erde mehr auf den Kopf und muss aus dem Bach trinken, oder?«, fragt er angeekelt.

Jillian wirft mir einen entsetzten Blick zu. Mir wird schlagartig heiß.

»Hast du einen Lösungszauber ausprobiert, Kate?«

Ich spiele an einer Falte meines Rocks herum. »Immer noch besser als Selbstmordgedanken.«

Jillian zieht ihre Augenbrauen hoch, fast bis zum Haaransatz. Ihr Blick wandert zu Jarrod.

»Lassen wir das«, murmelt er.

»Habt ihr noch irgendwelche Fragen?«, fragt Jillian leise. Wir schütteln die Köpfe. »Dann fangen wir mit den Wörtern an, die ihr aufsagen müsst, wenn ihr zur Rückreise bereit seid. Sie sind nicht schwer zu merken.« Sie holt tief Atem und sagt: »*Postliminium saltus.*«

»Das heißt, *das Recht, zum Wald heimzukehren*«, erklärt Jillian. »Aber die Amulette müssen zu einem zusammengefügt sein, sonst funktioniert es nicht.«

Wir wiederholen den Spruch ein paar Mal, bis Jillian sicher ist, dass wir uns die Wörter eingeprägt haben. »Gut«, sagt sie dann. »Jetzt möchte ich, dass ihr anfangt, tief und langsam zu atmen.«

Wir sagen nichts mehr und atmen, wie Jillian es verlangt, tief aus dem Bauch heraus. Jarrod nimmt meine Hand in seine. Sie ist kalt, aber ruhig. »Ich sehe dich im britischen Hochland wieder«, flüstert er. »Ich hoffe bloß, die Schotten benehmen sich anständig.«

Ich nicke und versuche nicht an Schlachtgetümmel zu denken oder an irgendwas anderes, das ich mit dieser Epoche verbinde. Unwillkürlich spreche ich stumm nach, was Jillian sagt. Sie ruft die Elemente einzeln auf, damit sie ihren Zauber entfalten. Sie beginnt mit Luft und Erde und endet mit dem Kreis aus Feuer, der uns umgibt. Ihre Stimme ist kraftvoll und emotionsgeladen.

Dann folgen ein paar besonders prägnante Wörter. Als sie die Zaubersprüche murmelt, explodieren die kleinen, weißen Kerzen, platzen und schießen hoch in die Luft wie unsere Körper. Hitze und Energie erfassen mich, erfüllen mein Inneres, führen einen Kampf mit jeder Zelle meines Körpers.

Ich klammere mich an Jarrod, als das blaue Feuer uns völlig umgibt, und weiß in diesem Augenblick, dass Jillians Zauber funktioniert.

In meinem Kopf pocht es wie wild. Meine Hände geraten außer Kontrolle, fliegen umher. Jarrods Körper wird auch geschüttelt. Sein Griff tut mir weh. Meine Fingernägel graben sich in seinen Rücken.

Dann geht alles sehr schnell. Das Pochen in meinem Kopf nimmt so zu, dass ich das Gefühl habe, mein Verstand explodiert gleich. Ich lehne mich an Jarrods

Brust, sein zitternder Kopf nähert sich mir. Dann spüre ich ein Ziehen, zuerst noch sanft, als ob mein Körper flüssig wird und ich nach oben in eine wirbelnde Regenbogenwelt gesaugt werde. Das Tempo beschleunigt sich und mit ihm die Farben um uns herum. Sie werden grell, blenden fast mit ihrer Strahlkraft. Es sind undeutliche Muster und alles ist voller Farben. Überall. Schwebend. Wirbelnd. Schleudernd. Mein Körper scheint sich zu dehnen, weit über das hinaus, was Blut, Knochen und Gewebe aushalten können. Mir kommt der Gedanke, dass ich das nicht überleben werde.

Es ist das Letzte, was ich denke.

ZWEITER TEIL
Die Reise

Kate

Zwanzig Meilen südlich der britisch-schottischen Grenze.
Das Dorf Thorntyne, 1252.

Mir tut alles weh. Von Kopf bis Fuß. Vor allem mein Kopf fühlt sich an, als sei er wirklich explodiert und dann wieder falsch zusammengesetzt worden, sodass nichts mehr zueinander passt. Ich liege auf dem Rücken, mein Rock ist bis zu den Hüften hochgerutscht, kleine Steine pieksen mir in den Rücken. Benommen taste ich mein Gesicht ab, um festzustellen, wie es um meinen Kopf bestellt ist. Er ist offenbar noch da.

»Kate?«

Ich höre Jarrod ganz entfernt durch den Schleier meines langsam zurückkehrenden Bewusstseins. Ich hebe meinen Kopf und öffne die Augen. Es wird gerade dunkel. Aber sicher bin ich nicht. Ich habe völlig die Orientierung verloren.

Jetzt fällt mir ein, was passiert ist. Jillian hat die Kraft des Fluches dazu genutzt, um uns in die Vergangenheit zu schicken. Für eine Sekunde setzt mein Herz aus. Es hat funktioniert!

Ich setze mich auf, schaue mich neugierig um und kann kaum glauben, was ich sehe. Zuallererst ist da *nirgends* Regenwald! Ich sitze auf einem Weg, der wirklich nicht mehr ist als ein Trampelpfad. Auf der einen Seite verschwindet er für eine Weile im Wald, aber ich sehe, dass er sich in der Ferne über einen Bergrücken schlängelt. Oben auf dem Gipfel steht ein Gebäude, das aussieht, als wäre es aus Stein gemacht. Könnte das eine Burg sein?, frage ich mich voller Ehrfurcht.

Mein Blick schweift über die weite Landschaft, ich entdecke zwei Bergspitzen und dahinter das Meer. Es liegt ein Dunst über dem Land und es schmeckt salzig auf meinen Lippen. Der zweite Berg in dieser ungewöhnlichen Landschaft erstreckt sich bis in eine weitere vorspringende Landzunge. Auch auf ihm steht ein Gebäude, aber es ist schon zu dunkel, um es genauer zu erkennen.

Wenn diese beiden Bauten Burgen aus Stein sind — *Burgen!* —, dann hat Jillians Zauber tatsächlich funktioniert.

Während ich darüber nachdenke, erholt sich mein Körper allmählich. Ich versuche vorsichtig aufzustehen, mein Kopf hämmert immer noch wie wild. Ich suche nach Jarrod. Wir müssen bei unserem Zeitsprung auseinander gerissen worden sein. Jedenfalls lebt er noch, ich habe ihn gehört.

»Jarrod?« Ich drehe mich herum und lasse den neuen Anblick wirken. Auf dieser Seite gibt es Felder, die in schmale Streifen unterteilt sind. Einige sind offenbar gerade frisch gepflügt worden. Auf anderen steht noch Getreide, das offenbar grob abgehackt wurde.

Während ich darüber nachsinne, taucht Jarrod neben mir auf und klopft sich den Dreck von seinem Gewand. »Wo bitte sind wir?«

Ich schaue ihn an. Sein graues Gewand ist auf einer Seite voller Schmutz, bis oben zu seinem Gesicht. Ich helfe ihm, es sauber zu kriegen.

Das Hämmern in meinem Kopf lässt nach und macht

einer spontanen Begeisterung Platz. »Unfassbar! Wir haben es geschafft, Jarrod! Wir sind im mittelalterlichen Britannien! Wo denn sonst?«

Er hebt den Kopf, kneift die Augen zusammen, dreht sich um die eigene Achse und hält beim Anblick der Gebäude in der Ferne einen Augenblick inne, als müsse er ihren Wert schätzen. »Keine Ahnung. Wir könnten überall sein.«

»O Gott, Jarrod, hab doch ein bisschen Vertrauen.« In meinem Kopf dreht sich alles, aber nicht vor Schmerz, sondern vor Aufregung. Die Begeisterung nimmt zu und bläst mir den Kopf frei. Ich fange an zu lachen, tanze im Kreis, hebe meine Röcke an und klopfe den Staub ein paar Mal fest ab. »Das ist einfach unglaublich! Ich bin der glücklichste Mensch der Welt!« Jarrods Gesicht wird immer düsterer, seine Augen wirken kalt und teilnahmslos. Ich möchte mich in ihn hineinversetzen, um zu fühlen, was er fühlt. Aber ich glaube, das ist nicht nötig. Er ist verzweifelt, nach dem Selbstmordversuch seines Vaters, und tief besorgt um seine Familie. Aber jetzt ist er hier und in Kürze werden wir die Ursache des Fluchs finden und ihn irgendwie stoppen. Das ist wenigstens unser Plan. Ich lasse meine Röcke wieder fallen und lächle ihn ermutigend an. »Jetzt komm, du Held aller Ungläubigen, wir müssen einen Unterschlupf finden, bevor es ganz dunkel wird.« Ich hänge mich bei ihm ein und bin froh, dass meine Begeisterung für uns beide reicht.

Wir setzen uns in Richtung Berge in Bewegung. Natürlich sind die Gebäude zu weit weg, als dass wir sie noch vor Einbruch der Dunkelheit erreichen könnten, aber wenn wir Glück haben, finden wir unterwegs eine Hütte, eine Scheune oder irgendetwas anderes, wo wir

Schutz finden. Der eisigen Luft nach zu schließen, wird es heute Nacht sehr kalt.

Wir gehen und gehen, auch als uns dunkle Wolken das letzte bisschen Tageslicht rauben. Es wird noch kälter, und wir fangen ohne Mäntel an zu zittern. Aber schließlich hören wir Geräusche, dumpfe Stimmen und ein Grunzen und Knurren.

Der Weg führt uns direkt in ein heruntergekommenes Dorf, das aus wenigen Hütten besteht, die planlos unter ein paar Bäumen verstreut sind. Das Erste, was mir auffällt, ist der Rauch. Fast könnte man denken, dass die Hütten brennen. Der Rauch steigt in dicken Wolken aus Öffnungen in den Strohdächern und aus den Fenstern. Es gibt keine Kamine.

Wir bleiben überwältigt stehen. Es gibt keinen Zweifel mehr, wir stehen tatsächlich am Rande eines Bauerndorfes im frühen Britannien. In welchem Jahr, können wir anhand der Hütten nicht feststellen. Die Verknüpfung mit der Vergangenheit wird durch den Fluch bestimmt. Wir wissen nicht genau, wann der Fluch verhängt wurde, wir könnten uns jetzt Jahre vor oder nach diesem Ereignis befinden, beides ist möglich, wenn Jillian es halbwegs richtig getroffen hat.

Die Vorstellung, dass ich jetzt Geschichte *erlebe*, lässt mein Herz schneller schlagen. Aber ich muss meine Begeisterung zügeln. Das hier ist ja kein Spiel, denn wenn wir nicht aufpassen, könnte es sehr gefährlich werden.

Ich sehe Jarrod an. Sein Mund ist halb geöffnet, seine Augen sind weit aufgerissen. Er sieht aus, als stehe er unter Schock. »Wir sollten eine Unterkunft finden«, sage ich aufmunternd und zeige auf die dritte Hütte links am Weg. »Das ist die einzige Hütte, aus der kein Rauch kommt. Was meinst du?«

Sein Blick folgt meinem Finger, und ich bin erfreut, dass er wenigstens noch eine Stimme hat: »Das könnte eine Falle sein.«

Ich schaue ihn durchdringend an. »Mach dich nicht lächerlich. Kein Mensch erwartet uns.«

Das scheint ihn zu beruhigen und er holt tief Luft. »Ja, natürlich.« Das klingt beschämt. »Hoffentlich ist da niemand drin.«

Wir wollen unser Glück versuchen, aber so einfach durch die Dorfmitte zu spazieren, ist wohl kein guter Gedanke. Man würde uns wahrscheinlich hören und auch sehen durch die hölzernen Läden oder Fensteröffnungen. Aus dem Inneren einer Hütte hören wir Hundegebell und ein Gemisch aus gedämpften Stimmen und Tierlauten. Schweigend schleichen wir durch das Gewirr der kleinen Gebäude.

Die Hütten sind voller Leben. Kaum zu glauben, dass diese Menschen keine Ahnung von Computern oder fließendes Wasser haben, geschweige denn eine Kanalisation oder Elektrizität. Und doch leben sie hier, überleben sie hier.

Wir kommen ohne Probleme um die erste Hütte herum. Sie hat nur ein Fenster mit einem hölzernen Laden. Geduckt gehen wir an ihm vorbei. Als wir hinter der zweiten Hütte sind, hören wir ganz deutlich eine männliche Stimme, schroff und sehr nah.

Wir sind noch nicht so weit, uns zu zeigen, und verstecken uns hinter einem riesigen Baum, wahrscheinlich einer Ulme, die reichlich Blätter verliert. Mit der rauen Stimme kommen andere Geräusche näher. Dreck und der Geruch von feuchter Erde und Gras steigen mir in die Nase, sodass ich niesen muss. Plötzlich taucht ein kleiner dicker Mann auf, der fluchend ein

Dutzend quiekender Schweine vor sich herscheucht. Er versucht offenbar, sie mit einem hölzernen Stock *in* die Hütte zu treiben. Zu seinem Pech haben sich die Schweine, eigensinnig, wie sie sind, dazu entschlossen, lieber draußen zu bleiben. Für einen Moment sieht es so aus, als schwenke die Herde zur Türöffnung, um dann im nächsten Moment wieder um die Hütte herumzurennen.

Ich halte den Atem an, da schon das leiseste Geräusch uns verraten könnte. Aber wir haben uns umsonst versteckt, denn ein besonders eigenwilliges Schwein macht sich selbstständig und pest mitten auf den Baum zu, hinter dem wir uns verstecken. Wir springen beide beim Aufprall erschrocken zurück. Bei dem Geräusch fährt der Kopf des Mannes, wachsam geworden, herum. Er streckt sich so gut es geht und hält den Stock wie tödliche Waffe.

»Wer ist da?«, ruft er.

Wir sind vor Schreck wie gelähmt.

»Zeigt Euch.« Der Mann nähert sich, seine Schweine scharen sich jetzt um ihn, weil sie nicht mehr angetrieben werden. »Es ist zu kalt und zu spät, um sich draußen aufzuhalten, es sei denn, Ihr seid ein Liebespaar, das an einem mondbeschienenen Stelldichein seine Freude hat.« Der Mann schaut zu der schweren, dunklen Wolkenbank hoch, die den Nachthimmel völlig verdunkelt. »Es wird sicher regnen.«

Er ist fast bei uns angekommen. Jetzt, da er seine Schweine nicht mehr herumscheucht, verlangsamt sich sein Atem. Mir wird klar, dass er wieder im Vollbesitz seiner Kräfte ist und in einer besseren Lage, sich zu verteidigen, wenn er spürt, dass es nötig ist.

Ich greife nach Jarrods Hand und übernehme die Führung. Sich wie Diebe oder »Liebende« zu verstecken, erregt nur das Misstrauen des Mannes. Wir treten zusammen hinter dem Baum hervor. »Wir sind müde Reisende und kommen von weit her.« Jarrod dreht mir seinen Kopf zu, in seinem Gesicht spiegelt sich das Erstaunen darüber, dass ich die alte Sprache so flüssig spreche.

Der Mann trägt eine brennende Fackel. Er tritt näher und hält uns die Fackel vors Gesicht. Seine Augen, zusammengekniffen und misstrauisch, mustern uns beide verschmitzt von Kopf bis Fuß. Mein Puls fängt an zu rasen. Jarrods Hand ist eiskalt.

»Wohin wollt Ihr? Sicher nicht in dieses Dorf, mit der Kleidung.«

»Wir suchen die Burg Thornton.«

Der Mann hebt den Kopf und dreht sich in Richtung der beiden Berge, seine Augen weiten sich. »Ich hab's gewusst«, seine raue Stimme ist voller Verachtung. Mit einer plötzlichen Bewegung, die für uns völlig überraschend kommt, packt er unsere ineinander liegenden Hände, hält sie hoch und betrachtet sie genau. »Schaut Euch das an.«

Wir blicken beide ängstlich auf unsere Hände und sind überzeugt, dass sie uns irgendwie verraten werden. Wie sehr können sich Hände wohl in achthundert Jahren verändern?

Dann sagt er: »Nicht einen Tag gearbeitet habt Ihr mit denen.« Mit diesen Worten schiebt er angewidert unsere Hände von sich weg, als ob er sich seine schwieligen Finger an ihnen verbrannt hätte. »Was wollt Ihr vom Lord?«

Lord? Er verblüfft uns. Dann erinnere ich mich an Jillians Warnung, dass Jarrods Familie reich sei und dass ärmere Dörfler uns verachten könnten.

»Wenn Ihr auf Geld aus seid, hättet Ihr beim Teufel persönlich größere Aussichten.«

Jarrod hebt den Kopf und weicht zurück. Der Schweinehirt hat einen ranzigen Atem, Hass geht von ihm aus. Aber wir brauchen Informationen darüber, wo wir Jarrods Vorfahren finden können. »Könnt Ihr uns sagen, wo wir Lord Thornton finden? Wir sind entfernte Verwandte.«

»*Verwandte!*« Er stößt das Wort hervor, als ob er gerade Gift geschluckt hätte. Leichter Eisregen setzt ein. Die Schweine grunzen und rennen wieder ziellos herum. Der Mann verflucht sie, aber ich spüre, dass eigentlich wir damit gemeint sind. Jetzt wünschte ich, ich hätte nie erwähnt, dass wir Verwandte sind.

Der Schweinehirt schwingt seinen Stab durch die Luft, als ein Schwein ein bisschen weiter weg rennt, dann baut er sich vor Jarrod auf und schaut ihm direkt in die Augen. »Ja, Ihr seht genauso aus wie sie«, murmelt er zornig. Dann spuckt er Jarrod mitten ins Gesicht.

Ich bin völlig perplex. Der Schweinehirt wendet sich mir zu und ich ducke mich unwillkürlich, um mein Gesicht zu schützen. Ich will seine Spucke nicht abkriegen. Aber er spuckt nicht, er starrt mich bloß an, ohne mit der Wimper zu zucken. Dann sagt er: »Burg Thorntyne steht einsam auf dem südlichen Gipfel. Aber nehmt Euch in Acht, der nördliche Gipfel ist nichts für Fremde.«

Obwohl wir von ihm die Information bekommen haben, die wir brauchen, koche ich innerlich vor Wut und versuche das wachsende Bedürfnis zu unterdrücken, diesem Rüpel ins Gesicht zu schlagen, damit ich unsere Pläne nicht gefährde. Ich kann es kaum erwarten, von ihm und seinem faulen Atem wegzukommen. Jarrod wischt sich die Spucke mit seinem Ärmel aus dem Gesicht. Mir dreht sich bei diesem Anblick der Magen um. Ich bin froh, dass Jarrod ruhig bleibt, auch wenn ich mir wünschen würde, dass er sich gehen ließe und diesen Mann irgendwo mitten unter seine werten Schweine verpflanzte.

Der Schweinehirt wendet sich zum Gehen, dann dreht er sich noch einmal um. »Wenn Ihr nicht mit den Thorntynes verwandt wärt, würde ich Euch einladen, die Nacht in meinem Haus zu verbringen. Aber Ihr seid nicht willkommen. Ich spucke auf Euch alle.«

Mit diesen liebevollen Worten beginnt er, seine Schweine zusammenzutreiben. Diesmal gehorchen sie und folgen ihm zur Hütte.

Ich zupfe Jarrod am Arm. Er ist sehr still geworden. Ich schaue ihm ins Gesicht. Regentröpfchen sammeln sich allmählich an seiner Augenbraue, aber er lässt sie über Augen und Gesicht rinnen. Er zittert. »He!«, rufe ich. »Alles in Ordnung?«

»Dieser Mann«, sagt er leise, »hast du gehört, was er gesagt hat?«

»Natürlich hab ich's gehört, ich bin ja nicht taub.«

»Er mag meine Vorfahren nicht. Nein, er hasst sie.«

»Ach, wirklich? Wie kommst du denn darauf?«

»Das ist überhaupt nicht komisch, Kate.«

»Das weiß ich, Jarrod. Aber mach dir nicht so viele Sorgen. Der Typ hasst also die Thorntons. Wen interessiert das schon? Er hat uns zumindest gesagt, wo wir sie finden. Und wir haben gelernt, dass der Name deiner Vorfahren mit ›yne‹ endet. Eigentlich finde ich das alles gar nicht so schlecht. Er hat uns vielleicht aufgrund deiner Vorfahren nicht gemocht, aber unsere Echtheit

195

ist nicht in Frage gestellt worden. Das ist doch schon mal was.«

Es regnet immer heftiger. Ich ziehe an Jarrods Arm und führe ihn zu der nahen Hütte ohne Rauchwolke. »Komm, suchen wir ein bisschen Schutz. Wer weiß, wo wir morgen Nacht schlafen werden.«

Jarrod

Kate hat Recht. Der Schweinehirt hat einen Hass auf meine Vorfahren. Ich frage mich, was sie für Leute sind. Ein *Lord*, hat er gesagt. Ich mache mir klar, was das bedeutet. Alle Leute in dem Dorf schuften von früh bis spät auf seinen Feldern, während er auf seiner Burg sitzt und sich bedienen lässt, während seine Leute vielleicht selbst unterernährt sind. Natürlich muss er auch seine Aufgabe als oberster Lehnsherr und Beschützer mit einer Armee von ausgebildeten Rittern erfüllen. Aber nur in Notlagen. Ich vermute, da meine Vorfahren in der Nähe der schottischen Grenze leben, könnte es ab und an zu so einer Notlage kommen. Ich hoffe, jetzt ist nicht gerade so eine Krise.

Erst letztes Jahr habe ich eine Arbeit über das Leben im Mittelalter geschrieben. Ich fand die Epoche faszinierend, mit all dem Rittertum und der höfischen Romantik. Aber ich habe mir nie so etwas Armseliges wie dieses Dorf ausgemalt. Das ist die Hölle. Da ist nichts von Romantik, geschweige denn von edlem Rittertum. Und es stinkt – nach Schweiß und Rauch und Kloake.

Die Tatsache, dass ich wirklich in der Vergangenheit bin und durch ein mittelalterliches Bauerndorf laufe, bestätigt eine Sache jedoch ganz sicher – den Stand von Kates Großmutter. Sie ist wirklich eine Hexe. Jemand, der wirklich mit Zauberei arbeitet. Ich muss noch immer vorsichtig sein, bevor ich zu viel zugestehe. Kate würde schnell meinen, dass ich ihrer Theorie glaube, ich hätte verborgene Kräfte. Oder wie sie es nennt: die Gabe. Sicher, ich gebe zu, dass Kate mit dem Fluch wahrscheinlich Recht hat, aber weiter gehe ich nicht. Eine Gabe? Ich? Das ist doch absurd.

Ich hoffe bloß, wir können unser Vorhaben schnell erledigen und heil wieder nach Hause zurückkehren. Wenn wir den Fluch erst mal los sind, wird die Verbindung, die uns hierher gebracht hat, nicht länger bestehen. In plötzlicher Panik suche ich unter meinen Kleidern nach Jillians Amulett. Sie hat seine Wichtigkeit betont – als unsere Verbindung nach Hause. Wenn die Zeit dafür reif ist, müssen wir die beiden Teile zusammenfügen und den Saft des ältesten Baums mit dem des jüngsten verbinden. Ich spüre den kleinen Kristall. Gott sei Dank habe ich ihn bei unserem heftigen Aufprall in der Vergangenheit nicht verloren.

In der Hütte bewegt sich etwas, aber es sind keine Menschen. Eine Kuh, sechs grunzende, schnaufende Schweine und ein paar Hühner sind notdürftig auf die eine Seite gesperrt. Nicht dass die Hütte groß genug wäre, Tiere *und* Menschen zugleich zu beherbergen. Es gibt eben nur einen Raum. Das einzige Licht kommt von wenigen Kerzen – Kate nennt sie zumindest so. Ich erinnere mich daran, wie sie hergestellt werden – einfache Schilfrohre, glaube ich, die in Tierfett getaucht werden. Sie riechen faulig, aber Kate ist der Meinung, dass wir uns schon bald an den Geruch gewöhnen werden. Mitten im Raum ist eine Feuerstelle. Darüber hängt ein Eisentopf.

Nachdem wir die Tiere begrüßt haben, erklärt Kate, dass der Topf über der Stelle hängt, wo die Frau kocht und dass es demnach also Winter sein müsse oder später

Herbst, weil normalerweise in den wärmeren Monaten außerhalb der Hütte gekocht wird. Sie interessiert sich wirklich für diese Epoche und weiß unglaublich gut darüber Bescheid. Ihre Augen leuchten vor Begeisterung. Sie ist außer sich, hier zu sein. Mich überkommt das unheimliche Gefühl, diese Epoche könnte ihr zu gut gefallen.

Die kleinen Rauchschwaden der Kerzen schweben durch das Innere der Hütte. Es tost kein Feuer wie in den anderen Hütten. Der Raum ist erbärmlich feucht. Ich zittere noch aufgrund des kalten Regens und wünschte, wir hätten ein richtiges Feuer hier drinnen, um meine Kleider zu trocknen.

Ich schaue mich genau um. Als ich meinen immer noch erstaunten Blick von den ruhelosen, penetrant stinkenden Tieren losreiße, bemerke ich, dass die Hütte nur ein Fenster hat. Ich ziehe die hölzernen Fensterläden zu. Gleich wird es wärmer. Die Wände sind schwarz vor Ruß und spärlich eingerichtet. In der Ecke ist ein Strohhaufen, über dem ein paar dreckige Lumpen gebreitet sind, die Tierfelle sein könnten. Offenbar schlafen dort die Bewohner. Dann gibt es noch ein paar plumpe Stühle, einen Tisch, auf dem ein altes Schwarzbrot liegt, das hart ist wie ein Ziegelstein, ein paar hölzerne Teller und eine Kiste mit lumpenähnlichen Kleidern.

Kates Aufregung ist so unmittelbar spürbar, dass es schon gespenstisch ist. Sie hat überhaupt keine Angst, bewundert alles, was sie sieht, und streichelt liebevoll mit den Fingern selbst über die simpelsten Kleinigkeiten. Nichts entgeht ihrer Aufmerksamkeit.

Auch wenn ich gern an dem Schulprojekt gearbeitet habe, teile ich Kates Begeisterung für diese Epoche nicht. Allein die Vorstellung, hier zu sein, nicht nur unaufgefordert im Haus eines Fremden, sondern auch in einer anderen Zeit, um Himmels willen!

»Es ist alles so unwirklich, Jarrod!«

Ich starre sie an. »Es stinkt.«

Sie lacht nur und schüttelt den Kopf, als ob sie das irre Gerede eines verrückten Kinds über sich ergehen lässt.

Es fängt an, heftig zu regnen. Als der Regen auf das Dach herunterprasselt, fürchte ich, dass es hereinregnen könnte, denn es tröpfelt schon von der Decke. Dann werde ich auf das Geräusch sich nähernder Schritte aufmerksam, die draußen im Schlamm herumplatschen. Bald stellt sich heraus, dass sie auf *diese* Hütte zukommen. Jeden Moment könnten sie uns entdecken.

»Hierhin.« Kate greift meine Hand.

Wir klettern über das Gatter und ducken uns mitten zwischen die erschrockenen Tiere. Die Hühner rennen gackernd durcheinander, als wir uns bis in die dunkelste Ecke durchkämpfen. Wir hocken uns hin, ziehen die Knie an die Brust, versuchen ruhiger zu atmen, denn wir wollen, dass die Hühner sich schnell wieder beruhigen. Ein Schwein nähert sich vorsichtig und beschnüffelt uns. Seine Schnauze ist ganz dicht an meinem Gesicht. Ich wende meine Augen ab und versuche, das Tempo meines schlagenden Herzen zu verlangsamen.

Zwei Frauen kommen mit fünf kleinen Kindern in die Hütte gerannt. Die Kinder fangen an, herumzutollen, einander zu jagen, außer dem Baby, das die eine Frau im Arm hält. Sie ist die ältere von den beiden, sie hat graubraunes Haar, das unter ihrem durchnässten, weißen Schal herausguckt. »Ist das wahr, Edwina?«

Die Frau, die Edwina heißt, ist ziemlich groß und

rappeldürr. Sie streckt ihre Arme nach einem der Kinder aus, einem kleinen Jungen, der eifrig an ihr hochhüpft. »Jedes Wort.«

Sie stehen an der offenen Tür, als der Regen draußen unglaublich heftig wird und immer stärker von der Decke tropft.

»Er ist ein grausamer Lord, zweifellos, aber das ...« Die ältere Frau schüttelt ungläubig den Kopf und löst den weißen Schal mit ihrer freien Hand. »Kann er das wirklich tun? Kann er euch aus eurem Haus werfen und euch euer Land wegnehmen?«

Edwina kämpft mit den Tränen. Ihre Augen sind voll trotzigem Stolz. »Eine Frau ohne Mann ist für den Lord nichts wert, gesegnet sei Williams Seele. Wer wird das Land bewirtschaften? Wer wird auf den verdammten Feldern des Lords arbeiten?«

»Der Mann hat keinen Funken Güte. Er sollte dich in der Burg aufnehmen, das wär's.«

»Er hat Nein gesagt. Er habe genug faule Diener.«

Die Züge der älteren Frau verzerren sich vor Verachtung. »Was wirst du tun?«

»Morgen früh machen wir uns auf in den Süden, Richtung London. Ich hoffe, dass ich eine Arbeit als Dienerin finde. Ich werde alles tun, was ich kann, um zu überleben. Ich muss an meine Kleinen denken, und wenn ich betteln muss.«

Die ältere Frau schaut sich genauer in dem Raum um, ihre Augen sind vor Mitgefühl gerötet. Einen Moment scheint es mir, dass ihr Blick verharrt, als sie in unsere dunkle Ecke schaut. Ich schließe fest die Augen, als ob ich mich durch pure Willenskraft unsichtbar machen könnte. Nach einem endlosen Augenblick höre ich das Schlurfen von Füßen. Ich riskiere einen kurzen

Blick und sehe, dass sie ihre Aufmerksamkeit einem älteren Kind zuwendet, das sich an ihr Bein klammert. Sie tätschelt seinen kleinen, roten Kopf und streicht sein Haar glatt. »Das Haus ist zu kalt, Edwina. Ihr habt kein Feuer für die Nacht. Und der eindringende Regen macht es schwer, eins anzuzünden. Komm, bleib heute Nacht bei mir. Wir werden auf deine Sorgen trinken. Ja, Thomas hat genug Ale, um uns bis morgen zu versorgen. Jetzt mach dir keine Gedanken mehr. Lord Baron Thorntynes Tag wird kommen, und ich werde dabei sein, um auf sein Grab zu spucken.«

»Denk dran, auch für mich draufzuspucken.« Sie lachen, ihr Gespräch wendet sich den Kindern zu, als ein anderes die Aufmerksamkeit auf sich lenkt. Allmählich lässt der Regen nach, die Frauen gehen mit den sich an ihre langen Röcke klammernden Kindern fort.

Schließlich sind wir wieder allein, aber keiner von uns rührt sich. Ich weiß nicht, wie es Kate geht, aber ich verdaue immer noch das Gespräch der Frauen und fange an, es zu begreifen. Mein Vorfahr, Lord Thorntyne, wirft eine ganze Familie aus ihrem Haus, weil der Mann gestorben ist und nicht länger seine Felder bestellen kann. Ich krümme mich bei dem Gedanken an eine so grausame, gefühllose Tat, alles zieht sich bei mir zusammen.

»Dein Verwandter ist ein echtes Monster.«

»Na ja, einen Preis für Volksnähe würde er wohl nicht gewinnen.« Wir helfen einander, aufzustehen, mit steifen Gliedern, und achten darauf, dass wir unsere Kleider vom Tiermist fern halten, der überall herumliegt. Da die Frau und ihre Familie heute Nacht nicht zurückkommen werden, können wir es wohl wagen, wieder über das Gatter zu klettern. Im anderen Teil des

Raumes ist es sauberer, auch wenn es unmöglich ist, dem Gestank nasser Tiere und ihres Kots zu entkommen. Kate macht geschickt ein Bett aus dem Stroh. »Irgendwie nett von Edwina, uns ihre Hütte für diese Nacht zu überlassen.«

Ich lege mich neben Kate. »Einfach herrlich.« Dann decke ich mich mit den faul riechenden Lumpen zu und frage mich, mit welchem Ungeziefer ich wohl die Nacht verbringe. Als der Regen aufhört, fällt die Temperatur schnell. Bald ist es völlig dunkel, die Kerzen sind runtergebrannt. Sogar die Tiere schlafen. Es herrscht tiefe Stille.

Obwohl ich erschöpft bin, kann ich nicht schlafen. Ich fange an, über die ungeheure Aufgabe nachzudenken, die uns bevorsteht. »Wie um alles in der Welt sollen wir die Person finden, die für den Fluch verantwortlich ist?«, frage ich Kate. »Glaubst du immer noch, dass es der uneheliche Halbbruder ist?«

»Wir werden ihn schon erkennen, wenn wir ihm begegnen, Jarrod. Ich bin ziemlich sicher, dass er uns auffallen wird«, antwortet sie schläfrig.

»Was ist mit den Leuten hier im Dorf? Sie hassen Lord Thorntyne so sehr, vielleicht haben sie den Fluch verhängt. Wir sind erst seit wenigen Stunden hier und haben schon drei Verdächtige.«

»Hmm? Was redest du da? Diese armen Bauern haben doch nicht die Fähigkeit, einen Fluch zu verhängen.«

Ich spüre, wie sie zittert und sich einmummelt, um warm zu werden. Es kostet mich meine ganze Kraft, um mich daran zu erinnern, was ich sagen wollte. Ich zucke mit den Schultern. Kate hat eine seltsame Wirkung auf meine Sinne, wie sie da eingerollt neben mir liegt. Sie schmiegt sich an mich, sodass ihr feuchter Kopf auf meiner Brust liegt, den einen Arm schlingt sie um meine Taille. Innerhalb von Sekunden ist sie eingeschlafen. Ihr langsamer, regelmäßiger Atem verrät es mir.

In dieser Position, mit der schlafenden Kate so nah bei mir, verschwindet sogar der Gestank der Tiere. Ich fahre mit den Fingern durch Kates Haar. Obwohl es noch geflochten ist, stehen Strähnen ab. Es fühlt sich an wie Seide, genau wie ich es erwartet habe.

Ich spüre die Müdigkeit mit aller Macht in mir hochsteigen. Ich kämpfe dagegen so lange wie möglich an, während ich das Gefühl von Kates warmem Körper neben mir genieße. Aber es hilft nichts, dieser Tag mit all seinen unglaublichen Ereignissen hat meine Energie aufgebraucht.

Ich lasse mich vom sorglosen Frieden des Schlafes überwältigen. Der Morgen mit all seinen Herausforderungen kommt früh genug.

Wenigstens für diesen Augenblick sind wir sicher.

Kate

Irgendetwas weckt mich auf. Draußen schleicht sich jemand herum. Der Morgen dämmert noch nicht, auch wenn der Himmel bereits anfängt, sich zu verfärben. Ich strecke mich und spüre Jarrods warmen Körper neben mir. Als ich mich bewege, wecke ich ihn sofort auf. Einen Augenblick ist er noch benommen. Liebe Güte, wie ist nur diese Position zu Stande gekommen, mit verschlungenen Armen und Beinen? Mein Haar zwischen seinen Fingern?

Ich setze mich auf und glätte meine Kleider. Sie sind völlig unordentlich. Ich brauche etwas zu trinken, um den schalen Geschmack in meinem Mund loszuwerden. Außerdem muss ich mal, aber da werde ich vermutlich warten müssen, bis wir wieder unterwegs sind. Ich vermisse Spiegel und Kamm und vor allem eine Zahnbürste. So muss ich mir mit den Fingern über meine Zähne reiben.

Instinktiv wissen wir beide, dass wir aus der Hütte herausmüssen, bevor das ganze Dorf aufwacht und beginnt, der täglichen Arbeit nachzugehen. Von dem Mann mit den Schweinen haben wir letzte Nacht erfahren, wo die Thorntynes wohnen – auf dem südlichen Gipfel des Berges, den wir gestern gesehen haben. Wir brauchen ungefähr einen Vormittag, um dorthinaufzuwandern.

Ohne ein Wort zu sagen, damit uns niemand in der

Stille des Morgens hört, kriechen Jarrod und ich leise hinaus, zur Rückseite der Hütte. So vermeiden wir es, den Frühaufstehern zu begegnen, und umrunden das Dorf, so wie wir es gestern bei unserer Ankunft getan haben. Mit der Morgendämmerung ändert sich das Wetter und bietet uns genau den Schutz, den wir brauchen. Dichter feuchter Nebel zieht vom Meer herauf. Es ist ganz schön unheimlich, das zu beobachten, eine weiße Dunstwolke bedeckt alles nach und nach.

Glücklicherweise verläuft der Weg geradeaus und führt in eine einzige Richtung, zu den beiden Bergen am Rand des Meeres. Trotzdem, der Wald wird immer dichter und wir müssen besonders Acht geben, nicht vom Weg abzukommen, um uns nicht zu verirren. Der Weg verlangt unseren Füßen einiges ab. Er ist glitschig, wahrscheinlich ist die Erde über Nacht gefroren und gespickt mit kleinen schlammigen Eisbrocken. Unsere Stiefel schützen uns nicht ausreichend, die Sohlen sind zu durchlässig. Ich vermisse meine federnden Joggingschuhe.

Wir sind erst ein kleines Stück gegangen, als Jarrod fast über einen Wassertrog am Wegrand stolpert, aus dem sonst wahrscheinlich durstige Kühe oder Pferde von Reisenden trinken.

Wir starren den vereisten Trog an und versuchen abzuwägen, ob wir daraus trinken können oder nicht.

»Eigentlich brauch ich dringend etwas zu trinken, aber...«, sagt Jarrod

»Es hat geregnet, also müsste es ziemlich sauber sein«, entgegne ich.

Jarrod schaut mich an. »Und was ist mit dieser Seuche? Beulenpest, nicht wahr?«

Seine Bemerkung bringt mich wirklich zum Lachen

und die innere Spannung löst sich ein bisschen. »Du bist wirklich ein unverbesserlicher Pessimist!« Ich gebe ihm einen kleinen Klaps auf den Arm. »Angenommen, Jillian hat alles richtig hinbekommen, dann sind wir gut hundert Jahre zu früh dran für den schwarzen Tod. Ich meine, das ist doch ein hübsches Polster für Irrtümer.«
Trotz meiner Heiterkeit widerstrebt es mir, aus dem Trog zu trinken. Aber schließlich räumt der Durst alle Zweifel beiseite. »Wir haben offenbar keine andere Wahl.«
Jarrod sucht hastig nach etwas, womit er die Eisschicht an der Oberfläche aufklopfen kann. Er findet einen kleinen Felsbrocken, der diese Anforderung zufriedenstellend erfüllt. Ich tauche meine Hand in das eisige Wasser und trinke. Es schmeckt nicht schlecht.
Jarrod trinkt auch und wir setzen unseren Weg etwas zufriedener fort. Ich überhöre meinen knurrenden Magen. Essen gehört auch zu den Dingen, die warten müssen. Hoffentlich werden wir auf der Burg Thorntyne freundlich aufgenommen. Ich versuche nicht daran zu denken, was alles schief gehen kann. Im Gehen sprechen wir noch mal über unseren Plan, über unsere Zweifel und überprüfen unsere Geschichte ein weiteres Mal. Wir werden nur einmal die Chance haben, es richtig zu machen. Wenn sie schon unsere erste Geschichte nicht glauben, werden sie nicht einfach dasitzen und sich noch eine weitere plausiblere Version anhören.
Schließlich löst sich der Nebel auf, macht der Sonne Platz und erlaubt ihr ein bisschen Wärme zu entfalten. Wir gehen stetig weiter, der Weg steigt jetzt deutlich an. Aber es ist schon fast Mittag, bis wir den Fuß der steil ansteigenden Landzunge erreichen. Wir stehen gemeinsam da und starren zur Burg hinauf.

»Es ist wirklich echt«, murmelt Jarrod, als ob ihm erst jetzt klar wird, wo wir sind und in welcher Zeit.
»Natürlich ist es echt. Ich hab dir doch gesagt, dass Jillian es geschafft hat.«
Für einen Augenblick sind wir still, nehmen das alles in uns auf. Ich seufze vor Bewunderung und bestaune die Arbeit, die nötig war, um die Burg zu bauen. Sie steht hoch auf dem Gipfel des Berges, ein viereckiger Turm ragt vom hinteren Teil noch höher in den Himmel. Wie mühevoll muss das für die Bauern gewesen sein, all die schweren Steine auf diese Landzunge zu schleppen. Es hat sicher Jahre gedauert. »Wahnsinn!«, sage ich. »Schau dir bloß die Mauer an, die den ganzen Gipfel umfasst. Und die Zinnen. Dort oben stehen wahrscheinlich Wachen, die uns vielleicht schon längst entdeckt haben.«
Jarrod wirft mir einen verängstigten Blick zu. »Danke, gut zu wissen.«
Wir beschließen, uns einen Moment auszuruhen, und lehnen uns mit dem Rücken gegen einen Baumstamm. Das unkrautige Gras ist durch und durch feucht vom Regen der letzten Nacht. Über den Zustand meiner Kleider brauche ich mir nicht mehr den Kopf zu zerbrechen, die ganze untere Hälfte steht vor Schmutz.
Ich schaue Jarrod an, und ohne mich besonders zu bemühen, spüre ich seine Zweifel. »Halt dich einfach an unsere Geschichte, dann schaffen wir's.«
Er zieht die Brauen hoch. »Was ist, wenn sie uns unsere Geschichte nicht abnehmen?«
»Sei nicht so pessimistisch. Wir können immer noch nach Hause zurückkehren.«
Er versucht zu lächeln, wirkt dabei aber wirklich bemitleidenswert. Wenn wir nach Hause zurückkehren

würden ohne den Versuch, den Fluch zu bekämpfen, würde das bedeuten, dass das Ganze hier reine Zeitverschwendung gewesen wäre. Und Jarrod hätte weiterhin seine Probleme.

Ich versuche ihn aufzumuntern. Um Erfolg zu haben, muss er seinen Vorfahren mit Selbstvertrauen und nicht mit Feigheit entgegentreten. »Die erwarten doch keine Besucher aus einer anderen Zeit. Schon der Gedanke daran liegt ihnen fern. Dank Jillian tragen wir die passenden Kleider, Juwelen und all das.« Ich strecke meine Hand aus und spreize die Finger, der goldene Ring mit dem Rubin leuchtet. »Also was macht es schon, wenn wir einen kleinen Akzent haben? Schließlich kommen wir von weit her, oder nicht? Ich schwör dir, Jarrod, sie werden keinen Verdacht schöpfen. Außerdem, hat nicht der Schweinehirt gesagt, du siehst genau aus wie sie?«

Jarrod wendet mir seinen Blick zu, ein Schimmer von Energie erhellt seine Augen. »Ja, du hast Recht. Auch wenn das vielleicht nur Zufall ist.«

Ich ziehe mich hoch, erpicht darauf, die erste Begegnung endlich hinter mich zu bringen. »Zufall oder Vererbung, das spielt in dieser Situation keine Rolle. Solange sie uns unsere Geschichte abkaufen.«

Wir sind beide müde, nachdem wir den ganzen Morgen ohne etwas zu essen und nur mit wenig Wasser gewandert sind. Aber wir sind kurz vor dem Ziel unserer Reise und das gibt uns neue Energie. Wir reden nicht viel, sind mit unseren eigenen Gedanken beschäftigt, kämpfen unsere Zweifel nieder. Bald wird das Sprechen ohnehin schwierig, da der Anstieg in unseren schlammbeschwerten Kleidern mühsam wird.

Als wir uns dem Gipfel nähern, sehen wir die Burgmauern deutlicher vor uns. Ich sehe ein Gitter, die Eisenstangen bilden Kreuze, die in dicke Steinmauern eingelassen sind. Davor befindet sich eine hochgezogene Zugbrücke. Ganz oben befindet sich ein kleines Steinhäuschen. Dort stehen Wachen – Ritter, nehme ich an –, die uns ganz bestimmt schon beobachtet haben. Ich werfe einen Blick zurück und bemerke, dass man von hier einen perfekten Blick über den ganzen Weg hat, über die gesamte Strecke bis zum Dorf in der Ferne. Jetzt sehe ich ein, warum die Burg auf diesem Berg gebaut wurde, so nahe am Meer. Strategisch gesehen, liegt sie ausgezeichnet und ist leicht gegen Angreifer zu verteidigen.

Der Ausblick ist wirklich sensationell, auf der anderen Seite der Burg fällt der Hang steil ab zum blaugrünen wogenden Meer, das unendlich zu sein scheint. Im Norden, auf dem zweiten Gipfel, steht noch eine Burg, auch am Rande einer Klippe. Ich kann meinen Blick einfach nicht davon losreißen. Sie sieht einsam und seltsam düster aus. Der höchste Punkt ist ein Rundturm, der so hoch in die Luft ragt, dass seine Spitze ganz von den schnell ziehenden dunklen Wolken verhüllt ist.

Von dem unheimlichen Anblick bekomme ich eine Gänsehaut. »Ich frage mich, wer dort wohnt.«

Jarrod schaut zur Seite und zuckt mit den Schultern. »Wen interessiert das schon?«

»Es sieht dunkel und gespenstisch aus. Hat uns nicht der Schweinehirt gewarnt, in die Nähe dieser Burg zu kommen? Warum? Was glaubst du?«

Jarrod wirft mir einen ungläubigen Blick zu, dann neigt er den Kopf Richtung Burg, die jetzt so nah ist, dass wir nur noch wenige Meter von dem stinkenden Burggraben entfernt stehen. »Willst du damit sagen, dass Thorntyne freundlich und einladend aussieht? Schau dir bloß die hohen Mauern an.«

Jarrod hat Recht. Beide Burgen sehen nicht gerade Vertrauen erweckend aus. Und auch wenn Jarrod den gleichen Namen trägt, sind diese Leute doch Fremde. Aber ich will, dass er sich keine Sorgen macht. »Sie sind deine Verwandten«, erinnere ich ihn.

Plötzlich ist sein Blick voller Sarkasmus. »Du sagst es.«

Aber ich kann das Gefühl nicht abschütteln, dass von der dunklen Nachbarburg etwas Unheimliches ausgeht. Das macht mir Angst.

Als wir uns den Wachen von Thorntyne nähern, fragt uns eine tiefe Männerstimme nach unserem Anliegen.

»Wir sind müde Reisende aus einem fernen Land, früher gehörten wir einmal zu Thorntyne«, verkündet Jarrod mit einer Ruhe, von der ich weiß, dass er sie gar nicht hat. Aber wir haben seine Sätze unterwegs viele Male wiederholt und er macht seine Sache wirklich gut.

»*Thorntyne!* Wer seid Ihr, dass Ihr den Namen Thorntyne für Euch in Anspruch nehmt?«

»Mein Name ist Jarrod. Ich bin der Sohn von Lord Thorntynes ältestem Bruder«, gibt Jarrod zurück. Diesen Satz mussten wir am häufigsten wiederholen.

Der Mann schnappt nach Luft und flucht. Dann hören wir, wie die Wachen untereinander flüstern. Meine Haut fängt an zu kribbeln, als ob tausende von Ameisen auf ihr hin und her jagen. Schließlich treten die Soldaten von den Festungsmauern zurück, um einen besseren Blick auf den Jungen zu erhalten, der behauptet, er sei der Sohn des verschollenen Bruders von Lord Thorntyne.

Der Mann, der die Befehle gibt, ist groß, hat breite, gerade Schultern und dichte, rote Haare, die anfangen grau zu werden. Er war sicher in jüngeren Jahren eine imposante Erscheinung und ist es noch immer. Ich schätze sein Alter auf Mitte oder Ende vierzig. Um den unteren Teil seiner Beine hat er Lederschnüre gebunden. Er trägt ein beiges Überkleid mit einem faltenreichen Rock bis zu den Knien und darüber einen ärmellosen Umhang, der als eine Art Mantel auf seiner rechten Schulter befestigt ist. Er hat zwar keinen Kettenpanzer an, aber dafür all seine Gefährten schon. Ihr Anblick ist atemraubend. Ich wünschte, ich wäre nicht so aufgeregt.

Er scheint ein Ritter von hohem Rang zu sein. Er wendet sich ab und schreitet im Innern der Burg eine Treppe hinunter. Offensichtlich hat er einen Entschluss gefasst.

Ein Befehl ertönt hinter dem Tor, die Gitter schieben sich knirschend nach oben, dann senkt sich die Zugbrücke. Der Ritter wird auf beiden Seiten von je einem Soldaten begleitet, einem jungen und einem älteren. Sie bieten einen Ehrfurcht einflößenden Anblick. Ich kann nicht anders und muss sie einfach anstarren, als sie die Brücke überqueren und auf Jarrod zukommen, der dicht vor mir steht. Mein Puls rast, meine Handflächen schwitzen, die Ameisen rennen auf die Ziellinie zu; und in diesem Augenblick bin ich froh, dass ich ein bisschen zurückgeblieben bin, um mir die Burg auf dem anderen Gipfel anzuschauen. Ich hoffe, Jarrod macht alles so, wie wir es eingeübt haben. Er sieht ängstlich aus. Er kann es nicht lassen, seine Handflächen an seinem Gewand abzuwischen und mir immer wieder besorgte Blicke zuzuwerfen. Er wirkt wie ein wildes Pony, das durchgehen will.

Der Ritter steht direkt vor Jarrod und mustert ihn gründlich mit zusammengekniffenen Augen. Er ist ganz offensichtlich misstrauisch, ihm entgeht nichts, vom rostbraunen Schimmer in Jarrods Haar bis zu seiner cremefarbenen Haut. Bei Jarrods Augen verweilt der Ritter am längsten. Dann überrascht er uns beide. Er hat Tränen in den Augen und grinst über das ganze Gesicht. Für einen kurzen Augenblick schaut er die zwei Soldaten neben sich an, grinst und nickt. Blitzschnell wendet er sich wieder uns zu, grölt laut, breitet seine Arme weit aus und umarmt Jarrod so kräftig, dass er ihm fast die Luft abpresst.

Nachdem er Jarrod ein paar Mal im Kreis herumgeschwungen hat, lässt er ihn widerstrebend wieder los, dann klopft er ihm mit einem schallenden Lachen auf den Rücken. Jarrod bemüht sich angestrengt, sein Gleichgewicht zu bewahren. »Willkommen, Neffe. Willkommen«, sagt der Mann, zwischen kräftigen Schlägen auf Jarrods Rücken. »Ich wusste, dieser Tag würde kommen. Ich habe viele Nächte davon geträumt, seit Euer Vater weggegangen ist.«

Das Wort *Neffe* dringt in mein Bewusstsein. Dieser Mann ist nicht bloß ein Ritter oder einer der Soldaten des Lords, sondern Lord Thorntyne höchstpersönlich. Er hat Jarrods Erklärung akzeptiert, indem er ihn einfach nur anschaute. Als ich anfange, mich gerade darüber zu wundern, wie sehr Jarrod seinen Vorfahren ähneln muss, dämmert es mir plötzlich, dass sich unsere geplante Geschichte erübrigt, wenn sie so sehr auf das Aussehen achten. Jetzt ist es zu spät, um uns noch etwas anderes ausdenken zu können und mein Herz schlägt wie wild in meiner Brust.

Ich schaue wieder zu Lord Thorntyne, dem Herrn

dieser Burg und all seiner Untertanen. Eine so herzliche Begrüßung hätte ich ihm nicht zugetraut, besonders nach dem, was die Dorfbewohner über ihn gesagt haben.

Die beiden anderen heißen Jarrod auch willkommen, auch wenn der eine kühl und zurückhaltend bleibt. Der Lord stellt ihn als Malcolm vor, seinen zwanzigjährigen Sohn, und nimmt in seiner eigenen Freude den kühlen Empfang Jarrods durch seinen Sohn gar nicht wahr. Der ältere Soldat ist Thomas, offenbar ein langjähriger Freund von Jarrods »Vater«. Thomas kann den Blick nicht von Jarrod losreißen. Er schüttelt immer wieder den Kopf, während er eine Hand auf Jarrods Schulter legt und grinst.

Eine elegant gekleidete Frau schiebt sich plötzlich durch die am Eingangstor entstandene Menschenmenge. »Richard«, ruft sie dem Lord zu. »Was ist los? Wir können den Krach bis in die große Halle hören.«

»Isabel, meine Liebe«, sagt Lord Richard aufgeregt und legt einen Arm um die schlanke Taille der Frau, »das ist Lionels Sohn, der aus der Ferne zu uns zurückgekehrt ist.«

Isabels Augen weiten sich, Wachsamkeit spiegelt sich darin, Skepsis und Gastfreundlichkeit führen einen Kampf in ihrem raffinierten und doch feinen Gesicht. Sie mustert Jarrod aus der Nähe. »Ja, ganz bestimmt ähnelt er einem Thorntyne, aber nicht gerade Lionel.«

Diese letzte Bemerkung beunruhigt mich. Wenn nicht Lionel, dem seit langem verschwundenen Bruder, wem dann?

»Geoffrey«, stellt sie fest.

»Geoffrey?«, erkundigt sich Jarrod taktvoll. Wir haben vorher beschlossen, dass wir unsere Fragen möglichst beiläufig klingen lassen, wenn wir Informationen über Familienangelegenheiten benötigen. Jarrod macht das ausgezeichnet.

Isabel, jetzt sichtbar beruhigt wegen Jarrods Abstammung, hakt sich bei ihm ein und erklärt: »Natürlich, Ihr könnt ihn nicht kennen und Euer Vater, Gott segne ihn, hätte mit Euch über Eure Abstammung reden sollen. Geoffrey war Euer Großvater. Er ist gestorben, lange bevor Ihr geboren worden seid, mein Lieber.« Sie guckt ihn sich genau an. »Aber Ihr seid zu jung, als dass Ihr Lionels ältester Sohn sein könnt.«

Jarrod erklärt schnell: »Das bin ich auch nicht. Ich habe noch einen älteren Bruder.« Er macht seine Sache gut, ich atme erleichtert auf. Aber die Vorstellung ist noch nicht vorüber, denn die größte Hürde kommt erst noch – ich.

»Es geht ihm gut, aber ich hatte den dringenden Wunsch, meine Heimat zu sehen«, erklärt Jarrod vorsichtig.

Wir müssen darauf achten, nicht irgendwelche Informationen preiszugeben, derer wir uns nicht sicher sind, und das betrifft so gut wie alles, was wir wissen. Jillian warnte uns davor, nichts zu tun oder zu sagen, was zu einer Veränderung der Geschichte führen könnte. Wir wissen, dass Lionels wahrhaftiger, erstgeborener Sohn eines Tages zurückkommen wird, um Anspruch auf sein rechtmäßiges Erbe zu erheben.

Andere Leute kommen dazu, ein Mädchen ungefähr in meinem Alter, die als Jarrods Cousine Emmeline vorgestellt wird. Sie kann ihren Blick von ihrem wieder gefundenen »Cousin« nicht losreißen und lacht ihn halb schüchtern, halb schelmisch an. Sie ist mir sofort unsympathisch. Dann ist da noch ein Kind, vielleicht sechs oder sieben, das sich an einer Frau festklammert und offenbar Isabels und Lord Richards jüngster Sohn John ist. Die Frau, die sich um ihn kümmert, ist Isabels Zofe und offenbar nicht wert, vorgestellt zu werden.

Während all das passiert, bin ich vorübergehend vergessen. Ich habe nichts dagegen, denn so bekomme ich die Gelegenheit, alles genau zu beurteilen. Ohne Jarrods enorme Ähnlichkeit mit seinen Vorfahren wäre unsere erste Begegnung nicht so glatt verlaufen. Meine Anwesenheit muss allerdings noch erklärt werden. Das kann durchaus ein Problem werden. Warum waren wir nur so dumm?

Als wir über die Zugbrücke in den Burghof hinübergehen, dreht sich Jarrod sich nach mir um. Es gelingt ihm nicht, etwas zu sagen, denn Lord Richard fängt sofort an, sich in Entschuldigungen für seine Ungehobeltheit zu ergehen.

Er legt seinen Arm um meine Schultern und linst immer nach vorne. Kaum sind wir innerhalb der Burgmauern, müssen wir stehen bleiben, weil sich so viele Neugierige um uns drängen. Richard stellt Jarrod stolz der Menge vor, als ob der verlorene Sohn nach Hause zurückgekommen sei. Wilder Jubel bricht aus, und Jarrod geht fast unter darin.

Inmitten dieses Spektakels beugt Lord Richard seinen Kopf zu mir hinunter und fragt: »Wer ist dieses wunderschöne edle Fräulein?« Sofort verstummt die Menge.

Jarrod sollte jetzt unserem Plan gemäß *meine Schwester* sagen. Er schaut mich beunruhigt an: Was soll ich tun?

Isabel sieht mich stirnrunzelnd an und sagt: »Natürlich ist sie keine Thorntyne, schaut euch nur ihre blasse Haut an, die Farbe ihres Haars, wie Ebenholz. Und diese Augen, so hell und doch unglaublich sanft blau und von so ungewöhnlicher Form.«

»Wie bei einer Katze«, wirft Malcolm ein.

Ich versuche nicht zu ihm hinzuschauen, obwohl ich ihn am liebsten sofort in eine Katze verwandelt hätte.

Isabel sagt zu mir: »Meine Liebe, woher kommt Ihr?«

Ich schaue sie mit großen Augen an.

Lord Richard, der immer noch den Arm um meine Schulter gelegt hat, schaut zu Jarrod hinüber und wartet ungeduldig auf eine Erklärung. Offenbar ist er ein Mann, der es nicht gewohnt ist, zu warten.

Ich sehe förmlich, wie ihm die Idee kommt. Seine Finger werden ganz hart und bohren sich mir in den Arm, nicht so, dass es weh täte, aber ich spüre, er ist nicht gerade erfreut. Mein Herz schlägt schneller. Was er wohl denkt? Sicher irgendetwas Angriffslustiges. Ich wage nicht, mich in ihn hineinzuversetzen. Jillian hat mich davor gewarnt. Die Leute hier leben zwar mit Magie, aber auf eine ängstliche Art, ohne viel Verständnis. Wenn sie mich der Hexerei verdächtigen, werde ich höchstwahrscheinlich verbrannt.

Dann sagt er: »Dieses exotische Wesen reist sicher nicht ohne standesgemäße Begleitung, Jarrod?«

Jarrod ist offenbar völlig verblüfft, diese plötzliche Wende hat er nicht erwartet. Verdammt, wir hätten eine Alternative vorbereiten sollen. Natürlich sehe ich anders aus als sie, mit meinem schwarzen Haar und meinen ungewöhnlichen mandelförmigen Augen. Das hätten wir uns früher klarmachen sollen. Jetzt, da jeder von Jarrod eine Erklärung erwartet, ist es zu spät. Er muss jetzt etwas sagen. Unseren »Schwester«-Plan würden sie jetzt sicher nicht mehr akzeptieren. »Jarrod? Wer ist diese Lady?«

»Sie, hm«, beginnt Jarrod. »Ihr Name ist Kate –«

»Katherine«, sage ich rasch, da die Kurzform noch nicht gebräuchlich ist.

Aber das ist keine Erklärung, und die Menge wartet auf mehr. Lord Richards Finger schließen sich fest um meine Schulter, seine Gedanken kreisen. Er dreht seinen Kopf zu Jarrod und schaut ihn durchdringend an. »Sag mir, Ihr habt doch nicht Lady Katherines Unschuld geraubt und sie zu Eurer Geliebten gemacht?« Seine Stimme wird lauter und die Menge schließt sich enger um uns. »Euer Vater, mein lieber Bruder«, fährt er kopfschüttelnd fort, »würde so etwas nicht dulden, wenn er es erführe.«

Es gefällt mir nicht, was da passiert. Von einem Augenblick auf den anderen ist unser Empfang zur Bedrohung geworden. Plötzlich stelle ich mir die Kerker vor – diese finsteren fensterlosen Verliese tief unten in der Burg. Zwar würde ich mir die, wie alles hier, gerne anschauen, aber da hört selbst meine Neugier auf. Alle Augen sind auf mich gerichtet. Mein Gesicht steht in Flammen. Ich dränge Jarrod dazu, etwas zu sagen, *irgendetwas*, um uns aus dieser unglücklichen Situation herauszuholen.

Und so sagt er: »Katherine kommt von ... einer ganz fernen Insel. Sie ... sie ist ...« Er atmet tief ein. »Sie ist meine Frau.«

Ein allgemeines erleichtertes Seufzen erhebt sich und der Lord lockert seinen Griff um meine Schulter. Er nimmt seinen Arm herunter, greift meine Hand und hebt sie, nachdem er einen Blick darauf geworfen hat, in die Höhe, damit jeder sie sehen kann. Es ist mein

Ring, der goldgefasste Rubin, den Jillian mir gegeben hat, den jetzt alle anschauen.

»Also ist es wahr«, sagt Isabel, kommt zu mir und umarmt mich herzlich. »Wie wunderbar, meine Liebe. Kommt, Ihr müsst hungrig sein.« Sie wirft einen Blick auf mein schmutziges Kleid und mein unordentliches Haar. »Und wenn Ihr gegessen habt, werde ich für ein heißes Bad und für ein bequemes Bett sorgen.« Dabei schaut sie ihren Mann, Lord Richard, fragend an. Durch eine stille Übereinkunft haben sie sich über etwas geeinigt, und Isabel sagt: »Wir können Euch nicht mit den Dienern in der großen Halle schlafen lassen, also bekommt Ihr das Turmzimmer. Es ist nicht mehr benutzt worden, seit der Hochzeit von Lionel und seiner jungen Braut.«

Ein Zimmer ganz für uns allein. Was für ein Glücksfall. Außer dem Lord und der Lady schlafen hier alle in der großen Halle auf Strohbetten. Diese Ungestörtheit ist genau das, was wir brauchen.

Isabels Blick gleitet zu Jarrod hinüber, sie flüstert sanft: »Es ist ihr Zimmer, versteht Ihr? Euer Vater hatte es extra für Eloise als ein Hochzeitsgeschenk gebaut. Es ist das Zimmer, in dem Eure Eltern geschlafen haben, als sie hier lebten, bevor...« Die Pause ist elektrisierend. Die Luft knistert vor Spannung. Obwohl mich Jillian streng davor gewarnt hat, muss ich es einfach tun, nur einmal. Isabel verbirgt etwas. Wenn ich einige ihrer Ängste entschlüsseln kann, verstehe ich vielleicht ihre Ursachen. Und warum sich die Vorstellung, im Turmzimmer zu schlafen, plötzlich mit einem unangenehmen Gefühl verbindet. Also versetze ich mich sehr vorsichtig in Isabel hinein. Was ich dort spüre, wühlt mich auf. Diese scheinbar so starke, sehr selbstbewusste Frau hat Angst. Sicher, wir wissen aus Jarrods Familienbuch, dass die junge Braut entführt worden ist. Aber so, wie ich es verstanden habe, wurde die Braut schon wenige Stunden danach zurückgebracht. Der Streich eines zurückgewiesenen Liebhabers. Aber als ich mich in der Menge umsehe, bemerke ich Angst in den Gesichtern. Das ist sicher noch nicht die ganze Geschichte. Etwas Dunkles und Düsteres ist dem jung verheirateten Paar, Jarrods mutmaßlichen »Eltern«, zugestoßen. Obwohl das vielleicht zwanzig oder mehr Jahre her ist, hat es immer noch die Kraft, alle, die sich daran erinnern, mit Angst zu erfüllen, und sogar noch deren Kinder. Und es ist im Turmzimmer passiert. So viel ist sicher.

Ein plötzlicher Schauer erfasst mich. Der Gedanke, in diesem Zimmer zu schlafen, löst in mir nackte Angst aus. Ich ziehe mich von Isabel zurück, aber die angstvollen Gefühle bleiben. Sie sind zu stark um nachzulassen.

Jarrod

Lord Richard besteht darauf, uns in der Burg herumzuführen, was den kurzen Rest des Nachmittags in Anspruch nimmt. Es ist schon erstaunlich, wie viele Menschen innerhalb der Burgmauern wohnen. An der Innenseite der Mauern stehen Hütten. Auf den Mauern halten Soldaten Wache. Bedienstete und Gefolgsleute, Arbeiter wie der Schmied, deren Familien, sogar Priester eilen hin und her und gehen ihren Beschäftigungen nach. Auch Tiere rennen überall rum – Schweine, Hunde, Hühner.

Kate genießt jeden Augenblick, während ich daran denken muss, sie Katherine zu nennen. Sie nimmt alles mit großen Augen auf.

Wir essen in der großen Halle zu Abend. Die Luft ist so voller Rauch, dass ich froh bin, kein Asthmatiker zu sein. Wie können Leute unter solchen Umständen leben? Andererseits braucht man das Feuer, sonst wäre die Halle und auch die ganze Burg kalt und zugig. Aber der Rauch kann nirgendwohin abziehen. Die Fensteröffnungen sind weit oben, schmale, gebogene Schlitze, aber es dauert ewig, bis der Rauch dort ankommt.

Kate und ich sitzen an einem langen Tisch, auf einem etwas erhöhten Holzpodest. Alle, die in der Burg leben und arbeiten, haben sich zum Essen versammelt, nur dass die Soldaten und Diener weiter hinten in der Halle an recht einfachen Tischen sitzen. Unser Essen wird auf dicken Scheiben trockenem Brot serviert. Es gibt Messer und Löffel aus Holz, aber keine Gabeln, und jeder isst hier mit den Fingern. Beim Anblick all dieser Speisen muss Kate fast würgen, besonders als ein ganzer Schweinekopf stolz vor uns aufgetischt wird. Ich bin sicher, Kate würde sich am liebsten übergeben. Das Einzige, was sie zurückhält, ist ihr leerer Magen.

Das Essen besteht vor allem aus gesalzenem Fleisch. Es gibt Aalpastete, würzige Saucen und vor allem Schwarzbrot. Kein Wasser, aber dafür jede Menge Rotwein. Leider ist es wirklich Fusel. Nicht dass ich ein Experte wäre, aber ich kenne so was von zu Hause. Papa trinkt manchmal Wein, damit er besser einschlafen kann. Dieses Zeug hier ist wirklich unangenehm. Ich kann nur daran nippen, um wenigstens meinen Durst etwas zu stillen. Viel essen kann ich auch nicht, mein Magen weigert sich einfach. Kate nagt an einem gewürzten Apfel herum, und damit hat sich's. Um Lord Richard nicht zu kränken, klagen wir beide über unsere Erschöpfung von der Reise und über eine leichte Lebensmittelvergiftung, die wir uns auf dem Weg zugezogen haben.

Irgendwie seltsam. Ich würde nicht sagen, dass diese Leute leichtgläubig sind, aber sie schlucken unsere Geschichten, ohne nachzufragen. Sie sind versessen darauf, alle Einzelheiten unserer Reise zu erfahren, an die wir uns erinnern können. Ich glaube, sie warten regelrecht auf Neuigkeiten von Reisenden. Sicherlich kommen nicht sehr viele Reisende hierher. Trotzdem sind wir vorsichtig, dass wir nicht zu viel erzählen. Kate kann so etwas viel besser. Deshalb überlasse ich das Gespräch hauptsächlich ihr.

Sie erzählt ihnen, wie wir all unser Hab und Gut verloren haben, mitsamt unseren Pferden. Das erklärt, warum wir zu Fuß gekommen sind, nur mit den schmutzigen Kleidern, die wir auf dem Leib tragen.

»Ich war im letzten Frühling in dem Dorf«, sagt Richard zustimmend mit großen Augen und nickt. Der Wein fängt an zu wirken. Das erkenne ich an seinen leicht geröteten Wangen. »Es ist ein von Bettlern und Dieben gebeuteltes Dorf.«

Das erinnert mich an Edwina, die er gerade auf die Straße gesetzt hat, weil sie ihren Mann verloren hat und niemand mehr die Felder bestellen kann. Lord Richard zeigt sich von einer ganz anderen Seite. Uns, die er zur Familie zählt, hätte er kaum herzlicher empfangen können, doch zu seinen Untertanen ist er grausam und unerbittlich.

Das Abendessen ist vorbei. Isabel nimmt aus einem Halter an der Wand eine brennende Fackel und beauftragt zwei Mädchen damit, für uns im Turmzimmer ein heißes Bad vorzubereiten. Ich denke an später. Es sieht so aus, als ob Kate und ich uns ein Zimmer miteinander teilen, wahrscheinlich nur mit einem Bett darin und nicht mehr. Ich spüre ein Prickeln, wenn ich daran denke, mit Kate ein Bett zu teilen. Meine Handflächen schwitzen so sehr, dass ich sie an meinem schmutzigen Gewand abwischen muss.

Wir folgen Isabel eine dunkle Wendeltreppe hinauf, die nie zu enden scheint. Schließlich, ganz oben im Turm, erreichen wir einen einzelnen Raum. Am Tag ist es sicher hell erleuchtet, da es auf beiden Seiten tatsächlich Fenster gibt, aber die Sonne ist schon seit längerem untergegangen, ein kalter Wind hat eingesetzt.

Bevor Isabel geht, befiehlt sie den Dienerinnen, nach dem Feuer zu sehen, Windlichter herbeizuschaffen und uns mit passenden Kleidern zu versorgen. Die Holzwanne ist schon halb voll, alle paar Minuten treffen weitere Eimer mit heißem Wasser ein. Die Dienerinnen zünden das Feuer an und bringen ein paar Fackeln und Kerzen, was dem Zimmer gleich einen Hauch von Wärme und einen angenehmen, wenn auch rauchigen Schimmer gibt. Kate steht an einem der großen, geschwungenen Fenster und schaut nach Norden. Ich stelle mich neben sie und sehe, dass sie zu der Burg auf dem nördlichen Gipfel hinüberschaut. Ihre Silhouette zeichnet sich klar durch ein strahlendes Licht von einem der Türme gegen den dunklen Himmel ab.

»Wer wohnt da?«, fragt sie eine der Dienerinnen, und zwar die, die uns Isabel als unsere persönliche Bedienstete vorgestellt hat. Sie heißt Morgana. Die andere, ein bisschen älter und deutlich dicker, heißt Glenys.

Morgana, die gerade noch eine Fackel in den Halter an der Wand steckt, wird plötzlich still und ihr junges Gesicht verdüstert sich. »Sein Name ist Rhauk, gnädige Frau. Seine Burg heißt Blacklands.«

Kate sagt nichts, aber ich weiß, was sie jetzt mit Morgana macht. Kate hat Morganas Angst wahrgenommen und hat sich auf der Suche nach ihren Empfindungen ins Bewusstsein des armen Mädchens hineinversetzt. Ich hoffe nicht, dass sie zu weit geht, denn wir müssen vorsichtig sein. Aber sich in andere hineinzuversetzen, ist nun mal Kates zweite Natur. Ich glaube nicht, dass sie das je lassen könnte.

»Warum hast du Angst vor diesem Mann, der Rhauk heißt?«

Morgana geht hinüber zu dem riesigen Bett und bei jedem Schritt rascheln ihre langen Röcke. Sie schlägt die Decken zurück und schüttelt die Kissen auf. »Jeder hat Angst vor ihm, gnädige Frau. Sogar der Lord.«

»Warum?«, fragt Kate vorsichtig.

Morgana hält mit einem Kissen in der Hand inne. Als sie hochschaut, hat sie einen glasigen Blick. »Sie sagen, dass er vom Teufel abstammt und dass sich Vater und Sohn oft unterhalten.«

»Glaubst du diese Gerüchte?«

Nun ist es Glenys, die Ältere, die antwortet. »Wir wissen nichts, gnädige Frau. Zu unseren Lebzeiten ist nie etwas passiert. Das sind übertriebene Geschichten für Kinder, um sie zu ängstigen und sie ins Bett zu bekommen.«

Darüber muss ich lächeln, ich mag Glenys Nüchternheit sofort und schaue zu Kate. Sie fragt nicht weiter nach, aber ich sehe ihr an, dass sie immer noch beunruhigt ist.

Mit den letzten dampfenden Eimern sind die zwei Holzwannen, die nebeneinander in der Mitte des Zimmers stehen, gefüllt. Morgana legt uns noch unsere Nachtkleider, lange weiße Hemden, aufs Bett. Glenys tippt auf den Rand des dampfenden Bads neben ihr. »Ich werde mich um Eure schmutzigen Kleider kümmern, solange Morgana Euch beim Baden hilft.«

Sie meint, dass wir uns ausziehen und dann in das Bad steigen sollen. Sofort fängt Morgana an, Kates Kleid auf dem Rücken aufzuknöpfen. Kate hüpft augenblicklich zur Seite und sieht mich an. Offenbar wollen die beiden bleiben, wenn Kate und ich unser Bad nehmen.

Ich versuche in Kates Augen zu lesen. Ich brauche keine so genannte Gabe, um ganz deutlich ihr Unbehagen zu spüren. Ihre aufgerissenen Augen flehen mich an, etwas zu sagen. Aber ehrlich gesagt, ich habe überhaupt nichts gegen diese Idee, und es macht mir Spaß, zuzuschauen, wie eifrig Kate nach einer Lösung sucht.

Ich sehe, wie sie über und über rot wird und ihre blasse Haut sich dunkel färbt. Ich muss mich zusammenreißen, um nicht zu lachen.

»*Jarrod!*«, presst Kate zwischen den Zähnen hervor. Sie sieht, dass es mir Spaß macht, aber das interessiert sie im Moment überhaupt nicht. »*Tu doch was!*«

Ich zucke mit den Schultern und ziehe meinen Umhang aus.

Sie zischt. Ungelogen. Wie eine Schlange. Ich bin sicher, dass sie nach irgendeinem gemeinen Zauberspruch sucht, um mich unterzukriegen.

Es tut gut, die viel zu engen, dreckigen Stiefel loszuwerden. Kate reckt ihre Schultern.

»Gnädige Frau«, sagt Morgana sanft, indem sie auf Kates plötzlichen Stimmungswechsel reagiert, »es wäre leichter, wenn Ihr mir gestattet, Euch zu entkleiden.«

Ich muss es Kate überlassen. Sie holt tief Luft, gewinnt ihre Fassung zurück, bringt ein erstaunliches Lächeln zu Stande und sagt ruhig: »Morgana, wenn du nichts dagegen hast, Jarrod und ich brauchen keine Hilfe für unser Bad.«

Natürlich hat Kate nicht mit Morganas Empörung und mit ihrer Entschlossenheit gerechnet. Die junge Zofe kreischt förmlich, ihre Stimme ist voller Angst. »O nein, gnädige Frau, wir können Euch nicht Euch selbst überlassen. Der Lord, versteht Ihr, er würde uns windelweich prügeln.«

Nach dem, was ich im Dorf gehört habe, glaube ich das sofort. Und auch Kate tut das, aber sie gibt noch nicht auf. Sie legt einen Arm um Morganas schmale Schultern und führt sie Richtung Tür.

»Macht euch keine Sorgen, ihr beiden.« Ihr Blick bezieht die ältere Glenys mit ein. »Ich werde Lord Richard persönlich versichern, was für wunderbare Bedienstete ihr seid und dass ihr all unsere Wünsche erfüllt habt. Ich gebe euch mein Wort.«

Morgana schaut Hilfe suchend zu Glenys. Die schüttelt mit dem Kopf. »Ihr kennt den Lord nicht, gnädige Frau. Wenn er dahinter käme, dass Euch niemand beim Baden bedient hat, dann wird sein Zorn uns unerbittlich treffen.«

Kate ist am Ende ihrer Geduld. Noch nie habe ich sie in einem so panischen Zustand gesehen. Sie muss völlig erschöpft sein – wie ich. Es ist zwar ganz amüsant zu sehen, wie sie sich windet, aber ich kann nicht danebenstehen und zuschauen, wie sie völlig durchdreht und vielleicht wegen dieser Lappalie unser Plan in Gefahr gerät. Ich versuche es anders. »Glenys«, sage ich, denn sie ist offenbar die, die entscheidet. »Der Grund, warum die Dame euch gegenüber fast handgreiflich wird, ist ganz einfach der, dass sie sich eigens um mein Bad kümmern will. Und, na ja, eben auch ganz ungestört.« Ich lächle, schaue Kate in die Augen, die riesig geworden sind, und füge mit einem Zwinkern hinzu: »Schließlich sind wir frisch verheiratet.«

Morgana hat die schöne Angewohnheit zu erröten und hinter vorgehaltener Hand zu kichern. Glenys schmollt zuerst dickköpfig, erklärt sich dann aber bereit zu gehen und verspricht, dass sie in angemessener Zeit zurückkommt, um die Lichter zu löschen und unsere schmutzigen Kleider zu holen.

Sie gehen hinaus und Kate fährt mich an: »Das hat dir Spaß gemacht, oder?«

Ich lache und werfe ihr das Handtuch zu. »Gestatte mir, dein edler Ritter zu sein. Du hast den Vortritt.«

Sie starrt mich lange abwartend an.

»Wie bitte?«

Dann wedelt sie mit den Händen. Ich verstehe und drehe mich um. Als ich höre, wie Wasser auf den Boden platscht, drehe ich mich wieder um. Sie ist bis zum Kinn untergetaucht. Sie greift nach dem Amulett, das vom Wasser umspült wird. Diese Geste verstehe ich gut, denn ich habe auch mehrmals nach meinem gegriffen. Es ist unsere Verbindung nach Hause, etwas, das wir beschützen müssen, egal, was kommt.

Während Kate badet, betrachte ich durch das offene Fenster das stürmische Meer. Wellen schlagen gegen die mächtigen Felsen. Das erinnert mich an die Zeit, als wir in der Nähe vom Strand auf einem Campingplatz an der Südküste von New South Wales lebten. Vater hatte einen Freund, der Fischerei betrieb und ihm auf seinem Trawler Arbeit gab. Von unserem gemieteten Wohnwagen aus konnte man das Meer zwar nicht sehen, aber nachts hörte man nichts als die Wellen. Mama war schwanger mit Casey und Papa war jede Nacht unterwegs. Aber das Ganze ging nur ein paar Monate gut, weil die Fangergebnisse so schlecht waren wie nie zuvor und Papas Freund sein Geschäft verkaufen musste.

Heute Nacht ist kein Mond in Sicht, jedenfalls jetzt noch nicht, aber ich kann trotzdem die weißen Schaumkronen sehen, die wie kleine Segelboote nacheinander auf die Küste zutreiben. Die Vertrautheit der Geräusche, des Duftes, sogar der Salzgeschmack, der aus der Tiefe heraufweht, ist tröstlich.

Schließlich beendet Kate ihr Bad, trocknet sich ab, schlüpft ins Bett und fährt sich mit den Fingern durchs Haar.

»Du bist dran«, sagt sie, indem sie den letzten Knopf ihres Nachthemdes am Hals zumacht.

Ich gehe zu meiner Wanne, die mir bis zu den Hüften reicht, und ziehe mich aus. Kate hat sich mit ihrem Bad so viel Zeit gelassen, dass das Wasser nicht mal mehr lauwarm ist. Trotzdem genieße ich es. Wer weiß, wann ich je wieder solchen Luxus haben werde. Ich glaube nicht, dass die Leute hier jeden Tag baden, wahrscheinlich nicht einmal jeden Monat. Es gibt keine Seife. Also muss ich ganz schön schrubben, um den verkrusteten Schlamm abzubekommen. Ich beende mein Bad und gleite in das lange, weiße Nachthemd. Ich bin hundemüde, und das Bett sieht bequem aus und sehr einladend, besonders mit Kate darin. Bei dem Gedanken dreht sich mir alles, vor allem nach diesem unglaublichen Tag. Und auf einmal ist die ganze gespielte Sicherheit von vorhin verschwunden. Ich hätte nichts dagegen, mich auch einmal in Kates Kopf versetzen zu können, um zu wissen, was sie fühlt. Aber das kann ich nicht, also kann ich nur vermuten. Mein Instinkt sagt mir, dass sie nichts dagegen hätte, wenn ich versuchen würde, sie zu küssen. Aber sie benimmt sich so schüchtern, dass ich nicht weiß, was ich davon halten soll.

Perfektes Timing. Sobald ich ins Bett geschlüpft bin, kommen Glenys und Morgana in Begleitung von zwei männlichen Dienern zurück. Sie brauchen eine gewisse Zeit, aber schließlich haben sie die Wannen geleert und tragen sie hinaus. Die Zofen räumen unsere Kleider weg und legen für morgen neue auf eine hölzerne Kommode. Bevor sie gehen, heizen sie noch einmal das Feuer an und löschen die Kerzen.

Endlich sind wir allein. Vollkommen allein. Vor allem, wenn man sich die isolierte Lage des Zimmers hoch oben im Turm klarmacht. Ich schaue zu Kate hinüber. Sie hat sich auf ihrer Seite zusammengerollt, und zwar so weit außen, dass sie gleich hinauszufallen droht. »Kate?«

»Ich will schlafen!«, schnaubt sie.

Mir bleibt der Mund offen stehen. He, was glaubt sie denn? Dass ich versuche zu ... zu ... Was?

Verärgert über ihr Verhalten drehe ich mich weit auf die andere Seite. Ich bin enttäuscht, müde und erledigt und kann trotzdem nicht einschlafen.

Kate geht mir einfach nicht aus dem Kopf.

Kate

Keine Ahnung, was Jarrod jetzt von mir denkt. Gott, was bin ich für ein Idiot! Auf einmal spiele ich die ängstliche Jungfrau. Jarrod kann nichts dafür. Es liegt allein an mir. Und daran, wo wir uns gerade befinden! Zusammen in einem Bett! Meine Gefühle für Jarrod sind sehr stark, aber ich bin mir nicht sicher, dass er fähig ist, sie zu erwidern. Wenigstens jetzt noch nicht. Deshalb hüte ich mich davor, den nächsten Schritt zu machen. Wenn wir uns küssen würden, würden wir es dabei belassen? In diesem Punkt traue ich mir selbst nicht ganz, besonders, wenn man bedenkt, dass wir ganz allein hier oben liegen und die Umstände so sind, dass wir tatsächlich ein verheiratetes Paar *spielen*. Und hier, jetzt, zu diesem Zeitpunkt, an diesem Ort wäre es nicht richtig.

Außerdem will ich nicht als allein erziehende Mutter im Teenageralter enden. Meiner Mutter ist das passiert und sie konnte damit nicht fertig werden. Was, wenn ich es auch nicht könnte?

Deshalb tue ich so, als schliefe ich, aber ich kann lange Zeit nicht einschlafen. Ich bin aufgeregt, weil ich in dem Turm schlafe, wo auch Lionel und seine junge Braut, Eloise, schliefen. Hier ist etwas Schreckliches passiert. Ich spüre eine unheimlich pulsierende Energie, die von der dunklen Burg Blacklands ausgeht. Dieser Impuls hallt wie ein langsamer, schwerer Takt in meiner Brust wider, im völligen Einklang mit meinem Herzschlag. Ich bin nahezu sicher, dass das niemand sonst spürt. Jarrod jedenfalls nicht. Es macht mich rasend. Wer zum Teufel wohnt dort? Morgana sprach von einem Mann namens Rhauk. Könnte er der uneheliche Halbbruder mit den Zauberkräften sein?

Irgendwann schlafe ich dann doch ein. Als ich aufwache, dämmert es bereits. Ganz nebenbei nehme ich wahr, was mich geweckt hat – ein lautes, krächzendes Geräusch. Ich schaue mich um, woher es kommt, und entdecke eine riesige, schwarze Krähe, die bedrohlich auf dem Fensterbrett sitzt und Jarrod und mich betrachtet, wie wir so weit wie möglich auseinander daliegen. Ich schwöre, dem Vogel steht ein hämisches Grinsen ins Gesicht geschrieben. Seine schwarzen menschenähnlichen Knopfaugen lassen ihn fast intelligent aussehen und ganz und gar nicht krähenhaft.

Ich bin überzeugt, dass sich die schlaflose Nacht auf meinen Geisteszustand ausgewirkt hat. Ein Vogel, in welchem Jahrhundert auch immer, ist nichts als ein Vogel. »Was glotzt du so?«, fauche ich. Der Vogel krächzt laut und fliegt weg.

Jarrod dreht sich schlaftrunken um. »Was ist? Mit wem redest du?«

»Mit einer Krähe.«

»Wie bitte?«

Ich stehe auf und fange an, mich anzuziehen, wobei ich zuerst in die Strümpfe schlüpfe. Das Feuer ist irgendwann in der Nacht heruntergebrannt und jetzt ist es eiskalt. »Vergiss es. Wir sind so hoch oben, dass die Vögel denken, hier wäre ihr Nest.«

Solange ich mich anziehe, schaue ich kein einziges Mal zu Jarrod, um zu sehen, was er tut oder gar, wo er gerade hinschaut. Nach dieser ruhelosen Nacht bin ich in einer üblen Laune und spüre immer noch diese unheimliche Energie von gestern. Jarrod und ich sind aus einem bestimmten Grund hier, je schneller wir unser Vorhaben erledigen, desto besser. Nicht dass ich etwas dagegen hätte, hier zu sein und die Vergangenheit am eigenen Leibe zu erleben. Das ist etwas, was mich unglaublich fasziniert.

Das Frühstück wird offensichtlich in der Großen Halle serviert. Obwohl ich fast verhungere, bin ich dem Essen gegenüber skeptisch. Gestern Abend sah es so unappetitlich aus. Da ich kein Fleisch esse, bleibt mir keine große Auswahl.

Als wir die Wendeltreppe hinuntergehen, ist jeder Gedanke an etwas zu essen weg. Jemand schreit. Die angsterfüllte Stimme einer jungen Frau hallt durch die steinernen Gänge wie das Geschrei eines gefolterten Geists. Wir rennen so schnell wie möglich in die große Halle.

Es ist Morgana, die zierliche und jüngere der Zofen, die uns gestern Nacht das Zimmer hergerichtet haben. Jarrod und ich schauen einander schnell an und wir fragen uns, ob wir schuld sind an ihrer Bestrafung, weil wir ihre Dienste beim Baden zurückgewiesen haben. Wir haben nicht vergessen, wie beunruhigt sie war bei dem Gedanken, dass Lord Richard es herausfinden könnte.

»Was ist los?«, frage ich sofort. »Was hat sie getan?«

Ich bin bereit, die Schuld auf mich zu nehmen, zu erklären, dass es meine Entscheidung war, die Dienste des Mädchens nicht in Anspruch zu nehmen. Ich bin voller Mitgefühl für sie. Morgana krümmt sich vor Schmerz. Lord Richard schlägt mit seinen Fäusten auf sie ein.

Morgana ist so zierlich, dass sie mit jedem Schlag gegen die Wand geschleudert wird. Ihr Gesicht ist über und über rot und schwillt bereits an. Auch Isabel und ihre Nichte Emmeline stehen da, Malcolm, der älteste Sohn, der einen zufriedenen Ausdruck in seinen grünen Augen hat, und schließlich Thomas, Richards treuester, loyalster Ritter. Sie alle schauen ohne besonderes Interesse zu. Verprügeln von Bediensteten gehört offenbar zum Alltag. Malcolm schaut mich an und zieht eine Braue hoch. Meine Sorge um Morgana amüsiert ihn sichtlich. Emmeline wirkt völlig ungerührt. Ihr Blick fällt auf Jarrod und verweilt dort sehnsüchtig. Sie erinnert mich an Tasha Daniels. Ich kann mein Glück kaum fassen.

Schließlich bemerkt Lord Richard meine Betroffenheit. »Dumme Gans«, murmelt er wütend, während er die Hand immer noch hochhält, um zum nächsten Schlag auszuholen. »Sieh dir meinen Umhang an, sieh hin!« Er zeigt auf einen sich langsam ausbreitenden Fleck, der von der Brust bis knapp unter die Taille verläuft. Ausgerechnet das Familienwappen ist beschmutzt – zwei weiße Tauben, die über einer purpurroten Rose im Inneren eines karmesinroten Diamanten schweben. »Sie hat mich von oben bis unten mit Ale begossen.« Er schaut wütend zu ihr und Morgana duckt sich aus Angst vor dem nächsten Schlag. »Ich werde sie schon lehren, was es heißt, so unachtsam zu sein.« Er schlägt sie noch einmal, sodass sie mit Wucht nach hinten fällt.

»Mein Lord!« Ich muss einfach eingreifen. Die Ungerechtigkeit der Strafe bestärkt mich. »Ich brauche die Dienste dieses Mädchens noch. Richtet sie nicht so zu, dass ich nichts mehr mit ihr anfangen kann.«

Er wendet sich mir zu und für einen kurzen Augenblick glaube ich, dass ich zu weit gegangen bin. Aber sein Gesicht entspannt sich langsam und er zieht seine Hand zurück. »Ihr habt Recht, Lady Katherine. Das Weibsbild hat seine Lektion bereits bekommen.« Damit lässt er Morgana gehen, die mir einen dankbaren Blick zuwirft, als sie rasch hinausrennt.

Nach diesem Vorfall habe ich überhaupt keinen Appetit mehr. Wir gehen um den Tisch herum und Jarrod stößt sich das Bein an der Tischkante. Ich hänge mich bei ihm ein und sorge dafür, dass er nicht noch einmal irgendwo anstößt. Neben seiner sowieso vorhandenen Ungeschicktheit fehlt ihm wahrscheinlich seine Brille. Ich nehme mir vor, auf weitere mögliche Hindernisse zu achten.

Jarrod stubst mich unmerklich an und murmelt ein schnelles Dankeschön. Als wir sitzen, reicht er mir eine Scheibe Schwarzbrot. Widerstrebend nehme ich sie und denke daran, dass ich die Kraft brauchen werde, die ich durch etwas zu essen bekomme.

Und die Marmelade sieht gar nicht so schlecht aus. Wenigstens riecht sie gut und ist nicht schimmelig. Frische Beeren wären besser, aber wie wir letzte Nacht am eigenen Leib erfahren haben, steht der Winter vor der Tür. Deshalb gibt es, wenn überhaupt, nur wenig frisches Obst oder Gemüse und dafür getrocknetes, eingemachtes oder, noch viel schlimmer, stark gesalzenes Zeug, das beinahe schon giftig ist, sodass ich wegen einer möglichen Infektionsgefahr nicht einmal in seine Nähe kommen möchte.

Die Marmelade stellt sich als besser heraus, als ich dachte, und ich schmiere sie auf die dicke Brotscheibe. Ich darf einfach nicht daran denken, wie die anderen ihr Essen hinunterschlingen, wie sie mit fettigen Fingern ganze Hühnerbeine ausreißen, Ale in hölzerne Krüge schütten, wie es ihnen vom Kinn tropft und sie dann alles mit ihren Ärmeln abwischen.

Während des Essens brüstet sich Lord Richard mit den Grausamkeiten, mit denen er über seine Leibeigenen, die die Felder bestellen, herrscht. Thomas und Malcolm grinsen und nicken, genau wie die Soldaten an den anderen Tischen, die die widerlichen Taten ihres Lords anscheinend komisch finden. Mein Appetit vergeht mir endgültig, als sie über das Schicksal der Bauersfrau lachen, die kürzlich ihren Mann in einer Schlacht verloren hat, bei der die Burg gegen einen benachbarten schottischen Lord verteidigt wurde. Er war offenbar ein fleißiger Arbeiter. Die Frau ist natürlich Edwina und ich wünschte in diesem Moment, ich hätte sie nie getroffen. Die Männer frotzeln, dass Edwina wahrscheinlich als Diebin oder Bettlerin oder Prostituierte enden wird, um zu überleben.

Ich bringe nichts mehr hinunter und muss mich fast übergeben. Jarrod wirft mir einen teilnahmsvollen Blick zu, aber er weiß so gut wie ich, dass wir beide nichts für diese Frau und ihre Familie tun können. Wir müssen es so hinnehmen, wie es ist. Wenn ich bloß irgendeinen kleinen Zauber anwenden könnte!, huscht es mir durch den Kopf.

Gerade als ich an Magie denke, zieht draußen vor der Großen Halle ein Tumult alle Aufmerksamkeit auf sich. Anscheinend hat Lord Richard unangekündigten Besuch bekommen. Ein großer, wirklich beeindruckender und ganz in Schwarz gekleideter Mann schreitet herein. Seine Ähnlichkeit mit Jarrod ist noch auffallender als die mit Richard, aber er ist größer und kräftiger gebaut. Er hat die gleiche Haarfarbe wie Jarrod, dunkelblond, mit einem rostroten Schimmer, aber seine Augen sind tief schwarz. In diesem Moment begreife ich, woher die unheimliche, pulsierende Energie kommt.

Deshalb errate ich, wer er ist, noch bevor Lord Richard seinen Namen erwähnt. Nur ein mächtiger Zauberer kann eine solche Energie verströmen. Er wird nicht gerade herzlich empfangen. »Wie kommt es, Rhauk«, Richards Stimme klingt kalt und feindselig, »dass du immer durch meine Wachen hindurchkommst, ohne dass dich jemand bemerkt?«

Rhauk lächelt. Absolut unbeeindruckt. Er geht genau auf Richard zu und ich sehe sein Profil. »Behandelt man so seinen Bruder, Richard?«

»Pah!«, spottet Richard. »Du bist nicht mein Bruder. Mein Vater hat deine Geburt nie anerkannt. Niemals. Nicht einmal, als er seinen letzten Atem aushauchte.«

»Das mag sein, aber er hat es auch nie bestritten. Doch damit will ich mich jetzt nicht befassen«, antwortet Rhauk, sichtlich gelangweilt. »Ich habe Wichtigeres zu tun.«

»Also, was willst du diesmal?«

Rhauk ignoriert Lord Richard, als sei es unter seiner Würde, ihm zu antworten, und schaut sich suchend um. Seine Augen treffen meine und er hält inne. »Eloise«, flüstert er. Mich überläuft es heiß und kalt.

Ich kann unmöglich Eloise gleichen – das hätten die anderen doch auch bemerkt und anders reagiert, als sie mich zum ersten Mal sahen. Überhaupt sehe ich ganz anders aus als die Leute hier und weil sie nicht in der Welt herumkommen, haben sie noch nie jemanden gesehen, der so aussieht wie ich. Meine Augen sind viel zu oval und meine Haare wirklich pechschwarz.

Rhauk scheint sich zu besinnen und lächelt wieder. Jetzt ist in seinem Lächeln etwas Listiges. Er nickt mir zu, als ob er plötzlich erkennen würde, dass ich der Grund bin, warum er gekommen ist. »Was für ein prächtiges Geschöpf«, schnurrt er wie eine Katze. »Stell uns vor, Richard.«

Lord Richard fühlt sich sichtlich unwohl und räuspert sich. Vermutlich um Zeit zu gewinnen. Rhauks Reaktion hat ihn ganz durcheinander gebracht. »Äh, diese edle Frau ist Lady Katherine, sie kommt von weit her, um bei uns zu sein. Sie geht dich überhaupt nichts an, also sieh sie nicht so an und halte dich von ihr fern.«

Als die beiden über mich reden, spüre ich einen weiteren Energieimpuls. Zuerst bemerke ich es nicht, bis sich plötzlich ein wohlbekannter Wind erhebt. Schnell wird es eiskalt. Es ist Jarrod. Und er schaut Rhauk mit einem Blick an, so hart wie Stahl.

»Bleib ruhig, Jarrod«, sage ich leise, als mir plötzlich das riesige Problem bewusst wird, das da auf uns zukommt. Wir haben den Verursacher des Fluchs gefunden. Doch Jarrod ist sich seiner Gabe immer noch nicht bewusst, also kann er seine Kräfte nicht beherrschen und schon gar nicht nutzen.

Rhauk spürt diese andere Kraft in der Halle ebenfalls. Er beginnt zu vibrieren, sein Kopf hebt sich ein wenig und die schwarzen Augen verengen sich zu Schlitzen. Dann dreht er sich langsam, um Jarrod direkt ins Gesicht zu schauen. Er lächelt wieder dieses überlegene, unbeeindruckte Lächeln.

Sie lassen einander nicht aus den Augen und der Wind in der Großen Halle nimmt zu, bis er die Kraft eines Sturms hat. Eine andere Kraft tritt dem Sturm entgegen – die von Rhauk. Emmeline schreit, doch ich höre es kaum, weil der Wind so heftig bläst. Sie klammert sich an Isabel, die sich das alles zu erklären versucht. Auch Lord Richard ist völlig verwirrt. Er kämpft darum, aufrecht stehen zu bleiben. Weder Jarrod noch Rhauk bewegen sich. Ihre Blicke bleiben aufeinander gerichtet.

Der Wind wirbelt alles durcheinander, fegt alles von den Tischen, kippt die Stühle um und lässt die Wandteppiche durch den Raum fliegen. Überall herrscht Chaos.

Schließlich löst sich Rhauk aus dem Bann, wendet mir seinen Blick zu und sagt ruhig: »Das ist äußerst interessant.«

Der Wind legt sich genauso schnell, wie er gekommen ist. Jarrod stolpert und fällt hin. Er greift sich an den Kopf. Richard verlangt eine Erklärung, aber Rhauk beachtet ihn nicht. Stattdessen sagt er zu mir: »Blacklands liegt auf dem nördlichen Berg. Ich bin sicher, Ihr habt es gesehen, Lady Katherine.« Er hält inne, damit ich verstehe, wie er es meint. »Vom Turm aus hat man einen guten Blick.«

Meine Augen weiten sich vor Überraschung. Er weiß, dass ich letzte Nacht im Turm geschlafen habe. Ich bin entsetzt. *Er* lässt mich erschaudern. Und genau das will er. Er will mich wissen lassen, wie mächtig er ist. Also antworte ich so ruhig wie möglich: »Dann habt Ihr gesehen, dass dort Licht brannte. Wie aufmerksam von Euch.«

Sein Lachen ist voller Sarkasmus. »Kluges Mädchen. Ich mag Euren Humor. Bitte, gebt mir die Ehre Eurer Anwesenheit beim heutigen Abendessen.«

Bevor ich antworten kann, unterbricht uns Richard. »Vergiss es, Rhauk. Du bekommst sie nicht in deine Klauen. Lady Katherine ist bereits verheiratet.«

Rhauks Augenbrauen schnellen bei diesen Worten nach oben. Er schaut zu Jarrod und spottet laut. »Mit Euch?!« Er lacht, als habe er einen besonders gelungenen Scherz gemacht. »Oh, na dann ist es wohl besser, Ihr kommt auch mit.«

Er hinterlässt Spuren der Verwüstung und alle reden aufgeregt durcheinander. Ich helfe Jarrod auf die Füße, der immer noch unsicher und benommen ist. Ich hole ihm einen Stuhl, in dem er sich dankbar niederlässt.

Während die Diener anfangen, das Chaos wieder in Ordnung zu bringen, denke ich über Rhauk nach. Als er Jarrods Kräfte spürte, demonstrierte er etwas von seinen eigenen Kräften. Aber er spielte nur mit Jarrod und lotete dessen Stärke aus.

Für Rhauk war es überhaupt keine Mühe, sich mit Jarrod zu messen. Jarrod stellt keine wirkliche Herausforderung für ihn dar.

Jarrod

Ich erinnere mich an Rhauks Blick, mit dem er Kate angesehen hat. Er wird für immer in mein Gedächtnis eingebrannt sein. Es war, als ob er etwas gefunden habe, nach dem er sein ganzes Leben gesucht hat.
Nun, er will also Kate. Aber warum? Was hat das zu bedeuten? Es ist nicht nur eine momentane Anziehung, sondern es geht viel tiefer. Und das ist genau das, was ich nicht verstehe.
Dieser ungewöhnliche Mann muss der sein, den wir suchen, derjenige, der meine Familie verflucht hat. Er ist umgeben von einer undefinierbaren Aura der Macht. Die Große Halle ist ein Trümmerfeld. Richard läuft kopflos herum. Die Bediensteten und Ritter befolgen seine Anweisungen und rennen hin und her, um der Unordnung Herr zu werden. Das interessiert mich momentan nicht im Geringsten. Ich möchte nur den Grund für Rhauks Rachegelüste erfahren. Er redete mit Richard, als ob er mit ihm verwandt wäre. Einen Teil der Geschichte kenne ich schon und das ist ein guter Ansatzpunkt.
»Warum behauptet Rhauk, er sei Euer Bruder?«, frage ich Richard.
Richard verstummt mitten in einem Befehl und schaut mich an. »Unglücklicherweise, Neffe, ist das genau das, was er glaubt.«
»Macht ihn das so wütend?«, fragt Kate. Sie legt mir

eine Hand auf die Schulter, um das Gespräch voranzutreiben.

Richards Brust hebt und senkt sich. Dann hält er lange den Atem an und lässt sich in den Sessel mit der hohen Lehne fallen. »Ich habe etwas, von dem er glaubt, dass es ihm gehört.«

»Was ist das?«, bohre ich nach einer langen Pause weiter.

»Die Burg natürlich«, antwortet Isabel. »Und unsere ganzen Ländereien und Erträge.«

»Ist Rhauk der Erstgeborene?«, fragt Kate.

»Nein!«, schreit Richard und schlägt mit seiner kräftigen Faust donnernd auf den Tisch. »Rhauk mag zwar behaupten, Geoffreys wahrhaftiger, erstgeborener Sohn zu sein, aber seine Geburt ist von meinem Vater nie anerkannt worden.«

Kate runzelt die Stirn. »Er sieht nicht alt genug aus, um ...« Sie verstummt.

Richard sieht sie an und seine Stimme klingt merkwürdig rau: »Das ist seine Zauberei, meine Liebe. Es geht das Gerücht, Rhauks Mutter sei eine echte Hexe gewesen.«

Ich weiß genau, was Kate denkt: Das würde Rhauks übernatürliche Kräfte erklären, seine Fähigkeit, einen Fluch über die Familie zu verhängen, die ihn verleugnet, ihn ausgeschlossen hat. Richard ist ein starker unerbittlicher Mann. Er würde seine Burg und seine Ländereien nie einem andern überlassen.

»Konnte Rhauks Mutter seine Herkunft nicht bezeugen?«, fragt Kate.

»Aha!« Richard wirft Isabel einen flüchtigen Blick zu, die neben ihm steht und mit ihrer Hand besänftigend seinen Arm tätschelt. Sie ist sein Zufluchtsort und dieser mächtige Mann geniert sich nicht, sich bei ihr anzulehnen. Eine weiterer Facette seiner Persönlichkeit.

»Ihre Eltern starben bei einem Feuer. Sie kam nach Blacklands und bat um Essen und Schutz. Die Nonnen nahmen sie auf, als sie bereits schwanger war. Es ging das hartnäckige Gerücht, sie sei vom Teufel persönlich verführt worden«, zischt Isabel. »Sie blieb bis zur Niederkunft in Blacklands. Die Nonnen wussten von dem bösen Zauber und versuchten, sie reinzuwaschen, aber nicht einmal ihre eigene Zauberei konnte ihr das Leben retten.«

»Sie starb?«, frage ich.

»Ja, im Kindbett.«

Kate flucht leise. Richard und Isabel schauen erstaunt zu ihr. Sie sind es nicht gewöhnt, solche Worte aus dem Mund einer Dame zu hören. Gott sei Dank reißt sich Kate schnell zusammen und murmelt: »Wirklich eine Schande. Das Baby, meine ich. Von Geburt an mutterlos. Wer hat das Kind aufgezogen?«

Nachdem seine Aufmerksamkeit erfolgreich abgelenkt ist, sagt Richard: »Na ja, das ist ein anderes Mysterium.«

Wieder übernimmt Isabel die Erklärung: »Manche sagen, er sei von den Krähen aufgezogen worden, die in Blacklands gehaust haben. Das ist natürlich Unsinn. Andere glauben, die Nonnen hätten ihn aufgezogen, bevor er als Halbwüchsiger alles geplündert, die Nonnen allesamt umgebracht und das Kloster für sich beansprucht hat.«

Ich vermute, dass die Geschichte mit den Nonnen wahr ist, obwohl beide Geschichten übertrieben klingen. Diese Leute sind sicher sehr abergläubisch. Sie leben so isoliert, dass sie wahrscheinlich alles glauben und ihre Geschichten zu ihrer eigenen Unterhaltung halb erfinden.

»Ihr wisst also die Wahrheit nicht?«, frage ich. »Immerhin liegen die Burgen dicht beieinander.«

»Die Nonnen lebten sehr zurückgezogen und versorgten sich selbst. Oft sah und hörte man jahrelang nichts von ihnen«, erklärt Isabel.

»Eines ist sicher«, Richards Stimme klingt plötzlich todernst. »Rhauk ist mächtig und böse. Ich rate Euch dringend ab, seine Einladung zum Abendessen anzunehmen. Er trachtet nicht nur nach unseren Ländereien und den Erträgen, die sie uns bringen, er hat unserer Familie Blutrache geschworen.«

Jetzt kommen wir der Sache schon näher.

Als Richard die Geschichte erzählt, wird es still im Raum. Er schaut mich an. »Hat Euch Euer Vater je gesagt, warum er weggegangen ist? Und seinen Adelstitel und seine Ländereien an mich abgetreten hat?«

Ich schüttle den Kopf und kann die Erklärung kaum abwarten. »Eure Mutter, Eloise, war eine schöne junge Frau, viele begehrten sie, aber keiner so sehr wie dein Vater *und* Rhauk.«

Auch Kate nimmt sich einen Stuhl und setzt sich dicht neben mich. »Beide machten ihr den Hof und es war offensichtlich, dass sie beide mochte, aber als sie sich entscheiden musste, wählte sie Euren Vater. Rhauk konnte ihre Entscheidung nicht akzeptieren und in der Hochzeitsnacht, behauptet Euer Vater, entführte er die Braut. Niemand hat ihn dabei gesehen. Ich selber hatte Wachdienst in jener Nacht und habe nichts bemerkt. Niemand durchbrach unsere Absperrung. Euer Vater jedoch verfiel in einen Schock und murmelte tagelang eine wirre Geschichte über Rhauks Augen vor sich hin. Keiner verstand, was er damit meinte. Bei Tagesanbruch war Eloise zurück. Ein paar Tage lang war sie verwirrt und irgendwie geistesabwesend.«

Richards Augen glänzen feucht und Isabel beugt sich vor, um ihre Arme tröstend um ihn zu legen. Die Tränen helfen mir, ihn mit mehr Nachsicht zu betrachten. Zu den Mitgliedern seiner Familie ist er mitfühlend und fürsorglich. Und ich spüre, dass er ein schlechtes Gewissen hat wegen der Vorkommnisse in der Hochzeitsnacht seines älteren Bruders. Besonders wenn man bedenkt, dass er Wachdienst hatte. Vielleicht glaubt er, er hätte sie besser beschützen müssen. Und plötzlich kommt mir der Gedanke, dass er vielleicht in dieser Nacht nach dem Fest getrunken hatte. Und jetzt ist *er* der Herr von Thorntyne und seinen Ländereien, während sein Bruder sich irgendwo in einem fremden Land versteckt hält.

»Es wurde gemunkelt, Rhauk habe Eloise geschwängert, weil das Kind, das neun Monate später geboren wurde, Rhauk sehr ähnlich sah. Diese Gerüchte trafen Lionel tief und er zog mit seiner jungen Familie fort.« Richards Blick klärt sich wieder und er sieht mich an. »Wie geht es Eurem Bruder?«

Mein »Bruder« wird irgendwann zurückkehren, um sein rechtmäßiges Erbe zu fordern. Im Familienbuch ist von einer Schlacht die Rede. Also weiß ich von ihm und ich weiß auch, dass er am Leben ist. »Es geht ihm gut.«

»Ihr habt Rhauk gesehen. Wem ähnelt Euer Bruder, jetzt, wo er ein Mann ist?«

Das ist eine verfängliche Frage. Ich habe keine Ahnung. Ich zucke mit den Schultern, als sei es mir egal. »Ich kenne ihn nur als meinen Bruder.«

Das scheint Richard zufrieden zu stellen. Er steht plötzlich auf, als sei er dieses Gesprächs überdrüssig. Er sieht sich um, wird sich der Stille im Raum bewusst und fängt wieder an, Befehle zu brüllen, damit die Aufräumarbeiten weitergehen.

Kate und ich gehen hinaus in den Burghof. Wir müssen alles, was wir gerade gehört haben, genau auseinander nehmen. Rhauk ist offensichtlich der, den wir gesucht haben. Jillians Timing hätte nicht besser sein können. Nun müssen wir besprechen, wie wir vorgehen sollen. Wie können wir diesem Mann Einhalt gebieten?

Eines ist sicher, trotz Richards Warnung müssen wir seiner Einladung zum Abendessen folgen.

Blacklands erwartet uns – und mit ihm alle Geheimnisse um Rhauk.

Kate

Richard stellt uns ein Geleit nach Blacklands mit zwölf seiner besten Ritter zur Verfügung. Wiehernd und unruhig stampfend stehen die wuchtigen Pferde vor uns. Natürlich gehen alle davon aus, dass wir geübte Reiter sind, aber ich habe noch nie auf einem Pferd gesessen. Und wenn ich Jarrods sorgenvoll aufgerissene Augen richtig deute, hat er das auch noch nicht, zumindest nicht erfolgreich. Aber die Leute hier glauben, wir hätten den weiten Weg aus London reitend zurückgelegt und fast unser ganzes Leben auf dem Rücken von Pferden verbracht.

Ich habe es leichter, weil mir einer der Ritter Richards in den Sattel hilft, indem er mich mühelos an der Taille fasst und hochhebt. Offenbar erwartet man von einer Frau nicht, dass sie das allein kann. Ich muss mich einfach nur im Damensitz hinsetzen, mit beiden Beinen auf einer Seite des Pferderückens und die Zügel festhalten, ohne herunterzufallen. Also dann los!

Jarrod hat es schwerer. Ohne seine Brille sieht er schon mal alles unscharf und ungeschickt ist er sowieso. Zu allem Überfluss hat man ihm auch noch einen Hengst zugeteilt! Ein stattlicher grau gesprenkelter Schimmel. Das ist sicher als Kompliment gemeint, aber ich glaube nicht, dass Jarrod das auch so sieht. Als er versucht, auf den umhertänzelnden Hengst aufzusitzen, fällt er auf der anderen Seite wieder herunter und schlägt kopfüber auf den harten, staubigen Boden auf. Er stolpert direkt neben dem rechten Vorderbein des Hengstes, der scheut und unruhig herumzappelt. Es sieht aus, als ob Jarrod sich bei diesem Sturz an der Schulter verletzt hat. Der Arme.

Aus Respekt vor ihrem Herrn versuchen die Ritter nicht über den tollpatschigen Neffen zu lachen, aber ich höre sie doch kichern. Nur Malcolm macht eine böse, gemeine Bemerkung über Jarrods Unfähigkeit. Das erinnert mich an einen andern Rohling aus einer anderen Zeit. Bestimmte Dinge ändern sich vermutlich nie.

Malcolm schaut mich an und ich bekomme eine Gänsehaut. Obwohl ich weiß, dass ich mich beherrschen sollte, und nur weil ich spüre, dass er uns feindlich gesonnen ist, beschließe ich, mich in ihn hineinzuversetzen.

Malcolm ist voller Bosheit, Neid und, zu meiner Überraschung, voller Angst. Plötzlich begreife ich. Malcolm ist Lord Richards ältester Sohn. Er wartet darauf, Thorntyne und alle Ländereien und natürlich den Adelstitel zu erben. Und da kommt Jarrod daher, der Sohn des ältesten Thorntyne, der ebenfalls Anspruch auf die Ländereien erheben kann. Also ist Jarrod für Malcolm eine Bedrohung.

Man muss ihn im Auge behalten.

Malcolms Augen verengen sich, während er mich mustert. Ich vermeide jeden Blickkontakt, vor allem solange ich mich noch in seinem Kopf befinde. Ich mache mir keine Sorgen, dass er es merken könnte, aber es ist mir einfach nicht angenehm. Es wäre zu vertraulich.

Auch Jarrods nächster Versuch aufzusteigen fällt kläglich aus, aber dieses Mal fällt er wenigstens nicht wieder herunter. Er klammert sich an die Zügel, als hinge sein Leben davon ab, nicht noch einmal mit dem Boden Bekanntschaft zu machen. Sein Gesicht wird dinkelrot vor Scham. Seufzend und schwer atmend richtet er sich schließlich auf und kriegt die Zügel zu fassen. Wenn wir jetzt in der Schule wären, würden alle jubeln.

Wir nähern uns Blacklands wie abgemacht in der Dämmerung. Die Ritter bleiben vor dem Tor stehen. Sie fühlen sich sichtlich unwohl, so dicht vor dem dunklen Gemäuer. Nur Malcolm wirkt ruhig und entspannt.

Wie von Geisterhand öffnen sich die großen Tore. Aber niemand begrüßt uns. Jarrod und ich steigen ab und lassen unsere Pferde bei Malcolm und den anderen Rittern zurück. Dann betreten wir den Burghof. Niemand begrüßt uns oder zeigt uns den Weg. Die Burg ist verwinkelt mit mehreren ineinander übergehen den Gebäuden und es gibt im Gegensatz zu den meisten Burgen dieser Zeit keinen großen Burghof. Die Gebäude bestehen vor allem aus Holz und Gips und haben Strohdächer. Plötzlich erinnere ich mich, dass es einmal ein Kloster war. Jetzt wirkt alles wenig lebendig und trostlos.

Im vordersten Gebäude öffnet sich eine Tür und Rhauk steht unter dem hohen steinernen Torbogen. Auch diesmal ist er ganz in Schwarz gekleidet mit einer eng anliegenden Hose, einem hochgeschlossenen Hemd, einem Umhang und Stiefeln. Rund um den Hals funkelt es golden und an seinem Bauch glänzt eine Gürtelschnalle aus Gold. Die Schnalle macht mich neugierig. Meine Augen kommen nicht mehr davon los. Als ich näher komme, sehe ich sie genauer und mein Herz schlägt noch heftiger vor Überraschung. Die Schnalle besteht aus einem Gewirr von Schlangen. Ihre Körper verknäueln sich ineinander und verschlingen sich gegenseitig. Nur ihre Köpfe und bösen Augen sind deutlich zu erkennen.

Ich erinnere mich an Jillians Vision von den Schlangen, die sich um Jarrods Oberkörper schlingen, und daran, wie sehr Jarrod Schlangen verabscheut. Ich beobachte seine Reaktion. Er sieht sie und windet sich unbehaglich. Wahrscheinlich denkt auch er an Jillians Vision.

Wir folgen Rhauk auf einem gepflasterten Weg über eine Wendeltreppe und gelangen in einen karg möblierten Raum, an dessen anderem Ende ein prachtvoller, hölzerner Esstisch steht. In der Mitte brennt ein Feuer. Während draußen die Dämmerung hereinbricht, spendet es Licht und Wärme. Der Rauch ist nicht so stark wie in Thorntyne und ich sehe nach, wohin er abzieht. Das Dach hat Luftlöcher, lange, senkrechte Schlitze, die jeder mit einem kleinen Türmchen abgedeckt sind. So kann der Rauch abziehen, ohne dass es gleichzeitig reinregnet. Clever, wenn man bedenkt, dass Kamine zu dieser Zeit noch nicht erfunden worden waren.

Rhauk beobachtet mich. Er lässt mich erschauern. Sogar als er verschiedene Essensplatten auf den Tisch stellt, lässt er mich nicht aus den Augen. Er flirtet mit mir. Offen und anmaßend. Fast könnte man vergessen, dass er mehr als doppelt so alt ist, wie er aussieht. Seine Haut ist glatt, vom Alter unberührt, sein Haar ist immer noch tief rotbraun und sein Körper wirkt geschmeidig und jung. Gelegentlich blickt er mit seinen schwarzen Augen zu Jarrod hinüber, der sich alle Mühe gibt, nicht die Beherrschung zu verlieren. Ich habe ihn vorher gewarnt – wir sind heute Abend hier, um Informationen zu sammeln, Hinweise jeglicher Art, die uns helfen könnten, den Fluch zu lösen. Vielleicht gibt uns Rhauks Verhalten in seinem eigenen Umfeld einen Hinweis. Die Nerven zu verlieren, könnte alles zunichte machen. Rhauk will Jarrod reizen. Ich kann nur hoffen, dass Jarrod ihn durchschaut und sich nicht auf sein Spiel einlässt.

Wir setzen uns zum Essen und der Anblick macht mich sprachlos. Es lebt offenbar niemand hier außer Rhauk und doch tischt er ein so köstliches Mahl auf. Es gibt frisches Obst, Beeren und Trauben, Birnen, Äpfel, Mais und sogar helles leichtes Brot. Und eine ebenso große Auswahl an Getränken. Most und lieblichen Rotwein. Nicht dieses herbe Gesöff wie auf Burg Thorntyne. Es ist ein Ding der Unmöglichkeit, das alles in dieser Jahreszeit zu ernten. Der Duft ist intensiv und überwältigend. Ich bin zwar hungrig, aber auch misstrauisch. Wer wäre das nicht?

»Ist das Essen nicht nach Eurem Geschmack?«, fragt Rhauk mit gerunzelter Stirn.

»Nein, es ist nur...« Ich stottere. Dann entschließe ich mich, es ihm direkt ins Gesicht zu sagen. Alles andere würde auf ihn keinen Eindruck machen. »Es ist fast Winter. Um diese Jahreszeit gibt es kaum frische Früchte.«

Er lächelt mich an und lacht ein bisschen. »Auf Blacklands ist nichts unmöglich. Ich habe meine eigenen Gärten. Möchtet Ihr sie sehen, Lady Katherine?«

Seine Stimme ist wie Samt. Weich und sinnlich. Ich schaue Jarrod an, um zu sehen, wie er auf Rhauks Einladung reagiert, die ihn deutlich ausschließt. Obwohl er verärgert aussieht, beherrscht er sich zum Glück. Ich schaue zurück zu Rhauk. »Vielleicht später, danke.«

Rhauk wirkt vergnügt und zufrieden, als ob nichts wäre. Er spielt mit uns. Für ihn ist das alles nicht mehr als ein Spiel. Bitte, Spiele spielen kann ich auch. Ich wünschte nur, dass die Regeln klarer wären und die Einsätze bekannt.

Rhauk schneidet einen Fasan auf und legt ein paar Scheiben auf Jarrods Teller. Auf meinen und seinen Teller serviert er ein Stück heißen Brombeerkuchen. Sein Blick fordert mich heraus. Er gibt mir zu verstehen, dass er weiß, dass ich Vegetarierin bin, oder zumindest, dass ich Obst Fleisch vorziehe. Aber woher kann er das wissen?

»Wie geht es meinem lieben Bruder?«

Jarrod und ich schauen Rhauk gleichzeitig überrascht an. Nach wem genau fragt er? Einen Augenblick sind wir völlig durcheinander. Ich glaube, wir leiden schon an Verfolgungswahn.

»Euer Vater.« Seine Stimme klingt herausfordernd. »Oder hat die lange Reise die Erinnerung an den Mann, der Euch aufgezogen hat, getrübt?«

Ruhig und die gestellte Falle Gott sei Dank meidend, antwortet Jarrod: »Es geht ihm gut.«

»Und Eurer schönen Mutter?«

Jarrod starrt ihn an, aber er kann Rhauks Blick nicht standhalten. Verdammt. Biete ihm keine Angriffsfläche, flehe ich im Stillen. Starr ihn so lange an, bis er tot umfällt, wenn es sein muss.

»Auch gut.«

»So, so, auch gut, sagt Ihr.« Rhauk sieht gelangweilt aus. Dann fügt er hinzu: »Meine Erinnerung sagt mir, dass Eloise eine auffallende Erscheinung war, aber ... nicht ganz so auffallend wie Ihr, *Kate*.«

Diese Anrede versetzt mich in großes Erstaunen. Woher weiß er so viel? Instinkt? Zauberei? Ich kann meinen Blick nicht mehr von ihm wenden und bin verloren. Ich bin in den Fängen von etwas unheimlich Starkem, das nicht von dieser Welt stammt.

Jarrod spürt die Spannung und seine Geduld lässt nach. »Lasst sie in Frieden.«

Langsam gibt Rhauk mich frei, seine Augen gleiten zu Jarrod hinüber.

»Warum? Ich genieße dieses Gespräch.«

Jarrods Stimme wird lauter. »Katherine ist meine Frau.«

Rhauk lacht aus vollem Hals. »Ihr seid ein schlechter Lügner.«

»Ich lüge nicht«, wehrt sich Jarrod gegen Rhauks Vorwurf, aber seine Stimme klingt nicht überzeugend genug, um ihn in Zaum zu halten.

Rhauk beugt seinen Kopf nach vorn, seine schwarzen Augen werden zu engen Schlitzen.

»Junge Liebende schlafen nicht so weit wie möglich voneinander entfernt in einem Bett«, zischt er.

»Wie?« Ich halte inne, während ich versuche, mir meine Überraschung nicht anmerken zu lassen und damit unser wirkliches Verhältnis preiszugeben. Welchen Verdacht er auch immer haben mag oder wie klug er auch sein mag, Rhauk kann nur Vermutungen anstellen. Jarrod wirft mir einen besorgten Blick zu.

Ein schrilles Gekreische lenkt unsere Aufmerksamkeit zu den runden Fensteröffnungen. Dort sitzt eine schwarze Krähe. Ich betrachte sie und frage mich, ob es dieselbe ist, die heute Morgen auf unserer Fensterbank saß. Rhauk gibt dem Vogel mit einer fast unmerklichen Kopfbewegung einen Wink. Die Krähe fliegt zu ihm hinüber und landet sanft auf dem Arm, den Rhauk ihr hinhält. Er redet besänftigend auf den Vogel ein. Die Krähe antwortet inbrünstig und reibt ihren Kopf zärtlich an seiner Brust.

Ich kann meine Augen einfach nicht mehr von der Krähe losreißen, denn ich bin sicher, dass ich keinen gewöhnlichen Vogel vor mir habe. Und trotzdem kann ich mir einfach nicht vorstellen, dass die Krähe Rhauk irgendwie unsere Schlafposition übermittelt hat. Das ist einfach nicht möglich.

Rhauk füttert den Vogel mit einem saftigen Stück Apfel und die Krähe fliegt sichtlich zufrieden zurück zum Fenster. Aber sie fliegt nicht weg. Sie bleibt während des ganzen Essens wie eine argwöhnische Beobachterin dort sitzen.

Die Nacht bricht herein und Rhauk zündet weitere Kerzen an, die er rund um den großen verlassen wirkenden Raum in den Halterungen befestigt. Mein Magen krampft sich zusammen und ich möchte am liebsten gehen. Blacklands ist bedrohlich in der Dunkelheit. Aber wir haben bis jetzt noch nicht genug erfahren, also entscheide ich mich für ein rascheres Vorgehen. Rhauk serviert gerade den Nachtisch. Als er sich vorbeugt, um mir die Schale hinzuhalten, sage ich: »Wir kennen Euren Racheplan.«

Er hält inne und sagt einen Moment kein Wort. Ich zittere am ganzen Leib. »Natürlich wisst Ihr davon. Deshalb hat Jarrod ja die lange Reise hierher gemacht«, sagte er dann.

Ich möchte wissen, wie viel er wirklich über uns weiß. Ich muss es herausfinden, ohne gleichzeitig zu viel zu verraten. »Ihr wisst also, dass wir hier sind, um Euch aufzuhalten.«

Er richtet sich auf. »Das könnt Ihr versuchen, aber

im Ernst«, er schaut Jarrod an, als sei er nichts weiter als eine lästige Fliege, »Ihr verschwendet Eure Zeit und werdet das Ganze nicht überleben.« Er geht zurück zu seinem Stuhl am Kopf des Tisches und schaut zu mir herüber. Seine Augen glühen wie Kohle. »Meine liebe Kate, von Euch hatte ich einen Vision.« Er reibt sich die Hände wie ein aufgeregter, kleiner Junge.

Jarrod steht auf: »Katherine geht Euch überhaupt nichts an.«

Rhauk steht ebenfalls auf und starrt Jarrod an. »Ihr seid gekommen, um Eure Familie zu schützen. Das respektiere ich. Aber letzten Endes bedeutet mir Respekt gar nichts. Und obwohl Ihr es nicht wisst, habt Ihr Lady Katherine mitgebracht, weil sie hierher gehört.«

»Wie bitte?«, zischt Jarrod.

»Vor vielen Jahren hat Euer Vater mir unrecht getan. Er hat mir die Frau gestohlen, indem er sie mit feigen Lügen und schändlichen Gerüchten gegen mich aufgebracht hat. Dass Ihr mir jetzt Eure Frau überlasst, ist die Entschädigung. Was damals gestohlen wurde, wird jetzt zurückgegeben.« Dabei fixiert er mich und über sein Gesicht breitet sich ein eisiges Lächeln. »Welch wunderbare Bereicherung Ihr für Blacklands sein werdet, Lady Katherine! Genau wie es Eloise gewesen wäre.«

»Ihr täuscht Euch«, versuche ich ihm verständlich zu machen, während sich in meinem Hals ein Knoten bildet. »Ich bin kein Ersatz für Eloise.«

»Genau darin irrt Ihr Euch«, wehrt er ab. »Alles kommt, wie es kommen soll. Ich wusste, dass dieser Tag kommen würde.«

»Katherine wird nicht hier bleiben!«

Jarrod verliert die Beherrschung. Ich berühre ihn am

Arm und flüstere: »Fall nicht auf ihn herein, er will dich nur provozieren und deine Fähigkeiten testen.«

Rhauk lacht und sagt süffisant: »Schlau, Kate, aber Ihr liegt nicht ganz richtig.«

Ich reiße Jarrod zurück, weg von dem enormen Energiestrahl, der von Rhauk ausgeht.

»Besser, wir gehen.«

Das beruhigt Jarrod ein bisschen und er nickt.

Aber Rhauks Spielchen ist noch nicht beendet. »Nicht so hastig. Ich habe Euch doch noch gar nichts von meinen Plänen erzählt. Und deswegen seid Ihr doch gekommen, oder nicht?«

Als ob er es genau gewusst hätte, hält er uns mit diesen Worten zurück. Ich atme tief ein, meine Nerven sind zum Zerreißen gespannt.

Sobald er sich unserer Aufmerksamkeit sicher ist, fängt er an zu erklären: »Jarrods Angst um die Familie ist sicherlich nicht unbegründet. Gerade jetzt bereite ich im Sonnenturm einen schrecklichen Fluch vor. Jeden siebten geborenen Sohn der Thorntynes wird mein Zorn treffen von jetzt an bis alle Ewigkeit. Ungeschickte Tölpel werden Sie sein. Jedem Mitglied der Familie wird Böses geschehen und das Unglück wird an ihnen kleben.«

»Nun«, versuche ich etwas genauere Informationen zu bekommen, »dieser Fluch, von dem Ihr sprecht, ist also noch nicht vollendet?«

Er hält inne und starrt durch mich hindurch, als ob er sich die Antwort noch überlegen müsste. Dann sagt er: »Leider, es fehlt noch ein Bestandteil. Die süße Wurzel eines im Winter blühenden Krauts.«

Da es bereits Spätherbst ist, haben wir nur wenig Zeit zu handeln.

Wir müssen geschickt vorgehen. Wir müssen irgendwie einen Weg in den Turm finden, den vor sich hin köchelnden Fluch zerstören und dann Rhauk bekämpfen, damit er keinen neuen bösen Fluch zusammenbrauen kann. Wie schwierig das sein wird, wage ich mir gar nicht vorzustellen. Wenigstens wissen wir jetzt, womit wir anfangen können.

Es ist Zeit zu gehen.

Jarrod will auch nur noch weg. Er nimmt meine Hand und führt sie an seinen Mund. In meinen Handrücken murmelt er: »Komm, nichts wie raus hier.«

Wir gehen auf die Wendeltreppe zu, aber Rhauks Gesichtsausdruck hält uns zurück. Seine Pupillen sind stark geweitet. Ich frage mich, was diese Reaktion hervorgerufen hat. Seine starren Augen richten sich auf Jarrod, der immer noch meine Hand hält.

»Wir gehen jetzt, Rhauk«, sagt Jarrod mitten in die eisige Stille hinein.

Rhauk blinzelt und scheint seine Sinne wieder zurückzugewinnen. »Oh, aber Ihr könnt nicht ohne ein Abschiedsgeschenk gehen.«

Als er das sagt, schlägt eine schwere Holztür zu und versperrt den Zugang zur Treppe, sodass uns der Weg abgeschnitten ist. Der donnernde Knall hallt in den leeren Gängen wider. Erschrocken schauen wir gerade noch rechtzeitig zu Rhauk zurück, um zu sehen, wie er einen schimmernden, silbernen Ball hoch in die Luft wirft. Der Ball explodiert. Alles um uns herum ist erfüllt mit silbrigem Licht, als würden tausend winzige Scherben spitzer, nadelähnlicher Wurfgeschosse mit einem heftigen Schauer auf uns niederprasseln. Ich versuche mein Gesicht mit den Armen zu schützen, aber es sind zu viele scharfe Nadeln auf einmal.

Sie stechen und bohren sich durch unsere Kleider in die Haut. »Jarrod, tu etwas!«

Er ruft zurück: »Was denn, um Gottes willen? Ich bin machtlos.«

Ich schirme meine Augen ab und versuche, ihn anzuschauen. Ich flehe ihn an, seine Begabung zu nutzen und seine Kraft einzusetzen. »Du kannst es stoppen, Jarrod! Horch in dich hinein!«

Er starrt mich mit offenem Mund an und schüttelt den Kopf. »Ich weiß nicht, wie ...«

Er kann nichts tun. Das ist genau das, was Rhauk herausfinden will. Er will Jarrod testen.

Ich blicke rasch auf, um zu sehen, ob ein Ende des silbernen Regens in Sicht ist. Ich versuche mir zu sagen, dass es nur ein Zauber ist, eine bloße Einbildung, aber Blut tropft über mein langärmliges Gewand und ich habe Schmerzen von den Nadeln, die sich in meine Kopfhaut bohren. Der ganze Raum ist voller silbernem Licht und unnatürlicher Energie. Und in diesem Augenblick wird mir klar, dass nichts und niemand Rhauk davon abhalten wird, sich zu rächen. Rache an seinem Halbbruder dafür zu üben, dass er ihm die Frau gestohlen hat, die er liebte, und an seinem toten Vater dafür, dass er seine rechtmäßige Herkunft nicht anerkannt hat. Er würde sogar vor einem Mord nicht zurückschrecken, wenn Jarrod oder ich sich ihm in den Weg stellen würden.

Dafür hasse ich ihn. Ich kann nicht einfach nur dastehen und nichts tun und Rhauk schalten und walten lassen, wie er will. Jarrod mag vielleicht nicht in der Lage sein, seine Gabe einzusetzen, aber mich hindert daran nichts. Ohne auf die Risiken zu achten, die ich eingehe, indem ich mein Wissen über Zauberei diesem gefährlichen Mann offenbare, richte ich mich trotz des Nadelschauers auf und nehme meine Arme ruhig wieder herunter. Ich konzentriere mich fest, verlangsame meinen Atem und versuche, den stechenden Schmerz zu ignorieren. In meinem Kopf verwandeln sich die silbernen Geschosse in harmlose Federn. Ihre spitze Enden werden weich, biegsam und beginnen zu fließen.

Bevor mir klar wird, dass mein Trick funktioniert hat, höre ich, wie Jarrod nach Luft schnappt. Ich öffne die Augen, blinzle, strecke meine Hände aus und kann ein Lächeln nicht unterdrücken. Statt der Nadeln schweben hunderte von weißen Federn herab, die sich in meinen offenen Handflächen sammeln.

Als ich hochgucke, erkenne ich ernüchternd, was für einen fatalen Fehler ich begangen habe. Ich habe Rhauk einen Teil meiner Kräfte offenbart. Jetzt wird er mich noch mehr als je zuvor besitzen wollen. Die Freude steht ihm ins Gesicht geschrieben. Er fängt begeistert an zu klatschen, beide Augenbrauen ragen fast bis in die Mitte seiner Stirn.

Als er aufhört zu klatschen, kommt er näher, bis er direkt vor mir steht. Er grinst und seine Augen leuchten. »Wir werden ein unschlagbares Paar abgeben, Ihr und ich, Lady Katherine.«

Ich schüttle wortlos meinen Kopf, trete einen Schritt zurück und meide seinen Blick.

Doch er lacht nur. »Ja. Stellt es Euch vor – Eure Kraft und meine! Die Welt wird uns gehören. Wer würde es jemals wagen? Niemand könnte uns das Wasser reichen!«

Neben mir zuckt Jarrod zurück. »Sie wird nicht bei *Euch* bleiben!«

Rhauk starrt Jarrod an. »Am Ende wird sie wählen.

Der Fairness halber, Jarrod, muss Kate wissen, was sie besitzen könnte, was ich ihr geben kann. Sie muss beide Welten abwägen.«

Seine Aufmerksamkeit kehrt rasch wieder zu mir zurück. Er sieht mir in die Augen, bevor ich eine Chance habe, wegzuschauen. Seine Stimme ist wieder samtig, einlullend. »Werdet Ihr bleiben, Lady Katherine? *Kate*? Bei mir, hier, in Blacklands?«

Jarrod starrt mich schockiert an. Er versteht nicht, warum ich nicht schon längst geantwortet habe. Warum ich Rhauks abscheulichem Vorschlag nicht ein schroffes »Nein« entgegengeschleudert habe. Er begreift nicht, dass ich mich dem Einfluss nicht einfach so entziehen kann, wenn Rhauk seinen hypnotisierenden Blick in meinen versenkt und mich eine überwältigende Energie durchflutet. Gerade jetzt bedrängt Rhauk mich besonders intensiv. Ich blinzle schnell ein paar Mal hintereinander. Es hilft mir, mich von ihm loszureißen. Endlich löst sich der Bann.

Ich schaue Jarrod an. Mein Kopf ist völlig leer und ich sage leise: »Bring mich weg von hier.«

Er ergreift meinen Arm und stützt mich. »Ihr habt ihre Entscheidung gehört, Rhauk. Lasst uns gehen.«

Als sich die schwere Holztür knarrend öffnet, fliegt die schwarze Krähe kreischend direkt auf uns zu, sodass wir uns ducken müssen. Dann lässt sie sich auf Rhauks ausgestrecktem Arm nieder. Es ist unheimlich, wie sie uns voller Zorn mit ihren Blicken durchbohrt. Ich habe keine Zeit, darüber nachzudenken, ich will nur hier raus. Die dunkle Treppe ist jetzt ganz nahe und bietet uns einen Fluchtweg. Kurz bevor wir sie erreichen, hören wir Rhauks eisige Stimme: »Ihr lasst mir keine Wahl, meine Lady...«

Ich gehe weiter, auch wenn die Worte nicht verstummen und uns die Treppe hinunter verfolgen. »Ich werde Euch holen müssen.« Ich fange am ganzen Leib an zu zittern, denn seine Worte klingen wie eine unheilvolle Bedrohung. »Nehmt Euch in Acht vor der Dunkelheit, denn ich werde der Schatten sein, der Euch holen wird.« Und dann mit einem gehauchten Flüstern: »*Schlaft tief und fest, meine Lady.*«

Der bloße Gedanke, in Blacklands bei Rhauk zu sein, jagt mir Angst ein. Im Hof höre ich ihn endlich nicht mehr, aber der Ausdruck seiner Augen, klein, schwarz und kalt, ist mir deutlich ins Gedächtnis gebrannt. Ich frage mich, ob ich je wieder schlafen werde.

Jarrod

Das Abendessen in Blacklands mit Rhauk war zu viel für Kate. Sie ist mit ihren Nerven am Ende. Wir sind unterwegs zurück nach Thorntyne. Kate ist still und traurig. Ihre Augen sind weit aufgerissen. Sie zittert am ganzen Körper und presst die Hände zusammen, um das Zittern zu stoppen. Aber es hört nicht auf.

In der Burg nimmt uns Lord Richard in Empfang. Er bringt uns ins Turmzimmer hinauf, während alle anderen schon schlafen. Wir erzählen ihm ein bisschen von unserem Abend bei Rhauk, froh, dass wir es heil überstanden haben. Er hört aufmerksam zu und wünscht uns dann eine gute Nacht. Die Dienerinnen haben das Zimmer vorbereitet und ein wärmendes Feuer angezündet.

Kate sieht ganz benommen aus. Mit einer mechanischen Bewegung setzt sie sich aufs Bett, hebt ihr Nachthemd zum Gesicht und atmet geistesabwesend den Geruch ein. Sie sieht mir in die Augen. »Du wirst gegen ihn kämpfen müssen.«

Ich starre sie an. Damit meint sie Rhauk. Das kann nicht ihr Ernst sein. »Bist du verrückt?«

Sie seufzt, irgendwie müde und enttäuscht. »Ich sehe keine andere Möglichkeit.«

»Wirklich? Also, wie, genau soll ich das machen?« Sie weiß, wie unfähig ich bin, gegen irgendjemanden zu kämpfen, erst recht gegen Rhauk und seiner tückischen Zauberei. Mir reicht es schon, wenn ich an den Nadelregen denke. »Hätte ich das gewusst, hätte ich eine Halbautomatik mitgebracht.«

»Das ist nicht komisch, Jarrod.« Ihre Bemerkung versetzt mir einen Stich. »Ich weiß.« Aber ich ärgere mich mehr über mich selbst als über Kate. Schließlich ist sie meinetwegen hier. Und ich begreife, dass ich sie enttäusche. »Ich weiß einfach nicht, was du von mir erwartest.«

Sie stöhnt, zieht noch einmal das Nachthemd zum Gesicht, vergräbt diesmal ihre Nase völlig darin und atmet tief und fest ein. Das ist eine ihrer Angewohnheiten. Sie riecht an allem, den Vorhängen, den Wandteppichen, sogar den Kerzenhaltern. Heute Morgen habe ich gesehen, wie sie den Duft einer Waschschüssel einsog! Sie liebt diese Epoche und ist gern hier. Ich glaube, für sie bedeutet es mehr als nur eine Gelegenheit, Geschichte zu erleben. Vielleicht weil sie selbst keine eigene Geschichte hat. Sie kennt ihre Mutter nicht und weiß nicht einmal, wer ihr Vater ist.

Als Kate das Nachthemd senkt, fährt sie bewundernd und behutsam mit den Fingern über die handgemachte Stickerei. »Du *musst* deine Gabe einfach anerkennen.« Sie schaut mich an, ihre Stimme wird fester. »Weil du deine *Kräfte* brauchst, um ihn zu besiegen!«

»Kate ... Fang nicht wieder an ...«

Sie wirft ihr Nachthemd wütend aufs Bett. »Wie kannst du *nicht* an dich glauben, nach allem, was wir durchgemacht haben? Sieh doch, wo wir sind, mein Gott! In einer wirklichen Burg im mittelalterlichen Britannien! Ist das denn kein Beweis für dich? Du musst zugeben, dass Jillian zaubern kann und dass tatsächlich ein Fluch auf dir liegt. Du hast gerade den Abend mit dem Mann verbracht, der ihn in die Welt gesetzt hat.« Sie hält inne und lässt mir Zeit, das alles zu verarbeiten. »Hör auf damit, Jarrod, und denk endlich nach. Lass den Glauben zu. Bis jetzt habe ich immer Recht gehabt. Vielleicht habe ich ja auch Recht, was deine Begabung betrifft!«

Ich versuche zu tun, was sie sagt: ich *lasse den Glauben zu.* Aber es ist sehr schwer. Mein Leben war nichts weiter als eine Aneinanderreihung von schweren Schicksalsschlägen. Wie soll ich plötzlich glauben, dass ich mit ungeheuren Zauberkräften gesegnet bin? Das übersteigt mein Fassungsvermögen.

»Weißt du«, fängt Kate wieder an. »Es könnte sein, dass du Rhauks Kräfte geerbt hast.«

Ich schaue sie ernst an. Was sagt sie da?

»Das würde dich zumindest genauso mächtig machen wie ihn, wenn nicht mächtiger. Die Möglichkeit besteht.«

»Warum Rhauk?«

Sie wirkt verärgert. »Denk an das Familienbuch deines Vaters. Du stammst direkt von diesen Leuten ab. Wenn Rhauk Lionels junge Braut entführt und sie verführt oder vergewaltigt hat und du aus dieser Verbindung hervorgegangen bist...« Der Rest bleibt im Raum stehen.

Aber ich habe verstanden, was sie meint. In meiner Ahnenreihe existiert Zauberei. Ich habe es heute Abend selbst gesehen. »Könnte sein, dass du Recht hast.«

Sie lächelt und bedeutet mir, mich umzudrehen. Ich höre, wie sie sich auszieht und ihr Nachthemd überstreift. Als ich mich umdrehe, ist sie schon im Bett.

Das Feuer ist heruntergebrannt und es wird eiskalt. Ich ziehe mich schnell um und lege mich neben sie. Diesmal ist es anders. Sie zuckt nicht zusammen und rückt auch nicht an den Bettrand. Ich glaube, dass sie heute Nacht nicht allein sein möchte. Rhauk hat sie wirklich aufgewühlt. Und wenn sie nur jemanden neben sich braucht, jemanden, der sie tröstet, wenn das Feuer herunterbrennt und die Schatten länger werden, dann bin ich damit einverstanden.

So sitzen wir an das kunstvoll geschnitzte Kopfende des Betts gelehnt und nehmen die Anwesenheit des anderen gelöst und entspannt in uns auf. »Wenn ich diese Kräfte wirklich besitze, wie kann ich sie aktivieren?«

Sie nimmt meine Hand. Ihre Finger sind warm. »Du musst dich konzentrieren, das ist alles.«

»Das klingt einfach.«

Kate verzieht den Mund. »Na ja, ganz so einfach ist es nicht. Es braucht Zeit und viel Übung. Du musst hart trainieren.«

Das klingt vernünftig, aber die Frage ist, wie viel Zeit wir noch haben?

Ich spüre, wie sie sich, ganz behutsam zunächst, in mich hineinversetzt. Sie versucht, meine Gefühle zu erspüren. Es ist nicht schwer, meine Zweifel und Ängste zu erfassen. Sie fühlt sich immer tiefer in mich hinein. Sie erreicht einen Punkt, an dem ich sie abblocken möchte. Diese Erkenntnis trifft mich plötzlich – ich habe sie schon früher abgeblockt und Jillian sagte, dass die meisten Leute es nicht einmal merken, wenn Kate in ihr Bewusstsein eindringt. Ich merke es und ich möchte sie abblocken, wann ich will. Ist das der Beweis dafür, dass ich außergewöhnliche Fähigkeiten habe?

Ich sehe ihr in die Augen und fühle, wie sie sich weiter in mich hineinversetzt. Sie schaut nicht weg und der Augenblick wird immer intensiver. Es ist ein ganz wunderbares Gefühl, Kate in meinem Kopf zu spüren, während sie meine Gefühle ertastet und wir uns anschauen. Es ist, als seien wir nackt und unsere Geheimnisse lägen offen vor uns. Wortlos fahren wir fort, unsere Gefühle miteinander zu teilen. Und die Intensität nimmt zu.

Schließlich sagt sie mit heiserer Stimme: »Küss mich lieber.«

Ich nicke und schlucke den plötzlichen Kloß in meinem Hals herunter. Wir küssen uns, gleiten in die Kissen hinab, küssen und küssen uns und vergessen dabei alles um uns herum – wo wir sind, in welcher Zeit und warum. Kate fühlt sich wunderbar an. In diesem Moment wird mir klar, dass wir füreinander geschaffen sind.

»Jarrod«, murmelt sie.

»Hmm?«

»Ich habe Angst.«

Ihre Worte lassen mich innehalten. Sie sind ganz untypisch für Kate. Kate hat sich immer unter Kontrolle, sogar wenn sie außer sich oder wütend ist. Sie verliert nie den Kopf. Ich begreife, dass sie wirklich beunruhigt ist. Sie denkt an Rhauks Abschiedsworte. Ich wünschte, ich könnte ihr irgendetwas sagen, damit sie sich besser fühlen kann, sicherer. Ich schaue ihr ins Gesicht. Ihre schönen, kristallenen Augen sind vor Angst geweitet. Sie erinnert mich an ein gerade zur Welt gekommenes Fohlen, das auf schwankenden Beinen steht und sich seiner selbst noch unsicher ist. Ihre blasse Haut ist noch blasser als sonst. Sie wirkt beinahe durchscheinend im verlöschenden Licht des Feuers. Ich husche leicht mit meinen Lippen über ihre Augenlider und ihre Wangen, überwältigt von einem heftigen Gefühl, sie beschützen zu wollen.

»Du musst mich fest im Arm halten«, sagt sie leise.

»Die ganze Nacht, ja?«

Ich verspreche es ihr mit meinen Augen, denn ich bin sicher, dass ich jetzt keinen Ton herausbringe.

»Versprich mir, dass du mich nicht loslässt, Jarrod. Nicht eine Sekunde.«

Ihre Worte bewegen mich so, wie mich noch nie etwas bewegt hat. Ich beuge mich über sie und küsse sie auf den Mund. »Ich verspreche es«, flüstere ich.

Ein Kreischen aus der Ferne dringt durch die stille Nacht, aber zuerst denken wir an nichts Böses. Irgendwo in den Tiefen meines Bewusstseins registriere ich das Krächzen, aber erst als die fordernden, schrillen Töne ein paar Augenblicke später *direkt aus* unserem Turmzimmer kommen, begreife ich. Die Krähe. Rhauks Krähe. Sie beobachtet uns vom Fenstersims aus und versucht mit ihren zornigen Geräuschen unsere Aufmerksamkeit zu erregen.

Ich starre den penetranten Eindringling an. »Verdammt, Kate, das ist Rhauks Krähe.«

Die Krähe neigt ihren Kopf zur Seite, als ob sie unserem Gespräch zuhören (und es verstehen) würde.

»Nein«, flüstert Kate mit zitternder Stimme. »Ich glaube nicht ...«

Die Krähe kommt näher. »Hast du schon einmal so etwas Riesiges gesehen!«

Kate lässt die mächtige Krähe nicht aus den Augen. »Die Augen ...«, flüstert sie.

Das Feuer ist beinahe erloschen, dadurch ist das Licht im Turmzimmer trüb, erfüllt von flatternden Schatten.

Aber nichts kann die Augen der Krähe verdecken. Es sind keine Krähenaugen. Es sind Menschenaugen. Rhauks Augen. Schwarz und kalt.

Noch bevor sich jemand von uns beiden bewegt, stürzt sich die riesige Krähe auf uns. Ich werfe mich über Kate. Die Krähe schlägt ihre Krallen in meinen Rücken. Bei dem Versuch, mich von Kate wegzureißen, zerfetzt sie mein Nachthemd. Ich versuche sie abzuschütteln, ohne mich von Kate zu lösen, aber der verdammte Vogel gräbt seine scharfen Krallen immer tiefer in meinen Rücken, flattert wild mit den Flügeln und kreischt und schreit immerzu. Und dann dieser Geruch – Vogelgeruch, verstärkt durch den Geruch menschlicher Rachsucht. Blut sickert aus den Wunden, wo der Vogel seine Krallen in meinen Rücken gebohrt hat. Ich schlage und trete mit den Füßen nach ihm, um ihn abzuschütteln. Ob jemand hören kann, was hier oben im Turm passiert und uns zu Hilfe kommt?

Wind kommt auf und weht immer stürmischer. Zuerst denke ich, der Wind ist genau das, was wir brauchen, aber dann bemerke ich, dass er auf den angreifenden Vogel keine Wirkung hat. Er stachelt ihn höchstens noch mehr an, wenn das überhaupt möglich ist.

Kate windet sich unter mir und versucht mit ihren Fäusten nach dem grauenhaften Vieh auf meinem Rücken zu schlagen. Dieses Monster grinst nur über unsere Versuche, die ihm nichts anhaben können, und beginnt, mit seinem spitzen Schnabel nach meiner Halsschlagader zu picken. Der Vogel verletzt Kate nicht, doch seine Absicht ist klar. *Er versucht, an Kate heranzukommen.*

Von meinem Hals tropft Blut auf Kates weißes

Nachthemd. Sie schreit bei dem Anblick. »Jarrod, du blutest.«
»Keine Angst, wehr dich nicht. Der kriegt dich nicht.«
»Vielleicht will er *mich*, aber es ist ihm egal, ob er dich dabei umbringt. Du musst etwas tun!«
»Was, um Gottes willen?«
»Nutz deine Gabe!«
»Ich weiß nicht, wie!«
Panik hilft uns auch nicht weiter. Mit einem Ruck versuche ich, das Monster auf meinem Rücken loszuwerden. Aus der Wunde an meinem Hals quillt Blut. Für einen kurzen Moment fliegt die Krähe hoch und lässt mir damit eine Sekunde zum Durchatmen. Dann aber stößt sie wieder herab, packt mich unter der Schulter und schleudert mich kraftvoll auf den Boden. Es wird mir klar, dass ich den Kampf verloren habe. Dass ich Kate verloren habe. Die große, schwere Krähe nimmt meinen Platz über Kate ein. Ich werfe mich mit meinem ganzen Körpergewicht auf sie, versuche sie von Kate wegzuzerren, aber es geht nicht. Es ist, als wäre der Vogel aus Stahl und *ich* bestünde aus Federn. Kate schreit und der Ton hallt in meinem Kopf wider wie das Echo von tausend gleichzeitig erklingenden Glockenspielen. Der Wind nimmt zu und erreicht die Stärke eines Wirbelsturms. Peitschend arbeitet sogar der Wind gegen mich und drängt mich zurück. Ich muss mich durch ihn hindurchkämpfen, um sie zu erreichen. Die Krähenflügel sind weit ausgebreitet, umfassen Kate und bedecken sie völlig. Wie Stahlklammern schließen sich die Flügel der Krähe um Kates Körper und heben sie hoch. Die Krähe schwebt für einen Augenblick über dem Bett, ihre schwarzen Augen fixieren mich mit einem höhnischen Ausdruck. Dann

schwingt sie sich graziös durch ein nach Norden gehendes Fenster hinaus. Sie fliegt mit Kate, die sie in ihren ungeheuren Flügeln gefangen hält, in die Dunkelheit und ins Ungewisse. Ich stürme zum Fenster, strecke den Arm nach dem flüchtenden Vogel aus, beuge mich über den Sims, bis ich fast aus dem Fenster falle. Für einen Augenblick bekomme ich Kates Füße zu fassen, aber sie entgleiten mir wieder. Als die Krähe in Richtung Blacklands fliegt, verhallen Kates Schreie in der Dunkelheit.

Ein Gefühl der absoluten Verzweiflung durchflutet mich. Die Tür fliegt auf. Richard und Isabel, Morgana, Malcolm, Thomas und Emmeline stürzen herein. Sie sind alle im Nachthemd und wollen wissen, was los ist. Sie haben Kates Schreie gehört und versucht, die Wendeltreppe heraufzukommen, aber hunderte von Fledermäusen haben sie angegriffen und aufgehalten, erklärt Isabel.

Das also ist Rhauks Zauberkraft. »Er hat Kate ... Katherine mitgenommen«, stoße ich schließlich leise hervor und gehe erschöpft zum Bett. Mein Rücken, mein Hals, meine Brust sind voller Blut.

»Wie konnte das passieren?«, schreit Isabel. »Wir haben die Wachen heute Nacht verdoppelt und zusätzliche Wachen im Hof postiert.«

Vom Blutverlust geschwächt, wird mir schwindelig, ich greife nach einem Bettpfosten und lehne meinen Kopf dagegen. »Er war es. In der Gestalt der Krähe.«

»Dann ist es wahr«, presst Richard hervor, der sich bekreuzigt und mit verstörtem Blick Richtung Blacklands schaut. »Seine Bosheit und Niedertracht kennen wir schon lange.« Er wendet sich wieder mir zu. »In der Nacht, in der er deine Mutter entführt hat, sagte Lionel, es sei eine Krähe gewesen. Mit Rhauks Augen. Keiner von uns hat ihm geglaubt, wir dachten, Lionel hätte vorübergehend seinen Verstand verloren.« Er schüttelt müde den Kopf. »Was für ein Bruder bin ich? Ich hätte meinen Körper und meine Seele hingeben sollen, um die beiden zu beschützen. Und jetzt ereilt meinen Neffen das gleiche Schicksal.«

Ich schüttle den Kopf, kann ihm aber seine Schuldgefühle nicht nehmen. Meine Gedanken sind bei Kate. Ihrem Schicksal, das in den Händen dieses gefährlichen Verrückten liegt.

Morgana kommt mit einer Schüssel Wasser und kleinen Lappen zu mir. Sie nimmt einen Lappen, tränkt ihn und versucht, das Blut abzutupfen. Ich schiebe sie weg, denn ich kann mich auf nichts anderes konzentrieren als auf den Schmerz, den sie sowieso nicht lindern kann. Den Schmerz in meinem Innern. »Wie kann ich an mich denken, während Katherine bei Rhauk ist?«

»Du musst deine Wunden behandeln lassen, Jarrod«, besänftigt mich eine weibliche Stimme. Es ist Emmeline. »Morgana weiß, wie man das macht. Sie ist die beste Heilerin hier oben. Wenn du verblutest, kannst du Rhauk erst recht nicht gegenübertreten. Was nützt du Katherine dann noch? Du wirst deine ganze Kraft brauchen, um sie zu retten.«

Sie hat Recht, obwohl ihre Stimme falsch klingt. Plötzlich erinnere ich mich an die Kraft dieses Windes. Jetzt ist er vorüber, also konzentriere ich mich, genau wie Kate es mir gesagt hat. Er beginnt wieder zu wehen, nur leicht, aber es reicht aus, damit ich es endlich begreife – *das bin ich!*

Irgendeine innere Kraft, die ich nicht genau bestimmen kann, hat ihn hervorgerufen.

Ich konzentriere mich noch stärker. Von einem Augenblick auf den anderen nimmt der Wind an Stärke zu, bis er den Raum mit der Kraft eines Hurrikans verwüstet. Das Bettzeug fliegt hoch, die Wandteppiche werden in Fetzen gerissen, Morgana wird durchs Zimmer geschleudert, Schüsseln und Schmuck werden herumgewirbelt. *Ich habe wirklich eine Gabe!* Diese Erkenntnis ist atemberaubend. Sie stärkt meine Konzentration und der Wind wird kräftiger.

»Was ist hier los?«, schreit Richard, der sich mit aller Kraft an einem der Bettpfosten festhält, um zu verhindern, dass er wie die anderen durch den Raum geschleudert wird.

Ich werde es ihnen sagen müssen, denn ich brauche ihre Hilfe. Doch ich will sie nicht ängstigen. Und ich habe nicht die Geduld und das Wissen, Dinge zu erklären, derer ich mir selbst nicht einmal sicher bin. Ich muss einen Weg finden, der sie nicht beunruhigt. Aber im Augenblick habe ich nur einen Gedanken: Kate zurückzuholen.

Ich kämpfe mich durch den Wind zum Nordfenster. »*Ich werde sie zurückholen!*«, rufe ich in die Dunkelheit hinaus.

Ich rufe es, weil ich weiß, dass Rhauk es hört.

Kate

Noch bevor ich die Augen öffne, weiß ich, dass es Morgen ist, weil die Sonne so hell ist, auch wenn sie die Kälte des Spätherbstes nicht mehr vertreiben kann. In der Luft liegt ein starker salziger Geruch und in meinem Kopf hallt der Klang von brechenden Wellen wider. Wäre die letzte Nacht doch nur ein Traum gewesen – und sei es ein Albtraum. Damit könnte ich leben. Aber als ich mich widerwillig zwinge, die Augen zu öffnen, erkenne ich, dass ich nicht im Turmzimmer in Thorntyne bin und dass auch Jarrod nirgends zu sehen ist.

Natürlich war es kein Traum. Was habe ich denn gedacht? Die Kratzer auf meinem Arm und im Gesicht, die ich in der letzten Nacht beim Kampf mit der Krähe abbekommen habe, sind rot und geschwollen. Vorne auf meinem Nachthemd ist Blut. Es ist Jarrods Blut.

Der Raum ist wirklich ganz schön. Das Bett ist mit weißem Satin bezogen. An den Fenstern sind tiefblaue Vorhänge, an der Wand hängt ein deckenhoher Teppich mit einer Jagdszene – Pferde, Hunde und ein schwarzer Ritter, ganz in Rüstung, der stolz auf dem Rücken eines großen, schwarzen Hengstes dahinreitet. Der Teppich bedeckt fast die ganze gegenüberliegende Wand. Auf dem Boden neben einem prächtigen Bett mit vier Bettpfosten liegt ein rechteckiger Teppich und unter dem Wandteppich steht ein passender Tisch mit Stuhl. Auf dem Tisch steht eine schöne Waschschüssel aus Ton und eine zierliche Urne.

Ich gehe zum Fenster, um zu schauen, ob es irgendeine Fluchtmöglichkeit gib. Aber es geht tief hinab, ungefähr drei Stockwerke über den zerklüfteten steilen Klippen. Der tief blaugrüne Ozean brandet gegen die scharfkantigen Felsen.

Ich spüre Rhauk. Diese Wahrnehmung tief in mir ängstigt mich. Warum nehme ich ihn auf diese intensive Weise wahr? Ich spüre instinktiv, dass er weiß, dass ich aufgewacht bin und dass er mich ebenso wahrnimmt. Es läuft mir kalt den Rücken runter und das liegt nicht daran, dass ich an diesem eisigen Herbstmorgen nur ein dünnes Nachthemd anhabe.

Beim Klang seiner Schritte auf dem glatten Holzboden fahre ich herum. Er hat zwei Zinnkelche in den Händen. Er nippt an dem einen und ein Tropfen rubinrote Flüssigkeit hängt für einen Augenblick an seiner Unterlippe. Er hält mir den anderen Kelch hin. Seine Stimme klingt so selbstgefällig, dass mir schlecht wird. »Lasst uns feiern.«

Stirnrunzelnd und verwirrt verschränke ich die Arme vor der Brust. »Schert Euch zum Teufel.«

Er hebt eine Augenbraue und kommt näher, damit ich den angebotenen Wein entgegennehmen kann. Ich rieche seinen scharfen Atem. »Nicht ohne Euch, meine Liebe.«

Ich halte die Luft an. Seine Entschlossenheit ist unerbittlich. Also dann, her mit der Hölle!

Plötzlich sehe ich den Schweinehirten vor mir und seine nicht gerade herzliche Begrüßung, als er herausfand, dass Jarrod mit Lord Richard verwandt ist. Ich tue so, als würde ich den Wein annehmen. Ich nehme einen

Schluck und spucke ihm den süßen Rotwein ins Gesicht. Für einen Augenblick sieht Rhauk überrascht und wütend aus. Ich rechne damit, dass er mich schlägt. Das beunruhigt mich allerdings in diesem Moment nicht besonders, denn ich bin so aufgewühlt, dass ich einfach sofort so fest ich kann zurückschlagen würde, und zwar dorthin, wo es wehtut.

Aber er reagiert natürlich nicht wie erwartet. Er lacht stattdessen aus vollem Hals und zieht ein schwarzes Satintuch aus seinem Gewand hervor. Damit wischt er sich das Gesicht ab, ohne dass er aufhört zu grinsen. »Wir werden ein wahrhaft unglaubliches Paar abgeben, Ihr und ich, meine Lady.«

»Ich will mit Euren Plänen nichts zu tun haben. Ich werde nicht in Blacklands bleiben. Was immer Ihr mir auch antut, ich werde einen Weg finden, Euch zu erledigen.«

»Daran habe ich keinen Zweifel.«

Für einen Moment überrascht mich sein Zugeständnis. Gibt er eine mögliche Niederlage zu? Das kann ich mir nicht vorstellen. Offenbar will er mich täuschen. Er geht durchs Zimmer, stellt seinen Zinnkelch auf den Tisch, betrachtet die Keramik-Urne mit einer solchen Intensität, dass man glauben könnte, es sei eine Fotografie seiner Mutter. Dann gleitet sein durchdringender Blick zur Seite. »Es gibt nur eine Möglichkeit, wie Jarrod mich daran hindern kann, meinen genialen Fluch zu vollenden.«

Skeptisch höre ich ihm weiter zu. »Und wie?«

»Es ist eigentlich ganz einfach. Ein kleiner Tausch.«

Angst schnürt mir die Kehle zu. »Was für ein Tausch?«

Ein listiges Lächeln formt sich langsam auf seinem energischen Gesicht. »Euch gegen den Fluch.«
»Nein.«
»Denkt lieber noch ein bisschen nach, meine Schöne.«
»Darüber muss ich nicht nachdenken. Und nennt mich nicht so.«
Er sagt spöttisch und amüsiert zugleich: »Ich werde Euch nennen, wie ich will. Ihr habt in diesem Punkt nichts zu sagen. Ihr gehört jetzt mir.«
Er kommt näher und streicht mit eiskalten Fingern seitlich an meinem Gesicht entlang. Ich ziehe meinen Kopf zurück. »Fasst mich nicht an.«
»Oh, das werde ich nicht. Noch nicht. Denn ich muss erst über die Enttäuschung hinwegkommen. Ich hätte schwören können, dass Ihr noch Jungfrau seid. Genau wie meine Eloise.«
Ich lasse mir nichts anmerken, um seinen Eindruck nicht zu erschüttern. Rhauk hat zwar übersinnliche Fähigkeiten, aber er hat offensichtlich nicht durchschaut, dass Jarrod und ich weder wirklich verheiratet noch ein Liebespaar sind. »Nun, jetzt, wo Ihr die Wahrheit wisst, warum wollt Ihr immer noch mich? Warum nicht irgendein unschuldiges Mädchen aus dem Dorf?«
»Das ist sehr einfach, meine Lady. Ich habe schon viele solcher Mädchen gehabt. Sie langweilen mich. Bei Euch ist das etwas anderes. Jetzt, da ich eine Kostprobe Eurer Talente vorgeführt bekommen habe, bedeutet Ihr mir sehr viel mehr. Ihr seid die perfekte Herrin für Blacklands.«
Er bringt mich völlig aus der Fassung. »Wie... wie... wie... lange muss ich bei Euch bleiben?«
Sein Gesicht verzieht sich zu einem hässlichen Grinsen. »Ich glaube nicht, dass Ihr so naiv seid, Lady Kate.

Der Fluch ist für die Ewigkeit. Ich will Euch nur für den Rest Eures Lebens.« Seine schwarzen Augen bohren sich in meine. »Klingt doch gerecht, findet Ihr nicht?«

Ich schnaufe laut. »Und wenn ich nicht einverstanden bin?«

Er zuckt mit den Schultern. »Nun, dann wird Jarrod sterben.«

Ich kann kaum atmen. Meine Brust tut weh. Gott, wie ich diesen Mann hasse. Er repräsentiert nicht nur das Böse, er *ist* das Böse. Vielleicht sind die Gerüchte über ihn wahr und in seinen Adern fließt das Blut des Teufels.

»Er wird sicher kommen, um Euch zu holen«, fährt er selbstgefällig fort. »Es wird mich herausfordern. Er hat schon meine Wachen belästigt. Aber er ist körperlich zu schwach und, wie Ihr wisst, auch was seinen Willen angeht.«

»Jarrod war hier?«

Er wirkt gelangweilt. »Er hat schnell eingesehen, dass seine rührenden Versuche zu nichts führten. Dazu gehört mehr als eine Hand voll Ritter. Seine Zauberkräfte haben seinen Geist nicht erfasst und sind nicht erprobt. Seine Unerfahrenheit wird ihn zu Fall bringen. Das heißt, wenn er Euch so nahe steht, dass er mich zum Kampf herausfordert, dann werden wir Mann gegen Mann kämpfen. Natürlich gibt es immer noch seine reizende Cousine, die ihn ablenken kann.«

Er meint Emmeline. Rhauk spielt immer noch seine Spielchen. Ich tue so, als überhörte ich diese Bemerkung, und sage nichts.

Verstohlen streckt er seine Hand nach mir aus und berührt mich am Kinn. »Nur wenn er mich herausfordert, werde ich die Burg verlassen.« Seine Finger sind wie eisige Krallen. »Wenn Ihr mein Angebot annehmt, meine Lady, kann dieser Junge, der vorgibt, ein Mann zu sein, frei und unversehrt nach Hause zurückkehren. Er ist eine Plage. Ich will ihn nicht hier haben. Aber natürlich kann er nur *ohne* Euch gehen.«

Das Zittern in meinem Innern überträgt sich auf den Zinnkelch, den ich in den Händen halte. Ich drücke ihn fest an mich. Rhauk lässt mein Kinn los und ich antworte: »Wie kann ich wissen, dass Ihr den Fluch nicht trotzdem verhängt, ob ich nun bleibe oder nicht?«

»Ihr seid ja da, um Euch zu vergewissern.«

Während ich darüber nachdenke, fährt er fort zu erklären: »Natürlich kann es immer noch sein, dass sich der dumme Junge entschließt, mich trotzdem herauszufordern, obwohl Ihr ihn von Eurem dringenden Wunsch, auf Blacklands zu bleiben, überzeugt habt. So oder so, ich werde meinen Teil der Abmachung einhalten. Ich werde den Fluch nicht vollenden, wenn Ihr hier bleibt. Es liegt bei Euch, Jarrod davon abzubringen, mich herauszufordern. Wenn es Euch nicht gelingt, bleibt mir keine andere Wahl als ihn zu töten.«

Ich starre ihn sprachlos an. Das ist zu viel. Ich soll mein Leben diesem Wahnsinnigen opfern, damit Jarrods Familie von dem Fluch verschont bleibt. Und trotzdem könnte Jarrod immer noch sterben. Das ist nicht fair.

Rhauk beobachtet mich genau. »Bei Sonnenuntergang will ich eine Antwort von Euch. In der Zwischenzeit«, er bietet mir seinen Arm, »erlaubt mir, dass ich Euch die Entscheidung erleichtere. Ich werde Euch Blacklands zeigen, seine ganze Schönheit und die *Macht*, die uns gemeinsam gehören könnte.«

Ich lehne den Arm, den er mir bietet, schulterzuckend ab und genehmige mir stattdessen einen großen Schluck Wein. Als der Kelch leer ist, werfe ich ihn auf den Boden.

Er scheint sich zu freuen und ein wissendes Lächeln huscht über sein Gesicht. »Ah, dieses Temperament. Ihr seid meine größte Herausforderung. Aber Ihr *werdet* mir gehören.«

Mein Hass auf ihn wächst. Und da ich jetzt einen Tag Zeit habe, um über seinen Vorschlag nachzudenken, beschließe ich, das Beste aus der Situation zu machen. Je mehr ich von Blacklands sehe, desto mehr Chancen habe ich vielleicht, seine Schwächen herauszufinden.

»Zeigt mir den Fluch.«

»Kommt«, sagt er leise und verständnisvoll.

Ich folge ihm einen langen dunklen Gang entlang zu einer Wendeltreppe, die fast bis in den Himmel hinaufführt. Der Sonnenturm ist rund, was ungewöhnlich ist für diese Epoche, hell und doch kalt und zugig. Rund um uns sind viele Fenster, offene runde Schlitze. Ich fange in meinem dünnen Nachthemd an zu frieren. Der eiskalte Wind geht durch Mark und Bein. Rhauk scheint ihn nicht zu bemerken.

Hoch oben auf einer Stange, die an Ketten an dem steilen, spitzen Dach befestigt ist, sitzt eine kleinere Ausgabe der mir wohl bekannten Krähe. Rhauk fischt etwas aus seinem Gewand. Die Krähe knabbert daran, dann verschlingt sie es gierig und neigt den Kopf, um von ihrem Meister liebkost zu werden, als ob sie Danke schön sagen wollte.

Ich schaue mich um und wundere mich über das chaotische Durcheinander. Der Raum ist voll gestopft mit Bänken und allen möglichen Regalen, auf denen

Behälter stehen, die überquellen mit Pulvern, Kristallen und Steinen in allen erdenklichen Farben. Darunter befinden sich auch ein schwarzer Obsidian und verschiedene Steine in roten und leuchtenden blauen Tönen. Außerdem sind da Flüssigkeiten in fremdartigen Farben und Zauberwerkzeug – ein Sortiment von Glöckchen und Zauberstäben, eine Athame mit einem ungewöhnlich langen Blatt. Und natürlich liegt da das klassische Arbeitsbuch – das *Buch der Schatten.* Auch ein Sortiment von Mischvorrichtungen ist da, das ziemlich primitiv wirkt. Für diese Epoche ist es trotzdem fortschrittlich. Der Boden hat kleine Löcher und verbrannte Stellen, wo Tropfen von Chemikalien wahrscheinlich bei einem von Rhauks vielen Experimenten ihre Spuren hinterlassen haben.

Ein Kessel interessiert mich besonders. Ich fühle mich magisch von ihm angezogen. Rhauk folgt mir mit seinem Blick. Ich spüre, dass ich den Fluch vor mir habe, und ich möchte nur allzu gerne wissen, wie schwer es ist, ihn zu mischen und welche Bestandteile in ihm rumoren. Jillian könnte es mir sagen.

Ich nähere mich dem Kessel, um einen genaueren Blick hineinzuwerfen. Zuerst bin ich enttäuscht. Es ist nur Rotwein. Rhauk stellt hier oben Rotwein her. Ich schaue ihn an. »Wo ist der Fluch? Ihr habt gesagt, Ihr würdet ihn gerade brauen.«

»Ihr seht ihn genau vor Euch, meine Liebe.«

Ich zeige in den Kessel. »Das ist Rotwein.«

»O ja, das ist richtig.«

Seine selbstgefällige Haltung macht mich rasend. Ich schaue wieder in den Kessel und plötzlich wird mir alles klar. »Mein Gott, das ist Wein. Ihr habt den Fluch in den Wein gemischt.« Ich bin sprachlos.

Er lacht wie ein kleiner Junge. »Ihr seid schlau. Aber nicht so schlau wie ich, meine Lady. Dieser Wein wird den Durst der Familie Thorntyne für Generationen stillen. Er hat genau die Qualität, die Ihr hier seht«, erklärt er mit glühender Begeisterung. »Ah, er ist so mild, so süß. Nur Lord Richard höchstpersönlich, seine nächsten Familienangehörigen und vielleicht ein paar hohe Gäste werden das Privileg haben, ihn zu trinken.«

Sein Plan wird aufgehen. Schließlich ist das hier der Fluch, der die Thorntynes von Generation zu Generation seit mehr als achthundert Jahren heimsucht. Er ist so genial wie einfach. Der Wein, den man auf Burg Thorntyne trinkt, ist herb und trocken. Lord Richard wird dieses Gebräu sehr schätzen und er wird es sich und seiner geliebten Familie, für die er alles tut, vorbehalten. Ich will bloß eins wissen. »Was bringt Euch dazu, zu glauben, dass Lord Richard diesen Wein von Euch annehmen wird? Wird er nicht misstrauisch sein?«

»Mein dämlicher Halbbruder wird glauben, dieser Wein sei ein Geschenk des Königs.«

»Ihr habt an alles gedacht, nicht wahr?«

Er zieht eine Braue hoch und sieht mir direkt ins Gesicht.

»An alles.«

Mich eingeschlossen. Ich wende mich ab, einem der vielen Fenster zu. Es geht nach Süden und eröffnet einen direkten Blick auf die Burg Thorntyne. Was wohl Jarrod jetzt gerade tut, was er gerade denkt? Heute Morgen war er hier draußen vor dem Tor. Ich beuge mich vor, um hinunterzuschauen, aber niemand ist zu sehen. Kein Wanderer ist unterwegs auf dem langen Weg bis zur Burg Thorntyne. Der Weg verliert sich im dichten Wald. Ich versuche, mich in Jarrod hineinzuversetzen, ich möchte Jarrods Kraft spüren, wissen, wie es ihm geht. Aber über diese Entfernung ist da nur Leere. Mir kommt der Gedanke, er könnte an den Wunden, die ihm die Krähe gestern Nacht zugefügt hat, gestorben sein. Vielleicht haben sie sich entzündet und ihn vergiftet. Ich erinnere mich an das viele Blut auf meinem Nachthemd. Automatisch streiche ich mit den Fingern über die getrockneten Flecken.

»Er lebt«, überrascht mich Rhauk. Für eine Sekunde glaube ich, dass er meine Gedanken lesen kann. Aber dann merke ich, dass sich meine Gefühle in meinem Gesicht widerspiegeln, wenn ich zu Thorntyne hinüberschaue. Ich starre Rhauk voller Hass an. Er achtet gar nicht darauf. »Und der dumme Junge verschwendete heute Morgen seine Energie, um Euch zurückzufordern, nachdem er letzte Nacht so viel Blut verloren hat. Richard hätte ihn warnen sollen, dass es keine Möglichkeit gibt, Blacklands ohne Einladung zu betreten.«

Ich koche vor Wut. »Ihr habt ihm das angetan!«

»Na, na«, sagt er und streichelt der Krähe liebevoll über den Kopf. »Das war nicht ich, meine Lady, sondern die Krähe. Ihr erinnert Euch sicher.«

»Diese Krähe gestern Nacht wart Ihr!«

Er tut, als sei er erschrocken, sein Mund bleibt offen stehen. »Sicher macht Ihr nur Spaß.«

»Wie habt Ihr das gemacht?« Meine Haut kribbelt, weil ich weiß, dass der Sage nach nur die allermächtigsten Zauberer diese Fähigkeit haben. Ich bin zwar mit Zauberei aufgewachsen, aber wenn ich auch nur an die Kunst des Gestaltveränderns denke, schüttelt es mich. Das ist übermenschlich. »Wie habt Ihr Euch in eine Krähe verwandelt?« Seine schwarzen Augen funkeln einen Moment unheimlich. »Bleibt bei mir, Kate, und ich werde es Euch zeigen. Nein! Ich werde es Euch *beibringen.*«

Ich zittere bei dem bloßen Gedanken daran. »Danke, ich will mich nicht in einen Vogel oder irgendetwas anderes verwandeln.«

»Auch gut, letzten Endes ist es Eure Entscheidung.« Er dreht mir den Rücken zu und streckt seinen Arm nach etwas aus, was oben auf dem Regal liegt. Es ist ein langer brauner Umhang. Er wirft ihn mir zu. »Ihr habt bis zum Sonnenuntergang Zeit, Euch zu entscheiden. Bis dahin«, er macht eine tiefe Verbeugung, als ob er ein Mitglied der Königsfamilie grüßen würde, »seid Ihr mein verehrter Gast. Lasst uns frühstücken. Danach zeige ich Euch noch den Rest von Blacklands.«

Ich folge ihm benommen, werfe den Umhang um meine zitternden Schultern und bin dankbar für die Wärme und den Schutz während des Rundgangs.

Nicht viel später finde ich mich allein in meinem Zimmer wieder. Auf dem Bett liegt frische Kleidung. Ein einfaches, aber elegantes blaues Kleid aus einem weichen, seidigen Stoff. Außerdem sind da noch Unterkleider und weiche Lederstiefel. Nur ungern ziehe ich etwas an, das von Rhauk kommt, aber ich brauche etwas zum Anziehen, nicht zuletzt, um mich in Rhauks Gegenwart sicherer zu fühlen.

Ich ziehe mich um und lege mich erschöpft aufs Bett. Ich verbringe den Rest des Tages damit, über alles nachzudenken, was ich gesehen habe und was Rhauk gesagt hat. Der Mann ist nicht nur ein begabter Zauberer, er ist vom Wahnsinn befallen. Der Beweis seiner Zauberkraft ist überall. Ich kann es nicht leugnen. Seine Gärten sind unglaublich, eine Reihe exotischer

Früchte und Gemüse neben der anderen, von denen die meisten eigentlich um diese Jahreszeit keine Früchte tragen, manche reifen unter normalen Umständen überhaupt nicht im kalten britischen Klima. Und was für ein genialer Einfall ist der Fluch in dem Wein! Ein süßer Wein für einen geizigen Lord. Richards Gier bedeutet den Niedergang seiner Familie. Die Mitglieder der Familie Thorntyne werden den Wein für den Rest ihres Lebens regelmäßig trinken, ohne zu wissen, dass er die Kraft hat, bis in ihre Gene zu wirken und so etwas hervorzurufen, was sich auf alle weiteren Generationen vererbt. Aber die wirkliche Macht des Fluchs liegt darin, dass er bis zum siebten Sohn gewissermaßen ruht. Das ist das Magische an ihm und das Unglück, das dann dieses Kind und alle seine Familienmitglieder begleitet.

Und es ist der eigentliche Grund, warum Jarrod und ich uns in dieser Zeit befinden. Aber welchen Preis werden wir bezahlen müssen, um diesen verdammten Fluch aufzuheben? Mit unserem Leben? Jarrod wird ganz sicher sterben, wenn er Rhauk herausfordert. Und mein Leben wird nichts mehr wert sein. Ich kann nie wieder nach Hause zurückkehren und Jillian wieder sehen. Der bloße Gedanke, den Rest meines Lebens in Blacklands mit Rhauk zu verbringen, ist so unerträglich, dass mir die Tränen kommen. Ich blinzle und schlucke sie herunter.

Die Sonne versinkt schnell hinter dem goldfarbenen Horizont. Bald wird Rhauk kommen, um sich meine Antwort abzuholen. Ich muss mich entscheiden, aber habe ich überhaupt eine Wahl? Tief in mir fühle ich, dass es nur eine Möglichkeit gibt. Ich muss Jarrod davon überzeugen, dass er zu Jillian nach Hause zurückkehrt – ohne mich. Wenigstens wird auf diese Art der Fluch aufgehoben und einer von uns kann ein normales Leben führen.

Mit dieser Erkenntnis stirbt ein Teil von mir. Aber welche andere Möglichkeit gibt es, um den Fluch abzuwenden? Rhauks Kräfte sind für uns beide zu mächtig, sowohl für Jarrod als auch für mich. Aber wenn ich mich entscheide, in Blacklands zu bleiben, befriedige ich Rhauks Bedürfnis nach Rache.

Dann wird er den Wein nicht weggeben.

Der Preis für Jarrods Freiheit ist meine Gefangenschaft.

Jarrod

Richard hat Recht. Er hat mich davor gewarnt, dass Blacklands durch Rhauks Zauberkraft geschützt ist. Trotzdem hat er mich heute Morgen dorthin begleitet, mit Malcolm, Thomas und zwölf seiner besten Ritter. Aber es war ein sinnloses Unterfangen. Blacklands Tore werden sich ohne Rhauks Einwilligung nicht öffnen. Tore und Mauern sind durch einen Zauber geschützt.

Nach unserer Rückkehr überredet mich Richard zu einem Frühstück in der Großen Halle. Ich habe zwar keinen Appetit, aber der Kampf der letzten Nacht hat mich geschwächt. Morgana hat die Wunde an meinem Hals genäht, wo die Krähe ihren Schnabel hineingebohrt hat, und die Kratzer auf meinem Rücken hat sie mit antiseptischen Pflanzen behandelt.

Dass Kate in Rhauks Schloss ist, lässt mir keine Ruhe. Mir wird ständig übel. Ich kann an nichts anderes denken als daran, sie wieder zurückzuholen. Das Essen in meinem Mund fühlt sich an wie Pappe. Aber ich zwinge mich zum Essen, um zu Kräften zu kommen. Natürlich weiß ich, dass ich durch körperliche Kraft allein Kate nicht zurückbekomme. Ich brauche die Kraft, die meine Gabe mir verleihen kann. Und das muss mehr sein als nur die Fähigkeit, einen Sturm hervorzurufen. Ich brauche *Zauberkraft*.

Kate glaubt, ich habe diese Kraft. Es wird jetzt Zeit

für mich, der Wahrheit ins Gesicht zu sehen, meine Gabe anzunehmen und sie zu trainieren. Dazu brauche ich Richards Verständnis. Die Leute hier hegen ein tiefes Misstrauen gegenüber allem Magischen. Das ist unter anderem ein Grund dafür, warum sie Rhauk so sehr verachten. Zum einen will er ihre Ländereien, zum anderen kennen und fürchten sie ihn als vollendeten Meister der schwarzen Magie. Ich will nicht in ihrem Kerker landen oder, schlimmer noch, umgebracht werden und Kate für immer in Blacklands zurücklassen.

Daher beginne ich vorsichtig: »Ich muss Rhauk zum Kampf herausfordern.«

Richard schlägt mit der Faust, in der er noch eine Schweinshaxe hält, auf den Tisch. »Unmöglich! Glaubt Ihr, das hätten wir nicht schon versucht?«

Ich spüre seine Sorge um mich. Ich gehöre zur Familie und das bedeutet ihm sehr viel. Ich hoffe, daran erinnert er sich auch noch, nachdem ich ihm alles erklärt habe. »Mit Ihrer Hilfe, mein Lord, kann ich ihn mit seinen eigenen Waffen schlagen.«

»Rhauk ist ein Zauberer!« Malcolm sitzt auf der anderen Seite neben seinem Vater. »Wie willst du ihn überlisten, Cousin?«

Der Anfang ist gemacht. »Mit seinen eigenen Mitteln. Mit Zauberei.«

Am Tisch wird es totenstill. Auch Isabel, die zu unserem Gespräch dazugestoßen ist, schaut verwirrt. »Ihr macht natürlich nur einen Spaß.«

Ich sehe Richard und Isabel an. Obwohl Richard der Herr von Thorntyne ist, verlässt er sich in vielen Entscheidungen auf seine Frau. »Ich will niemanden ängstigen. Ich weiß jetzt mit meiner Gabe umzugehen und würde Euch nie ein Leid zufügen. Ich will gegen Rhauk kämpfen und Katherine zurückholen.«

Malcolm springt auf, starrt mich an und zeigt mit dem Finger auf mich. »Elender Zauberer! Er hat die Stürme verursacht! Zuerst hier in der Halle und gestern Nacht im Turm.«

»Ja«, stimme ich zu und gebe mir alle Mühe, es zu erklären, bevor Malcolm mir Ärger machen kann. »Aber ich habe meine Fähigkeiten zu diesem Zeitpunkt noch nicht verstanden. Jetzt verstehe ich sie. Bitte, ich brauche Eure Hilfe. Ich will Rhauk zerstören. Ich *muss* ihn zerstören.«

»Und uns gleich mit!« Jetzt hören alle, die sich noch in der Halle aufhalten, Malcolm zu.

»Nein! Ich will nur Rhauk.«

Malcolms Hand fährt blitzschnell an sein Schwert. Nur Richards schnelles Eingreifen hält ihn davon ab, es aus der Scheide zu ziehen. »Halt, Malcolm. Als dein Vater und Lord befehle ich es dir!«

Malcolm kocht, seine Augen funkeln wie smaragdgrüne Dolche.

Richard wirkt nachdenklich. »Was könnt Ihr ausrichten?«, fragt er mich.

Ich zucke mit den Schultern. »Ich bin mir nicht sicher, das ist das Problem. Ich muss es zuerst herausfinden. Aber ich will niemandem Angst machen. Wenn Ihr begreift, dass das, was ich tue, niemanden verletzen soll, kann ich mich darauf konzentrieren und trainieren.«

»Vielleicht könnte ich Euch helfen.«

»Was! Vater, seid Ihr wahnsinnig?«

»Sei still, Malcolm! Ich habe mein ganzes Leben in Rhauks Schatten gelebt und eines Tages wirst du das als

Herr von Thorntyne auch müssen. Nur einer, der ebenfalls mit schwarzer Magie umgehen kann, hat eine Chance, diesen Teufel zu bekämpfen.«

Mein Puls rast, aber Richards Unterstützung ermutigt mich.

»Was meinst du, meine Liebe?«, fragt er seine Frau.

Sie schaut mich prüfend an und denkt lange nach.

»Ich habe zu Jarrod Vertrauen gefasst, zu seiner angenehmen Art und seiner Loyalität. Ich glaube, du solltest ihm alle Unterstützung gewähren, die er braucht.«

Ich lächle dankbar und erleichtert.

»Meine verehrte Mutter, das ist eine große Schande!«, schreit Malcolm seine Mutter an. »Ihr serviert diesem Ketzer mein Erbe auf einem silbernen Tablett! Wenn wir diesem Schuft helfen und er an Macht gewinnt, vielleicht sogar noch mächtiger wird als Rhauk, was kann ihn dann noch daran hindern, Thorntyne selbst an sich zu reißen?«

Lady Isabel und Richard erwarten ängstlich meine Erwiderung. Ich versuche ruhig und Vertrauen erweckend zu klingen. »Ihr habt mein Wort«, sage ich. »Als ein Thorntyne gebe ich es Euch.«

Ich hoffe, dass das reicht.

Kate

Am nächsten Morgen mache ich mich in der Dämmerung mit Rhauks schwarzem Hengst auf den Weg nach Thorntyne. Prinz Ebenholz heißt das große und massige Tier, das trotzdem unglaublich leicht zu reiten ist. Es hat einen breiten, kräftigen Rücken, der sich überraschend ruhig und sicher bewegt. Wie programmiert, weiß es genau, wohin es gehen soll und trägt mich direkt bis vor die Tore von Thorntyne.

Malcolm hält Wache, mit einigen anderen Soldaten, unter ihnen Thomas, der sichtlich erleichtert ist, als er sieht, dass ich unverletzt bin. Malcolm kündigt aufgeregt an, dass er mich zu Jarrod bringen wird. Ich folge ihm durch den Burghof in den privaten Innenhof. Dort steht Jarrod mit nacktem Oberkörper ruhig da und konzentriert sich auf die vibrierenden Blumenblätter einer purpurfarbenen Rose.

Beim Anblick der Wunden stoße ich einen tiefen Seufzer aus, besonders als ich den langen genähten Riss am Hals sehe. Er sieht entzündet aus und ich muss mich beherrschen, nicht zu Jarrod zu laufen. Ich sage mir, dass die Wunden ja noch frisch sind und dafür doch erstaunlich gut aussehen. Wenigstens hat sich jemand mit heilerischen Fähigkeiten der Wunde angenommen und dafür sollte ich dankbar sein. Meine Finger gleiten wie von selbst an meine Brust. Das Amulett zu spüren tröstet mich. Es wird nicht leicht sein, mich davon zu trennen.

Malcolm räuspert sich und Jarrod dreht sich um. Die Sonne reflektiert auf Jillians Amulett. »Kate!«

Es ist nur ein einziges Wort, aber es liegt alles darin – Überraschung, Erleichterung, Leidenschaft. Ich muss mich sehr anstrengen, um einen beherrschten oder gar gleichgültigen Eindruck zu machen. »Jarrod, ich hoffe, deine Wunden heilen gut.«

»Morgana ist eine begabte Heilerin. Deine Großmutter hätte ihre Freude an ihr.«

Mein Gesichtsausdruck hält ihn davon ab, auf mich loszurennen und mich in seine Arme zu nehmen. Ich sehe – fühle –, dass er es eigentlich gerne tun würde. Ich hebe meine Schultern an und strecke das Kinn überlegen und abweisend nach vorn. Gott, ist das schwer! Aber wenn ich es schaffen will, muss Jarrod jedes Wort glauben. Malcolm nickt und lässt uns allein.

»Hat er dich verletzt?«, fragt Jarrod und kommt jetzt, da wir alleine sind, einen Schritt näher.

»Keineswegs, er ist ein richtiger Charmeur.« Ich lüge und werde auch weiterhin lügen.

»Wirklich? Na ja, dein Gesicht ist jedenfalls ganz zerkratzt.« Ich höre auf, mit den Fingern über die Kratzer zu fahren. »Das war die Krähe.«

»Es war Rhauk!«

Auch wenn es mir schwer fällt, versuche ich, seinen feindseligen Ton nicht zu beachten. »Er ist ein sehr kluger Mann.«

»Er ist böse.«

Natürlich stimme ich ihm zu, aber ich lasse mir nichts anmerken. »Eigentlich fesselt mich seine Zauberei sogar regelrecht, Jarrod.«

Seine Augenbrauen schießen nach oben. »Was? Wie sehr?«

Das ist mein Stichwort. »So sehr, dass ich beschlossen habe, bei ihm zu bleiben.«

Er starrt mich bewegungslos an. Und dann, als ich gerade glaube, seinem wilden, starren Blick nicht mehr standhalten zu können, sagt er schließlich: »Du lügst.«

Natürlich lüge ich, aber es muss sein. Seine Freiheit und sein Leben hängen davon ab, wie überzeugend ich bin. Deshalb wende ich mich ab und tue so, als interessiere ich mich für die Rosenbüsche, die gerade erst geschnitten worden sind. Ich frage mich flüchtig, woher die einzelne purpurfarbene Rose stammt. Ich weiß, dass meine Augen für ihn der Schlüssel zu meinem Inneren sind. »Er will mich zu seiner Königin machen. Er will seine Kräfte mit mir teilen, mir alles beibringen, was er weiß. Das ist eine Gelegenheit, die ich nicht ...«

»Das ist Blödsinn! Das sind alles Lügen! Wie kannst du darauf hereinfallen? Er benutzt dich nur.«

»Nein, tut er nicht. Er will mich wirklich.«

Er flüstert leise, aber ich höre jedes Wort. »Ich will dich auch.«

Meine Gesichtszüge verhärten sich und ich schlucke den Kloß in meinem Hals herunter. »Nun«, ich drehe mich zu ihm um und sehe ihm ins Gesicht. Ich bin entschlossen, das hier zu Ende zu bringen. »Ich will Rhauk.« Bevor ich die Nerven verliere, nehme ich das Amulett ab, das an meinem Hals hängt, und lege es schnell in Jarrods Hand. »Du wirst es brauchen, um zurückzukommen. Erinner dich an die Worte.«

Er starrt mich an und schüttelt den Kopf, voller Un-

verständnis und Erstaunen.»Das kann nicht dein Ernst sein.«
»Doch, ist es. Todernst.« So fühle ich mich tatsächlich, innerlich tot.
»Und was hat Rhauk dir dafür versprochen? Den Fluch aufzuheben?«
Mit aller Kraft verberge ich meinen inneren Kampf und ringe darum, unbeeindruckt und gleichgültig auszusehen.»Aber natürlich. Das ist ein fairer Tausch.«
»Dein Leben ist wichtiger, Kate, als ein Tausch von Versprechen, von denen du nie weißt, ob er sie überhaupt einhalten wird!«
»Er wird sein Versprechen halten, Jarrod. Ich werde da sein, um es zu garantieren.«
»Bleibst du deshalb bei ihm?«
»Nein!« Gott, er ist der Wahrheit so nahe.»Ich möchte bleiben.«
»Du lügst.«
Ich muss ihn überzeugen.»Ich weiß, dass es schwer für dich sein muss, das zu akzeptieren, besonders nach, na ja... nach dieser Nacht.« Ich spüre, wie mein Gesicht anfängt zu glühen, und erinnere mich, wo seine Hände mich berührt haben, wie sie sich angefühlt haben. Ich schiebe die Erinnerungen weg.»Endlich habe ich bei Rhauk meinen Platz in dieser Welt gefunden. Du weißt, in der anderen Welt bin ich eine Außenseiterin. Ich kann meine Zauberei nicht ausüben. Dort bin ich nicht frei im Vergleich zu der Freiheit, die ich hier durch Rhauk haben kann. Er ist ein wirklicher Meister, Jarrod. Und ich bin es leid, so behandelt zu werden wie in der anderen Welt. Ich möchte dort leben, wo ich willkommen bin, wo ich akzeptiert bin. Ich weiß, dass du das verstehst.«

Es wird ihm wehtun, aber es geht nicht anders. Ich versuche meine Stimme mit Verachtung zu füllen. »Du warst von allen der Schlimmste. Du hast nur so getan, als ob du an mir interessiert wärst. Ich dachte, du wärst mein Freund, aber hast du dich je zu unserer Freundschaft je vor den anderen bekannt?«

Innerlich krampft sich mir alles zusammen, als ich sehe, wie sich in seinem Gesicht große Schuldgefühle widerspiegeln.

»Ich will so nicht leben, Jarrod. Hier, mit Rhauk, muss ich das nicht. Und ich kann mit meiner Zauberei arbeiten und von einem wirklichen Zauberer lernen.«

»Ich werde ihn dennoch herausfordern.«

»Hörst du mir denn nicht zu?« Panik erfasst mich. »Das ist nicht nötig. Du bist frei. Benutz das Amulett, sag den Spruch auf, den Jillian uns beigebracht hat. Du könntest in wenigen Minuten zu Hause sein, und alles wird sich von da an ändern. Deine Familie wird wieder normal leben können, ohne von einer Katastrophe in die nächste zu stürzen. Verdienen sie diese Chance nicht? Und was ist mit dir? Denk drüber nach, Jarrod: Du kannst in die Welt von Tasha und Jessica und Pecs und Ryan zurückkehren und dich des Lebens freuen, für das du bestimmt bist.«

»Glaubst du wirklich, ich sei so oberflächlich, Kate? Wie kann ich nach Hause zurückkehren, wenn ich weiß, dass ich dich hier mit diesem Monster allein gelassen habe? Und das alles auch noch um meinetwillen!«

»Ich *will* es so. Ich will nicht das, was du mir bieten kannst.«

Diesmal haben meine Worte die erwünschte Wirkung. Aber dann flackern Zweifel in seinen Augen auf und ich fühle, wie sie wieder die Oberhand gewinnen.

»Ich werde ihn dennoch herausfordern«, antwortet er starrköpfig.
Warum ist das bloß so schwer! Ich muss mich beherrschen, ihn nicht anzuschreien. »Verdammt noch mal, Jarrod, hörst du mir denn nicht zu!« Mit zusammengekniffenen Augen schaut er mich durchdringend an. »Warum bist du so nervös? Warum ist es so wichtig, dass ich nach Hause zurückkehre?«
Weil alles umsonst ist, wenn du stirbst! Ich zucke mit den Schultern. Ich ringe darum, möglichst umbeteiligt auszusehen, und lasse mir einen Augenblick Zeit, mir etwas auszudenken, was ihn ohne Gewissensbisse von mir absehen lässt. Plötzlich weiß ich es. Ich drehe mich schnell herum und schaue ihm direkt ins Gesicht. »Ich mach mir Sorgen, dass jemand verletzt werden könnte.«
Er wirkt erleichtert. Auf seinem Gesicht zeigt sich ein zaghaftes Lächeln. Dann streckt er sanft seine Hand nach mir aus.
Ich ignoriere seine Hand. »Es ist möglich, dass du ihn verletzen könntest. Jetzt, da du dir deiner Gabe bewusst bist.«
Er erstarrt. »*Ihn?*«
Ich nicke, mein Mund ist ganz trocken.
Seine Hand fällt herab und ballt sich zu einer blutleeren Faust. »*Rhauk!* Beschützt du jetzt Rhauk?«
Ich versuche alles, um die Trockenheit in meinem Mund loszuwerden. »Natürlich. Wen sonst?«
Er reißt die Augen weit auf, sein Mund steht offen. Dann fasst er sich wieder. »Liebst du ihn?«
Meine Brust wird eng. Ich schlucke schwer. »Er ist jetzt mein Leben. Ich will kein anderes.«
Mehr gibt es nicht zu sagen. Ich kann keinen Augen-

blick länger hier stehen und in Jarrods betroffenes Gesicht schauen, ohne zusammenzubrechen und ihm alles zu erklären. Ich drehe mich schnell um und gehe weg. Zurück zu Prinz Ebenholz. Zurück zu Rhauk. Aber ich werde den Ausdruck auf Jarrods Gesicht nie vergessen.

Er war am Boden zerstört. Und wütend. Ich hoffe, dass seine Wut noch größer wird, damit er die Amulette nimmt, den Bernstein-Kristall zerschlägt, der unsere Verbindung nach Hause enthält und die lateinischen Worte sagt, die wir uns eingeprägt haben – bevor er aufhört zu denken.

Er muss das einfach für mich tun, damit mein Opfer einen Sinn hat.

Jarrod

Ich kann es nicht glauben. Kate ist zurückgekommen. Ich hätte sie zu Tode drücken können. Das, was ich fühlte, konnte ich nicht mit Worten ausdrücken. Malcolm brachte sie zu mir. Er sah immer noch verbittert und misstrauisch aus. Ich beachtete ihn nicht weiter und spürte sofort, dass irgendetwas mit Kate nicht stimmte. Malcolm ließ uns allein, aber ich konnte trotzdem nicht auf sie zugehen. Sie hatte die-sen Rühr-mich-nicht-an-, Komm-nicht-in-meine-Nähe-Ausdruck im Gesicht. Zuerst dachte ich, es könnte daran liegen, dass Rhauk sie körperlich oder emotional verletzt hätte oder beides zusammen. Deshalb hütete ich mich davor, zu schnell auf sie zuzugehen. Aber es stellte sich heraus, dass er sie nicht verletzt hatte. Jedenfalls hat sie es so dargestellt.

Es ist fast nicht zu glauben, dass das die Wahrheit sein soll, aber sie klang sehr überzeugend.

Jetzt geht sie fort. Ich will hinter ihr herrennen, sie festhalten, sie zurückholen, aber meine Beine wollen sich nicht bewegen. Ich bin völlig erschüttert. Am liebsten möchte ich sie hassen. Noch schockierender ist, dass ich sie um den Hals packen will und sie schütteln will, bis ihr Verstand wieder zurückkehrt. Ich presse meine Hände zu Fäusten zusammen und fühle, wie sich Kates Amulett in meine Handfläche bohrt. Ich ziehe es über meinen Kopf und umschließe beide Amulette mit einer

Hand. Einmal kräftig zudrücken müsste ausreichen, um den Kristall zu zerbrechen. In wenigen Augenblicken könnte ich zu Hause sein.

Aber ich kann es nicht. Wenigstens jetzt noch nicht. Nicht bevor ich Kates Motive genau durchschaue. Wenn sie diese Epoche und ihre Zauberei nicht so sehr lieben würde, könnte man denken, dass sie das alles sicher nur für mich tut. Wie kann ich wissen, was wahr ist? Sie klang so überzeugend. Solange jedoch auch nur die geringste Möglichkeit besteht, dass sie ihr Leben für mich opfert, könnte ich sie nie zurücklassen. Lieber würde ich sterben.

Sterben könnte ich vielleicht auch, wenn ich Rhauk herausfordere. Aber ich bin nicht so unbedacht, das zu versuchen, bevor ich nicht meine Kräfte ausgebildet und trainiert habe. Das wenige, das ich bis jetzt gelernt habe, reicht aus, um den Energiefluss unter Kontrolle zu halten, wenn ich die Geduld verliere. Es erheben sich keine Winde mehr, die die Kraft eines Sturms haben oder sogar die eines Wirbelsturms. Wenigstens nicht solange ich es nicht will. Das ist zwar nur ein kleiner Erfolg, aber er zeigt mir, dass ich meine Begabung trainieren kann. Heute Morgen trieb ich meine Spielchen mit Isabels Garten. Sie hatte gerade erst ihre Rosen beschnitten. Ich zauberte neue Knospen und schaute zu, wie sie aufblühten und dann wieder verblühten, alles im Zeitraum von ein oder zwei Atemzügen.

»Jarrod?«

Es ist Emmeline. Ich seufze. Nicht schon wieder. Sie langweilt sich zu Tode. Aber wer kann es ihr verdenken, wenn sie den ganzen Tag Wandteppiche nähen muss? Unglücklicherweise gibt es nichts, was ich für sie tun kann. Ein Gameboy ist ausgeschlossen. »Emmeline, was ist denn schon wieder?«

Sie sitzt auf einer Steinbank, zieht ihre langen, hellvioletten Seidengewänder über ihren Knöcheln zusammen und tut so, als hebe sie sie zufällig so an, dass ihre Knöchel und ein guter Teil ihrer blassen Waden sichtbar werden. Ich stelle mir eine Gruppe sonnenbadender Mädchen in knappen Bikinis vor und muss schmunzeln.

»Eine kleine Bitte«, murmelt sie anbiedernd.

Ich setze mich neben sie und versuche nicht zu laut zu stöhnen. »Schieß los.«

»Wenn du von hier weggehst, möchte ich mit dir kommen.«

»Aber...«

Sie hebt die Hand, um mich zum Schweigen zu bringen. »Warte, Jarrod. Hör mir bitte zu. Du weißt nicht, wie es ist, wenn man hier lebt. Ich will reisen, ich will die Welt sehen. Deine Welt.«

»Warum denkst du, dass es dort, wo ich herkomme, besser ist?«

»Natürlich ist es das. Schau dich an, wie weltverbunden du bist, wie gut informiert über alles.«

»Tut mir Leid, Emmeline. Wenn Katherine und ich von hier weggehen, gehen wir nicht dorthin, wo du denkst.«

»Kehrt ihr nicht nach Hause zurück?«

Ich will nicht lügen, aber ich kann ihr auch nicht die Wahrheit sagen. »Nicht ganz.«

Sie stöhnt theatralisch. »Es ist mir gleich, wohin du mich mitnimmst. Ich halte es hier nicht länger aus. Ich werde langsam verrückt. Und du kannst auf deiner Reise Gesellschaft gebrauchen. Jemand, der dich nachts warm hält.«

Ich schaue sie streng an. Sie ist bestimmt in der fal-

schen Zeit geboren. Paradoxerweise ist das ihr Glück.
»Ich habe Katherine.«
Sie verzieht den Mund. »Ja, natürlich. Was habe ich mir nur dabei gedacht?«
Sie steht auf, um zu gehen, und zupft ihre Röcke zurecht.
»Ich *werde* sie zurückholen, Emmeline.«
»Hmm, vielleicht wird sie Blacklands allmählich lieben lernen. Ich habe viel Klatsch aus dem Dorf gehört. Die jungen Mädchen sagen, Rhauk sei ein wunderbarer Liebhaber.«

Ich schieße senkrecht in die Höhe und möchte sie in diesem Moment am liebsten erwürgen. Ich frage mich schnell, ob das die Geschichte grundlegend verändern würde. Natürlich kann ich es nicht darauf ankommen lassen, auch wenn ich über mich selbst überrascht bin. Denn ich hätte es getan.

Sie zuckt nicht einmal mit der Wimper und streicht mir mit ihren Fingernägeln über die Schulter, sodass dünne, rötliche Striche entstehen. Sie lächelt geziert und provokativ. Was sie sagen will, ist eindeutig. Am liebsten würde ich vor ihr ausspucken.

»Vielleicht solltest *du* es mal mit ihm probieren«, schlage ich vor.

Malcolm kommt dazu. Als er sieht, wie Emmeline mich anschaut, heben sich seine Brauen vor Neugier. Sie sieht ihn auch und winkt ihm locker zu. Mir schenkt sie ein listiges Lächeln, aber ihre Augen lächeln nicht mit. Dann lacht sie kurz und spöttisch. Sie will offenbar den Eindruck vermitteln, dass sie alles, was Rhauk betrifft, bereits weiß.

»Was hatte das zu bedeuten?«, fragt Malcolm

»Sie ist gelangweilt. Du solltest sie mit auf die Jagd

nehmen.« Er antwortet höhnisch: »Reiten findet sie furchtbar. Das Leben am Hof würde besser zu diesem Luder passen.«
»Sie will von hier weg.«
»Sobald ich hier Herr bin, wird sie gehen, wenn nicht schon früher. Mein Vater kennt meinen Wunsch. Ich kenne ihre kleinen Verführungsspielchen genau. Sie hat es auch schon bei mir probiert, Jarrod. Dass sie meine Cousine ist, ist der Schlampe egal. Ihr Hunger ist unersättlich. Sie hat es wahrscheinlich auch schon beim Pfarrer versucht.« Seine Stimme beruhigt sich wieder. »Sei wachsam, denn sie versucht, sich zwischen dich und Katherine zu drängen.« Ich zucke zusammen, denn ich wäre froh, wenn es etwas zwischen Kate und mir gäbe, in das man sich hineindrängen könnte. Seine Bemerkung, eines Tages Herr der Burg zu sein, erinnert mich daran, dass wir einiges miteinander zu besprechen haben. Er ist mir gegenüber feindselig, weil er mich als Bedrohung empfindet. »Eines Tages wirst du der Herr von Thorntyne sein, Malcolm.«

»Nicht wenn du im Spiel bist, Cousin.«

Ich lege meine Hand auf seine Schulter und versuche, ihm zu versichern, dass ich es ernst meine. »Ich will Thorntyne nicht.«

Er schüttelt meine Hand ab. »Pah! Warum bist du denn sonst hier?«

Er würde merken, wenn ich lüge, also kann ich nicht mit irgendeiner Ausrede kommen.

»Warum ich hier bin, ist schwer zu erklären, außer dass ich dort, wo ich herkomme, von Rhauk und seine Bosheiten gehört habe.«

Er zieht die Augenbrauen hoch. »Sein Ruf reicht weit, das stimmt.«

»Und ich habe ... merkwürdige Fähigkeiten ...«
»Zauberkräfte!«
»So könnte man sagen«, gebe ich widerwillig zu. »Ich habe beschlossen, meine Familie von Rhauks bösen Einflüssen zu befreien.«
Erleichtert stelle ich fest, dass Malcolm meine Erklärung tatsächlich zu akzeptieren scheint. Ich brauche ihn als Freund, nicht als Feind. »Was du sagst, klingt glaubwürdig.«
Ich atme auf und fühle mich ein wenig mit ihm verbunden. »Es gibt noch etwas, was du wissen solltest. Über meinen Bruder.«
Er mustert mich kritisch.
»Eines Tages wird er dich herausfordern. Wann, weiß ich nicht, aber ich weiß, dass er es vorhat.«
»Ist er schon dabei, eine Armee aufzustellen?«
Das weiß ich nicht. Aber wenn es dazu kommt, weiß ich, dass Malcolm nach schwerem Kampf siegen wird. Ich wünschte, ich könnte ihm das sagen, aber dann könnte er es zu leicht nehmen und er würde sich vielleicht nicht sorgfältig genug vorbereiten. Und wenn er dann im Kampf unterliegt, würde die Geschichte der Thorntynes einen anderen Verlauf nehmen. Jillians Warnung, mich ja nicht einzumischen, fällt mir wieder ein. »Er ist sehr stark. Du solltest gründliche Vorkehrungen treffen und immer auf der Hut sein.«
Seine grünen Augen schimmern voller Dankbarkeit. Ich glaube, ich habe gerade einen Freund gewonnen.
Die nächsten sieben Tage schleppen sich elend dahin. Ich sehne mich wahnsinnig nach einer Nachricht von Kate. Sie bleibt bei Rhauk in Blacklands. Und ich *fühle* ihn jetzt. Seine Aura, seine Energie. Das wäre noch vor kurzem ganz unvorstellbar gewesen. Er ist ge-

reizt. Wahrscheinlich spürt er, wie meine Kräfte zunehmen. Das beunruhigt ihn.

Ich trainiere jeden Tag. Richard und Malcolm unterstützen mich, indem sie mich antreiben, in neue Bereiche der Zauberei vorzudringen, wenn ich eine Einsicht gewonnen habe oder einen Trick beherrsche. Auch Morgana hilft mir mit ihrem Talent. Ihre Spezialität ist das Heilen mit Kräutern, eine Art sanfte Zauberei. Ihr habe ich es zu verdanken, dass meine Wunden so gut heilen. Gerade heute Morgen hat sie an meinem Hals die Fäden gezogen. Erleichtert haben wir beide festgestellt, dass inzwischen nichts mehr auf eine Infektion hindeutet.

Leider schaut auch Emmeline zu, wenn ich trainiere. Ihr ist jeder Vorwand recht, in meiner Nähe zu sein. Ich bemühe mich, ihre Annäherungsversuche zu ignorieren. Ich möchte ihre Gefühle nicht verletzen, aber seit ich sie genauer kenne, ist mir klar, dass sie nichts weiter im Sinn hat als ihre Schönheit und sexuellen Begierden.

Mit Richard und Isabel werde ich immer vertrauter. Vor allem seitdem sie meine »Zauberkraft« anerkennen. Ich erwidere ihre Gefühle. Wenn Richard etwas heilig ist, dann ist es seine Familie, ausgenommen natürlich Rhauk, dem gegenüber er vehement jede Verwandtschaft bestreitet. Täte er das nicht, würde er Thorntyne verlieren, da Rhauk als dem älteren Sohn alles gehören würde. Und das kann Richard auf keinen Fall zulassen, denn er hängt sehr an seinen Ländereien, seiner Burg und seiner Familie, die seinem Leben Sinn geben.

Manchmal versuche ich, in ihm ein Verantwortungsgefühl gegenüber dem Dorf, den Bauern und Arbeitern zu wecken. Aber darüber spottet er nur und mir fällt wieder ein, dass ich mich nicht einmischen darf. Für Richard gibt es eine klare Trennung zwischen dem Adel, seiner Familie, seinen Rittern und der niederen Schicht der Handwerker und Bauern. Für ihn sind sie lediglich Abschaum.

Offensichtlich kann ich nicht wie Kate Zaubersprüche anwenden. Meine Zauberkraft geht allein von meinem Kopf aus. Es ist eine Art Gedankenprojektion, die Dinge tatsächlich verändern kann. Am leichtesten fällt es mir mit der Natur. Ich habe Isabels edlen Rosen zu doppelt so großen Blüten verholfen, Busch für Busch, und ihren Kräutergarten habe ich mit einem einzigen konzentrierten Blick verwelken lassen. Deshalb war sie böse mit mir, hat mich dann aber letztlich umarmt, als ich ihren Garten wieder zu voller Blüte erweckte.

Es ist noch ein langer Weg, aber ich spüre Rhauks Ungeduld. Ich hoffe nur, dass er sein Temperament zügeln wird, bis ich genug Fähigkeiten entwickelt habe, um es mit ihm aufzunehmen. Es kann natürlich sein, dass meine Kraft dazu nie ausreichen wird. Aber auch dann werde ich den Kampf mit ihm aufnehmen. Es geht jetzt nicht mehr nur darum, meine Familie und künftige Nachkommen von einem schrecklichen Fluch zu befreien. Es ist mein persönlicher Kampf geworden.

Um Kate.

Und jeder Tag, an dem ich nichts von ihr höre, macht mich fast wahnsinnig. In dem Maße, wie ich im Umgang mit meinen übernatürlichen Gaben vorwärts komme, mache ich auch Fortschritte beim Ausbau meiner körperlichen Fähigkeiten. Ich muss wissen, wie man ein Schwert führt und wie man mit den bloßen Händen kämpft, falls es nötig sein sollte. Dafür habe ich viele freiwillige Helfer. Heute ist es Malcolm. Ich kann meine Sorge um Kate nicht verbergen, als ich einen seiner Schwerthiebe abwehre.

»Dazu fällt mir etwas ein«, sagt er und erklärt es mir. Sein Plan ist gut. Daraus lässt sich etwas machen. Nach einer langen Diskussion ist der Plan ausgefeilt.

Er wird zu einem Beweis für Malcolms Freundschaft werden.

Kate

Meine letzte Begegnung mit Jarrod ist beinahe drei Wochen her und er ist noch immer nicht nach Hause zurückgekehrt. Bevor Rhauk Jarrod nicht losgeworden ist – egal wie –, weigert er sich, mir irgendetwas beizubringen. Rhauk spürt Jarrods Anwesenheit sehr genau. Deshalb weiß ich, dass Jarrod noch in Thorntyne ist. Und je länger er dort ist, desto nervöser und verdrießlicher wird Rhauk. Er ist widerwärtiger und düsterer Laune. Ich muss nur Jarrods Namen erwähnen und schon geht er auf mich los. Ich habe gelernt, meinen Mund zu halten. Meistens jedenfalls. Aber manchmal kann ich einfach nicht anders. Irgendwie macht es mir Spaß zu sehen, wie Rhauk seine Beherrschung verliert.

Die Zeit vergeht quälend langsam. Ich habe nichts zu tun. Meistens ziehe ich mich auf mein Zimmer zurück und blicke auf das unwirtliche Meer hinaus. Viele Stunden verbringe ich mit Nachdenken. Wie einfach wäre es, mich über den Fenstersims so weit hinauszulehnen, dass ich das Gleichgewicht verliere. Meine Qualen hätten ein Ende, aber was hätte ich sonst dadurch erreicht? Es gäbe niemanden mehr, der darauf achtet, dass Rhauk sein Versprechen einhält.

Er stürmt völlig aufgelöst in mein Zimmer. So habe ich ihn noch nie erlebt. Wie gewöhnlich ist er ganz in Schwarz angezogen bis auf die Nähte seines Umhangs

und seines Untergewands, die silbern eingefasst sind.
»Er lässt mir keine Wahl, meine Liebe!«

Ich drehe mich zu ihm um und schaue ihn an. »Wovon redet Ihr da? Wer lässt Euch keine Wahl?«

Er fuchtelt mit ausgestrecktem Arm in der Luft herum und zeigt vage Richtung Thorntyne. Goldene Funken schlagen in der Mauer links neben mir ein. »Euer Geliebter!«

Ich widerspreche ihm nicht und lasse ihn in dem Glauben. Solange er denkt, Jarrod und ich seien ein Liebespaar, lässt er mich in Ruhe, wenigstens sexuell. Darüber hinaus bewirkt die Vorstellung, dass Rhauk ganz und gar irritiert ist. Das befriedigt mich ungemein.

»Was tut Jarrod denn, dass Ihr Euch so aufregt?«

Er kneift seine schwarzen Augen zusammen, sagt aber nichts. Er wird es mir auch nicht sagen. Es hat ihn in jedem Fall vollkommen durcheinander gebracht, was auch immer es sein mag. Die jähe Erkenntnis trifft mich wie ein Schlag. Mein Mund klappt auf, es formt sich ein Lächeln, das ich nicht unterdrücken kann. »Er trainiert, stimmt's?« Rhauk antwortet nicht. Das muss er auch nicht. Ich spüre förmlich seinen Unmut. Rhauk ist sich also durchaus bewusst, dass Jarrod eine enorme Gabe hat. Und jetzt, da Jarrod dabei ist zu lernen, wie er sie nutzen kann, wird Rhauk nervös. Mein Puls rast. »Jarrod wird stärker, nicht wahr?«

Stille.

»Mein Gott, seine Kräfte sind so gewachsen, dass Ihr Angst vor ihm habt.«

»Seid still, elendes Weibsstück!«

Sein eisiger Ton ängstigt mich nicht, wie er es vielleicht sollte. Ich bin viel zu aufgeregt über die Erkenntnis, wie Jarrod seine Zeit genutzt hat – er hat seine

Gabe akzeptiert und macht sie sich zu Nutze.»Ihr habt Angst vor ihm«, fordere ich ihn heraus.»Ihr seid schon ganz panisch!«

Er stürzt durch das Zimmer auf mich zu und schlägt blitzschnell auf mich ein. Wenn ich ihn genauer beobachtet hätte, hätte ich diesen Zusammenstoß vielleicht vermeiden können. Stattdessen trifft mich Rhauks Faustschlag am Kinn. Ein stechender Schmerz durchzuckt mich vom Ohr bis zum Kinn. Ich spüre etwas Festes auf meiner Zunge. Es ist ein Zahn, den ich ausspucke. Ich schmecke Blut. Dieser Bastard!

Am liebsten möchte ich schnell einen Zauberspruch anbringen, aber das hätte keinen Zweck. Rhauk würde sich nur darüber amüsieren. Die Zaubersprüche, die ich in den letzten paar Wochen ausprobiert habe, waren völlig nutzlos. Er weiß immer ganz genau, was ich tue, und überlistet mich. Ich verabscheue ihn abgrundtief.

Er geht zur Tür, dreht sich aber kurz vorher noch einmal um. Offensichtlich ist ihm noch etwas eingefallen. »Bis zum Morgen muss Jarrod weg sein. Ich gehe jetzt, um mein süßes, kleines Kraut mitsamt den Wurzeln aus dem Boden zu reißen und aus ihm das Öl zu gewinnen, das ich brauche, um diesen verdammten Fluch zu vollenden. So kurz vor Wintereinbruch wird das Gift stark genug sein, aber man wird es aus dem süßen Wein nicht herausschmecken.«

»Ihr wollt Euer Versprechen nicht einhalten?«

Er lacht rau.»Mein Liebe, habt Ihr wirklich geglaubt, ich würde es einhalten?«

»Aber ... Ihr habt gesagt ... wenn ich bliebe —«

»Ich habe gelogen.«

»Warum? Ich habe mich an unsere Abmachung gehalten. Ich bin zu Euch zurückgekommen!«

»Und ich habe Euch Euren Wunsch erfüllt – freies Geleit für Euren Geliebten, damit er dorthin zurückkehren konnte, wo er herkam. Es ist *Eure* Schuld, dass er nicht gegangen ist. Offenbar ist es Euch nicht gelungen, ihn zu überzeugen.«

Mir wird übel. Ich schwanke und taste nach dem Bettpfosten in meiner Nähe. »Aber Ihr habt versprochen, den Fluch zu zerstören. Das war abgemacht!«

»Hättet Ihr Euch für *mich* entschieden, wenn ich das nicht versprochen hätte?«

Es ist überflüssig, darauf zu antworten. Natürlich hätte ich mich dann niemals für ihn entschieden und das ist der Grund für seine Lügen. Er hat mich reingelegt. Genauso wie Eloise seiner Meinung nach reingelegt wurde. Deshalb hat sie sich vor vielen Jahren für Lionel entschieden anstatt für ihn. Mein Gott! Jarrod wird vermutlich trotzdem sterben und ich bin für den Rest meines Lebens gefangen in diesem kalten zugigen Höllenloch, zusammen mit einem gefährlichen Verrückten. Es war alles umsonst. Der Fluch wird weiter bestehen und wirksam bleiben. Es gibt keine Möglichkeit, dass Jarrod bei Sonnenaufgang fort ist. Plötzlich kommt mir der Gedanke, dass ich Jillian nie wieder sehen werde.

Ich muss mir irgendetwas einfallen lassen. Panische Angst schnürt mir die Kehle zu. Meine Güte, wie konnte das alles passieren? Voller Hass beobachte ich, wie sich Rhauk auf die Tür zubewegt. »Wenn Ihr den Fluch nicht zerstört – und Euer Versprechen mir gegenüber brecht –, werde ich aus dem Fenster springen und mich den Klippen da unten anvertrauen.«

Jetzt wird Rhauk aufmerksam. Seine Augenbrauen heben sich, seine schwarzen Augen wandern zu dem einzigen Fenster im Raum, von dem aus man die Klippen überblicken kann. Er denkt nach und versucht abzuschätzen, wie ernst meine Drohung zu nehmen ist. Würde ich das wirklich tun? Als er sich wieder mir zuwendet, sucht er meinen Blick und fixiert mich. Es geht alles ganz schnell. Ich bin wieder hypnotisiert. »Wenn das so ist, meine Teure, lasst Ihr mir keine Wahl. Dann muss ich – lieber früher als später – Euer Bewusstsein kontrollieren.«

»Was?«

Er bemüht sich nicht, es mir zu erklären. Sofort spüre ich einen Energiestrahl. Rhauk kommt näher und die Energie, die auf mich gerichtet ist, verändert sich plötzlich, dreht sich, dringt wie ein Dolch mitten in mein Bewusstsein. Es ist so intensiv, dass es wehtut und ich meine ganze Konzentration brauche, um zu verhindern, dass die Energie mein Gehirn vollends durchdringt und einen unheilbaren Schaden anrichtet.

Ich versuche, mich freizukämpfen, aber alle Versuche sind umsonst. Meine Beine versagen, aber die Macht von Rhauks Bestrafung lässt mich erstarren. Die Energie nimmt zu und elektrische Stromstöße durchfluten meinen Körper in Wellen.

Ich merke genau, wie ich die Kontrolle verliere. Das bisschen Selbstbeherrschung, das ich noch habe, ist schließlich dahin. Ich flehe ihn an, in meinen Gedanken, durch meine Gedanken. Ich weiß nicht, ob er mich überhaupt hört oder ob es ihn noch mehr anstachelt. Aber es ist ganz klar, dass mein Verstand nie mehr derselbe sein wird, sondern für immer verändert und geschädigt, wenn er mich jetzt nicht freigibt.

Ich falle kraftlos zu Boden und endlich lockert sich die Verbindung. Ich weiß nicht, warum er mich freigegeben hat, es sei denn, dass er mich so nicht haben will – gehirntot. Was immer seine Gründe sein mögen. In diesem Augenblick bin ich zu erschöpft, um darüber nachzudenken.

Obwohl mir mein Bewusstsein nicht mehr gehorcht, höre ich ihn noch. »Ihr werdet mir nie entkommen, Lady Katherine. Das war nur eine Kostprobe dessen, was Euch noch erwartet. Wenn ich mit Eurem Geliebten fertig bin und meinem verräterischen Bruder den Wein als Geschenk übergeben habe, werde ich mich um Eure Ausbildung kümmern. Und Ihr werdet mein sein – *ganz und gar.*«

Ich dachte schon, dass er hinausgehen will, aber an der Tür hält er noch einmal inne. »Das war es, was ich mir für Eloise gewünscht habe, aber ihr Bewusstsein war nicht so stark wie Eures.« Er dreht sich nach mir um, um mir einen letzten Blick zuzuwerfen. »Wenn ich Euch ausgebildet habe, meine Liebe, werdet Ihr die Schönheit von Blacklands zu schätzen wissen und Euch darüber freuen, meine Königin zu sein.«

Jarrod

Ich spüre genau, wann der Moment gekommen ist. Rhauk tut Kate etwas an. Es ist eine Kraft, eine so starke Energie, dass ich es in meinem eigenen Kopf fühle, als ob mir jemand einen Korkenzieher in den Schädel dreht. Für einen kurzen Augenblick frage ich mich, ob sie es übersteht. Ihr Puls geht langsam, sehr langsam. Aber sie lebt. Das ist alles, woran ich mich klammern kann.

Also bin ich gezwungen, das Trainieren abzubrechen und die Herausforderung anzugehen. Morgen in der Dämmerung werde ich Rhauk gegenübertreten und mit ihm kämpfen.

»Jarrod, was ist los?«

Richards Stimme klingt besorgt. Er zerstreut meine Gedanken an Kate, die in Todesgefahr schwebt. Ich sage, was ich fühle. »Es ist so weit, mein Lord.«

Seine Augen weiten sich vor Anspannung. Ich kann seine Gedanken förmlich hören und seine Zweifel ablesen. Wir wissen beide, dass ich hart trainiert habe, und mit seiner und Malcolms Hilfe und der Hilfe der anderen Ritter und natürlich von Morgana kann ich unglaubliche Dinge vollbringen. Dinge, die ich nie für möglich gehalten hätte. Dennoch fragt sich Richard, ob ich wirklich stark genug bin, um es mit Rhauk aufzunehmen. Stark genug, um ihn zu *übertreffen*.

Ich lege meinen Arm um seine Schulter.
»Ich muss besser sein, Onkel«, sage ich und er ist überrascht, dass ich seine Gedanken so genau lesen kann. »Rhauk wird mir keine zweite Chance geben.«

Kate

Als ich wieder zu mir komme, liege ich immer noch auf dem Boden. Langsam schleppe ich mich zum Bett, setze mich und stütze den Kopf in die Hände. Mein Kopf ist schwer wie Blei. Ich versuche, mich zu erinnern, was passiert ist, wie ich in diese Lage gekommen bin, als ich entfernt Stimmen höre. Das ist hier so selten, dass es sofort meine Aufmerksamkeit erregt. In all dieser Zeit, die ich in Blacklands verbracht habe, habe ich Rhauk kein einziges Mal im Gespräch erlebt, außer mit seiner Krähe. Aber jetzt ist es etwas anderes. Ich höre zwei Stimmen, beide männlich, die eine ist ganz eindeutig Rhauks Stimme. Die andere kann ich nicht einordnen. Sie klingt aber trotzdem irgendwie vertraut.

Ich stolpere zur Tür. Sie ist nicht abgeschlossen. Warum auch, niemand kann Blacklands ohne Rhauks Einwilligung verlassen oder betreten. Es ist auf magische Weise verzaubert. Die Tore funktionieren nur auf seinen Befehl. Nur die Vögel sind frei, aus und ein zu fliegen.

Gott sei Dank wird mein Kopf allmählich klarer. Das gibt mir die Kraft, die ich brauche, um herauszufinden, wer bei Rhauk zu Besuch ist. Vielleicht ist es jemand, der mir helfen kann zu entkommen. Dieser Gedanke versetzt mir einen Adrenalinstoß. Ich gehe barfuß durch die Gänge, immer den Stimmen nach.

Sie sind im Refektorium, das den Nonnen als Studierzimmer diente. Ein paar Tische und Stühle erinnern noch an diese Zeit. Ich bleibe direkt vor der leicht geöffneten Tür stehen. Mein Herz schlägt mir so sehr bis zum Hals, dass ich fast daran ersticke.

Aber jetzt kann ich wenigstens verstehen, was sie sagen. Zuerst denke ich: Gott sei Dank, endlich die Hilfe, die ich brauche, damit ich Jarrod eine Warnung zukommen lassen kann. Denn die zweite Stimme ist die von Malcolm, Lord Richards Sohn.

Als ich die beiden lachen höre, wird mir plötzlich klar, dass etwas nicht stimmt. Es klingt zu sehr so, als würden sie sich gut verstehen. Und wie ist Malcolm überhaupt hineingekommen? Auf Rhauks Einladung? Oder hat Malcolm um ein Treffen gebeten? Ich kenne Rhauk. Worum auch immer Malcolm ihn bittet, der Preis wird hoch sein.

Ich höre ihnen weiter zu und achte darauf, mich nicht in sie hineinzuversetzen. Denn dann wüsste Rhauk sofort, dass ich da bin.

»Also«, hallt Rhauks samtige Stimme durch die leeren Räume, »auf jeden Fall ist das, was Ihr da sagt, sehr interessant. Unser gemeinsamer Bekannter hat in den letzten Wochen große Fortschritte gemacht. Natürlich nicht groß genug, um mich schlagen zu können.«

»Natürlich nicht.«

Für einen Moment sagen sie nichts mehr. Dann fängt Rhauk wieder an zu sprechen: »Haben wir dasselbe Ziel vor Augen?«

Malcolm antwortet ohne Zögern: »Ihr wisst, ich schätze Thorntyne so sehr wie Ihr Blacklands.«

Malcolm kann unmöglich so naiv sein. Rhauk will Thorntyne und Blacklands gleichermaßen, nicht zuletzt, um seinen Rachedurst zu stillen.

»Für Eure Information sollt Ihr nicht unbelohnt bleiben«, sagt Rhauk.

»Ich bin einfach froh, dass ich Euch einen Gefallen tun kann. Je schneller wir mit diesem Schurken fertig werden, desto besser für uns alle. Aber...« Er stockt. Ich habe das Gefühl, mein Herzschlag setzt aus. »Wenn Ihr an eine kleine Entschädigung für mich denkt... Vielleicht einen Abend mit der süßen kleinen Lady? Ich nehme an, sie leistet Euch noch immer Gesellschaft?«

Ich pralle zurück, als ob mich jemand gestoßen hätte. Mein Gott! Malcolm meint mich! Rhauk lacht, seine Stimme trieft vor bitterem Spott: »O ja, ihre Gesellschaft ist wahrlich betörend. Seid Euch sicher, mein Freund, dass Eure Belohnung besonders lieblich ausfallen wird.«

Ich kann mir vorstellen, was das heißt. Sobald er das Problem mit Jarrod gelöst hat, wird Rhauk Malcolm wahrscheinlich umbringen. Denn ohne Zweifel sieht er auch in ihm eine Bedrohung auf dem Weg, sein Erbe zu sichern. Durchschaut Malcolm das denn nicht? Vor lauter Angst, dass Jarrod sein Erbe beanspruchen könnte, ist er blind für alles andere. Der Mann ist nicht nur ein Verräter, der Rhauk über Jarrods wachsende Fähigkeiten und seine Stärken und Schwächen informiert, sondern auch ein Dummkopf. Und das wird ihn höchstwahrscheinlich sein Leben kosten.

Nun, er hat es nicht anders verdient.

Der Besuch ist beendet. Ich stolpere vor lauter Panik, nicht entdeckt zu werden. Ich gehe jedoch nicht in mein Zimmer zurück. Das kann ich nicht. Irgendwie muss ich Jarrod warnen, dass er an einen Verräter geraten ist. Einen Mann, dem nicht zu trauen ist. Deshalb beschließe ich, noch einmal einen Fluchtversuch zu wagen. Ich schlage mich zu den Ställen durch. Prinz Ebenholz wiehert unruhig, ein paar Stuten schnauben laut, als ich an ihren Boxen vorübergehe. Aber ich muss es riskieren. Bei Pferden habe ich es noch nicht ausprobiert. Eine solche Notwendigkeit hat es bis jetzt nicht gegeben. Prinz Ebenholz hat mich schon einmal nach Thorntyne gebracht, vielleicht kann ich ihn dazu bringen, es noch einmal zu tun. Ich rechne mit allem. Es hängt alles von den Toren ab. Sie werden sich nicht ohne Rhauks Befehl öffnen. Aber sie sind offen, wenn Malcolm die Burg verlässt.

Hinter mir höre ich Geräusche und zucke zusammen. Es ist Malcolm. Er ist allein. Ich sehe schon vor mir, wie es funktionieren könnte. Schnell schlüpfe ich in die Box von Prinz Ebenholz, klettere auf seinen Rücken, besänftige ihn mit leisen beruhigenden Tönen und versetze mich behutsam in ihn hinein, um seine Gedanken abzulenken. Ich habe mich noch nie in ein Tier hineinversetzt. Es ist eine merkwürdige Erfahrung. Er lässt mich auf seinen Rücken klettern und schüttelt verwirrt den Kopf. Ich spüre, dass meine Einfühlung wirkt.

Ich höre, wie die Tore sich in ihren Angeln drehen. Ohne auch nur einen Augenblick darüber nachzudenken, dass ich ohne Sattel auf dem Pferd sitze oder dass mein Rock bis zu meinen Schenkeln hochgerutscht ist, presse ich meine Knie in die mächtigen muskulösen Lenden von Prinz Ebenholz. Er prescht zur hinteren Stalltür hinaus und galoppiert von mir beeinflusst auf die offenen Tore zu.

Malcolm hört die nahenden Hufschläge und springt geistesgegenwärtig zur Seite. Womit ich jedoch nicht gerechnet habe, ist die Schnelligkeit, mit der sich Malcolm wieder fängt. Kaum habe ich Blacklands hinter mir gelassen habe, muss ich einsehen, dass er natürlich ein geübter Reiter ist. Er springt auf sein Pferd, das auf ihn wartet, und jagt mir durch die Wälder hinterher.

Tief herabhängende Äste, spitze Zweige und wuchernde Beerenbüsche verfangen sich in meinen Kleidern, meinen Haaren und meinen Armen. Ich reite geduckt, meine Arme schließen sich fest um den mächtigen Hals von Prinz Ebenholz und ich treibe ihn immer weiter an. Ich kann mich nicht ausruhen, denn die Hufschläge hinter mir kommen näher und näher. Malcolm holt schnell auf.

Auch wenn es noch taghell ist, fällt es mir immer schwerer auszumachen, wohin ich reite. Ich versuche Prinz Ebenholz dazu zu bringen, Richtung Thorntyne zu laufen, aber die Wälder um mich herum sind so dicht, dass ich nur hoffen kann, dass das Pferd den Weg kennt.

Malcolm ist jetzt so nahe, dass ich das Schnaufen seines Pferds dicht hinter mir höre.

Ich sehe den umgestürzten Baum nur wenige Sekunden, bevor Prinz Ebenholz zum Sprung ansetzt. Da ich mich nur an seinem Hals festhalte, ist es kein Wunder, dass ich plötzlich durch die Luft fliege. Ich lande hart auf einer kleinen Lichtung.

Für einen Moment bin ich unfähig, mich zu bewegen, und kann nur zusehen, wie Malcolm sein Pferd direkt vor mich lenkt. »Na, na, Ihr habt ja einen interessanten Reitstil, meine Liebe.«

Das darf nicht wahr sein! Noch bin ich nicht bereit, meine Niederlage zu akzeptieren. Ich bemühe mich, schnell auf die Beine zu kommen und wegzurennen. Aber Malcolm ist blitzschnell neben mir. Sein erstklassiges Reaktionsvermögen ist sicherlich auf seine

Ritterausbildung zurückzuführen. Er reißt mich zurück und wirft mich ins Gras. Ich lande auf meinem Hintern und schaue zu ihm hinauf.

»Er wird Euch auch umbringen!«, schreie ich ihn an, in der Hoffnung, dass er einsieht, was hier gespielt wird.

»Macht Euch keine Sorgen um mich, Katherine. Ich weiß genau, was ich tue.«

»Nein, Ihr kennt ihn nicht so, wie ich ihn kenne. Er lügt, er gibt Versprechungen, die er nicht hält. Er benutzt Euch nur, genauso wie er mich benutzt hat. Er hat mich hereingelegt, damit ich bei ihm bleibe, und jetzt legt er Euch herein. Seine Rachegelüste werden erst gestillt sein, wenn er Thorntyne unter seine Kontrolle gebracht hat.« Ich ringe nach Luft. »Er hat nicht vor, Euch zu belohnen, Malcolm. Er wird Euch umbringen. Und in bestimmter Hinsicht *wäre* das sogar eine Belohnung. Das ist immer noch besser, als den Rest Eures Lebens als willenloser Sklave von Rhauk zu verbringen. Glaubt mir.«

Er starrt mich an und denkt nach, während er seine grünen Augen zusammenkneift. Ein verlegenes Schweigen breitet sich zwischen uns aus, dann schaut Malcolm schnell in Richtung Blacklands. Als er seine Aufmerksamkeit wieder mir zuwendet, streckt er mir eine Hand entgegen, um mir hochzuhelfen. Hoffnung keimt in mir auf und ich lege meine Hand in seine.

»Ihr habt sie gefunden. Gute Arbeit!«

O nein. Es ist Rhauk mit einer der Stuten, ein schönes graues Tier. Er hat sich sogar die Zeit genommen, sie zu satteln. Seine Arroganz widert mich an.

Malcolm zerrt mich energisch vom Boden hoch und dreht mir den Arm auf den Rücken. Ich zwinge mich, nicht loszuheulen. Genauso grob stößt er mich zu Rhauk. Ich pralle gegen die graue Stute, die protestierend bockt. »Ich glaube, Ihr müsst sie in Ketten legen, wenn Ihr diese Schlampe hinter Euren Mauern halten wollt.«

Rhauk beugt sich herab und zieht mich vor sich in den Sattel. Ihn dicht an meinem Rücken zu spüren, lässt mich vor Ekel zittern.

Rhauk nickt Malcolm zu, pfeift Prinz Ebenholz heran, der treu und ein bisschen verwirrt neben uns hertrottet. Dann reiten wir nach Blacklands zurück. Ich drehe schnell noch einmal meinen Kopf, um ein letztes Mal zurückzuschauen. Malcolm steht immer noch da und starrt mit einem merkwürdigen Ausdruck im Gesicht vor sich hin.

Der Ausdruck passt nicht zu einem Verräter.

Kate

Die Kampfansage wird kurz vor Sonnenuntergang durch eine weiße Taube überbracht. Ich bin mit Rhauk im Turm, meine Hände sind zusammengekettet, wie Malcolm es vorgeschlagen hat, und mir wird schlecht vor Angst, als ich zuschaue, wie Rhauk seinen verfluchten Wein zusammenbraut. Er hat den letzten Zusatz, ein im Winter blühendes Kraut, gesammelt und aus der Wurzel das Öl extrahiert. Auf seinem Gesicht spiegelt sich tiefe Befriedigung, als er das Öl in den Wein mischt. Gerade in dem Augenblick, als er mich mit einem fiesen Grinsen ansieht, von dem mir ganz übel wird, flattert die weiße Taube herein.

Seine ganze Aufmerksamkeit richtet sich sofort auf den Vogel. »Was ist das denn?«

Wir starren die Taube an, während sie durch das Fenster hineinfliegt und so aussieht, als widerstrebe es ihr, zu landen.

Die Krähe, die auf ihrer gewohnten Stange sitzt, kreischt und versucht die Taube zu verjagen. Rhauk hebt die Hand und die Krähe ist still.

Endlich landet die Taube auf dem Fenstersims. Rhauk hebt sie mit einer Hand hoch und untersucht sie. An einem ihrer Füße ist ein Brief befestigt. Rhauk nimmt das winzige Stück Pergament und lässt den Vogel wieder los. Die Taube schlägt mit den Flügeln, verliert dabei ein paar Federn und fliegt wieder davon.

Ich beobachte Rhauks Augen, während er das Pergament liest. Sie weiten sich vor Überraschung, was er rasch hinter einer kindlichen Begeisterung verbirgt. Nicht eine Sekunde lang zeigt er Angst. Warum sollte er auch, jetzt, da Malcolm ihm den Rücken freihält? Seine Augen treffen meine. »Dieser dumme Junge hat es tatsächlich gewagt, mich herauszufordern.«

Angst und Übelkeit überwältigen mich. Das darf doch nicht wahr sein! Wie kann Jarrod nur diesen Wahnsinnigen herausfordern? Jarrod ist nur ein schlaksiger, ungeschickter Junge, der ohne seine Brille nicht mal scharf sieht. Ich frage mich, wer ihm geholfen hat, die Kampfansage zu schreiben. Ohne seine Brille hätte er es nie schaffen können, etwas in so kleiner Schrift zu verfassen. Und selbst wenn er in diesen letzten Wochen hart trainiert hat – die eigenen Kräfte sind für Rhauk so selbstverständlich wie das Atmen. Was soll Jarrod dagegen ausrichten? Wenn nur die Voraussetzungen gerechter verteilt wären. Wenn ich nur bei ihm sein könnte, um ihm zu helfen. Vielleicht können unsere beiden Gaben zusammen ... Vielleicht, wenn wir Rhauk in einem unachtsamen Augenblick erwischen würden ...

Rhauk unterbricht mich in meinen Gedanken. »Er fordert ein Duell.«

»Ein Duell?«

»Mit dem Schwert, auf neutralem Boden.«

Das ist entsetzlich. Schwerter sind sehr schwer, es dauert Jahre, bis jemand halbwegs geschickt damit umgehen kann.

»Und da Jarrod die Waffe genannt hat, werde ich den Ort wählen.« Er sieht nachdenklich hinaus. »Ich stelle mir die Minneret-Klippen vor.«

Ich spüre, wie meine Augen aus ihren Höhlen treten. Die Minneret-Klippen sind ein gefährlicher Küstenabschnitt, ungefähr in der Mitte zwischen den zwei Gipfeln Blacklands und Thorntyne. Dort gibt es keine sanft abfallenden Sanddünen, sondern nur unglaublich steile, schroffe Klippen.
»Morgen früh in der Dämmerung.«
»Nein«, rufe ich. »Das darf nicht passieren.«
»Aber es wird, meine Hübsche.«
Ihn anzuflehen ist das Einzige, was ich bis jetzt noch nicht versucht habe.
»Bitte, Rhauk, überlegt es Euch gut. Ihr habt, was Ihr wollt. Tut Jarrod kein Leid an.«
Seine Lippen zucken, als er mich ansieht. »Ja, ich habe Euch und den Fluch. Aber es ist nicht meine Schuld, dass dieser Möchtegern-Mann kein bisschen vorausdenkt. Offenbar kann er seinen eigenen Tod in der kommenden Morgendämmerung nicht voraussehen. Ich werde daraus bittere Realität machen.«
»Ich will dabei sein.«
»Natürlich werdet Ihr dabei sein. Anders möchte ich es auch gar nicht.« Er kneift die Augen zusammen und taxiert mich. »Aber ich werde mir etwas überlegen müssen, das Euch ein Eingreifen unmöglich macht.«
»*Neiiin!*« Er ist mir jedes Mal einen Schritt voraus. Was kann ich dieser Gabe, alles vorherzusehen, nur entgegensetzen?

Ich beobachte verzweifelt, wie Rhauk aufgeregt anfängt, alle möglichen Kleinigkeiten in seinem Labor zusammenzusuchen. Ein Kraut, ein Fläschchen mit blauer Flüssigkeit, eine Pulvermischung.

Ich winde mich von einer Seite zur anderen. Grinsend kommt er mit einem schäumenden, flüssigen Gemisch auf mich zu. Es ist eine Droge, da bin ich mir ganz sicher.

»Etwas, um Eure Energien ein bisschen zu bremsen. Ihr werdet sehen, es schmeckt gar nicht schlecht.«

»Nein, ich werde nicht —«

»Ihr braucht nur ein paar Tropfen zu schlucken.«

Er packt mit seiner freien Hand mein Kinn und drückt es mit stählerner Kraft nach unten. Das Grinsen auf seinem Gesicht erstarrt.

»Nein!«, schreie ich hilflos, denn meine Hände sind durch die schweren Ketten völlig unbrauchbar. Schnell presse ich meinen Mund fest zusammen, sodass kein Tropfen von der Droge über meine Lippen kommt.

Aber ich bin nicht auf Rhauks Trick vorbereitet. Er lässt mein Kinn los und boxt mir direkt unterhalb der Rippen in den Bauch. Mein Mund öffnet sich protestierend und ich ringe nach Luft — gelähmt vom Schreck und Schmerz. Er schüttet mir die grässliche Mischung in den Mund. Es würgt mich und brennt in meinem Innern. Durch die Hitze in meinem Magen taumle ich nach vorn und krümme mich vor Schmerz. Schließlich spucke ich so viel von der Flüssigkeit wieder aus, wie ich kann.

Rhauk wendet sich zufrieden von mir ab und beginnt den verfluchten Wein umzurühren. »Wenn ich die Sache mit dem Kampf hinter mir habe, fange ich an, Flaschen abzufüllen. In wenigen Tagen hat Richard dann das kostbare Geschenk des Königs.«

Ich hole ein paar Mal tief Luft, richte mich vorsichtig auf und versuche, den Schlag in meinen Bauch zu verkraften. Ich wische mir den Mund an der Schulter ab. Die Droge wirkt sofort. Der Raum wird undeutlich vor meinen Augen und wirkt verzerrt. Ich schwanke und falle gegen eine Steinbank.

Das lenkt Rhauk ab. »Ihr geht jetzt besser zu Bett, meine hübsche Lady. Heute Nacht wird der *Tod* Euer Bettgefährte sein. Seid nicht beunruhigt. Er wird Euch nicht holen, sondern Euch einfach nur Eure Kraft rauben.« Als Rhauk mich die lange Wendeltreppe hinunterträgt, lacht er, sein Selbstherrlichkeit umgibt ihn wie ein Mantel.

Er lässt mich auf das Bett fallen, wo ich mich zu einer Kugel zusammenrolle. Dann tritt er einen Schritt zurück und hält seinen Kopf schräg, sodass er mir ins Gesicht gucken kann. »Ja«, murmelt er mit samtiger Stimme, »Eurer Zauberkraft beraubt, werdet Ihr dem dummen Jungen nichts nützen. Beinahe Eures eigenen Lebens beraubt«, fügt er hinzu.

Als er sich weiter vom Bett entfernt, fallen meine Augen zu. Sie sind schwer, als ob Bleigewichte an ihnen hingen. Ich habe das Gefühl, ich falle hinab, hinab in einen Strudel. Dunkelheit umgibt mich, tiefes Schwarz. Ich habe Angst und ich sinke immer noch tiefer hinab. In meiner Verzweiflung sehe ich förmlich den Tod vor mir, wie er mich grinsend, seine Zähne fletschend, immer noch weiter hinablockt.

Rhauks Stimme driftet ab, verwischt in der Ferne. Aber sogar in den Tiefen der Dunkelheit höre ich immer noch seine Worte: »Das wird Jarrod ganz schön ablenken, wenn er sieht, wie sehr ich seine Geliebte unter Kontrolle habe.«

Jetzt begreife ich, warum er mir die Drogen verabreicht hat. Nicht nur, damit ich Jarrod nicht helfen kann, seine Fähigkeiten anzuwenden. Jarrod soll durch mich während des Kampfes abgelenkt werden. Rhauk benutzt mich als Werkzeug, um Jarrod zu besiegen. Die Ironie der Situation dringt in mein Bewusstsein. All meine Versuche, Jarrod zu retten, kehren sich plötzlich um und sollen Rhauk dazu dienen, ihn zu töten.

Mir steigen Tränen in die Augen, aber es ist mir egal, ob Rhauk oder der Teufel persönlich es sehen. Ich bin zu erschöpft, um sie zurückzuhalten.

Rhauk lässt mich allein – mit einem bitteren Geschmack des Hasses im Mund und dem Tod als Begleiter.

Kate

Er kleidet mich wie eine Königin, ganz in königlichem Rot und goldener Seide, mein Haar hochgesteckt. Um meinen Hals hängt eine schwere Goldkette mit einer Miniatur sich windender Schlangen. Er trägt wie üblich Schwarz, die Goldschnalle mit den Schlangen prangt an seinem Gürtel. Er sieht beeindruckend und allmächtig aus. Ich dagegen bin nicht mehr als eine Puppe, meine Glieder sind unnatürlich schwer, während die Erinnerungen an die letzte Nacht und all die durch die Drogen hervorgerufenen Träume Gott sei Dank allmählich verblassen.

Es ist noch nicht ganz hell, als wir schon auf Prinz Ebenholz im Sattel sitzen. Die spitzen Klippen von Minneret ragen bedrohlich im rosagrauen Morgenlicht vor uns auf. Es ist gerade hell genug, die starren weißen Klippen zu enthüllen. Rhauk zieht mich so dicht an den Rand einer aufragenden Klippe, dass schon der Atem einer Möwe ausreichen würde, um mich hinunterzustürzen. Erdkrumen und kleine Kreidebrocken bröseln ab, als ich festen Halt suche. Zentimeter für Zentimeter bewege ich mich weg von dem unbefestigten Rand.

Rhauk hat nicht nur meine Hände, sondern auch meine Füße gefesselt. Ich frage mich, warum. In meinem betäubten Zustand bin ich wohl kaum eine Gefahr. Schon mich zu konzentrieren, fällt mir schwer. Ich habe nicht mal die Kraft, mich zu bewegen, geschweige denn einen Zauber auszuführen. Halb sitzend, halb liegend spüre ich die salzige Gischt, die aus der Tiefe des dunklen einsamen Ozeans heraufweht. Sein Herz schlägt nach seinem eigenen ewigen Rhythmus.

Wir warten. Aber nicht lange. Sobald die Sonne am Horizont aufsteigt und diesen unabwendbaren Tag mit zarten goldenen Strahlen begrüßt, hören wir donnernde Hufschläge den Weg von Thorntyne herunterkommen. Und da taucht auch schon Jarrod auf.

Er sieht fabelhaft aus und mein Herz, das immer noch nicht zu seiner normalen Frequenz zurückgefunden hat, schlägt ein bisschen schneller bei seinem Anblick. Er ist ganz in Gold gekleidet, auf seinem Gewand prankt das Thorntyne-Wappen mit zwei weißen Tauben, die über einer purpurroten Rose schweben. Eine goldene Kette hängt schwer um seine schlanke Taille. Er trägt keine Rüstung, und was noch beunruhigender ist, er hat kein Schwert. Begleitet wird er von Richard, Isabel, der Dienerin Morgana und Thomas, der ein halbes Dutzend von Richards Rittern anführt. Malcolm, der Verräter, steht etwas abseits und lässt den Kopf hängen, als ob eine schwere Schuld auf ihm lastet. Er schaut auf und ich sehe, dass seine Augen blutunterlaufen sind. Ich frage mich warum und suche nach Zeichen der Reue, nach irgendetwas, das mir sagt, er habe wieder Vernunft angenommen.

Obwohl es letztlich keine Rolle spielt. Niemand hier kann Jarrod helfen, egal wie stark, bewaffnet oder vorbereitet er ist. Dieses Duell findet zwischen Jarrod und Rhauk statt. Nur dass Rhauk dank der von Malcolm gelieferten Informationen im Vorteil ist. Sogar Richards fähigste Ritter können in diesem Duell der Zauberei nichts ausrichten.

Jarrod sitzt auf einem weißgrau gescheckten Hengst, als wäre er auf dem breiten Rücken des Tieres geboren. Er wirkt ruhig und zuversichtlich. Nichts erinnert an den schlaksigen, ungeschickten Jungen von früher. Sein blondes Haar schimmert rötlich in der aufgehenden Sonne. Anmutig steigt er ab. Seine Augen prüfen mich sorgfältig. Wahrscheinlich sucht er nach Spuren von Misshandlungen. Als er die dunklen Male an meinem geschwollenen Kinn entdeckt, wird sein Blick düster und hart.

Er starrt mich noch einen Augenblick länger an. Vielleicht versucht er mir Kraft zu senden, aber mein vernebeltes Bewusstsein ist unfähig zu reagieren oder etwas zu empfangen. Er fühlt es, das macht ihn noch zorniger. Ich flehe ihn mit aller Gedankenkraft an zu vergessen, dass ich hier sitze. Ich bin nur ein Köder, versuche ich ihm zu übermitteln.

»Mein Neffe ist also da«, sagt Rhauk leichthin und selbstgefällig. »Diese törichte Herausforderung wird mit Eurem Tod enden. Seht Euch die Sonne an, Jarrod. Den wunderbaren Sonnenaufgang. Es wird Euer letzter sein.«

»Das sind große Worte«, antwortet Jarrod gelassen und selbstbewusst, was mich sehr überrascht. Sogar in meiner Benommenheit regt sich eine zarte Hoffnung. »Und das von einem Mann, der es nötig hat, mithilfe einer Frau Ablenkungsmanöver zu inszenieren, um den Kampf zu gewinnen.«

Die Beleidigung sitzt. Rhauks dunkle Augen werden noch dunkler. Alle schweigen, kein Laut von Richard oder Isabel oder sonst jemanden. Es ist, als hielten alle den Atem an. Rhauk gewinnt sichtlich seine Beherrschung zurück. »Ablenkung ist nur ein Mittel, liebster Neffe. Da gibt es zum Beispiel ...«

329

Seine Hand löst sich von seinem Gürtel, die Handfläche ist nach oben ausgestreckt, die Finger sind gespreizt. Alle warten. Was für einen Trick wendet er jetzt an? Dann geht es los. Zuerst sehe ich nur eine flüchtige Bewegung. Ich starre Jarrod an, ganz fest. Das kann doch nicht sein ... Himmel, nein, ich blinzle, aber das Bild wird immer klarer. Die sich bewegenden Schatten werden immer deutlicher. Ich schnappe nach Luft und versuche mir eine Hand vor den Mund zu halten, aber die Eisenketten und meine müden Glieder machen es mir unmöglich. Ich gebe auf und schaue voller Schrecken zu.

Ein ganzes Knäuel windet sich um Jarrods Oberkörper. Einige schlingen sich um seinen Hals und kriechen in seine Haare, die senkrecht in die Höhe stehen. Sie sind überall, schlängeln sich um seine Arme und bedecken seinen Körper rundum.

Ich erinnere mich an Jillians schreckliche Vision. Das ist genau das, was sie vorhergesehen hat. Ich frage mich, ob ich ihr das je werde erzählen können. Ich erinnere mich auch an Jarrods Widerwillen. Seine Angst vor Schlangen.

Ich sehe ihn schon vor mir, wie er entsetzt schreiend wegrennt und sich in seiner Panik vom Klippenrand in die kalten, tückischen Fluten des Ozeans stürzt. Das könnte Rhauks Absicht gewesen sein. Aber dieser neue Jarrod bleibt ruhig, auch wenn seine grünen Augen sich verdüstern und lebhafte intensive Funken sprühen.

Ich verliere fast die Fassung und kann mich gerade noch zusammenreißen, nicht herauszuschreien, dass irgendjemand etwas tun soll. Morgana fängt an zu schreien, aber Isabel zischt ihr etwas zu und Richard hebt drohend den Arm. Sie ist still. Aber auf allen Gesichtern spiegelt sich das blanke Entsetzen. Ganz klar, es ist allein Jarrods Kampf.

Aber er kann nicht einfach so dastehen. Ein Biss von einer dieser tückischen, bösen Kreaturen würde ihn wahrscheinlich töten. Rhauks Schlangen sind sicher voll von tödlichem Gift.

Er fängt an zu schwitzen. Schweiß läuft ihm von der Stirn über das Gesicht und immer noch zischen die Schlangen und winden sich immer enger um ihn. Eine biegt sich nach vorne, hebt ihren schmalen Kopf, um Jarrod direkt in die Augen zu sehen. Bedrohlich entblößt sie ihren Giftzahn.

Es kann sich nur um Sekunden handeln, bis dieses gemeine Biest zubeißt. Ich konzentriere mich so sehr auf diese eine Schlange, dass ich zunächst gar nicht sehe, was die anderen machen. Jarrods Gesicht läuft rot an, wird dunkelrot und er bricht in Schweiß aus. Die Schlangen gleiten jetzt mit hastigen Bewegungen an ihm herunter, als könnten sie nicht schnell genug von ihm wegkommen. Sogar die, die ihn so drohend anstarrt, wendet sich plötzlich ab und gleitet an seinen Beinen auf den Boden, wo sie im dürren Gestrüpp verschwindet.

Ich spüre Erleichterung und falle fast in Ohnmacht. Diese verfluchte lähmende Droge! Jarrod, jetzt wieder befreit von den widerwärtigen Schlangen, zuckt die Schultern, als ob er nach einer vorübergehenden Störung seine Kleider wieder in Ordnung bringen müsste. Auch sein Gesicht nimmt wieder seine normale Farbe an.

Die erste Runde geht an ihn. Aber das ist noch lange kein Grund, in die Luft zu springen und Freudenschreie auszustoßen. Er hat Rhauk ausgetrickst, indem er seine Körpertemperatur so erhöht hat, dass die Schlangen sofort verjagt wurden. Aber jetzt ist Rhauk aufs Äußerste gereizt, denn Jarrod hat ihn blamiert.

»Wollt Ihr den ganzen Morgen solche Spielchen veranstalten?«, spottet Jarrod.

Rhauks Augen werden sichtlich schmaler, seine Lippen bilden einen geraden Strich. »Seid Ihr so wild darauf zu sterben, Jarrod?« Er verbeugt sich förmlich. »Es wird mir eine große Freude sein, Euch dabei zu helfen.«

Er hebt seine Schultern an und obwohl auch er kein Schwert trägt, greift er sich theatralisch an die Seite, streckt dann seinen Arm aus und nimmt seine zweite Hand dazu, als habe er plötzlich ein schweres Gewicht zu stemmen.

Alle schauen ihm gebannt zu. Was kommt jetzt? Ich bin völlig verkrampft. Plötzlich entlädt sich ein silberner Blitz aus seinen verschränkten Fingern – eine Explosion aus Energie, Licht und ungeheurer Hitze. Wie die Flamme von einem Hochofen. Die Wucht trifft mich und wirft mich um. Unter meinen Füßen bröckelt Gestein ab und der Klippenrand gibt nach. Mit letzter Kraft schaffe ich es, wegzukrabbeln, gerade noch rechtzeitig, bevor ich mit den wegbrechenden Steinen in die Tiefe gestürzt wäre.

Das Schwert, das Rhauk gezückt hat, ist seine eigene Erfindung. Es ist gleißend hell und silbern und bewegt sich in faszinierenden Wellen mit roten Spitzen. Es ist ein Schwert aus Feuer.

Mir wird entsetzt klar, dass Jarrod Rhauks Schwert überhaupt nicht wahrnimmt. Seine vor Angst weit aufgerissenen Augen bohren sich in meine. Endlich begreift er, dass ich in Sicherheit bin. Sein Gesicht entspannt sich und er konzentriert sich wieder ganz auf seinen Gegner.

Aber Rhauk nutzt seine Chance. Die Sorge um mich hat Jarrod zu lange zögern lassen. Er hat sein Schwert noch nicht gezückt und jetzt schlägt Rhauk mit seinem unheimlichen Feuerschwert auf ihn ein.

»Jarrod!«, schreien alle im Chor. Richard, Isabel, Morgana und, etwas weniger laut, sogar Malcolm. Ihre Anteilnahme ist ermutigend.

Jarrod wirft sich jetzt auf den Boden und rollt gerade noch rechtzeitig zur Seite, um Rhauks tödlicher Schwertspitze zu entgehen. Funken fliegen, als Rhauk sich mit zornigen Schreien umdreht. Schwarzes Feuer lodert auf und zwischen den tanzenden Flammen blitzt immer wieder glühend Stahl auf.

Jarrod wirbelt auch herum.

»Das ist kein fairer Kampf«, ruft Isabel.

»Ich pfeife auf Fairness, meine Liebe«, antwortet Rhauk selbstgefällig. Für ihn ist das alles ein großer Spaß.

»Keine Angst, Lady Isabel«, ruft Jarrod. Und mit diesen Worten hebt er beide Hände und hält sie zusammen, als würde er mit einer Pistole auf etwas zielen. Aber von einer Pistole kann nicht die Rede sein, obwohl sie ihm jetzt sicher helfen könnte. Und das weiß er genau. Wir können hier nicht etwas benutzen, das erst in ein paar hundert Jahren erfunden wird. Das würde den Lauf der Geschichte verändern und das kann nicht unsere Absicht sein. Dass wir überhaupt hier sind, ist schon problematisch genug. Darüber dürfen wir gar nicht nachdenken. Wie wird sich unser Aufenthalt auf die Zukunft auswirken? Und wenn wir hier sterben, würden wir in unserer eigenen Zeit wieder geboren werden? Niemand kann mit Sicherheit sagen, was passieren würde. Wir können uns nur an die allereinfachsten Vorsichtsmaßregeln halten.

Darum weiß ich, dass Jarrod keine Pistole zücken wird. Er schickt mir schnell eine Warnung. Ich bereite mich vor, so gut ich kann. Er erfindet sein eigenes Schwert. Es schlägt ein wie ein Blitz und explodiert mit einer mächtigen Kraft aus Hitze und Energie. Ich presse mein Gesicht auf den Boden, klammere mich an der Erde und dem trockenen Gras fest, indem ich meine Nägel tief in den Boden kralle.

Eine Hitzewelle braust über mich hinweg. Als ich wieder hochschaue, sehe ich, dass Jarrod ein silbern glänzendes Schwert in den Händen hält, das von Flammen mit blauen Spitzen umtanzt wird.

Die beiden treffen sich in der Mitte der Lichtung. Schwerter klirren, Funken fliegen. Einige landen neben mir, einige auf meinen Kleidern. Ich wälze mich auf dem Boden, um sie zu löschen. Während des Kampfes Schwert gegen Schwert, Feuer gegen Feuer, entzünden die Funken und Flammen das trockene Gestrüpp um uns herum. Die sanfte Morgenbrise schürt das Feuer, das jetzt bedrohlich um sich greift und das spröde Gestrüpp abbrennt wie Säure.

Als die Flammen mächtiger werden und langsam auf die waldigen Hügel übergreifen, werden die Pferde unruhig. Richard befiehlt, sie laufen zu lassen. Malcolm, Thomas und die Soldaten versuchen die Flammen auszutreten. Sie benutzen alles, was sie haben, sogar ihre eigenen Gewänder, denn auf so etwas waren sie nicht vorbereitet.

Inzwischen geht der Kampf zwischen Jarrod und Rhauk weiter, keiner von beiden nimmt offenbar Notiz von dem Feuer, das sie mit jedem Schwertschlag entzünden.

Es bleibt mir nichts anderes übrig als hilflos zuzusehen. »Hinter dir!«, schreie ich mit letzter Kraft. Rhauk schlägt Jarrod nieder und will ihn sofort von hinten angreifen.

Jarrod, der immer noch auf dem Boden liegt, dreht sich herum, als Rhauk gerade schreiend mit dem Schwert ausholt.

In meinem Kopf läuft alles in Zeitlupe ab. Jarrod liegt am Boden, Rhauk wittert seine Chance zu siegen und schnellt mit gestrecktem Schwert nach vorn. Wenn Jarrod nicht rechtzeitig reagiert hätte, hätte Rhauk, der mitten auf Jarrods Brust gezielt hatte, ihn durchbohrt. Aber seine Reaktion war nicht schnell genug, um Rhauks Schwert ganz zu entgehen. Das Schwert hat sich tief in seine Seite gebohrt. An Rhauks Schwert glänzt helles Blut, als er es aus Jarrods Wunde zieht.

Ich habe keine Zeit darüber nachzudenken, wie schwer Jarrod getroffen ist. Noch viel schlimmer ist, dass Jarrod Feuer gefangen hat. Die rechte Seite seines Gewandes steht in Flammen. Der grauenhafte Gestank von verbranntem Fleisch steigt mir in die Nase.

»Nein!«, schreie ich in meiner Hilflosigkeit und spüre die Flammen, als würden sie meine eigene Haut verbrennen. »So helft ihm doch!«

Er wälzt sich auf dem Boden, um die Flammen zu löschen. Richard rennt zu Jarrod, der sich in Todesangst windet. Ich verfluche immer wieder die elenden Ketten an meinen Händen und Füßen.

Jetzt liegt Jarrod reglos da. Richard kniet neben ihm. »Komm schnell her, du Missgeburt«, schreit er Morgana zu.

Morgana ist blitzschnell da. Vorsichtig entfernt sie den verbrannten Stoff. »Die Wunde ist tief. Schlimmer als die Brandwunde. Ich muss sie nähen.« Sie schüttelt den Kopf. »Und auch dann hängt alles vom Blutverlust ab.«

»Weg da!« Rhauk wedelt mit seinem Feuerschwert. »Ich bin noch nicht fertig mit ihm.«

»Lass es gut sein, Rhauk, der Junge ist hin«, schnauzt Richard seinen Halbbruder an. »Hau ab.«

»Der Kampf ist erst zu Ende, wenn dieser dumme Junge tot ist«, dröhnt Rhauks mächtige Stimme.

Ich versuche aufzustehen, falle aber sofort wieder hin. Ich kämpfe mich wenigstens auf die Ellbogen hoch. »Lasst ihn!«, bettle ich und kann die Tränen nicht mehr zurückhalten. Jarrod darf nicht hier sterben. Es wäre alles meine Schuld. Ich habe ihn in diese Zeit und an diesen Ort gebracht, um einen Kampf mit einem Zauberer auszufechten, den er niemals besiegen kann. Jarrod hatte überhaupt keine Chance.

»Nein!«

Das ist Jarrods Stimme. Er schiebt Richard und Morgana zur Seite, während er sich unter entsetzlichen Qualen aufrappelt. Er hält sich seine Wunde. »Ich bin noch nicht besiegt. Wir kämpfen, bis einer von uns tot ist.«

Ich starre ihn an. Ist das der ungeschickte, feige Junge, den ich kennen gelernt habe, der schon blass wurde, wenn er Blut sah, und davonrannte, sobald ihm etwas passierte, was nicht den Regeln seiner festgefügten Weltsicht entsprach?

Rhauk lächelt träge. Er riecht schon den Sieg. Er schwingt sein Schwert über Richards und Morganas Köpfen, die vor dem Feuer wegrennen. »Es wird nicht mehr lange dauern, mein Junge«, höhnt er grausam und greift Jarrod mit seinem Schwert an.

Jarrod bewegt sich langsam, aber er schafft es, dem Schlag von Rhauks Schwert auszuweichen. Zu meinem und zu Rhauks größtem Erstaunen gelingt ihm ein kraftvoller Vergeltungsangriff. Die Schwerter klirren aneinander, es stieben noch mehr Funken, noch mehr Flammen schlagen in die Büsche ringsumher, die jetzt lichterloh brennen. Das Feuer rast auf den nördlichen und den südlichen Gipfel zu. Plötzlich erkenne ich, dass sich das Feuer seinen Weg nach Blacklands und Thorntyne bahnt. Ich denke an all die strohbedeckten Häuser innerhalb der Burg, in denen die Diener, Händler und Ritter leben, an die Kapelle, an die Ställe. Sie sind alle verloren, denn der Burggraben ist sicher nicht breit genug, um die Macht dieses zerstörerischen, wütenden Feuers aufzuhalten.

Richards Soldaten, unter ihnen Isabel und Malcolm, kommen zurück von ihrem aussichtslosen Kampf mit dem sich fortfressenden Feuer, ihre Gesichter sind müde und vor Anstrengung gerötet.

»Es ist hoffnungslos«, schreit Isabel, »Thorntyne ist verloren.«

»Blacklands auch!«, schreie ich in Rhauks Richtung, während ich an die polierten Holzböden, die Strohdächer des einst blühenden Klosters, die Mauern, Bänke, Türen und einfach an alles denke, was nicht aus Stein ist. Es wird brennen wie Zunder.

Rhauk wirft einen schnellen Blick über die Schulter auf sein geliebtes Blacklands. Er wird sichtlich blass. »Mein Turm!«

»Er verbrennt«, sage ich mit hämischer Freude, indem ich mir all die vielen Kräuter und Pulver, Öle und anderen Flüssigkeiten ins Gedächtnis zurückrufe. Ich denke an den Fluch. »Und mit ihm *alles*, was sich darin befindet!«

Blut fließt ungehindert aus Jarrods Wund. Er wird zusehends schwächer. Er kann sich sicher nicht mehr viel länger aufrecht halten. Ich weiß nicht, wie er es schafft, aber er erwischt Rhauk in einem unachtsamen Moment. Vielleicht setzt Rhauks Konzentration einen Augenblick aus, weil seine Gedanken um seine geliebte Burg kreisen. Jarrod spürt es und nutzt seinen Vorteil. Mit einem geschickten Stoß entwaffnet Jarrod Rhauk, dessen Schwert wegfliegt und dort explodiert, wo es schließlich landet.

Jetzt liegt Rhauk mit dem Rücken auf dem Boden und Jarrod presst ihm ein Knie auf die Brust. Mit erhobenen Armen balanciert er die zuckende Schwertspitze genau über Rhauks Kehle. Jarrod muss nur noch zustoßen und Rhauk ist besiegt. In diesem entscheidenden Moment frage ich mich, ob Jarrod dazu wirklich fähig ist. Es muss der Todesstoß sein oder es war zwecklos, dass wir es bis hierher geschafft haben. Das ist die letzte Mutprobe.

Rhauk versucht ihn abzuschütteln, aber Jarrod mobilisiert übermenschliche innere Kräfte. Mit einem markerschütternden Schrei hebt er sein Schwert. Seine Hände umklammern fest den Griff und er stößt ohne zu zögern fest zu.

Rhauk schreit auf – plötzlich herrscht großes Chaos. Jarrods Schwert explodiert und die Druckwelle lässt ihn durch die Luft fliegen. Er schlägt hart auf dem Boden auf. Glücklicherweise landet er neben den dort wütenden Flammen. Er greift sich an die Seite, denn er blutet immer stärker. Ich schaue mich nach Rhauk um, aber er ist nicht mehr da. Wo er gelegen hat, flattert jetzt eine große schwarze Krähe wild mit den Flügeln. Sie fliegt direkt auf Jarrod zu und hackt wie besessen auf seine verletzte Seite ein. Die Krähe begräbt ihn fast unter sich. Er versucht, unter ihr hervorzukriechen, aber die Krähe umklammert ihn fest. Ich erinnere mich, wie dieselbe Krähe so einmal auf mir saß, und weiß genau, was sie vorhat.

»*Nein!*«, schreie ich und fuchtle schwach mit der Faust in der Luft rum. »Sie will dich mitnehmen!«

Jarrod kann mich wegen der ohrenbetäubenden Flügelschläge nicht hören. Aber Malcolm hört mich. Seine grünen Augen blitzen wild auf. Er ergreift sein Schwert und ich frage mich voller Angst, was dieser Verräter wohl gleich tun wird. Leider bin ich unfähig, mich zu bewegen. »Jarrod!«, brüllt er.

Jarrod dreht den Kopf beim Klang von Malcolms lautem Schrei zur Seite.

»Hier!«

Malcolm wirft ihm sein Schwert zu. Jarrod fängt es mit seiner ausgestreckten Hand auf und stößt es mit einer blitzschnellen Bewegung der bebenden Rhauk-Krähe in die Brust.

Die Krähe kreischt schrill auf, als ob sie nicht glauben könnte, was gerade geschehen sei. Nach einem kläglichen Versuch, wegzufliegen, verwandelt sie sich wieder in ihre menschliche Gestalt zurück. Rhauk liegt halb auf Jarrod. Malcolms Schwert hat sich tief in sein Herz gebohrt.

»Eloise!«, ruft er gespenstisch schrill.

Jarrod kriecht unter dem leblosen Körper hervor. Rhauk ist endlich tot. Als ob er sich dessen eigens versichern müsse, greift Lord Richard in Rhauks Haare und zieht seinen Kopf zurück. Er bekreuzigt sich ehrfürchtig mit offenem Mund angesichts der unverhüllt vor ihm liegenden sterblichen Hülle seines Halbbruders. Rhauks kalte schwarze Augen starren ins Leere. Erst dann nickt Lord Richard befriedigt.

Jarrod ist erschöpft. Ich ertrage es kaum, dass ich nicht zu ihm gehen kann, obwohl ich ihm so nahe bin. Plötzlich sind Schreie zu hören. Ein Ritter hat Feuer gefangen. Andere rennen los, um ihm zu helfen. Ich schaue mich um und erkenne, dass wir eingeschlossen sind – hinter mir ist die Klippe, Richard und die anderen haben sich direkt neben mir versammelt. Das Feuer hat uns völlig eingekreist.

Jarrod bewegt sich ganz langsam und ich sehe entlang seines Beins Blutflecken auf seinem Gewand. »Das Feuer hat uns umzingelt.« Seine Stimme klingt tonlos.

»Aber Rhauk ist tot«, füge ich hinzu.

Unsere Augen begegnen sich, halb kriechend, halb taumelnd erreicht er mich. »Was hat er dir angetan?«

»Er hat mir Drogen gegeben. Ich kann mich kaum bewegen.« Ich schaue Malcolm vorwurfsvoll an. »Er hat dich verraten, Jarrod. Dieser Mann ist ein Verräter.«

»Ein Verräter vielleicht, aber nicht meiner«, antwortet Jarrod leise.

»Was soll das heißen?«

»Er hat mir erzählt, wie du versucht hast, zu entkommen.«

»Hat er dir auch erzählt, dass er mich gefangen hat und mich Rhauk wieder übergab?«

Malcolm kniet verstört vor mir nieder. »Ich wollte Euch helfen, meine Liebe, aber ich wusste, dass Rhauk jede Eurer Bewegungen beobachtet. Ich glaubte einen Augenblick, wir könnten es schaffen, aber dann tauchte er auf. Ich hatte keine andere Wahl, als Euch wieder auszuliefern.«

Jarrod nimmt meine Hand und unsere Finger verflechten sich ineinander. »Lass mich das erklären«, sagt er zu Malcolm, dann sagt er zu mir: »Zuerst dachte Malcolm, ich wolle nicht bloß Rhauk, sondern auch noch Thorntyne. Aber irgendwie hab ich es geschafft, ihn von der Wahrheit zu überzeugen. Dann begann er, mir zu helfen, mich für diesen Zweikampf zu trainieren. Er brachte mir so viel bei, wie er konnte, in der kurzen Zeit, die wir hatten. Er begriff, wie besorgt ich um dich war und entwickelte einen Plan: Rhauk mit falschen Informationen über meine Stärken und Schwächen zu versorgen, im Tausch gegen eine kleine Belohnung. Wenn er nicht einen Preis für die Information verlangt hätte, wäre Rhauk misstrauisch geworden.« Er sieht Malcolm an, der eine Augenbraue angehoben hat und dessen Mund sich zu einem breiten Grinsen verzieht. »Er spielte seine Rolle so gut, dass Rhauk nicht den geringsten Verdacht schöpfte.«

»Warum hast du mir das nicht gestern im Wald gesagt?«, frage ich Malcolm.

»Mit seiner Zauberkraft konnte Rhauk unserem Gespräch lauschen. Das durfte ich nicht riskieren. Ich durfte Jarrods Plan nicht gefährden.«

»Was für einen Plan?«

Jarrod unterbricht mich verlegen und erinnert mich damit an den Jarrod, den ich schon kenne. »Darüber können wir später reden.«

»Nein!« Es interessiert mich zu sehr, um es zu verschieben. »Was noch, Malcolm? Was war das für ein Plan?«

Malcolm schaut kurz zu Jarrod und lächelt gutmütig,

bevor er antwortet. »Ich sollte dich retten, wenn *ihm* irgendetwas zustoßen würde. Wenigstens hätte ich durch die versprochene Belohnung einen Grund gehabt, nach Blacklands zurückzukehren.«

Ich nicke, denn jetzt verstehe ich alles. Malcolms Verrat war ein zusätzlicher Rettungsplan, wenn das Schicksal sich gegen Jarrod entschieden hätte. »Du hast dein Leben aufs Spiel gesetzt.«

»Nicht mehr, als Jarrod das für dich und meine Ländereien getan hat.«

Ich bin erleichtert, dass Malcom kein Verräter ist. Wie hätten wir es sonst schaffen sollen? Eines Tages wird Malcolm Thorntyne erben und die Burg verteidigen. Ich hoffe, es gelingt ihm.

Jarrod ergreift meine Handgelenke und konzentriert sich mit geschlossenen Augen auf die Kettenschlösser. Sie springen auf, meine Hände sind frei. Nachdem er auch die Schlösser an meinen Knöcheln gelöst hat, nimmt er mich in den Arm und wiegt mich an seiner Brust. »Wir sind immer noch in Schwierigkeiten, Kate.«

»Lass mich runter, Jarrod. Denk an deine Wunde, Jarrod.«

Er hält mich nur noch fester.

Morgana schreit auf, als das Feuer, von einer leichten Windänderung angefacht, sich plötzlich enger um uns schließt und uns zu unserem Schrecken nur noch einen einzigen Fluchtweg offen lässt – die Klippe.

Ich spähe kurz über Jarrods Schulter. Mir wird ganz schlecht, denn niemand kann einen Sprung in diese Tiefe überleben. Schon gar nicht Jarrod, der immer noch aus seiner Stichwunde blutet, und genauso wenig ich in meinem gelähmten Zustand. Außerdem sind die

Felsen direkt unter uns spitz und zerklüftet. »Wir sind gefangen.«

»Wir werden alle sterben!«, weint Morgana.

Isabel dreht sich zu ihr um. »Sei still, Kind!«

»Ich kann nicht schwimmen«, murmelt Richard und späht über die Klippe.

»Ist das unser Ende, Jarrod?«, frage ich, da er der Einzige unter uns ist, der fähig ist, irgendetwas zu unternehmen. »Hast du all deine Kraft verbraucht?«

Es wäre besser für ihn, mich und die anderen zu vergessen und sich selbst zu retten, fährt es mir durch den Kopf. Er ist der Einzige, der diese Gabe hat. Er könnte natürlich die Amulette benutzen und uns beide zu Jillian zurückbringen, aber dann müsste er damit leben, dass er seine Vorfahren im Stich gelassen hat und sie entweder hätten verbrennen oder in den Tod springen müssen. Und das war nicht als ihr Ende vorgesehen.

Er schaut mir in die Augen, als ob er meine Gedanken lesen könne. »Ich könnte niemals meine Familie im Stich lassen, Kate.«

Mir bleibt der Mund offen stehen. *Er hat meine Gedanken gelesen!* Seine Gabe muss gewaltig sein! *Dann nutze die Kräfte, die du hast, Jarrod,* sage ich ihm mit meinen Gedanken. »Rette uns.«

Mit einem Lächeln nickt er. »Ich werde es versuchen.«

Ich weiß nicht, was er vorhat, aber es muss schnell gehen. Seine Augen schließen sich und fast im selben Moment erhebt sich ein Wind. Er gewinnt schnell an Stärke und dreht nach Norden ab, nicht nur weg von uns, sondern auch weg von Thorntyne. Und was noch besser ist, er bringt dunkle Gewitterwolken mit sich. Sie kommen rasend schnell auf uns zu. Morgana wimmert überwältigt. Aber das wütende Feuer ist immer noch sehr nahe. Die intensive Hitze verbrennt uns fast, der Rauch dringt in unsere Lungen und wir ersticken beinahe. Die Ritter haben sich niedergekniet. Sie husten und japsen und murmeln leise Gebete.

»Beeil dich, Jarrod«, sage ich leise und verstecke mich an seiner Brust. Ein schrecklicher Tod steht uns unmittelbar bevor. »Lass es regnen.«

Und plötzlich treibt der Sturm schwere, heftige Regenschauer her. Es wird dunkel, fast Nacht, als der Regen das Feuer um uns herum und bis Thorntyne hinauf löscht. Als die Diener und Ritter merken, dass Thorntyne gerettet ist, brechen sie in Jubelschreie aus.

Es ist vorbei, wir leben. Mir ist vor Erleichterung ganz leicht zu Mute. Isabel und Morgana weinen hemmungslos. Sogar Richards Augen werden glasig und die Nässe auf seinem Gesicht kommt nicht nur vom Regen.

»Schau!« Malcolm zeigt nach Norden auf den Gipfel von Blacklands. Dort regnet es nicht. Der Himmel ist immer noch hell erleuchtet und das Feuer frisst sich gerade ins Innere der Burg vor. Der Turm von Blacklands brennt lichterloh.

Ich schaue zu Jarrod auf, der mich immer noch an sich drückt. Er hat es absichtlich nicht regnen lassen über Blacklands. Auf diese Weise wird der Fluch untergehen. »Brillant«, sage ich leise. Er schaut mich an und lächelt. »Ich wollte nicht wirklich bei Rhauk leben, das weißt du.« Ich muss es ihm einfach sagen.

Er nickt. »Ich weiß.«

Mehr sagt er nicht. Aber es ist genug. Ich lächle auch und merke, dass die Lähmung nachlässt. Allmählich kehrt wieder Kraft in meine Glieder zurück. Tränen steigen in mir auf.

»Da ist noch eine Krähe!«, kreischt Morgana und zeigt zum Turm von Blacklands.

Es ist nicht Rhauk, sondern sein treuer, abgerichteter Gefährte.

Wir schauen alle hin, wie gebannt, mit weit vor Staunen und Schreck geöffneten Mündern. Die Krähe brennt.

Ich halte mir die Hand vor den Mund.

»Sie verbrennt«, sagt Jarrod leise.

Der Regen hört auf, die Wolken über uns reißen auf. Ich bemerke es kaum. Wie gelähmt schauen wir zu, wie die brennende Krähe im Todeskampf krächzt und vor Schmerzen wie irr umherfliegt. Zuletzt fällt sie in das brennende Gestrüpp, ihr ganzer Körper geht in Flammen auf.

»O Gott«, seufze ich traurig. Trotz allem war es schließlich nur ein Vogel.

Eine Explosion lenkt meine Aufmerksamkeit wieder auf Blacklands. Rhauks Labor explodiert samt dem verhexten Wein. Gebannt schauen wir zu, wie verbrannte und zerbrochene Holzstücke, Glas, wertvolle Werkzeuge und was sonst noch nicht verbrannt ist über die ganze Landschaft verteilt wird.

Erst lange Zeit danach hören die Explosionen auf und es ist wieder still.

Kate

Richard verkündet, dass auf Thorntyne gefeiert werden soll. Jongleure, Hofnarren, Dichter und Musiker bereiten sich darauf vor, uns in der Großen Halle zu unterhalten. Nachdem Rhauk tot ist, ist auch sein Rechtsanspruch auf Thorntyne erloschen. Also gibt es einen guten Grund zu feiern.

Jarrod und ich können es kaum erwarten, nach Hause zurückzukehren, zu Jillian, in unsere Zeit. Aber Jarrods Wunden müssen erst versorgt werden. Ich wache über Morganas Behandlung. Sie näht die Wunden sorgfältig und behandelt die Verbrennungen mit einem aseptisch wirkenden Balsam aus Heilkräutern. Trotzdem möchte ich, dass Jillian später noch mal einen Blick darauf wirft. Zu einem richtigen Arzt würde ich erst im äußersten Notfall gehen. Er würde zu viele Fragen stellen.

Emmeline folgt uns auf Schritt und Tritt und gestattet uns keine Minute für uns allein. Sie nervt schrecklich und kann meine Anwesenheit kaum ertragen. Sie klammert sich förmlich an Jarrod. Langsam glaube ich, dass sie besonders bekümmert darüber ist, dass ich alles heil überstanden habe. Dieses Gefühl gefällt mir überhaupt nicht. Später ergibt sich die Gelegenheit, Jarrod auszufragen, aber er tut völlig unbeteiligt.»Sie ist einfach tausend Jahre zu früh geboren«, erklärt er.»Sie ist gelangweilt und frustriert. Malcolm sagt, dass er versucht, seinen Vater dazu zu überreden, sie an den Hof zu schicken.«

Mitten am Nachmittag beginnt das Fest. Wir sitzen mit Richard und Isabel am großen Tisch in der Halle und genießen zum letzten Mal ihre Gesellschaft und Unterhaltung. Emmeline sitzt neben Jarrod und starrt verdrossen und mürrisch vor sich hin. Ich sehe die Hoffnungslosigkeit in ihren Augen, als ob all ihre Träume zerbrochen wären. Das ist seltsam, weil sonst alle anderen wirklich glücklich und aufgeregt sind. Es wird mir klar, dass Malcolm Recht hat. Je eher Emmeline an den Hof geschickt wird, desto besser für sie. Lord Richard feiert am ausgelassensten. Seine Wangen sind rosig und seine Augen leuchten. Er ist trunken vor Glück und ich glaube, sein abscheulich saurer Wein hat ihn in diesen Zustand versetzt.

»Ein Toast«, verkündet er plötzlich und erhebt sich. Schwankend stellt er sich hinter Jarrod und mich. Als er sich der Aufmerksamkeit aller in der Halle sicher ist, hebt er mit der einen Hand seinen Pokal und tätschelt mit der anderen Jarrod liebevoll den Rücken. »Auf meinen Neffen und Lady Katherine, dass all ihre Kinder hier auf Thorntyne geboren werden, bevor ich sterbe, damit ich ihre frohen Gesichter sehen darf und weiß, dass sie in Sicherheit leben.«

In der Halle erhebt sich donnernder Beifall und tosender Jubel. Ich kann die Begeisterung nicht teilen. Ich habe genug damit zu tun, dass mir Richards Anspielung nicht das Gesicht puterrot färbt.

»Und einen herzlichen Dank an Jarrod, der unseren größten Feind vernichtet hat. Einen Mann, der uns mehr Sorgen gemacht hat als die ruhelosen Schotten an der Grenze.«

Wieder bricht donnernder Jubel los. Richard trinkt herzhaft aus seinem Pokal, als ob es kein Morgen geben würde. Beide, Isabel und Richard, schauen uns erwartungsvoll an. Zögernd hebe ich meinen Becher und nippe daran.

Eine Sekunde glaube ich, dass die Welt aus ihren Angeln gehoben ist. Ich bekomme am ganzen Körper Gänsehaut und es schüttelt mich. Ich nippe noch einmal, um sicherzugehen.

Der Wein ist süß und mild. Überhaupt nicht so wie Richards normaler, saurer, trockener Roter. Er schmeckt wie ... nein ...!

Richard beugt sich freundlich zu mir herüber. Er wartet darauf, dass ich etwas sage. Ich bringe es nur mit der allergrößten Mühe heraus. »W... wo habt Ihr diesen Wein her?«

Sein Gesicht leuchtet vor Stolz. »Aus meinem Keller, meine Liebe, ist er nicht sensationell? Wir trinken ihn nur zu ganz besonderen Anlässen wie heute oder bei Hochzeiten oder anderen wichtigen Festen.« Er zuckt mit den Schultern.

Ich kriege kaum noch Luft. Das kann nicht sein ... »Von wem habt Ihr ihn?«

»Von wem wohl, vom König natürlich, für gute Dienste. Unsere Siege über die Schotten sind legendär. Nur die fähigen Bediensteten des Königs können einen so guten Wein herstellen. Und er ist ganz allein den Familienmitgliedern vorbehalten, so will es der König.«

Ich starre ihn an, sprachlos, mit offenem Mund.

Er glaubt, dass ich ihn nicht verstanden habe. »Es ist ein Geschenk des Königs«, er betont jedes Wort.

»Seit wann schon?«, stottere ich unglücklich.

»Ach, seit etwa zwanzig Jahren oder so.« Er scheint darüber nachzudenken und sucht mit dem Blick Bestätigung bei Isabel.

Sie sagt: »Die erste Kiste erreichte uns, kurz nachdem Jarrods Vater uns verlassen hat. Ich erinnere mich gut daran, weil dadurch wieder Leben in die Familie kam. Es gab wieder einen Grund zu feiern.« Ich schaue Jarrod an. Er hält seinen Wein in der einen Hand. Meine Unterhaltung mit Richard hat seine Aufmerksamkeit erregt. Jetzt schaut er seinen Becher an, als sehe er ihn zum ersten Mal. »Süß«, murmelt er mehr zu sich selbst und setzt zum Trinken an. Ich gerate in Panik und schlage ihm den Becher aus der Hand. Emmeline schreit auf, als der Wein sich über ihr hübsches blaues Kleid ergießt. Sie springt auf. Ihr ganzer Frust entlädt sich in einem hysterischen Anfall. Ihr Ausbruch ist ein bisschen übertrieben. Wieder habe ich das Gefühl, dass mehr dahinter stecken muss als Jarrods Vermutung, dass sie nur gelangweilt ist. Mir fällt ein, wie sie darunter gelitten hat, dass ich zurückgekommen bin. Ich denke gerade darüber nach, als ich aus dem Augenwinkel sehe, wie sie eine silberne Platte mit gesalzenem Fleisch hochnimmt.

Zum Glück sieht Malcolm es auch. Aber wir können es beide nicht verhindern, dass sie mich mit der Platte direkt am Kopf trifft. Malcolm schubst mich zur Seite und reißt seine Cousine zurück. Isabel wird wild vor Zorn. Lord Richard läuft rot an und rappelt sich mühsam hoch. »Was ist denn los mit diesem Biest? An den Hof mit ihr, Malcolm, wie Ihr es vorgeschlagen habt. Und zwar sofort. Kümmert Euch darum.«

Ich habe weder Zeit noch Lust, mir weiter über Emmelines Probleme den Kopf zu zerbrechen. Ich werde

Jarrod später noch einmal danach fragen. Im Augenblick habe ich genug eigene Sorgen.

Jarrod schaut entsetzt zwischen Emmeline und mir hin und her. Das ist genau die Ablenkung, die ich brauche, um schnell hier wegzukommen.

»Tut mir Leid, dass ich den Wein verschüttet habe«, murmle ich noch schnell und ziehe Jarrod am Ellbogen fort. Und ich lasse ihn nicht los, bis wir den rauchigen Dunst der Halle hinter uns gebracht haben und in der kalten, klaren Dämmerung des Burghofs stehen.

Auf dem Wall sind zwei Ritter postiert. Ihr Geschnatter verrät jedoch, dass sie ihren Wachdienst nicht besonders ernst nehmen. Ich suche nach einem Ort, wo wir ungestört sind. Also ziehe ich Jarrod in den Hof, in dem Isabels Gärten liegen.

»Was ist denn los? Warum hast du meinen Wein verschüttet?«

Ich hole tief Luft, ringe um ein bisschen Fassung, lasse mich auf die nächste Bank fallen und ziehe Jarrod zu mir herunter. Aber ich bin viel zu aufgeregt, um zu sitzen, also fange ich an, vor ihm auf und ab zu gehen.

»Kate, bitte, beruhige dich doch. Erklär mir endlich, was das alles soll.«

»Es ist der Wein.«

Sein Gesicht zeigt keine Regung. Es versteht nicht, wovon ich rede, also fange ich ganz von vorne an: »Erinnerst du dich noch an unser Abendessen in Blacklands, als Rhauk uns erzählte, dass er im Turm den Fluch zusammenmischt?«

Er nickt, ich versuche, mich wieder zu setzen. Ich erkläre ihm, dass der Fluch in den Wein gemischt ist und wie Rhauk seinen Halbbruder hereingelegt hat, indem er ihn glauben machte, dass dieser edle Wein, der so viel besser ist als sein eigener, ein Geschenk des Königs sei.

»Du machst Witze.«

»Lache ich?«

Endlich kapiert er. Jarrod lehnt seinen Kopf nachdenklich nach hinten. Er starrt in den dunkler werdenden Himmel, bezaubert von den jetzt aufleuchtenden Sternenbildern. Irgendwann führen seine Gedanken ihn zu mir zurück.

»Jillian hat sich um zwanzig Jahre vertan.«

Ich zucke mit den Achseln. »Wir haben alle unsere Fehler.«

»Aber warum hat Rhauk uns gesagt, er braue den Fluch immer noch, wenn er ihn schon zwanzig Jahre vorher beendet hatte?«

Ich denke lange nach, dann habe ich es. »Er hatte schon immer Spaß an Spielchen. Und um zu kriegen, was er wollte, hat er gelogen.«

»Er wollte dich.«

»Ja, als Ersatz für Eloise. Und er wollte Rache. Der Fluch war seine Rache, aber solange wir glaubten, er sei noch nicht vollendet, konnte er uns für seinen Racheplan einspannen.«

»Um dich zu kriegen«, bekräftigt Jarrod.

»Er hat versprochen, den Fluch nicht zu Ende zu bringen, solange ich bei ihm bleibe. Das war die Abmachung.«

»Aber was war das dann für ein Wein im Turm?«

Jetzt verstehe ich endlich. »Das war der Fluch. In großen Mengen. Wahrscheinlich hat er Lord Richard jedes Jahr neu damit versorgt, immer unter dem Vorwand, dass es sich um ein Geschenk des Königs handelt.«

Jarrod streckt sich und seufzt. »Und was heißt das alles, Kate? War alles umsonst?«

Ich muss nachdenken. »Nein, das kann ich nicht glauben.« Und dann fallen mir die Worte aus der alten Schrift ein: »Die einzige Möglichkeit, den Fluch aufzuheben ist, das Leben des Zauberers zu beenden.«

»Was?«

Ich gehe wieder vor ihm hin und her, diesmal vor Aufregung. »Also pass auf, denken wir mal nach. Der alte Text sagte, dass du das Leben des Zauberers beenden sollst. Und das ist genau das, was du getan hast. Du hast Rhauk getötet – den Zauberer.«

»Und das heißt genau ...?«

Plötzlich passt alles zusammen. »Der Fluch ist erloschen, Jarrod. Zumindest was dich betrifft. Ab sofort.«

Er starrt mich an. In seinen Augen flackert Hoffnung auf.

»Ich meine nicht den jetzigen Augenblick hier im Mittelalter. Für deine Vorfahren ändert sich nichts. Der Fluch wird immer noch wirken. Schließlich haben deine Vorfahren den Wein zwanzig Jahre lang getrunken. Ich meine, wenn wir zurück sind in unserer Zeit.«

»Ich hoffe, du hast Recht, Kate.«

Ich lächle oder strahle vielmehr. Zufrieden mit mir selbst. Gar nicht so schlecht, denke ich unwillkürlich.

Er steht vor mir, sieht in mein Gesicht, beide Augenbrauen hochgezogen. Zu spät fällt mir ein, dass er meine Gedanken lesen kann!

Ich werde feuerrot und wünschte, dass es dunkler wäre. Wie soll ich denn mit jemandem zurechtkommen, der meine Gedanken lesen kann? Ich könnte versuchen, ihn auszuschließen, aber meine Kräfte sind immer noch nicht zurückgekehrt. Ich hoffe, meine Gabe ist nicht für immer dahin. Das könnte ich nicht ertragen.

Plötzlich zerreißt ein Schrei von den Zinnen die Luft. »Die Schotten!« Dieses eine Wort hallt im Burghof wider und setzt sich immer weiter fort. Chaos bricht aus. Aber es ist ein geregeltes Chaos. Die Leute hier sind vertraut damit, ihr Land und ihr Leben zu verteidigen. Als die Dorfbewohner in den Burghof strömen, nimmt Isabel alles in die Hand, indem sie jedem seinen Platz und seine Aufgabe zuweist. Lord Richard legt seinen Kettenpanzer an und erteilt den Rittern Befehle.

Es ist eine faszinierende Szene und ich sehe es als Privileg an, dabei sein zu dürfen. Und auch wenn ich nur zu gerne bliebe und an dieser Schlacht teilnehmen würde – für uns wird der Boden zu heiß.

Jarrod denkt genauso. »Lass uns verschwinden.«

Ich nicke und suche nach einem ruhigen Plätzchen in diesem organisierten Durcheinander.

DRITTER TEIL
Die Rückkehr

Jarrod

Ich muss ihr versprechen, *nie* ihre Gedanken zu lesen, unter keinen Umständen. Da ich das sowieso nicht will, ist das Versprechen leicht einzuhalten. Ohne das Versprechen hätten wir ein Problem, uns näher zu kommen. Diese Vereinbarung macht es uns leichter.

Wir kommen an demselben Ort an, an dem wir auch abgereist sind, am Bach im Wald. Jillian steht immer noch dort, wo wir sie zurückgelassen haben. Sie hält still Wache im Regenwald und achtet darauf, dass der Kreis aus Kerzen weiterbrennt. Es stellt sich heraus, dass wir nur wenige Stunden weg waren, auch wenn wir einen Monat auf Burg Thorntyne verbracht haben. Sie reicht mir meine Uhr und meine Brille. Ich danke ihr und bin froh darüber, dass ich die Sachen wiederhabe.

Als die Kerzen gelöscht sind, wird es rasch dunkel. Aber ich bemerke es kaum. Wir sind beide erschöpft. Die Rückreise hat uns sehr mitgenommen, besonders Kate, die sich von Rhauks Drogen immer noch nicht ganz erholt hat. Jillian und ich müssen sie stützen.

Im Haus setzen wir uns an den Küchentisch und Jillian kocht Kate ein heißes Getränk aus Kräutern, das irgendwie vertraut riecht. Als Jillian sich sicher ist, dass Kate mehr als die Hälfte davon getrunken hat, beginnt sie, uns mit Fragen zu bombardieren. Stunden später reden wir immer noch. Jillian will alles wissen. Wir erzählen ihr so viel wie möglich, ohne alles preiszugeben.

Vor allem nicht den Teil, dass wir zusammen nur ein Schlafzimmer hatten. Sie lässt uns nicht aus den Augen. Sie hängt an jedem einzelnen Wort und lacht, als Kate ihr erzählt, wie verknallt Emmeline in mich gewesen sei und dass sie beinahe mit uns zurückgekommen wäre. Sie hat uns natürlich noch überrascht, als wir gerade den Spruch aufsagten.

»Glücklicherweise konnte ich ihre Gedanken lange genug ablenken, sodass wir entkommen konnten«, erkläre ich.

Jillian stimmt zu. Es wäre katastrophal für Emmeline gewesen, wenn sie uns gezwungen hätte, sie mitzunehmen. »Das Familienbuch deines Vaters spricht sich sehr deutlich über Emmelines Zukunft aus«, sagt Jillian. »Sie wird zum Palast geschickt, wo sie den Grafen Drysdon trifft, seine Geliebte wird und ihm drei uneheliche Söhne gebiert. Sie wird jedoch nie glücklich, da ihr die Frau des Grafen das Leben schwer macht.«

Wir sind erstaunt über diese Information und plötzlich tut mir meine angestammte »Cousine« Leid.

Kate beginnt, Jillian vom Kampf mit Rhauk zu erzählen. Jillian steht sofort auf, um einen Blick auf meine Wunden zu werfen. »Sieht gut genäht aus. Ich werde sie morgen noch einmal verbinden.«

Schließlich schläft Kate fast am Tisch ein. Jillian schickt sie ins Bett. Als sie gegangen ist, versuche ich, Jillian zu danken. Für alles, was sie getan hat. Aber ich weiß, dass Worte nicht ausreichen. Sie sammelt meine Kleider zusammen und freut sich darüber wie wahnsinnig. Es sind nicht die Kleider, die sie ursprünglich für uns genäht hat. Es sind Originale aus dem Mittelalter, die reinen Schätze für sie.

Schließlich schlummere ich auf einer Matratze ein,

die sie für mich auf den Boden gelegt hat, und Kate und ich schlafen tatsächlich zwei ganze Tage lang.

Da wir erst am Freitagmorgen wieder aufwachen, haben wir einige Tage in der Schule versäumt. Aber wir müssen uns deswegen keine Sorgen machen, denn Jillian hat sich für die Schule und für meine Mutter etwas einfallen lassen. Ich sorge mich jedoch um Mama und Papa. Es wird Zeit, dass ich sie anrufe.

Ich benutze das Telefon in Jillians Laden. Mamas Stimme klingt ungewöhnlich, denn sie hört sich sehr glücklich an. Das ist etwas, was ich selten höre. Sie erzählt mir, dass Papa sich in den letzten zwei Tagen erstaunlich gut erholt habe, sowohl mental als auch körperlich. Sein Bein tue beinahe nicht mehr weh und er brauche jetzt nur noch einen Stock. »Das ist ein Wunder, Jarrod«, sagt Mama weinend. »Ich wünschte, du wärst hier. Wann kommst du nach Hause?«

»Bald, Mama«, versichere ich ihr. Sie erzählt weiter, dass auch Papas seelischer Zustand besser geworden sei, vielleicht deshalb, weil er weniger mit körperlichen Schmerzen zu kämpfen habe. Die Psychiater seien darüber offenbar höchst erfreut. Sie sprächen sogar davon, ihn bald zu entlassen.

Ich lege auf, mit einem Kloß im Hals, der so groß ist wie eine Wassermelone, und unterdrücke die Tränen.

Das alles sind Zeichen. Die ersten Zeichen, dass sich unser Schicksal dem Guten zuwendet.

»Gute Nachrichten?«

Ich nicke Kate zu, denn ich kann in diesem Moment nicht sprechen, ohne meine Fassung zu verlieren. Ich ziehe sie an mich und vergrabe den Kopf an ihrer Schulter. Nach ein paar Minuten macht sie sich von mir frei, denn sie hat bemerkt, dass Jillian geduldig in der

Tür steht. Ich erzähle ihnen von den Fortschritten, die mein Vater gemacht hat.

»Das ist wunderbar, Jarrod«, sagt Jillian mit heiserer Stimme und wischt sich die Tränen aus den Augen. Sie umarmt mich und ich danke ihr.

»O nein«, sagt sie abwinkend. »Ihr habt das ganz allein geschafft.«

Sie geht in die Küche, um sich Tee zu machen. Kate umarmt mich wieder. »Ich freu mich so für dich«, sagt sie. Aber ihre Stimme klingt irgendwie anders, distanziert.

»Was ist los?«, frage ich.

Sie zuckt mit den Schultern. »Nichts, wirklich. Außer meiner Gabe. Sie ist noch immer nicht zurückgekommen.«

»Vielleicht braucht es nur einen kleinen Anstoß, um sie aus Rhauks nachwirkendem Griff zu befreien.«

Sie kneift die Augen zusammen. »Aber wie mache ich das, wenn mir auch dafür die Kräfte fehlen?«

»Hmm, gute Frage. Aber mach dir keine Sorgen, Kate, ich hab genug Zauberkraft für uns beide.«

»Das ist großartig für dich. Aber es fällt mir schwer, mit der Vorstellung zu leben, dass du immer stärker sein wirst als ich. Ich will meine eigenen Kräfte zurückhaben, damit wir gleichwertig sind. Du weißt Jarrod, diese Dinge gehören schon mein ganzes Leben zu mir. Ich fühle mich, als ob ich einen Arm verloren hätte, oder schlimmer, einen Teil meiner Seele.«

Ich sehe genau, wie ihr ein Gedanke durch den Kopf schießt. »Natürlich, deine Kräfte sind jetzt so umfassend, gestärkt durch die althergebrachte Magie, dass es doch irgendetwas geben muss, was du tun kannst. Du hast Rhauk schon einmal besiegt, vielleicht kannst du es noch einmal schaffen. Schließlich ist seine Droge daran schuld.«

»Glaubst du, ich kann dir helfen, deine Zauberkräfte wieder zurückzubekommen?«

»Warum nicht? Einen Versuch ist es wert.«

Wir gehen hinaus und laufen ein paar Minuten ziellos herum, während wir überlegen, wie wir es anstellen können.

»Wie wär's mit einem Zauberspruch?«, fragt sie.

»Meine Zauberkräfte funktionieren so nicht.«

»Ach ja.«

Plötzlich habe ich es. Ich drehe sie herum, sodass wir einander direkt gegenüberstehen. »Wie viel Kraft willst du, Kate? Was würde dich glücklich machen?«

Sie fängt an, darüber nachzudenken, und dieses eine Mal ignoriere ich, ihre Gedanken nicht zu lesen. Sie denkt an das Wetter und dass sie immer schon stark genug sein wollte, um es zu beeinflussen. Aber das sagt sie mir nicht, sie zuckt nur mit den Schultern.

Es fängt an zu regnen, eiskalter Sprühregen. Ich friere, denn ich bin das Wetter hier oben noch nicht gewöhnt. Dann fällt mir auf, dass der Regen selbst für diese Jahreszeit zu kalt ist. Kate hebt ihre Hände hoch, die Handflächen zeigen nach oben. »Du lieber Himmel, Jarrod, das ist Graupel.« Sie zittert am ganzen Körper. »Wir werden hier draußen erfrieren. Lass uns hineingehen.«

Sie will gehen, aber ich halte sie zurück. »Nur eine Minute.«

»Was ist denn?«

»Schließ deine Augen und stell dir vor, es wär warm.«

Sie lacht kurz auf, als ob sie sich über mich lustig macht.

»Konzentrier dich«, sage ich zu ihr und übertrage ihr meine Gedanken. Ich suche in ihrem Kopf nach Überresten von Rhauks Zauberei.

»Was tust du da?« Sie windet sich. »Das kitzelt.«

»Lass deine Augen zu und konzentrier dich auf etwas, was du dir wirklich wünschst. Folge deinem Herzen, Kate«, sage ich leise. Sie hört auf zu zappeln und stellt sich vor, dass es warm wäre.

»Weiter, geh noch tiefer.«

Plötzlich hören die Graupelschauer auf und die Luft erwärmt sich. Es wird so warm, dass ich schon daran denke, meine Jacke auszuziehen.

Kate schaut sich um, mit offenem Mund und großen staunenden Augen. »Was ist denn jetzt los?«

Ich folge ihrem verdutzten Blick. Überall schneit es mittlerweile, außer direkt über uns, als stünden wir unter einer schützenden Glocke. »Danke, Jarrod. Das ist großartig.«

»Dank nicht mir.«

Ich lächle sie schweigend an.

»Was?«

»Ich war das nicht«, sage ich.

»Ärger mich nicht, Jarrod.« Sie zwinkert mir zu. Kurz darauf spüre ich sie – sie versetzt sich in mich hinein. Ich sage ihr mit meinen Gedanken, dass sie den Schnee gestoppt und die Luft um uns erwärmt hat.

Die plötzliche Erkenntnis bricht aus ihr heraus und mit einem lauten Keuchen zieht sie sich aus meinem Kopf zurück. »O Gott!«, flüstert sie heiser. »Ich war in deinem Kopf«, sagt sie dann schnell. »Du hast irgendwas mit mir gemacht. Du hast mir die Kraft gegeben.«

Ich zucke mit den Schultern. »Ich hab dir nichts gegeben, was nicht schon da war. Ich hab nur wieder die Verbindung zu den Gaben hergestellt, mit denen du geboren wurdest.«

Sie grinst und lacht und wirbelt herum. »Wow! Das ist fantastisch! Ich hab es warm werden lassen.«

Das Quietschen von Reifen, die die kurvige Bergstraße heraufkommen, lässt Kate herumfahren. »Was machen wir mit dem Wärmekreis?«, fragt sie schnell.

»Du hast ihn produziert«, sage ich. »Du kannst ihn auch wieder beseitigen.«

Sie nickt und schließt ihre Augen. Und sofort setzt der Schneeregen wieder ein. Wir fliehen schnell in die Wärme von Jillians Laden.

Gerade noch rechtzeitig, bevor die Ladenglocke Kunden ankündigt. Es sind natürlich ausgerechnet Tasha Daniels und Jessica Palmer. Und diesmal sind auch Ryan und Pecs dabei.

»He, Kumpel.« Pecs klopft mir locker auf den Rücken. »Und wie geht's deinem Alten? Habe gehört, er liegt im Krankenhaus.«

»Es geht ihm besser, danke.«

Tasha hängt sich bei mir ein. Von Jillian ist nirgendwo etwas zu sehen. Kate verschwindet nach hinten und sucht instinktiv nach einer ruhigen, ungestörten Ecke. Ich versuche sie anzuschauen, aber sie meidet meinen Blick. Obwohl ich nicht ihre Gedanken lese, weiß ich genau, was sie denkt. Wir sind wieder da und fallen sofort in unsere alten Gewohnheiten zurück. Alles, was wir in dieser anderen Epoche miteinander erlebt haben, ist vergessen, als wäre es nur ein Traum gewesen. Tasha und ihre Gang werden wieder an erster Stelle stehen in meinem Leben, vor ihr.

»Du warst zwei Tage lang nicht in der Schule«,

schnurrt Tasha. »Ich hab mir schon echt Sorgen gemacht.«

»Äh, danke, es geht mir gut.«

»Und was machst du schon wieder hier?« Sie wirft Kate einen schnellen Blick zu. Danach ist Kate nur noch Luft für sie. »Suchst du nach einem Kostüm?« Eine Sekunde lang stehe ich auf dem Schlauch. Wovon redet sie? Dann fällt es mir wieder ein. Natürlich Ryans Kostümparty – das Ereignis des Jahres, das immer am Winteranfang stattfindet. Und das ist morgen. »Also ich weiß schon, was ich anziehe.«

Kate verzieht sich noch weiter nach hinten. Diese aufgeblasenen Snobs tun so, als hätten sie überhaupt nicht gemerkt, dass sie da ist. Dabei müssen sie sie gesehen haben, als sie hereingekommen sind.

»Wann holst du mich ab?«, fragt Tasha im Befehlston.

Ich löse mich aus ihrem Griff. Mit ein paar schnellen Schritten bin ich bei Kate, nehme ihre Hand und ziehe sie an mich. Widerwillig und nicht gerade elegant landet Kate in unserer Mitte. »Ich werde dich nicht abholen, Tasha.«

Tasha wirft wieder einen kurzen Blick auf Kate, dann starrt sie mich mit großen Augen an. »Was? Wieso nicht?«

Ich schiebe Kate direkt vor mich und lege meine Arme um sie.

»Na ja, ganz einfach. Weil ich mit Kate hingehen werde.«

Marianne Curley wurde 1959 in Windsor/New South Wales (Australien) geboren. Sie lebt mit ihrem Mann und ihren drei Kindern in einem kleinen Ort an der Küste von New South Wales. Nachdem sie zunächst in einer Anwaltskanzlei gearbeitet hat, widmete sie sich später ausschließlich dem Schreiben. Der vorliegende Roman ist ihr erstes Buch für jugendliche Leser.

Bei Hanser ist außerdem erschienen:

Hans Magnus Enzensberger
Wo warst du, Robert?
280 Seiten
ISBN 3-446-19447-9

Als sich Robert eines Abends beim Fernsehen die Augen reibt, landet er mitten in der Szene, die auf dem Bildschirm zu sehen ist: Es ist Winter, ein Aufstand wird gerade gewaltsam niedergeschlagen und Robert flüchtet in eine Apotheke. Dort trifft er Olga, die ihn aufnimmt, und er erfährt, wo es ihn hin verschlagen hat: nach Nowosibirsk ins Jahr 1956. Für Robert beginnt eine Zeitreise immer weiter zurück bis ins Jahr 1621. Sie führt ihn quer durch Europa und bis nach Australien; in die Zeit des aufkeimenden Nationalsozialismus, in den Dreißigjährigen Krieg und zu vielen anderen historischen Epochen und Schauplätzen. Ein außergewöhnliches Abenteuer, in dem Robert viel mehr erfährt, als die leblosen Daten aus den Geschichtsbüchern vermitteln können.

Hans Magnus Enzensberger präsentiert Geschichte als Abenteuerreise, lehrreich und packend erzählt.
     FOCUS (Die besten 7 Bücher für junge Leser, September 1998)

Es ist kein Geschichtsbuch, sondern ein spannender Roman auf sprachlich hohem Niveau, der auch ein wenig über unsere heutige Zeit verrät. Enzensberger, der schon mit dem »Zahlenteufel« das Jugendbuch wieder für sich entdeckt hat, hat mit seinem neuen Roman bewiesen, dass dies eine gute Entscheidung war.   Der Tagesspiegel/Handelsblatt

Bei Hanser ist außerdem erschienen:

Tim Wynne-Jones
Flucht in die Wälder

272 Seiten
ISBN 3-446-19744-3

Der vierzehnjährige Burl flüchtet aus Angst vor seinem Vater in die Einsamkeit der kanadischen Wälder. Dort begegnet er einem berühmten Pianisten, der in Ruhe ein Oratorium komponieren möchte und sich dazu in ein Holzhaus zurückgezogen hat. Die beiden freunden sich an und für kurze Zeit fühlt sich Burl frei und unbeschwert. Doch dann taucht plötzlich sein Vater auf ...

Voller Poesie beschreibt Wynne-Jones die Gefühle des Jungen. Behutsam erzählt er von seinen Hoffnungen, ohne dabei die bedrückende Wirklichkeit auszusparen ... Eine leise und spannende Geschichte.
Der Tagesspiegel

In einem fulminanten Showdown messen sich Vater und Sohn. Ein Ende übrigens, wie man es sich für einen dynamischen und sinnlichen Entwicklungsroman wie diesen schöner nicht wünschen kann.
DIE ZEIT

Ein Highlight!
Brigitte